*Mein Dank gilt François, Héloïse, Marion und Renata
Zur Erinnerung an Killé, La Pinéta
und das Schloß in Peking*

*Ich bedanke mich bei Fabio, den drei Catherinen,
Christine, Édith, Isabelle, Claudette,
Henriette, Vincent und Anne, Talel ...*

meiner Mutter ...

*Xavier, Marielle ...
und meinen Ratgebern aus der Champagne,
meinem Cousin Emmanuel und meiner Cousine Anne Mercier*

*Dank auch an Emmanuelle Laborit und
Frédérique Crestin-Billet für die Hilfe,
die mir durch ihre Bücher zuteil wurde*

*Der Tag wird kommen, da nicht mehr
schmutzige, stinkende Wasser
durch Épernay fließen,
sondern Ströme von Champagner.*

Eugène Mercier

*Wir müssen unser Leben mit unserer Liebe, unserer
Freundschaft
und unseren Niederlagen leben,
uns mit ganzer Seele hingeben,
vor Leidenschaft sprühen,
damit man am Ende des Festes schreiben kann:
Etwas hat sich verändert,
während wir gelebt haben.*

Serge Reggiani

PROLOG

*Schloß Mervège, in der Nähe von Épernay,
Hauptstadt der Champagne, 11. August 1940*

Alice Darange, die Enkelin von Émile Mervège, dem Begründer des Champagnerhauses gleichen Namens, sah ihren Söhnen nach, die im Schatten der Türmchen des herrschaftlichen Familienbesitzes, an den dunklen Fluten der Marne entlang, durch das kreidehaltige Land der Champagne liefen.

Das »Schloß Mervège«, wie es von den Leuten dort genannt wurde, war ein großer, mit Efeu bewachsener Bau, den Émile Mervège 1860 erworben hatte. Zu diesem Zeitpunkt hatte er auch die Kellergewölbe ausheben lassen. Alice war bei Menschen, die einer jahrhundertealten Tradition verpflichtet waren, aufgewachsen, am Fuße der Weinstöcke, die an den Hängen des Reimser Berges wuchsen, im Schatten der kühlen Weinkeller, mit ihrem Geruch nach Holz und Pilzen, und besonders in der Ehrfurcht vor der Champagne. Es hieß, daß »alle fünf Minuten in der Welt, bei Tag und bei Nacht, jemand eine Flasche Mervège-Champagner entkorkte« ... eine Zahl, deren Richtigkeit nicht zu widerlegen war und die von einem Notar auf Grundlage der durchgeführten Verkäufe durch das Haus Mervège in jenem Jahr bestätigt wurde.

Seitdem das Schloß in Wohnungen aufgeteilt worden war, wohnte Alice mit ihrer Familie im linken Flügel, »an der Seite des Herzens«, nicht weit von den Lagerhallen, den Keltern und Weinkellern entfernt, in denen der Champagner degorgiert und von wo aus er verschickt wurde. Da es seit zwei Tagen keine Bombenangriffe mehr gegeben hatte, waren die Kinder wieder hinausgegangen und liefen nun wie kleine Hunde, welche die Welt erkunden, über die mit hundertjährigen Bäumen bestandene Allee.

»Bleibt in der Nähe des Hauses! Rio! Louis! Habt ihr verstanden?«

Die beiden Kinder – das eine blond, das andere braunhaarig – waren von der frischen Luft berauscht und hörten die Mahnung nicht.

Alice stopfte die vorwitzigen Strähnen, die in ihrem Gesicht hingen, wieder in ihren Knoten und suchte in der Tasche ihres Kleides den Brief, den sie soeben von ihrem Mann erhalten hatte. Philippe teilte ihr den Tod seines Vaters mit, der auf dem Schiff, das ihn von Ceylon zurückbringen sollte, an Malaria gestorben und dessen Leichnam im Meer versenkt worden war.

»Rio! Louis! Kommt her, ich muß euch etwas sagen!« schrie sie, wohl wissend, daß sie die Ruhe des Parks störte.

Rio, der ältere, bemerkte die Veränderung in Alices Stimme und hielt in seinem Lauf am Fluß entlang, etwa fünfzehn Meter entfernt auf der anderen Seite einer Lorbeerhecke, sofort inne.

»Eine schlechte Nachricht?«

Alice nickte; Tränen standen ihr in den Augen.

Rio wollte schon auf sie zugehen, als er bemerkte, daß der kleine Louis mit dem Ärmel seines Pullovers an einem Rosenstrauch festhing.

»Nicht ziehen! Du wirst den Pullover zerreißen!« warnte Alice ihn, während sie auf die beiden zuging, um dem Kind zu helfen, sich zu befreien.

Der Himmel war klar; die alte Schaukel, die an einem Eichenzweig hing, schwang leicht in der Brise hin und her; etwas weiter unten plätscherten die Fluten der Marne. Doch sie hörten das Flugzeug erst im letzten Moment – viel zu spät! Ein Silberstreif am Himmel und dieses unnachahmliche Geräusch, das sich näherte ...

»Rio! Louis!« schrie Alice, die auf die Hecke zurannte, die sich zwischen ihnen erhob.

Rio riß Louis rücksichtslos von dem Rosenstrauch los, wobei der neue Pullover zerriß, nahm seinen Bruder an der Hand und zog ihn zum Haus. Ihre Schuhe rutschten über den grasbewachsenen Hang. Ihre Mutter lief von der anderen Seite der Hecke her auf sie zu; das Flugzeug stürzte auf sie herab und nahm das grünlich schimmernde Wasser des Flusses, die Türmchen des Schlosses, die Kinder in den kurzen Hosen und die Frau im Sommerkleid ins Visier ...

Hans Grünner, der Kapitän des Flugzeugs, sah, wie sich das Dorf Damery näherte, das ihm als Ziel angegeben worden war. Er erkannte die Kirche, die Lagerhallen zu seiner Rechten, die Häuserreihe am Ufer der Marne und in der Nähe von Damery das Herrenhaus mit den Türmchen inmitten des Parks, durch den die kleinen Gestalten liefen. Er liebte den Krieg nicht, doch noch weniger gefiel ihm der Gedanke, daß sein heißgeliebtes Flugzeug getroffen werden könnte, und er wollte vor allem nicht in diesem Feindesland sterben. Zu Hause, in der Nähe von Hamburg, hatte die blonde Dagmar versprochen, auf ihn zu warten. Außerdem gab es noch die Buchhandlung, die er leiten sollte, und die Kinder, die er sicher einst haben würde, wenn dieser verdammte Krieg endlich vorbei sein und das Reich diese verrückten Franzosen endgültig besiegt haben würde ...

»Louis!« schrie Alice, die um die Hecke herumlief und ihren jüngsten Sohn am Arm ergriff.

Genau in diesem Moment brachten die Bordkanonen des Flugzeugs den Tod nach Damery.

Alice schleifte den siebenjährigen Louis im wahrsten Sinne des Wortes zum Haus, denn dieser war vor Entsetzen wie gelähmt, und seine Beine verweigerten ihm den Dienst. Die Angst verlieh Alice ungeheure Kräfte, und sie schleuderte das Kind durch die geöffnete Tür in den Hausflur.

Das deutsche Flugzeug, dessen Bordkanonen noch immer feuerten, drehte über der Kirche ab und flog zu den neben dem Schloß gelegenen Lagerhallen zurück.

Alice, die sah, daß sich Louis, der benommen, aber endlich in Sicherheit war, schwankend aufrichtete, drehte sich zur Hecke um und schaute mit suchendem Blick nach Rios blauem Pullover und seinen blonden Locken. Mutter und Sohn warfen sich über das grüne Laub hinweg einen Blick zu, eine Sekunde, eine Ewigkeit, dann näherte sich das Flugzeug im Sturzflug der Erde.

»Leg dich auf den Boden!« schrie Alice und warf sich sofort auf die Erde.

Rio legte sich flach auf die Wiese. Das Flugzeug flog über ihn hinweg, feuerte, drehte ab und flog in Richtung Reims davon. Rio blieb mit dem Gesicht auf der Erde liegen und wartete darauf, daß seine Mutter kommen würde, um nun auch ihn in Sicherheit zu bringen. Er wollte auf die Füße springen und ins Haus flüchten, wozu er jedoch nicht in der Lage war. Aber er war doch mit seinen zehn Jahren schon ein richtiger Mann. Er wollte die Erde, die er im Mund hatte, ausspucken, aufstehen, zu seiner Mutter laufen, ihr helfen und Louis trösten ...

Als er seinen Kopf bewegte, bemerkte er, daß er wie benommen war. Er spürte, daß etwas Warmes über sein Gesicht floß, und wußte, daß es Blut war. Dort im Hausflur stand Louis und fing an zu weinen. Rio kniete im Gras – den Mund voller Erde und Blut – und glaubte, seine Mutter habe ihn vergessen. Er schloß ganz fest die Augen, dachte an den blauen Himmel, das grüne Gras und das Blumenkleid seiner Mutter, die sicher Louis in ihre Arme geschlossen hatte. Sie hatte zwischen ihren beiden Kindern gewählt und das ältere im Stich gelassen!

Louis klammerte sich im Hausflur des Schlosses Mervège weinend an Anne, die Köchin, während ihr Ehemann Emmanuel, der seit mehr als zwanzig Jahren Kellermeister des Hauses Mervège war, zur Hecke rannte, sich hinkniete und mit blutverschmierten Händen und entsetztem Blick den Kopf hob.

»Ich glaube, er atmet noch ... Ich bin fast sicher!« rief er Anne zu.

Er lief, so schnell er konnte, um die Hecke herum, stürzte sich auf Rio, beugte sich über das Kind und rüttelte es leicht.

»Rio hörst du mich? Ich bin es: Emmanuel. Öffne die Augen! Rio, das Flugzeug ist weg. Wo tut es dir weh? Sag es mir!«

Das Kind erwachte aus seiner Benommenheit, blinzelte, öffnete die Augen und starrte Emmanuel an, dessen Gesicht es wie durch einen Schleier hindurch erkennen konnte.

»Mein Kopf tut mir weh«, wollte es sagen, doch die Worte kamen nicht über seine Lippen.

Emmanuel zog ein Taschentuch aus seiner Tasche, um das Gesicht des Kindes vorsichtig abzuwischen, und sah, daß die Verletzung an der Schläfe nicht lebensgefährlich war. Er half Rio, sich hinzusetzen, und nahm ihn in seine Arme, um ihn ins Haus zu tragen.

»Wie geht es Louis und meiner Mutter?« wollte Rio ihn fragen, doch wieder blieben die Worte auf unerklärliche Weise in seiner Kehle stecken.

Rio wurde in den starken Armen Emmanuels hin und her gerüttelt, während das Blut aus seiner verletzten Schläfe auf den rauhen Stoff des Arbeitskittels des Kellermeisters floß. Als er den Kopf herumdrehte, sah er Anne, die sich jammernd über eine im Gras liegende Gestalt beugte.

Der Gedanke, daß seiner Mutter etwas zugestoßen sein könnte, war so entsetzlich und so furchtbar für ihn, daß ihn seine Angst überwältigte. Er wehrte sich, so gut er konnte, und sank dann in ein rettendes Nichts.

Der Himmel war blau, das Gras grün, doch es war viel zuviel rotes Blut auf dem Blumenkleid von Émile Mervèges Enkelin.

JANUAR

Paris, 14. Januar 1996

Marion Darange ist dreißig Jahre alt. Sie ist Ärztin und arbeitet für eine Versicherungsgesellschaft, die sich auf Reisekrankenversicherungen spezialisiert hat. Ihre Arbeit besteht darin, die Versicherten aus allen Ecken der Welt im Zug, im Flugzeug oder im Krankenwagen in ihre Heimat zurückzubringen. Sie ißt gerade mit Freunden in Montparnasse, als ihr Funkempfänger piept. Sie entschuldigt sich, läßt sofort ihren warmen Crottin de Chavignol auf einer kleinen Schicht Feldsalat liegen, um sich zu einem fettigen Telefon zu begeben, das neben den Toiletten steht.

»Guten Abend, Doktor Darange am Apparat. Ich wurde soeben wegen eines Reiserücktransportes angefunkt.«

»In der Tat, in der Tat«, erwidert der Kollege von der Versicherung, ein alter Freund von ihr. »Deine Maschine startet morgen früh um 7 Uhr. Um 8.30 Uhr landest du in Berlin; du übernimmst die Versicherte in ihrem Hotel; morgen mittag fliegt ihr nach Paris zurück, und dort steigt ihr in die Maschine nach Reims um. Du bringst sie ins Krankenhaus und fährst mit dem TGV* am Abend nach Paris zurück. Geht das in Ordnung?«

»Ja, ist gebongt!« antwortet Marion.

Der Ziegenkäse ist noch warm, als sie wieder vor ihrem Teller sitzt.

»Na, wohin fährst du? Israel? Auf die Malediven? Ißt du noch mit uns zu Ende oder läßt du uns wie letztes Mal ein-

---

* Train à grande vitesse (Hochgeschwindigkeitszug)

fach sitzen?« fragen ihre Freunde. Relikte aus der Zeit, da sie noch zu viert ausgingen und Marion noch mit Thomas zusammenlebte.

»Ich kann sogar noch ein Dessert essen«, erwidert sie und schiebt sich ein Stück warmen Käse in den Mund.

Nach dem Essen verabschiedet sie sich und fährt zum Büro der Versicherungsgesellschaft. Sie tippt den Code ein, um die Tür zu öffnen, geht hinein, unterschreibt, notiert ihre Ankunftszeit in dem Heft des Nachtwächters und steigt in den ersten Stock hinauf, zu dem nur die Mitarbeiter der Versicherung Zutritt haben. Wie immer herrscht hier reges Treiben: die Telefone klingeln ununterbrochen; die Faxgeräte spucken Nachrichten vom anderen Ende der Welt aus; die Mitarbeiter in der Notrufzentrale haben Kopfhörer aufgesetzt und sprechen in allen Sprachen; auf allen freien Plätzen liegen Aktenstapel.

»Hallo, Marion! Bist du gerade gekommen oder gehst du?« ruft ihr der diensthabende Kollege zu, ein braungebrannter Bursche, der seine Haare im Nacken zusammengebunden hat.

»Paris-Berlin, in genau ... sieben Stunden«, erwidert Marion.

»Das ist ja ein Traum!«

»Nein, eher ein Alptraum! Ich hasse Würstchen; ich spreche ein schauderhaftes Deutsch, und ich träume von der Sonne ...«

Der Diensthabende reicht ihr die Akte, öffnet die Kasse, zählt den Gegenwert von tausend Francs in DM ab und gibt sie ihr. Anschließend geht Marion zum Bereitschaftsarzt, der den Krankenbericht liest und kommentiert.

»Du hast Glück. Deine Kranke kann ganz normal in einer Linienmaschine reisen. Es ist nicht nötig, einen Notfallkoffer mitzunehmen; der normale Arztkoffer für einen Rücktransport reicht aus. Du brauchst dich noch nicht einmal mit Sauerstoff zu belasten.«

Marion weiß das zu schätzen. Sie haßt es, sich über die Anzahl der Sauerstoffflaschen den Kopf zu zerbrechen, die insgesamt für den Rücktransport erforderlich ist. Außerdem muß sie die Zeit einkalkulieren, die sie braucht, um den Kranken wieder auf die Beine zu bringen, die Fahrt zum Flugzeug, das Einchecken, Flug, Zwischenlandungen, das Auschecken, die Fahrt bis zum Bestimmungsort, wobei sie nicht vergessen darf, eine stattliche Anzahl an Sauerstoffflaschen für unvorhergesehene Zwischenfälle hinzuzufügen ...

»Nimm trotzdem einige Medikamente mit, die du ihr spritzen kannst. Man weiß ja nie. Sie ist immerhin schon fünfundsiebzig«, rät ihr der Bereitschaftsarzt. »Tschüs und gute Reise!«

Marion geht ins Lager hinunter, um das Materialausgabeformular auszufüllen, heftet es mit einer Reißzwecke an die entsprechende Pinnwand, schaut im Vorübergehen nach, welcher ihrer Kollegen wohin gefahren ist und für wie lange: Die »schweren« Mediziner sind in Japan oder Madagaskar; die »leichten« sind irgendwo in Frankreich unterwegs und stecken auf Hin- und Rückfahrten im Krankenwagen. Außerdem füllt sie für die Versicherung das Reiseformular ins Ausland aus, lädt das Material in ihren Fiat Punto und fährt schließlich nach Hause in die Rue d'Assas, um zu schlafen.

Als der Wecker am nächsten Morgen klingelt, ist es kalt. Marion springt unter die Dusche und zieht sich schnell an. Sie ruft über den Code der Versicherung, der in der Taxizentrale Priorität genießt, ein Taxi, und zehn Minuten später parkt ein blauer Mercedes unten vor ihrem Haus.

Im Flugzeug schläft sie und lehnt das Frühstück ab, das die Fluggesellschaft anbietet. Nachdem sie den Zoll passiert hat, fällt ihr gleich der Krankenwagenfahrer in Uniform auf, der ein Pappschild mit dem Logo der Reiseversicherung durch die Luft schwenkt. Fünf Minuten später fährt sie durch die Straßen von Berlin und liest noch ein letztes Mal den Krankenbericht durch.

Die Versicherte 933.214 XP, wohnhaft in Reims, fünfundsiebzig Jahre alt, ist vor zwei Tagen mit dem Seniorenclub ihres Viertels in Berlin angekommen. Die Reisegruppe hat den ehemaligen Standort der berühmten Mauer besichtigt, anschließend in einem typischen Berliner Restaurant zu Mittag gegessen, und dort ist die Versicherte durchgedreht. Ihr Krankenbericht weist auf eine »starke paranoide Dekompensation« hin, womit auf nette Art ausgedrückt wird, daß sie mit ihrem Käsemesser auf den Reisebegleiter losgegangen ist, wohl um ihn in Scheiben zu schneiden. Man mußte sie festbinden und ihr Valium spritzen, um sie bis zu Marions Ankunft ruhigzustellen.

Luftraum über Reims, 15. Januar

Das Flugzeug fliegt über die Marne, die sich unter den Füßen von Marion Darange durch das Land schlängelt. Das Plastiktablett, das vor ihr liegt, sieht aus wie Puppengeschirr.

»In Sizilien küßt man die kleinen Jungen nur im Schlaf, damit richtige Männer aus ihnen werden«, vertraut ihr der Nachbar zu ihrer Rechten an, ein Italiener mit feurigem Blick.

»Aus mir ist nie ein Mann geworden!« antwortet Marion todernst. »Meine Großmutter hat uns ständig geküßt ... Ob es wohl daran liegen mag?«

Sie verrenkt sich den Hals, um ein Stück der Champagne, die von dem linken Flügel des Flugzeugs verdeckt wird, mit ihren Blicken zu erhaschen.

In der Nähe von Damery, einige Kilometer von Épernay entfernt, abseits der Menschenmassen, im Schutze hoher Mauern, die mit Efeu und Glyzine bewachsen sind, mit einer großen Terrasse aus dunkelroten Terrakottafliesen, von Lorbeerhecken gesäumt, die ockerfarben leuchten, wenn die Sonne aufgeht, und fast rosafarben, wenn sie untergeht, dort liegt das »Schloß Mervège«, das Haus dieser Großmutter, dank derer sie nie ein Mann geworden ist.

Marion hat alles mitgebracht, was sie braucht, damit ihr die Kranke bis zu dem Moment artig folgt, da sie diese in die Hände eines Psychiaters übergeben wird. Die Versicherte 933.214 XP ist ein sanftmütiges, zartes Persönchen mit weißem Haar, über das sie ein Haarnetz gelegt hat. Marion muß an eine der alten Damen aus dem Film *Arsen und Spitzenhäubchen* denken. Die Kranke schläft brav zu ihrer Linken, an der Fensterseite. Marion hat die Dosis des Beruhigungsmittels erhöht und sie dort eingeklemmt, damit sie nicht in Versuchung gerät, den Piloten umzubringen. So muß sie zuerst Marion niedertrampeln, bevor sie den Gang erreicht.

»Wir landen in Kürze in Reims...«, verkündet eine unwirkliche Stimme durch den Lautsprecher.

»Ich heiße Armando und importiere Champagner aus Frankreich!« erklärt der Sizilianer mit gewichtiger Miene. »Sind Sie auch geschäftlich unterwegs?«

Wäre Marion Klempnerin oder Fischhändlerin, könnte sie ruhig reisen, denn an Bord gibt es selten Rohrbrüche oder Fische, die abgeschuppt werden müssen. Verriete sie ihrem Nachbarn jedoch, daß sie Ärztin ist, müßte sie sich die Leidensgeschichte aller Italiener anhören.

»Ich habe Verwandte in der Gegend«, antwortet sie.

Sobald sie die Kranke in Reims abgeliefert haben wird, will sie ihrer Großmutter Alice im Schloß Mervège guten

Tag sagen. Schon seit sechs Monaten hat sie einen Besuch immer wieder hinausgeschoben ...

Die Wachsamkeit darf niemals nachlassen. Die Versicherte ist alt und ihr Reaktionsvermögen durch die Medikamente stark eingeschränkt, aber sie ist nicht vollkommen stumpfsinnig. Nachdem sie ihren Sicherheitsgurt, ohne daß Marion es bemerkt, gelöst hat, springt sie wie eine Feder hoch, wirft sich mit lautem Gebrüll auf den Gang und schreit: »Ich will hier raus. Man will mich umbringen!« so daß alle Passagiere zusammenzucken.

Das Flugzeug hat zur Landung angesetzt. Marion ist durch ihren eigenen Sicherheitsgurt behindert; die Stewardeß ist weit entfernt; Armando versperrt ihr den Weg. Marion hat ihre Patientin schlecht bewacht. Es ist ihre Schuld; sie muß schnell handeln, oder die Sache nimmt ein böses Ende ...

Marion hat noch vor Antritt der Reise in weiser Voraussicht eines derartigen Zwischenfalls in Berlin eine Spritze mit einem starken Beruhigungsmittel vorbereitet, auf die sie ein Schildchen mit dem Namen des Medikamentes und der Dosis geklebt und die sie in die vordere rechte Tasche ihrer Bluse gesteckt hat.

Die alte Dame, die quer über ihren und Armandos Beinen liegt, windet sich wie ein Wurm. Gleich wird sie auf den Gang stürzen, Panik verbreiten, möglicherweise jemanden verletzen oder sich beim Fallen weh tut.

Marion reißt mit der linken Hand an dem Rock ihrer Patientin, um sie in ihrem Eifer zu bremsen; gleichzeitig greift sie mit ihrer rechten Hand in die Tasche und holt die Spritze heraus. Sie zieht mit den Zähnen die Kappe der Spritze ab, schiebt, ohne zu zögern, den Rock der Patientin hoch, sticht die Spritze in den oberen, äußeren Kreis der rechten Pobacke der Kranken, rums, und trifft wie mit einem Wurfpfeil genau ins Schwarze.

Armando schaut Marion bestürzt an; die Passagiere auf

der anderen Seite des Gangs beugen sich vor, um keine Sekunde des Schauspiels zu verpassen; die durch die Aufregung alarmierte Stewardeß eilt herbei.

»Ich habe die Situation unter Kontrolle...«, teilt ihr Marion mit, nachdem sie die Spritze aus dem Po herausgezogen hat.

Sie setzt die Kappe wieder auf die Spritze, steckt sie in die Tasche, hilft der Kranken, auf ihren Sitz zu rutschen, und legt ihr den Sicherheitsgurt an. Die alte Dame schaut sie betrübt an. Sie hat ihre ganze Energie verbraucht; ihr Kopf wackelt hin und her, und sie brummt vor sich hin; man hat sie bezwungen.

Die Stewardeß hat sich wieder hingesetzt.

Marion stößt einen tiefen Seufzer aus. Ihre Stirn ist schweißüberströmt, und ihre Knie zittern ...

Das Flugzeug setzt seinen Landeanflug fort, und dann berühren die Räder den Boden; das Flugzeug zittert, als es an Geschwindigkeit verliert, und rollt auf der Landebahn aus.

Armando dreht sich zu Marion um und flüstert ihr zu: »Was ... was haben Sie mit der alten Dame gemacht?«

Das Flugzeug kommt auf der Landebahn zum Stehen. Die Versicherte 933.214 XP ist eingeschlafen. Armando wartet auf eine Antwort. Marion hatte eben noch so große Angst, daß sie jetzt in lautes Lachen ausbricht. Von der anderen Seite des Gangs treffen sie die empörten Blicke der Geschäftsmänner.

Sie hieß immer Marion; sie hatte stets blondes, lockiges Haar, war immer pummelig und hatte immer braune Augen, doch sie ist erst seit kurzem dreißig Jahre alt, und sie war nur fünf Jahre mit Thomas verheiratet. Im Grunde glaubt alle Welt, daß sie noch zusammenleben.

Wenn Marion nach ihrem Mann gefragt wird, antwortet sie je nach Stimmung: »Er ist zauberhaft!« oder: »Welcher

Thomas? Ach, Thomas! Ich nehme an, es geht ihm gut ...
Ich hoffe es für ihn.«

Sie sucht jemanden, den sie lieben kann, doch sie wehrt sich dagegen, einerseits, weil sie sich albern vorkommt, und andererseits, weil sie noch immer an ihrem Mann hängt, der seit sechs Monaten mit einer schwangeren Schnepfe namens Sally in London lebt.

Marion lebt ihrerseits mit sich selbst zusammen, und das ist nicht leicht. Doch es geht etwas besser, seitdem sie sich selbst kennengelernt hat. Ehrlich gesagt hat sie innerhalb von dreißig Jahren nur dreimal das Wort an sich gerichtet ...

An dem Tag, als ihr Vater, Christophe Darange, starb.

An dem Tag, als sie Thomas heiratete; Alice war Trauzeugin.

An dem Tag, als Thomas, Philosophielehrer, ihr mitteilte, daß er ein Kind von der Lehrerin für englische Literatur erwartete, die im Rahmen der Kooperation zwischen den beiden Ländern an seinem Gymnasium als Austauschlehrerin unterrichtete.

Das macht alle zehn Jahre ein Mal. Sie hatte nicht die Zeit, ausführliche Gespräche mit sich zu führen.

Schloß Mervège, am Nachmittag des 15. Januar

Es ist ein für die Jahreszeit ungewöhnlich milder Tag. Die Fenster des alten Landsitzes mit den Türmchen sind weit geöffnet und lassen Geräusche und Gerüche ins Haus dringen: Wasser plätschert gegen die Boote, die weiter unten über die Marne fahren; der schwarzweiße Cockerspaniel kratzt mit seinen Pfoten über die roten Terrakottafliesen der Terrasse; der Wind fegt säuselnd durch das Laub der großen Eiche.

Marions Taxi, ein weißer, leicht ramponierter Renault,

fährt langsam die mit Lorbeerbäumen bestandene Allee hinauf.

Alice Darange, geborene Mervège, sitzt in einem weißen Kleid mit großen, schwarzen Punkten im Schutze einer hellbeigen Plane, die auf dem Boden einen rechtwinkligen Schatten hinterläßt, und schält Kartoffeln.

Der Hund Gnafron kräuselt die Nase, richtet sich plötzlich auf und wedelt erfreut mit dem Schwanz.

Als Alice ihren Hals reckt, um nach dem Auto Ausschau zu halten, fällt ihr Blick auf die Himbeersträucher, die ihr Mann Philippe und ihre drei Söhne, Louis, Christophe und Maurice damals gepflanzt haben. Die Himbeersträucher sind gewachsen, doch Philippe und die beiden ältesten sind tot. Der sechsundachtzigjährigen Alice ist nur ihr Sohn Maurice geblieben, doch sie hat drei Enkelinnen: Marion, die Tochter von Christophe, sowie Odile und Aude, die Töchter von Maurice. Sie stellt ihre Schüssel mit einer Hand ab, die heute nicht zittert; manchmal zittern ihre Hände, und manchmal zittern sie nicht. Sie steht auf und tritt vor den hellbeigen Windschutz ins Licht.

Marion steigt aus dem Taxi.

»Hallo, Alice!«

Alice reißt ihre Augen auf, und ihr Gesicht erhellt sich. Ohne Brille kann sie ihre Enkelin nicht richtig erkennen. Sie sieht verschwommen die blonden Haare, die ein rosiges Gesicht einrahmen, und eine hellblaue Bluse sowie eine Jeans in der gleichen Farbe, doch sie erkennt ihre Stimme.

»Was für eine schöne Überraschung!« ruft sie.

Marion lächelt. Jeder andere hätte hinzugefügt: »Ich hatte schon Angst, dich nicht wiederzuerkennen!« Oder: »Kennst du noch den Weg zu mir?«, doch ihre Großmutter Alice gehört nicht zu dieser Sorte Menschen.

»Ich habe eine Kranke nach Reims gebracht«, erklärt ihr Marion, während sie das Taxi bezahlt.

»Hast du ein wenig Zeit?« fragt Alice, die den engen Zeitplan ihrer Enkelin gut kennt.

»Mein Zug geht um achtzehn Uhr ...«

Alice drückt Marion an sich. Das Taxi fährt die Allee hinunter. Gnafron leckt Marion durchs Gesicht, um seine Freude zu bekunden. Die Januarsonne gleitet über die roten Terrakottafliesen, verweilt auf Alices strahlenden Augen und streift Marions abgespanntes Gesicht. Der Tradition getreu, steuern Großmutter und Enkelin den Weinkeller an.

»Du hast es nicht vergessen, hoffe ich? Körper ... Herz ... Geist .. oder Seele?« ruft ihr Alice schelmisch zu.

Marion schüttelt den Kopf.

»Wenn du glaubst, du könntest mich hereinlegen: Pech gehabt! Ich habe ein Gedächtnis wie ein Elefant. Kräftig, stark, weinig, das ist ein Champagner, der Körper hat. Zart und harmonisch, ein Champagner mit Herz. Belebend, frisch und leicht, dann hat er Geist, und geheimnisvoll, elegant und ausgewogen, ein Champagner mit Seele ... Ich nehme einen Rosé mit Herz, bitte!«

Alice steigt in den Weinkeller hinunter, wo die Flaschen Blanc de Blancs, Blanc de Noirs, Brut und Rosé bei 12° lagern. Sie wählt eine aus, nimmt sie vorsichtig in die Hand, steigt in das Anrichtezimmer hinauf, wo sie die Flasche eine Viertelstunde in einen mit Eiswürfeln und Wasser gefüllten Champagnerkübel stellt, um die Temperatur auf 6 bis 9° zu senken.

»Um einen glücklichen Augenblick zu erleben, wird man sich wohl einige Minuten gedulden können!« zitiert Marion ihre Großmutter, die diesen Satz immer zu sagen pflegt, wenn sie auf die Leute schimpft, die den Wein verderben, indem sie ihn ins Gefrierfach oder – noch schlimmer – in die Tiefkühltruhe legen, wodurch er im Handumdrehen sein ganzes Aroma, seinen feinen Geschmack und seine Vorzüge verliert, die er in den Jahren seiner Lagerung gewonnen hat.

Alice geht anschließend zum Büffet und holt zwei »Pomponnettes« heraus (die nach dem Marquis Pomponne benannt sind, der sie in seiner Kristallerie unter der Herrschaft von Ludwig XIV. entworfen hat). Es sind Champagnerkelche, deren Fuß mit einer kleinen Kugel abschließt und die so massiv sind, daß sich der Wein durch den Kontakt mit den Fingern nicht erwärmt. Natürlich kann man diese Kelche nur geleert wieder auf den Tisch stellen.

Als der Champagner die gewünschte Temperatur erreicht hat, entfernt Marion die Haube, löst den Drahtkorb, wobei sie den Korken festhält, hält die Flasche in einem 45°-Winkel, entkorkt sie mühelos, was auf eine langjährige Erfahrung hinweist, und füllt die beiden Pomponnettes.

»Auf dich, mein Liebling!«

»Auf uns!« korrigiert Marion ihre Großmutter.

Sie ist stolz darauf, ein Kind der Champagne zu sein, einem Landstrich, in dem die Bestimmung der Menschen darin zu liegen scheint, Feste zu feiern, glücklich zu sein und zu lachen. Doch sie kennt auch die Kehrseite der Medaille und die dramatischen Momente in der Geschichte der Champagne: die von der Reblaus verwüsteten Weinreben Ende des letzten Jahrhunderts; die Aufstände der Weinbauern ab 1911; die durch die immer strikteren Reglementierungen bedingten Beschränkungen.

Sie trinkt und hält ihre Pomponnette Gnafran hin, der wie immer seine Nase kräuselt, als er die Champagnerperlen sieht. Hier auf dem Schloß Mervège ändert sich nie etwas: Die Sitten und Gebräuche sind unwandelbar, die Tiere immer auf dem Posten, die Vegetation unverändert, und selbst Alice wird nicht älter.

Marion war sieben Jahre alt, als Christophe, ihr Vater, Chirurg aus Épernay, der sich in Paris niedergelassen hatte, mitten in einer Operation an der Ruptur eines Aneurysmas starb. Er fiel mit der Nase auf den Kranken, den er gerade operierte, und über Marion stürzte der Himmel ein. Von heute auf morgen veränderte sich ihr ganzes Leben. Sie zog von Paris aufs Schloß Mervège, während ihre Mutter Elizabeth, eine junge, reizende, schluchzende Witwe, für einen humanitären Zweck durch die ganze Welt reiste. Ein Jahr später lernte Elizabeth Richard Doly kennen, Besitzer einer riesigen Plantage in Louisiana, einen Katzensprung von New Orleans entfernt. Sie heirateten in aller Stille. Dann entdeckte Elizabeth in Richards Schränken maßgeschneiderte Kleider, die noch wie neu aussahen, und zog sie an, um Scarlett zu spielen.

Es wurde beschlossen, daß Marion in Frankreich bei Alice wohnen sollte, in den Ferien jedoch immer nach Amerika reisen würde, und das Kind gewöhnte sich schnell daran, seine Mutter in Kleidern des Sezessionskrieges herumstolzieren zu sehen, um den Nippon-Touristen oder den Europäern in T-Shirts und Shorts den Besitz zu zeigen.

Marion wuchs also an der Marne bei ihrer Großmutter auf, bis zu dem Tag ihres achtzehnten Geburtstags, an dem sie verkündete, daß sie wie ihr Vater nach Paris gehen wolle, um dort Medizin zu studieren. Alice hielt sie nicht zurück und ließ sie gehen, doch ihr Blick traf sie härter als alle Vorhaltungen der Welt ...

Als Marion und Thomas noch verheiratet waren, verbrachten sie das Wochenende oft auf Schloß Mervège. Seit ihrer Trennung vor sechs Monaten hat Marion aus Angst vor Alices Fragen immer wieder Ausreden erfunden, um in Paris bleiben zu können. Sie ist Weihnachten jedoch wie jedes Jahr nach Louisiana gereist und hat ihrer Mutter gesagt, daß Thomas leider aus beruflichen Gründen verhindert sei.

Alice hat sofort die neue Nachricht auf dem Anrufbeantworter bemerkt: Das fröhliche »Hallo, Thomas und Marion sind nicht zu Hause, zögert aber nicht, ihnen eine

Nachricht zu hinterlassen!«, wurde zu »Guten Tag, ihr seid mit Marion verbunden und könnt mir eine Nachricht hinterlassen ...« Thomas' Name war verschwunden, und das muntere »zögert nicht« hatte sich in das trostlose »ihr könnt« verwandelt. Alice, die nicht auf den Kopf gefallen ist, hat keine einzige Andeutung gemacht, weder am Telefon noch in ihren Briefen: Marion würde es ihr schon eines Tages erzählen ...

»Hast du etwas von deiner Cousine Aude gehört?« fragt Alice unvermittelt.

Marion schreckt aus ihren Träumen hoch und zuckt mit den Schultern.

»Du fragst mich immer danach ... Wir stehen uns nicht besonders nahe. Weißt du, Paris ist groß, und wir verkehren nicht an den gleichen Orten.«

»Eure Generation hat keinen Familiensinn, und das betrübt mich ... Ihr rennt dem Geld hinterher; ihr bekommt zu spät Kinder; ihr nehmt euch nie Zeit, um nachzudenken; ihr tut, was euch gerade in den Sinn kommt; ihr schafft nichts Bleibendes, und ihr verpfuscht euer Leben.«

»Du übertreibst. Wir haben alle drei Arbeit, was in der heutigen Zeit selten ist ... Wir sind weder drogenabhängig noch stehen wir unter Beruhigungsmitteln ... Wir sind nicht blöd, haben die richtige Anzahl an Armen, Beinen und Chromosomen und haben weder Krebs noch Aids. Was will man mehr?«

»Ihr drei verbringt euer Leben wie Dummköpfe!« erwidert Alice. »Deine Cousine Odile ist eine gute Fotografin, doch außer Épernay kennt sie nichts. Sie verläßt die Gegend noch nicht einmal, um zu reisen und sich neue Eindrücke zu verschaffen, und hängt nur vor dem Fernseher herum ... Und Aude spricht nur von Neuilly, von ihrer Anwaltskanzlei, von ihren Erfolgen beim Golf ... Und du, warum ziehst du nicht in diese Gegend? Wenn du in der

Nähe von Épernay eine Praxis eröffnen würdest, müßtest du nicht mehr auf dem Ring im Stau stehen, hättest wieder die Weinberge um dich herum, würdest wieder im Einklang mit der Natur leben, die Weinlese erleben und aufhören, durch die Welt zu reisen und dir den Rücken zu ruinieren, weil du die ganzen Koffer schleppst und Gefahr läufst, daß bei jedem Start und bei jeder Landung noch Schlimmeres passiert ... Wenn Gott gewollt hätte, daß wir fliegen, hätte er uns Flügel verliehen.«

»Und da Gott wollte, daß wir trinken, hat er wohl die Traube erfunden? Am ersten Tag schuf er den Chardonnay, am zweiten Tag den Pinot Noir, am dritten den Pinot Meunier, am vierten Tag Adam und Eva, am fünften Tag die Champagnerkelche, und am sechsten Tag ruhte er, weil alle Menschen betrunken waren?«

Alice muß lächeln.

»Hast du nicht den Eindruck, daß sich alles wiederholt?« fügt Marion leise hinzu. »Du hättest gerne gesehen, daß mein Vater deine Nachfolge an der Spitze des Hauses Mervège angetreten hätte, aber er träumte davon, Arzt zu werden, und ging nach Paris ... Du hättest dir gewünscht, daß Maurice nach Paris ginge, um den Champagner dort zu vertreten, doch er träumte davon, in der Champagne zu bleiben ... Und in der nächsten Generation ist es ähnlich: Du hättest gern, daß Odile Épernay verließe, um durch die Welt zu reisen, und daß ich aufhörte, durch die Welt zu reisen, um mich hier zu begraben.«

»Hier begraben? Ich lebe hier, und ich glaube doch, daß ich ziemlich lebendig bin«, entgegnet Alice.

»Es tut mir leid. So habe ich es nicht gemeint, und das weißt du genau, aber ich hasse es, wenn man mir Ratschläge gibt ... sogar du ... selbst wenn du die einzige bist, die ich darum bitte!«

Alice füllt lächelnd die Pomponnettes nach.

»Einem alten Hasen kann man nichts vormachen ...«,

sagt sie. »Ich weiß, was ihr alle denkt. Ihr werdet das Schloß verkaufen, wenn ich nicht mehr da bin. Es verschlingt zuviel Geld. Ihr haltet mich für verrückt, soviel Geld in das Haus zu stecken. Doch ich bin hier geboren. Hier habe ich mein ganzes Leben verbracht ... Ich liebe es.«

»Ich auch ... wir auch!« widerspricht Marion.

Alice fuchtelt mit der Hand durch die Luft, als wollte sie einen unangenehmen Gedanken verscheuchen.

»Laß uns über etwas anderes reden ... Hast du etwas von deiner Mutter gehört?«

»Wir faxen uns Briefe zu. Das geht schneller als Luftpost und ist billiger, als zu telefonieren.«

»Fliegst du im Frühjahr wieder hin?«

Marion trinkt einen Schluck Mervège. Lachsfarbene Schimmer verlieren sich in dem schönen Blaßrosa des Champagners.

»Mal sehen. Mir wäre lieber, sie käme nach Paris ... Bei ihr kann man noch nicht einmal in Ruhe ein Bad nehmen. Die Touristen sind davon überzeugt, daß sie den Schatz der Südstaaten zwischen dem Waschbecken und dem Bidet versteckt haben, und sie steuern geradewegs auf die Türen zu, auf denen groß »Privat« steht. Es ist unerträglich.«

Alice lacht laut los.

»Womit bist du im Moment beschäftigt?« fragt Marion, um das Thema zu wechseln.

»Ich bringe mein Testament wieder auf den neuesten Stand, wie jedes Jahr ...«

»Erzähl doch nicht so einen Unsinn!«

»Ich war noch nie so ernst ...«, sagt Alice mit einem verschmitzten Lächeln auf den Lippen. »Ich schmecke eine rote Frucht in dem Champagner – Kirsch oder Erdbeer ... Und was meinst du?«

Marion ist dankbar, daß Alice nicht über Thomas spricht. Sie überlegt und nickt.

»Du bist die stärkste von meinen drei Enkelinnen, und das weißt du ... «, fährt Alice fort. »Alles ruht auf deinen Schultern, verstehst du?«

»In welcher Beziehung?«

Anstatt ihr eine Antwort zu geben, zeigt Alice auf das Motto des Bataillons ihres Mannes, Philippe, das in den Sockel eines Wildschweins aus Bronze graviert ist, einer Reproduktion des ehemaligen Bataillonsmaskottchens. Die Worte »Nicht zurückweichen und nicht die Richtung ändern«, die in Marions Kindheit so oft zitiert wurden, springen ihr wieder ins Auge.

»Nicht zurückweichen ... vor wem? Nicht die Richtung ändern ... bei was?« fragt Marion gereizt.

»Ich trinke auf alles, was du dir wünschst!« sagt Alice langsam, während sie erneut ihren eigenartigen Champagnerkelch hebt. »Erinnerst du dich: »Alle fünf Minuten in der Welt, bei Tag und bei Nacht ...«

»... hat jemand eine Flasche Mervège-Champagner entkorkt!« beendet Marion lächelnd den Satz.

Rom, Via della Purificazione,
18. Januar

Rio Cavaranis Hände wandern über die Tastatur seines Computers. Der Farbmonitor zeigt, wie der Held die Lanze ergreift und sie in den Baum schleudert, damit der Raumanzug hinunterfällt. Rio haut auf die Tasten. Der Held streift seinen Anzug über, geht auf die Rakete zu und mischt sich unter die anderen Figuren des Videospiels.

Es ist acht Uhr morgens. Auf der Piazza Barberini unten auf der Straße drängeln sich Menschenmassen um den Brunnen. Rio dreht sich um, als sich die vertrauten Umrisse seiner Frau im Monitor spiegeln.

»Das Frühstück ist fertig. Klappt es?«

Rio nickt.

»Schön!« sagt Serena und stellt das Tablett auf den Tisch.

Weiße Teller, auf denen kleine Sandwiches liegen, die sie gleich nebenan in der Bar auf der Via Veneto gekauft hat; Kaffeearoma strömt aus der Espressomaschine; die kleinen, bunten Illy-Tassen mit dem fröhlichen Dekor stehen auf dem Tisch. Rio dreht seinen Sessel herum, reckt sich, um seinem Rücken Erleichterung zu verschaffen, schüttelt sein gelocktes weißes Haar und gießt dann den Kaffee in die Tassen. Serena wirft ihr blondes Haar zurück und hebt ihre Tasse, als wollte sie einen Toast sprechen. Er ist einsachtundachtzig groß und sie einsdreiundsechzig. Rio wirkt neben Serena wie ein Riese.

»Ich bin aus dem Alter raus, in dem man stundenlang vor einem Monitor hocken kann. Ich werde wohl bald schlappmachen«, sagt Rio wie gewöhnlich.

»Du bist erst fünfundsechzig«, widerspricht Serena. »Als wir geheiratet haben, hast du für viel länger unterschrieben. Es liegen noch mindestens zwanzig Jahre vor dir.«

»Mein Held hängt fest ... Ich kriege das nicht hin!« erklärt Rio wie gewöhnlich und zeigt auf den Monitor, auf dem die Figuren in den weißen Raumanzügen unter der Aufsicht eines bewaffneten Wachpostens Kisten in eine Rakete laden.

Seitdem er im Ruhestand ist und nicht mehr als Informatiker arbeitet, verbringt Rio die meiste Zeit damit, für eine amerikanische Gesellschaft, die sich in Rom niedergelassen hat, Videospiele zu entwickeln oder zu testen. Serena, die geglaubt hatte, sie seien nun endlich unabhängig, um kreuz und quer durch die ganze Welt reisen zu können, hat sich damit abgefunden. Trotz seines Alters wirkt Rio, wenn er vor seinem Monitor sitzt, wie ein Kind vor seinem Game-Boy oder seiner Nintendo-Konsole. Und wenn sie ihn zwei Abende pro Woche ins Cybercafé begleitet und er versucht, ihr Interesse für das Internet zu wecken, schaut sie in seine strahlenden Augen und weiß, wie sehr sie diesen Mann liebt.

Die Korkpinnwand hinter dem Computer ist mit Zetteln und Fotos übersät: Rio und Serena in den Bergen und am Meer, in Rom, in Irland, in Spanien, auf Sardinien. Manchmal ist ihr Hund Horatio, ein schwarzweißer Cockerspaniel mit feuchter Nase und zärtlichem Blick auf den Fotos zu sehen. Auch ein paar ältere Fotos hängen dort: Serena am Tag ihrer Erstkommunion; die kleine Serena auf dem Arm ihres Vaters oder nackt und lachend auf einem Schaffell; das Baby Rio auf dem Arm seines Vaters in Carmagnola in der Nähe von Florenz; Rio, der neben seiner Großmutter Carlotta im Salon dieser Wohnung sitzt, in der er seit fast fünfzig Jahren wohnt; ein letztes Foto, das auf der Terrasse des Schlosses Mervège in der Nähe von Damery in Frankreich aufgenommen wurde, zeigt den fröhlichen zehnjährigen Rio, der sich neben seiner Mutter im Gras wälzt, im Jahr 1940, einige Tage vor diesem denkwürdigen 11. August, an dem sein Leben aus dem Gleichgewicht geriet. Der Ort seiner Kindheit ist ein Ort des Schreckens. Hundertmal wollte er das Foto zerreißen und die Schnipsel aus dem Fenster werfen, und hundertmal hat er sich zurückgehalten, weil es nur noch dieses eine Foto als Beweis gibt ...

Serena beugt sich hinunter, um ihren Mann zu küssen. Als sie sich bewegt, berührt ihre rechte Brust die Tastatur und drückt auf eine Taste. Rio wartet mit geschlossenen Augen. Serena küßt ihn und drückt, ohne es zu bemerken, ein zweitesmal auf eine Taste.

Die braunhaarige Frau auf dem Monitor erstarrt, während der bewaffnete Wachposten schießt und die Figuren in den weißen Raumanzügen den Helden umzingeln. Die Worte Spion! Spion! Verräter! Tötet ihn! erscheinen auf dem Monitor und erlöschen dann. Sie haben verloren und müssen das Spiel neu starten! erklärt der Computer.

Serena sieht es; Rio hat nichts bemerkt. Er muß ganz von vorn beginnen. Da er vergessen hat, diesen Teil des Spiels abzuspeichern, muß er wieder neu beginnen.

»Ich will dich nicht länger stören ...«, sagt Serena und schleicht davon. »Arbeite schön!«

Paris, Hotel Méridien, Generalversammlung des Champagnerhauses Mervège, 18. Januar

Das Taxi fährt um den Bahnhof Montparnasse herum, biegt in die Rue du Commandant-Mouchotte ein und kommt vor dem Eingang des Hotels Méridien zum Stehen. Alice Darange, geborene Mervège, die letzte noch lebende Person ihrer Generation, das einzige lebende Mitglied der Familie, das noch Émile Mervège gekannt hat, ihren Großvater und Begründer des Champagnerhauses, quält sich aus dem Wagen und eilt auf die Drehtür des Hotels zu. Die Zipfel ihres Wollmantels flattern im kalten Januarwind.

Sie hebt kurz den Kopf, schaut auf die Türme zu beiden Seiten der Straße und wundert sich auch diesmal. Wie sehr hat sich Paris doch seit dem Tag verändert, da ihr Vater sie 1925 zum erstenmal mit in die Stadt genommen hat. Alice erinnert sich, als wäre es gestern gewesen, an den nagelneuen »Hundewagen«, der von einem Pferd gezogen wurde und dazu bestimmt war, die Jagdhunde zu transportieren, aber ihrem Vater bereitete es große Freude, darin spazierenzufahren. Der Wagen hatte vorne zwei Plätze in Fahrtrichtung, die für die Hunde vorgesehene Box und zwei weitere Plätze hinten, entgegen der Fahrtrichtung. Jean Mervège hatte einen Freund auf der Straße getroffen und ihn eingeladen, sich neben ihn auf den »Hundewagen« zu setzen, und Alice gebeten, hinten Platz zu nehmen, wo sie den beiden Männern den Rücken zukehrte. Als sie wieder zu Hause waren, stritt sich Alices Mutter mit ihrem Mann und warf ihm vor, seinem Freund vor seiner Tochter den Vortritt gelassen zu haben, und vor allem, daß er seine fünfzehnjährige Tochter ganz allein ohne Schutz und ohne Anstandsdame hatte die Hauptstadt besichtigen lassen ...

»Tante Alice! Sie hätten mir Bescheid geben können, Sie abzuholen. Ich war sicher, daß Maurice Sie begleitet!«

Alice dreht sich um und entdeckt ihren Neffen Georges mit seiner Frau Lucette. Sie sind wie immer tadellos gekleidet. Er trägt einen dunklen Anzug, der durch seine Krawatte in den Farben des Hauses Mervège nicht so steif wirkt, und sie einen hellen Nerzmantel, den sie nicht geschlossen hat und der den Blick auf ein Chanel-Kostüm freigibt, das eine zweireihige Perlenkette ziert.

»Bei der Kälte hätten Sie einen Pelz umlegen müssen, Tante!« schimpft Lucette freundlich.

»Sie haben recht, meine Liebe, doch ich habe ihn im Schloß vergessen ... «, erklärt Alice lächelnd.

Georges ist zu ungeschickt, um zu verstehen, daß Lucette Alice soeben ihre Aufmachung vorgeworfen hat und daß Alice sich schämt zuzugeben, nicht mehr die Kraft zu haben, einen so schweren Mantel zu tragen.

Sie steuern alle drei auf die Privaträume des Hotels Méridien zu. Junge, hübsche Hostessen, die alle das gleiche rote Kostüm tragen, begrüßen die neuen Gäste, streichen ihre Namen auf der Liste durch, reichen ihnen das Jahresgeschenk und begleiten sie sodann in den großen Saal.

»Alice Darange, Georges und Lucette Mervège!« verkündet Georges überschwenglich, als kündigte er die Königinmutter, den König und die Königin an.

Weder ein Guten Tag noch ein Lächeln, geschweige denn ein Dankeschön. Die junge Hosteß, deren Füße in zu kleinen Lackpumps stecken und die unter ihrer Schminke schwitzt, schaut seufzend auf ihre Liste. Sie haßt es, auf derartigen Veranstaltungen zu schuften, aber man verdient hier viel besser als anderswo. Entweder sie arbeitet hier, oder sie muß den Rest des Monats Hamburger essen. Sie studiert Medizin im dritten Jahr und arbeitet mehrere Nächte pro Woche als Krankenpflegerin, wäscht die Kranken und leert die Töpfe; doch das reicht nicht aus. Sie hat auch schon bei medizinischen Versuchen für Laboratorien mitgemacht, wodurch sie sich ihre Venen ruiniert hat.

»Guten Tag, Mademoiselle!« sagt Alice freundlich.

Das junge Mädchen lächelt, sucht die Namen, streicht sie durch und reicht jedem sein Geschenk. Die Männer bekommen in diesem Jahr alle eine Flasche Mervège-Champagner, eine besondere Jahrgangs-Cuvée Brut, und die Frauen erhalten ein Fläschchen Parfum einer Marke des gleichen Konzerns.

»Ich mag dieses Parfum nicht!« sagt Lucette Mervège in herablassendem Ton.

»Nimm doch statt dessen eine Flasche Champagner!« schlägt Georges vor, streckt die Hand aus und nimmt eine.

Das junge Mädchen hat bemerkt, daß Lucette das Parfum behalten hat. Alice, die ihren Blick verfolgt hat, versteht das Problem.

»Lucette, Mademoiselle wird Probleme bekommen, wenn Sie ihr nicht das Parfum zurückgeben ...«

»Ich habe es ganz vergessen. Dieses Fläschchen ist so lächerlich klein«, stößt Lucette wütend hervor.

Das junge Mädchen nimmt das Parfum zurück und lächelt Alice dankbar an.

»Was studieren Sie?« fragt Alice, die sich gewöhnlich für die Leute interessiert, mit denen sie zu tun hat.

»Medizin, im dritten Jahr ...«

»Eine meiner Enkelinnen hat im Necker-Krankenhaus Medizin studiert!« sagt Alice.

»Ich bin im Pitié-Salpêtrière.«

»Ich wünsche Ihnen alles Gute für Ihr Studium und ein frohes neues Jahr!« sagt Alice und schenkt der Studentin ihr eigenes Parfumfläschchen.

»Aber ... warum!« wundert sich das junge Mädchen. Sie ist so überrascht, daß sie vergißt, sich zu bedanken.

»Um Ihnen Mut zu wünschen, Frau Doktor in spe!«

Und dann geht sie mit Georges und der empörten Lucette, die sie in die Mitte genommen haben, auf den großen Saal zu.

»Aber, Tante, Sie hätten mir sagen können, daß Sie das Parfum nicht haben wollen. Ich hätte es meinen Töchtern mitbringen können«, ruft Lucette.

Alice schaut sie lachend an.

»Ihre Töchter haben so viel Parfum, daß sie es gar nicht verbrauchen können, ehe es umschlägt, meine liebe Lucette ...«

Alice setzt nun ihre Brille auf, um nach ihrem Sohn Maurice Ausschau zu halten.

Die Generalversammlung verläuft wie jedes Jahr. Der Präsident des Konzerns hält seine Rede, wobei er von verschiedenen Berichterstattern unterstützt wird, die Konten werden abgeschlossen, das Budget festgelegt, der Vorstand wiedergewählt, die verschiedenen Tagesordnungspunkte diskutiert, einige ehemalige Präsidenten verschiedener Niederlassungen ergreifen das Wort, und eine Handvoll kleiner Aktionäre, die sich allein für das Jahresgeschenk und das kostenlose Büffet interessieren, eilen summend auf die langen Tische zu, die in den Nebenräumen aufgestellt worden sind.

Innerhalb von zwei Minuten – der Präsident hat noch nicht einmal seine Rede beendet – werden die herzhaften und süßen Petits fours verschlungen, die Champagnerkelche geleert und sofort den Kellnern mit den weißen

Westen gereicht, um sie unter den gleichgültigen Blicken des Personals des Hauses Mervège, das dieses Schauspiel jedes Jahr beobachtet, erneut füllen zu lassen.

Als die Rede beendet ist, läßt sich Alice von dem Menschenstrom zum Büffet treiben, das schon mächtig geplündert wurde. Maurice drückt ihr einen Champagnerkelch in die rechte Hand und erzählt ihr von dem erfolgreichen Exportgeschäft mit den Japanern.

»Trinken Sie nicht, Mama? Schmeckt er Ihnen nicht?« erkundigt er sich plötzlich und zeigt auf das Glas, an dem seine Mutter noch nicht einmal genippt hat.

Sie lächelt und beruhigt ihn. Sie liebt jeden Champagner aus dem Hause Mervège. Er repräsentiert ihre Familie, die Abenteuer der Vergangenheit, die heutigen Schwierigkeiten, die Bürde, die sie ihren Nachkommen hinterläßt, denen sie schon so oft die Geschichte des Champagners erzählt hat ...

Die ersten Weinberge, aus deren Trauben in der Champagne Wein hergestellt wurde, werden zwischen dem 3. und 5. Jahrhundert n. Chr. erwähnt, aber der Wein, der damals entstand, war mehrere Jahrhunderte lang weder ein Schaumwein noch ein Weißwein. Im 17. Jahrhundert stellte man fest, daß sich der Wein besser in Flaschen als in Fässern hält und daß er erneut gärt, sobald die erste Wärme kommt. Wenn man ihn am Ende des Winters in Flaschen füllt, »schäumt« er, woher der Name »Schaumwein« stammt. Dom Pérignon, von 1669 bis 1715 Verwalter des Klosters Hautvillers, der oft in der Branche als Erfinder und Urvater des Champagners angesehen wird, nahm eine strenge Auslese der Rebsorten vor und erkannte, welche Bedeutung gesunde Trauben haben. Ein Zeitgenosse berichtete, daß Dom Pérignon, der am Ende seines Lebens fast blind war, »einen so feinen Gaumen hatte, daß er sich die Trauben verschiedener Weinreben ins Kloster bringen ließ, die Herkunft erkannte und riet, diesen Wein dieser Rebe mit jenem Wein jener Rebe zu verbinden.«

Ende des 18. Jahrhunderts wurden die ersten großen Champagnerhäuser gegründet, und der Champagner, ein Luxusprodukt, wurde vor allem an die europäischen Höfe exportiert. Ende des 19. Jahrhunderts folgten andere hervorragende Marken. Die Verkorkungsmaschinen wurden erfunden, und das Rütteln und Drehen der Flaschen sowie das Degorgieren ersetzten das Umfüllen der Flaschen.

Dann erkrankten die Reben: Bis zum Ende des 19. Jahrhunderts wurden die Weinstöcke dicht an dicht gepflanzt; die Reblaus, die aus Amerika kam, verwüstete 1901 die Weinberge, so daß diese fast vollständig neu bepflanzt werden mußten, wobei europäische Pflanzen auf die amerikanischen gepfropft wurden. Die Weinstöcke wurden fortan in Reihen gepflanzt und an Spalieren befestigt, wodurch sich das Aussehen der Champagne veränderte.

1914 brach der erste Weltkrieg aus: Die Männer zogen in den Kampf und wurden durch Frauen und Lehrjungen ersetzt; deutsche Zeppeline bombardierten Reims und Épernay, und trotzdem wurden die Trauben mehr recht als schlecht geerntet, die Weine erzeugt und verschickt. Während des zweiten Weltkrieges wurden die Männer erneut eingezogen. Und schließlich, in den fünfziger Jahren, wurde die Wirtschaft wieder angekurbelt.

Alice hatte die Zügel des Hauses Mervège lange allein in der Hand. Als sie sich entschloß, einen großen Konzern einzubeziehen, kämpfte sie, um den Namen ihres Champagners zu erhalten, und forderte, Eigentümerin des Schlosses zu bleiben, des Symbols einer ganzen Epoche ...

»Mama, was ist mit Ihnen?« unterbricht sie Maurice, den Alices Schweigen überrascht. »Sind Sie müde?«

»Keineswegs ... Ich denke nach!«

Alice lächelt dem einzigen Sohn, der ihr geblieben ist,

zu und schaut ihn aufmerksam an. Er ist groß, hat rosige Wangen, trägt stolz seine Brille, einen grauen Anzug und die gleiche Krawatte wie Georges. Er ist Odile und Aude ein ausgezeichneter Vater und seiner Frau Albane ein liebender Ehemann. Sie wohnen die Hälfte des Jahres in Épernay, Avenue de Champagne, und die andere Hälfte in Paris, Boulevard Saint-Germain. Maurice hat die Augen seines Bruders Louis, des ältesten, der im zweiten Weltkrieg mit elf Jahren starb. Er hat die Hände von Christophe, seinem jüngeren Brüder, dem Arzt, der mit vierzig starb. Er hat das Profil seines Vaters Philippe, der 1944 an der Front gefallen ist. Jedesmal, wenn Alice Maurice, den jüngsten, anschaut, hat sie den Eindruck, in einem Fotoalbum zu blättern ... Und das Herz wird ihr schwer.

Flug Warschau-Paris, 18. Januar

Die Versicherte Nr. 76.945 RP, eine alte Dame mit stahlgrauem Haar, hat den Gurt angelegt und sitzt sicher auf ihrem Sitz in der 1. Klasse, 2. Reihe, Platz A. Sie drückt ihre Handtasche an ihr Herz, als durchquerte sie um drei Uhr morgens zu Fuß die Bronx.

Das ist der fünfte Rücktransport einer Rentnerin, den Marion hintereinander durchführt, Durchschnittsalter achtzig Jahre. Sie hätte zur Abwechslung gerne einmal einen jungen Mann begleitet, und zwar einen hübschen Burschen – wennschon, dennschon.

»Na, wie bekommt Ihnen dieser Jungfernflug? Alles in Ordnung?« fragt sie die Kranke, um sie aufzuheitern.

»Im nächsten Jahr werde ich für die Rückfahrt das Flugzeug nehmen! Man spart enorm viel Zeit. Daß ich erst so alt werden mußte, um das zu entdecken! Aber sagen Sie mal Frau Doktorrr, wann werden denn die Sauerstoffmasken verteilt? Und die Watte?«

Scheinbar lief doch nicht alles nach Plan.
»Eine Sauerstoffmaske? Haben Sie Probleme mit der Atmung?«
Die Versicherte schaut Marion verblüfft an.
»Nein, aber ich will mich vor dem Rauch schützen, wenn wir landen. Und man steckt sich doch aufgrund des Lärms Watte in die Ohren?«
Marion hält sich zurück, um nicht loszulachen.
»Seien Sie ganz beruhigt: weder Rauch noch Lärm. Und wir landen jetzt noch nicht ...«
Die alte Dame reißt die Augen auf.
»Aber, Frau Doktorrr ...?«
Sie schmückt ihr Französisch mit einem rollenden R aus, alles, was noch an ihre Kindheit in Polen erinnert und diesen einen Monat, den sie jedes Jahr bei ihrer Familie verbringt, nachdem sie zwei Tage in einem heißen, unbequemen Zug gesessen hat. Bis zu diesem Jahr, als sie einen Herzanfall in Warschau erlitt. Sie lag eine Woche im Krankenhaus und setzte sich mit der Versicherung in Verbindung. Marion ist gestern von Paris abgeflogen, um sie in ihr Dorf in die Normandie zu bringen.
»Aber, Frau Doktorrr ...«, fährt die alte Dame fort. »Muß das Flugzeug nicht ab und zu landen, um zu tanken?«

Spät am Abend kommt der Krankenwagen in einem kleinen Dorf mit Fachwerkhäusern an. Die Nacht ist kalt, und nur wenige Fenster sind beleuchtet. Aus der Bäckerei nebenan strömt der Geruch frischen Brotes. Marion vertraut die alte Dame ihrer Nichte an und hinterläßt einen Bericht für den behandelnden Arzt.
Auf der Rückfahrt streckt sie sich auf der Krankenbahre aus, auf der vorhin die Kranke lag.
»Das dürfen Sie nicht tun: Das bringt Unglück!« ruft ihr der Fahrer durch die Scheibe zu.

»Ich bin nicht abergläubisch ...«, antwortet Marion. Sie ist schon fast eingeschlafen.

Oben durch die Seitenfenster sieht sie schwere, dunkle Lastwagen vorüberfahren. Der Fahrer stellt das Radio leise. Marion fühlt sich erleichtert und gelassen. Morgen wird ein schöner Tag. Da Alice zur Generalversammlung nach Paris gefahren ist, werden sie morgen zusammen in einem griechischen Restaurant in der Rue Mouffetard essen. Wie immer wird Marion ihre Großmutter mit den Geschichten ihrer Kranken zum Lachen bringen. Als ihr Sohn Louis, der sich den Partisanen angeschlossen hatte, im Alter von elf Jahren starb, hörte Alice auf zu singen, als hätte ihr dieses Unglück die Stimme gebrochen und die Flügel gestutzt. Aber das Lachen hat sie nicht verlernt!

Das Rütteln des Krankenwagens wiegt Marion in den Schlaf. Sie träumt, daß sie mit Thomas in ein Flugzeug steigt, so wie damals, bevor die Schnepfe Sally auftauchte. Der Start geht ohne Probleme über die Bühne, doch auf einmal blinken überall in der Maschine die Lichter auf; Alarm ertönt; Rauch dringt aus dem Rumpf des Flugzeugs; von der Decke fallen Sauerstoffmasken, und ein widerlicher Geruch strömt in die Maschine. Sie und Thomas legen ihre Sauerstoffmasken an; alle Menschen verlieren den Kopf; Marion will der Stewardeß soeben mitteilen, daß sie Ärztin ist ... Plötzlich tritt ein Mann in Pilotenuniform aus dem Cockpit und wendet sich an die Passagiere. Marion drückt Thomas' Hand so fest, daß sie diese fast zerquetscht. Sie hat das Gefühl, ihr Herz bliebe stehen. Der Pilot ist ihr Vater. Sie reißt sich die Sauerstoffmaske vom Gesicht, löst ihren Sicherheitsgurt, befreit sich aus Thomas' Umarmung, läuft auf den Gang des Flugzeugs und streckt ihre Arme zu ihrem Vater aus, den sie so lange nicht mehr gesehen hat. Das Flugzeug ist sich selbst überlassen, gerät ins Trudeln und saust im Sturzflug auf die Erde zu. Der Pilot verschwindet im Cockpit; Marion hört, daß Thomas sie ruft; das Flugzeug verliert an Höhe; sie verliert das Gleichgewicht und bricht zwischen den Sitzen zusammen. Sie werden abstürzen; der Boden ist jetzt ganz nah ... Marion schreit.

Sie wacht mit Herzklopfen auf. Der Fahrer des Krankenwagens im weißen Kittel rüttelt sie. Der Krankenwagen parkt auf der Standspur der A13; das Warnblinklicht blinkt.

»Frau Doktor! Was ist los? Frau Doktor!«

Marion schüttelt den Kopf, um die letzten Fetzen ihres Traumes zu vertreiben, setzt sich hin und stößt sich an der Infusion, die an der Bahre hängt.

»Haben Sie geschlafen?« fragt der Fahrer. Er ist verärgert, weil er für nichts und wieder nichts angehalten hat. »Ich habe Sie mehrmals schreien hören, und da ich nichts sehen konnte, dachte ich, Sie wären krank.«

»Nein, nein. Es tut mir leid. Ich hatte einen Alptraum.«

Marion streicht sich mit der Hand durchs Haar und schaut auf die Uhr. Es ist genau acht Uhr.

»Versuchen Sie jetzt, wach zu bleiben, okay?« brummt der Fahrer.

»Sie können sich auf mich verlassen!« erwidert Marion, während sie aufsteht, um sich auf den Beifahrersitz zu setzen. Sie hat einen bitteren Geschmack im Mund.

Sie stellt das Autoradio auf 97,4: Witze und Chansons. Nichts wäre besser als ein Sketch von Pierre Desproges oder Raymond Devos, um wieder einen klaren Kopf zu bekommen ...

Sie fühlt sich hundeelend. Als Ärztin kennt sie die Abläufe der Träume und unterscheidet das »gefühlsbetonte substratum«, das die Basis des Traumes liefert (Angst vor Einsamkeit ohne Thomas, der durch sein Fortgehen das Gefühl der Verlassenheit, das sie nach dem Tod ihres Vaters empfunden hat, wieder aufleben läßt), und die »Überreste des Tages«, wie es die Psychoanalytiker nen-

nen, reale Elemente, die übernommen und je nach den Gesetzen der Traumdeformation verändert werden (ihr Flug am Morgen und die Bemerkungen der polnischen Versicherten bezüglich des Rauchs und des Lärms des Flugzeugs). Sie hat jedoch seit seinem Tod 1973 sehr selten von ihrem Vater geträumt, und niemals auf so beängstigende Weise.

Rom, Via della Purificazione, 18. Januar

Rio Cavaranis Stirn ist schweißüberströmt. Er drückt auf das Joypad der Spielkonsole. Das Logo der Zelda-Saga blinkt oben auf dem Monitor. Die Ruhe des Wohn- und Arbeitszimmers, dessen Fenster auf der Seite des historischen Zentrums der Ewigen Stadt liegen, wird durch den Videolärm gestört. Link, der Held, bewegt sich vorsichtig durch die Unterwelt des Mondes, einem wirren Labyrinth voller Fallen, in dem die Fragmente der drei Kräfte der Weisheit versteckt sind. Er muß diese wieder zusammenfügen, um die Prinzessin Zelda zu retten, die von den Männern des Ganon gefangengehalten wird.

Plötzlich klingelt das Telefon. Rio schaut zögernd auf den Apparat. Sein Held benutzt seinen Schild, um die Attacken des Feindes abzuwehren. Rio konzentriert sich wieder auf die Hebel, und es gelingt ihm, sein magisches Schwert einzusetzen.

Das Telefon klingelt erneut. Rio schaut auf die Uhr, seufzt und bricht den Kampf ab. Er nimmt den Hörer ab, legt ihn auf die dafür vorgesehene Konsole neben den Computer, drückt auf das Telefonsymbol und beendet das laufende Spiel.

»Hallo ... Hier ist Serena ...«, sagt der Computer mit einer eigenartig geschlechtsneutralen Stimme. »Störe ich dich?«

»Du hast mich eben abgeknallt!« schreibt Rio, statt zu antworten, mit Hilfe der Tastatur.

»Das tut mir leid ...«, antwortet der Computer. »Ich werde dich morgen im Leichenschauhaus besuchen. Ich nehme an, daß Leichen nicht essen, daher erübrigt sich mein Anruf. Ich wollte mich um neun Uhr mit dir im Restaurant Osteriacarina treffen, aber wenn du tot bist ...«

Rio fängt an zu lachen.

»Ich bin tot, habe aber trotzdem Hunger«, schreibt er geschwind. »Also bis gleich im Restaurant?«

»*Va bene!*« antwortet der Computer mit Grabesstimme.

Das Telefonsymbol erlischt auf dem Monitor, während Rio den Hörer wieder auf seinen Platz legt, den Computer ausschaltet und sich reckt.

Er hat Schmerzen in den Schultern und im Rücken; seine Augen brennen; sein Kopf brummt wie ein Rugbyball im schlimmsten Gedränge, und sein Herz klopft zum Zerspringen. Die Rheumatologen, die raten, eine bestimmte Position vor dem Computer einzuhalten (gerader Rücken, Ellbogen und Knie bilden einen rechten Winkel zum Körper, und der Hals sitzt locker auf den Schultern), haben noch nie *Zelda* gespielt, genausowenig wie die Augenärzte, die raten, die Augen einige Minuten zu schließen, wenn man eine halbe Stunde vor dem Monitor gesessen hat, oder die Herzspezialisten, die vorschreiben, sich niemals aufzuregen, um den Blutdruck stabil zu halten.

Rio schaut abermals auf die Uhr. Er hat noch Zeit, ein wenig zu schlafen, bevor er sich mit seiner Frau trifft. Er stellt den Wecker seiner Uhr auf acht Uhr dreißig, schiebt die Tastatur weg, legt seinen Kopf auf seine eingeknickten Arme und schläft wie ein erschöpftes Kind vor dem dunklen Monitor ein ...

Er träumt, daß er genau an dieser Stelle vor dem Monitor eines Computers sitzt und in der Hand den Joystick des Spiels *Snoopy und der Rote Baron* hält. Er läßt Snoopy, der sich von dem niederträchtigen Roten Baron und dessen Flugzeug beschießen läßt, über seine Hundehütte fliegen. Snoopy hat keine Waffen und kann nur hochklettern und hinunterklettern, um die Schüsse und Zusammenstöße zu verhindern, während er die Lebensmittel auffängt, die in regelmäßigen Abständen vom Himmel fallen und ihm den Bonus für Langlebigkeit verleihen.

Mit einem Male taucht in dem Spiel eine Person in einem bunten Blumenkleid auf, auf die der Rote Baron jetzt zielt ... Und Rio stellt mit Entsetzen fest, daß es sich um seine Mutter handelt: Es gibt nur einen Ausweg, und zwar wie ein junger Gott zu spielen, um das Leben von Alice zu retten. Er zittert; seine feuchten Hände umklammern den Joystick; er ist überall gleichzeitig, lenkt das Flugzeug ab, stellt sich zwischen die Schüsse und die Person, die unbekümmert tanzt. Er hat keine einzige Waffe, um zurückzuschießen. Das Flugzeug fliegt plötzlich im Sturzflug auf die Gestalt zu und nimmt alles unter Beschuß. Snoopy und seine Hundehütte reagieren langsam. Es ist eines der ersten Spiele, die von Atari herausgekommen sind. Seine Reglosigkeit ist zu groß. Alice wird sich töten lassen ... Rio schreit.

Er schreckt zusammen und wacht mit einem bitteren Geschmack im Mund auf. Er liegt mit dem Gesicht auf der Tastatur vor dem ausgeschalteten Monitor. Rio fährt sich mit der Hand durchs Haar und schaut auf die Uhr: Es ist genau zwanzig Uhr. Er fühlt sich hundeelend. Er hat von Traumdeutung keine Ahnung. Er ist Italiener, also abergläubisch. Er hat mittags nichts Schweres gegessen, nur einen Tomatensalat mit Mozzarella und Olivenöl, und er hat nur ein Glas Lambrusco getrunken. Nur selten hat er von seiner Mutter geträumt, seit sie 1940 gestorben ist, und niemals auf so beängstigende Weise.

Paris, Rue Mouffetard, 19. Januar

Marion ist schon seit einer Weile in die Speisekarte vertieft, und sie kann sich nicht zwischen Tsatsiki und Tarama entscheiden.

Die weißen, gekalkten Wände des kleinen Restaurants, die Schwarzweißfotografien und die synkopische Tanzmusik versetzen sie in eine Zeit sechs Monate zurück, als sie einen jungen Touristen, der Opfer eines Motorradunfalls geworden war, auf der Insel Amorgos abholte, wo der Film *Im Rausch der Tiefe* gedreht wurde. Da sie aufgrund der schlechten Verbindungen zwischen den Inseln zwei Tage dort unten festsaß, marschierte sie stundenlang über einen steinigen Weg bis zu dem Kloster der Chozoviotissa, einer weiß gekalkten Höhle, die an einem Berghang lag, fern von allem. In dem Kloster lebten fünf Mönche, die ihr ranzigen Tee und Rachat Lokum mit Rosenwasser anboten ...

»Was trinken Sie? Raki? Ouzo?«

Der schwarzhaarige Kellner namens Dionysos, schwirrt schon eine Weile um sie herum. Alice, die in der Regel pünktlich ist, hat fast eine halbe Stunde Verspätung. Ob sie es wohl vergessen hat?

Marion bestellt sich etwas zu trinken und kritzelt auf der Papierdecke herum, um sich die Zeit zu vertreiben. Nach der zehnten Olive macht sie sich allmählich Sorgen und ruft ihre Großmutter auf dem Boulevard Suchet an. Es meldet sich niemand, also ist Alice sicher schon unterwegs ...

Marion wartet noch eine Weile, stochert in ihrem Taramateller herum, den sie schließlich bestellt hat, weil ihr der Raki in den Kopf gestiegen ist. Sie beschließt hinzufahren, um nachzusehen. Sie springt in ihren Fiat Punto, fährt Porte d'Orleans auf den inneren Ring, den sie Porte d'Auteuil wieder verläßt und parkt vor dem Haus, in dem ihre

Großmutter wohnt. Sie tippt den Türcode ein, betritt den Hausflur und schaut automatisch auf die riesige Glaswand ...

Die Tür der Loge wird geöffnet. Dolores Lopes, seit dreißig Jahren Hausmeisterin, die Marion schon als Baby kannte und die sie nun »Frau Doktor« nennt, kommt heraus. Ihre Augen sind tränennaß, und ihre Nase ist rot wie eine Tomate.

»Was ist passiert?« fragt Marion entsetzt.

Sie denkt sofort an Dolores' Ehemann, der als Maurer auf einer Baustelle arbeitet, und an ihren Sohn José, der als Spediteur immer auf den Straßen unterwegs ist.

»Ist jemandem etwas zugestoßen, Dolores? Ist jemand krank?«

Die Hausmeisterin schüttelt den Kopf. »Niemand ist krank ... aber jemand ist tot.«

Mehr braucht sie Marion nicht zu sagen. Sie weiß sofort, daß es sich um Alice handelt.

»Aber ... wie denn? Wo? Wann?« schreit sie fassungslos.

Alice kam gestern abend nach der Generalversammlung des Champagnerhauses Mervège nach Hause. Sie trug ihren Wollmantel und das Tuch, das ihr Marion zu Weihnachten geschenkt hatte. Sie blieb wie immer an der Loge stehen, um ein wenig zu schwatzen. Dann nahm sie den Aufzug, um in ihre Wohnung hochzufahren. Heute gegen mittag kam die Putzfrau und fand sie im Sessel in der Diele. Sie trug noch immer ihren Mantel sowie ihr Tuch und hielt die Handtasche in der Hand. Sie sah aus, als schliefe sie, doch sie war tot.

»Der Arzt aus dem Erdgeschoß ist gekommen und hat sie sich angesehen. Er hat gesagt, daß sie gestern abend gestorben sei. Das Herz. Wir haben versucht, Sie anzurufen ...«

»Ich war schon unterwegs, um mich mit ihr im Restaurant zu treffen!« rechtfertigt sich Marion unwillkürlich.

»Ihr Onkel Maurice hat sie gestern abend angerufen, doch sie hat nicht abgehoben. Als sie an der Loge vorbeikam, ehe sie mit dem Aufzug hochfuhr, habe ich mir gerade *Studio Gabriel* mit M. Drucker angesehen. Der Arzt sagt, daß sie kurz danach gestorben sei, so gegen zwanzig Uhr. Man könnte meinen, sie schliefe. Wollen Sie Ihre Großmutter sehen?«

Seit sie als Ärztin arbeitet, hat Marion schon so viele Tote gesehen: Kranke, die starben, ehe sie eintraf; Kranke, die starben, während sie versuchte, sie wiederzubeleben. Aber diese Kranken kannte sie vorher nicht.

»Nein!« schreit sie, während sie zurückweicht. »Nein, Dolores!«

Sie läßt die verblüffte Hausmeisterin einfach stehen, dreht sich auf dem Absatz um, rennt zu ihrem Wagen, startet, malträtiert den Einspritzmotor, überfährt fast einen Radfahrer, weil sie ausschert, ohne sich umzudrehen, und fährt in Richtung Bois de Boulogne davon. Als sie am See ankommt, zittern ihre Hände so stark, daß sie gezwungen ist, ihren Wagen zu parken und den Motor auszuschalten. Fassungslos und erstarrt, läßt sie ihren Kopf auf das Lenkrad sinken. Das ist unmöglich. Alice kann doch nicht einfach auf so banale Weise sterben, während sie im Restaurant auf sie wartet, oder vielmehr gestern abend, um acht Uhr, nachdem Marion die Kranke nach Hause gebracht hat.

Sie zittert so stark, daß ihr ganzer Körper bebt. Gestern abend um zwanzig Uhr ist sie aus ihrem Alptraum erwacht und hochgeschreckt, und sie hatte einen bitteren Nachgeschmack im Mund. Es gibt keine Zufälle.

*Paris, Boulevard Malesherbes,
am Vormittag des 20. Januar*

Die Kanzlei des Notars der Familie Mervège riecht stark nach dem Leder der tiefen Clubsessel und nach Pfeifentabak. Man kann die Fußgänger unten auf dem Boulevard hören, weil die Bürgersteige aufgrund des feinen Regens naß sind. Der Notar ist groß und kräftig; sein graues Haar, das er im Bürstenschnitt trägt, paßt zu seiner Brille mit dem Eisengestell. Sein Blick ist durchdringend und intelligent. Sein marineblauer Anzug mit Nadelstreifen strahlt Seriosität und eine lange Familientradition aus.

Die Mervèges und die Daranges sind alle da, verlegen, wie Menschen sind, wenn der Tod in ihr Leben tritt. Sie können ihr Glas heben und einen Toast sprechen, die verschiedenen Geschmacksrichtungen benennen, die sie erkennen, wenn sie Champagner degustieren, Flaschen öffnen, sich um ihre Weinberge streiten, exportieren, Marketing betreiben, Kredite aufnehmen, investieren, Innovationen schaffen, planen und ausführen. Doch vor Alices unfreiwilligem Verscheiden sind sie machtlos.

Der Anwalt verliest nun ihren letzten Willen: Wie alle wissen, erbt Maurice, der letzte lebende Sohn, das Schloß Mervège, und er wird gezwungen sein, es zu verkaufen. Das Dach ist undicht wie ein Sieb, und die Wände sind feucht. Der Besitz, den Alice nur mit Müh und Not halten konnte, verschlingt irrsinnig viel Geld. Die Geschäftsräume des Champagnerhauses sind schon lange nach Épernay in ein großes Gebäude im Neo-Renaissance-Stil in der berühmten Avenue de Champagne verlegt worden, einer Adresse, an der man in dieser Branche nicht vorbeikommt.

»Ihre Mutter hat dennoch einen Wunsch geäußert ...«, fährt der Notar, der sich zu Maurice umdreht, fort.

Er überreicht nun Alices drei Enkelinnen, den Repräsentantinnen der zweiten Generation, einen persönlichen Brief.

Aude, die jüngste, liest den ihren sofort und läßt ihn anschließend herumgehen. Odile, die schamhafter ist, überfliegt ihren Brief und faltet ihn dann mit verschlossener Miene zusammen. Marion stellt sich ans Fenster und dreht dem Familienclan den Rücken zu. Alice hat auf den Umschlag geschrieben: *Für Marion, wenn ich nicht mehr da bin.* Marion klammert sich an das Blatt und trocknet ihre Augen, um richtig sehen zu können.

Meine Liebe, glaube ja nicht, daß ich Euch im Stich gelassen habe! beginnt Alice den Spieleinstieg, getreu ihrer Taktik, die sie benutzt hat, um ihre Enkeltöchter beim Kartenspiel zu besiegen. *Ich werde Euch auch weiterhin beschützen, nur auf eine andere Art und Weise. Ihr könnt Euch nicht mehr mit Schokoladenkuchen vollstopfen, das ist alles. Ich muß Euch dennoch ein Geständnis machen: Ich habe es nie geschafft, den Videorecorder, den Ihr mir vor fünf Jahren zu Weihnachten geschenkt habt* (Alice hat zuerst vor zwei Jahren geschrieben, dann drei, dann vier und jedes Jahr die alte Zahl durchgestrichen), *anzuschließen. Um Euch eine Freude zu machen, habe ich mir trotzdem Videokassetten ausgeliehen, die meine Phantasie angeregt haben. Ich habe mich so in den Titel, die Inhaltsskizze und das Cover vertieft, daß ich fast das Gefühl hatte, im Kino zu sitzen. Kommen wir jetzt zum Thema: Ihr werdet es sicher erraten: Ich vererbe Euch mein ganzes Erbe, das heißt, meine gesamten Mervège-Aktien. Ich weiß, daß Maurice, mein letzter lebender Sohn, gezwungen sein wird, das Schloß zu verkaufen. Die Zeiten haben sich gewandelt und die Familien auch. Ich habe nie versucht, Euch zu beeinflussen. Ihr gehört einer anderen Generation an, doch ich möchte meinen drei Enkelinnen Zeit schenken, um nachzudenken.*

Ich erkläre es Euch: In Eurer modernen Welt geht alles viel zu schnell. Man wächst heran, verliebt sich, lebt verheiratet oder unverheiratet zusammen, bekommt Kinder, läßt sich scheiden oder trennt sich, und alles fängt wieder von vorn an ... Man sucht sich einen Beruf, verdient Geld, zahlt Steuern, nimmt Kredite auf, plötzlich arbeitet man mehr, verdient mehr Geld, zahlt mehr Steuern, nimmt größere Kredite auf, und wieder das gleiche Spiel! Dank des Fortschritts spart Ihr Zeit: Ihr braucht den Abwasch nicht mehr zu erledigen, kauft Fertiggerichte und habt sogar eine Putzfrau, die älter ist als Ihr! Aber was macht Ihr mit der gewonnenen Zeit? Nichts! Ihr schaut Euch keine Blumen an, backt keinen Kuchen mehr, spielt nicht mit dem Hund, streichelt die Katze nicht, hört den Vögeln nicht zu, und Ihr bringt den Kindern nichts bei. Ihr verschleudert die gewonnene Zeit und lebt wie Dummköpfe: Marion und Aude, die in Paris leben, haben die Weinberge vergessen und kennen die Schönheit der Natur nicht mehr ... Odile hängt in Épernay den ganzen Tag vor dem Fernseher!

Ich schenke jeder von Euch sechs Monate Ferien, die Ihr auf Schloß Mervège verbringen müßt, und zehn Millionen alte Francs; hunderttausend Francs sofort, die Ihr notwendigerweise in dieser Zeit ausgeben werdet. Diese Summe dient Euch dazu, Eure Raten und Eure Miete zu bezahlen, zu reisen, zu essen, zu schlafen, zu träumen, jemandem Geld zu borgen oder zu schenken, alles, was Ihr wollt ...

Nach dieser Zeit seid Ihr frei und könnt leben, wie Ihr wollt, und jede von Euch erhält noch einmal zehn Millionen alte Francs als Bonus. Wenn Ihr Euch dagegen entscheidet, meinen letzten Willen zu respektieren, gehört Euch natürlich meine ganze Liebe, aber kein einziger Sou!

Ich bitte Maurice, den rechtmäßigen Eigentümer des Schlosses Mervège, es Euch zu überlassen und es in dieser Zeit nicht zu betreten. Erst danach kann er es verkaufen.

Ich habe Euch allen, Odile, Marion, Aude (in der Reihenfolge Eures Alters) den gleichen Brief geschrieben. Ihr habt eine Frist von sechs Monaten, um nachzudenken, noch einmal Eure Jobs zu überdenken, Eure Liebschaften, Euren Platz in der Gesell-

schaft. Es ist noch Zeit, noch einmal ganz von vorn anzufangen. Ihr könnt alles verwerfen und einen Neuanfang wagen oder weitermachen wie bisher! Ihr erinnert Euch gewiß an das Motto des Bataillons Eures Großvaters: »*Weder zurückweichen noch die Richtung ändern!*« *Ich schenke Euch eine zweite Chance. Ihr könnt zurückweichen, die Richtung ändern, Euch neu orientieren, alles nach Lust und Laune über den Haufen werfen. Denkt darüber nach!*

Ich bin jetzt sechsundachtzig Jahre alt ... (Alice hat vier Jahre hintereinander die alte Zahl durchgestrichen). *Ich habe zwei Kriege miterlebt und unzählige Todesfälle und bin über den Tod meiner Söhne niemals hinweggekommen, aber ich habe das Leben geliebt! Ich rate Euch, es auch zu lieben, und um nicht mit einer traurigen Bemerkung zu schließen, möchte ich Euch an folgendes erinnern: Schaltet das Licht aus, wenn Ihr einen Raum verlaßt; gebt eine Prise Salz in das Eiweiß, ehe Ihr den Eischnee schlagt, und schaukelt nicht auf den Stühlen herum!*

Dieser verrückte, zärtliche Brief – typisch Alice – ist vor vier Jahren geschrieben und mehrmals überarbeitet worden. Alice hat kürzlich mit dem Bleistift hinzugefügt: Denk daran, daß Thomas nicht der einzige Mann auf der Welt ist!

»Da ich in einer Anwaltskanzlei arbeite, kann ich mir nicht erlauben, sechs Monate Urlaub zu nehmen!« sagt Aude verärgert.

»Eine verrückte Idee ...«, murmelt Odile.

Marion schweigt. Sie erinnert sich an das letzte Gespräch mit Alice auf Schloß Mervège vor fünf Tagen. »Ich bin dabei, mein Testament wie jedes Jahr auf den neuesten Stand zu bringen«, hatte ihre Großmutter mit einer Miene gesagt, als wollte sie sich einen Scherz erlauben.

»Was meinst du dazu, Marion?« fragt Odile.

»Eine altersbedingte Geistesschwäche? Alzheimer?«

erwidert Aude voller Hoffnung. »Wenn es das ist, müssen wir keineswegs ...«

»Sei ruhig!« fällt ihr Marion ins Wort, wobei sie ihre Cousine böse anfunkelt. »Alice hat mir gesagt, wir würden alle drei wie Schwachköpfe leben.«

»Was? Aber was ist denn das für ein Unsinn? Sie war stolz, daß ich Anwältin bin und du als Ärztin arbeitest«, ruft Aude.

»Und ich bin gut genug, um eure Schuhe zu putzen, was?« stößt Odile wütend hervor.

»Auf jeden Fall«, fährt Aude fort, »ist keine Rede davon, in diesem feuchten, vermoderten Herrenhaus zu wohnen. Man holt sich den Tod und langweilt sich zu Tode.«

»Aber für hunderttausend Francs ...«, erinnert sie Odile.

Der Notar schaut auf seine blank geputzten Schuhe und räuspert sich.

»Ich brauche Ihre Antworten im Laufe der Woche, meine Damen ...«

»Ja! Ich nehme die Erbschaft an«, sagt Odile mit fester Stimme.

»Ich nicht! Kommt überhaupt nicht in Frage!« verkündet Aude mit roten Wangen.

»Ich muß darüber nachdenken ...«, sagt Marion.

Sie erinnert sich an ihren Traum, den sie gestern abend genau zu dem Zeitpunkt hatte, als Alice mit ihrem Mantel und ihrer Handtasche in der Hand gestorben ist.

Rom, Piazza Farnese, am Vormittag des 20. Januar

Rio Cavarani überquert mit großen Schritten den Platz und wirft im Vorübergehen einen bewundernden Blick auf den Palazzo Farnese, den schönsten Palast Roms, in dem die französische Botschaft untergebracht ist. Er wurde für den Kardinal Farnese, den späteren Papst Paul III. erbaut. Michelangelo beteiligte sich an den Arbeiten, und einige Materialien stammen aus dem Kolosseum. Er ging später an die Erben des Königs von Neapel über, die ihn 1874 an Frankreich abtraten.

Der Brunnen in der Mitte des Platzes besteht aus zwei Brunnenschalen aus grauem, ägyptischem Granit, der in den Caracalla-Thermen gefunden wurde. Gleich nebenan ist der grüne Zeitungskiosk, ganz in der Nähe eines Cafés und einer Trattoria.

Als Rio vor drei Jahren zum erstenmal den Computerladen in der Parallelstraße betrat, kaufte er sich französische Zeitungen und las sie im Café. Seither ist es fast zu einer Tradition geworden. Rio ist ein traditionsbewußter Mensch: ein Waisenkind, das seinen Vater als einjähriger und seine Mutter als zehnjähriger Junge verloren hat, von seiner Großmutter erzogen, die starb, als er zwanzig war, hin und her gerissen zwischen Frankreich und Italien, von Épernay nach Florenz und dann nach Rom übergesiedelt, der einzige hochqualifizierte Informatiker seiner Generation und Hersteller sonderbarer Videospiele – er braucht Orientierungspunkte ...

Wie gewöhnlich bewundert er das ehemalige Domizil des Fürsten Farnese und bedauert den Wachposten. Die grelle Januarsonne scheint auf die Ewige Stadt, wandert über die ockerfarbenen Fassaden, und die eingemummten Fußgänger beeilen sich. Wie in den meisten Mittelmeerländern setzen sich die Vermieter aus Sparsamkeitsgründen für feste Heizzeiten ein: Man steht auf, zieht sich an, trinkt seinen Kaffee und geht zur Arbeit, wo es warm ist, doch sobald die Schule aus und der Dienst beendet ist, friert man bis zum Abend. Rio, der zu Hause arbeitet, kann ein Lied davon singen ...

Er zeigt dem Mann im Kiosk *Le Figaro* und *Le Monde*,

gibt ihm das Geld, nickt zum Gruß kurz mit dem Kopf und geht mit den Zeitungen unter dem Arm in das schön geheizte Café. In Rom bezahlt man, bevor man bestellt: Kuchen und kleine dreieckige Sandwiches liegen auf einem Teller vor der Bar. Man sucht sich etwas zu essen und zu trinken aus, zahlt an der Kasse und wird anschließend von dem Kellner bedient. Die Kassiererin erkennt Rio sofort. Seine schmale Statur, sein weißes, gelocktes Haar, der intensive Blick seiner dunklen Augen und die Art, wie er sich ausdrückt, vergißt man nicht so schnell. Sie tippt automatisch den Preis für einen Cappuccino ein, schaut auf das Sandwich, auf das er zeigt, und nimmt das Geld, das er ihr reicht.

In der Nähe des Radiators ist es angenehm warm. Rio zieht seine mit Schaffell gefütterte Jacke aus, setzt sich so hin, daß er dem Café den Rücken zuwendet, streckt seine langen Beinen unter dem Tisch aus, taucht seine Lippen in den Cappuccino und schlägt die Zeitung auf. In einem Spiegel kann er den Wachposten sehen, der draußen in der Kälte steht.

Die Nachrichten aus Frankreich sind wie die Sonne in Rom: kalt. Steuerreform, Staatsbesuch des Präsidenten Chirac, die Verhandlungen werden im Nahen Osten weitergeführt, ein Schauspieler ist gestorben, vermischte Nachrichten. Rio blättert den *Figaro* durch, die größte französische Tageszeitung, Fünfuhrausgabe vom 19. Januar 1996, und sucht den Kulturteil. Er stößt auf die Anzeigen und muß lächeln, als er sich an seine Mutter erinnert, welche die Nachrichten aus dem gesellschaftlichen Leben im *Éclaireur de l'Est* las, während Rio und Louis um sie herumhüpften und Christophe, das Baby, in seiner Wiege schlief. Die Namen, die immer wiederkehrten, waren die der großen Champagnerhäuser; die Zusammenschlüsse liefen gut und begeisterten Alice. Sie machte hingegen ein ernstes Gesicht, wenn sie die Namen der Verstorbenen vorlas und ihren Söhnen anschließend erklärte, wer die einzelnen Leute waren und wo sie gewohnt hatten.

Sechsundfünfzig Jahre später überfliegt Rio gedankenverloren den Anzeigenteil, wundert sich in der Rubrik »Geburten« über die Vornamen, die in Mode sind, amüsiert sich über die langen Namen in den Heiratsanzeigen und schaut sich die Todesanzeigen an. Er trinkt seinen Cappuccino aus und beißt in sein Schinken-Artischocken-Sandwich. Er sieht im Spiegel den Wachposten, der seine Hände, die in Handschuhen stecken, warmreibt, und erstickt fast, als er einen Bissen von seinem Sandwich hinunterschluckt und seine Augen vor Überraschung weit aufreißt ...

Dort, in der rechten Spalte zwischen Pierre Beaumont und Gauthier de Gisor, zwischen »B« und »G«, steht »D«. Die Buchstaben tanzen vor Rios Augen, der glaubt, verrückt geworden zu sein. Er schließt einen Moment die Augen, um sich zu vergewissern, daß er nicht träumt, doch nein, die Wörter stehen noch immer da, »D« wie Darange!

Die ungeheuere Nachricht weicht seinem Unglauben nicht. Er kann es dort schwarz auf weiß lesen: Die Frau des Obersten Philippe Darange, geborene Alice Mervège, ist im Frieden des Herrn am 18. Januar 1996 im sechsundachtzigsten Lebensjahr entschlafen.

Der Wachposten reibt sich dort draußen noch immer seine Hände; die französische Botschaft wirft ihren Schatten auf den Platz; der Mann vom Zeitungskiosk kommt soeben ins Café, um einen Espresso zu trinken; der Kellner schaltet die Kaffeemaschine ein; die Kassiererin liest in einer Zeitschrift; der Radiator heizt das Café; Rio kaut auf seinem Bissen herum, der wie Asche schmeckt.

Le Figaro, eine seriöse französische Tageszeitung von gutem Ruf, kündigt ihm soeben den Tod seiner Mutter an, die vor sechsundfünfzig Jahren, einige Monate nach dem

Bombenangriff vom 11. August 1940, in Épernay ihren Verletzungen erlag.

Rio liest die Anzeige wieder und wieder. Er kennt weder Maurice noch Albane Darange, weder Elizabeth Doly noch Odile, Aude oder Marion Darange, weder Georges noch Lucette Mervège, die in Trauer diesen Tod bekanntgeben. Keiner dieser Namen ist ihm vertraut. Warum steht dort nicht Philippe Darange? Und Louis? Und Christophe?

Rio atmet tief durch. Es ist ein Irrtum. Es handelt sich sicher um eine zufällige Namensgleichheit.

Auch das Champagnerhaus Mervège, alle Mitglieder des Verwaltungsrates und das gesamte Personal teilen ihre Trauer über das Verscheiden dieser Alice mit. Rio verbirgt sein Gesicht in den Händen, um für einen Moment der Welt zu entfliehen. Der Palazzo Farnese mit dem herrlichen Geison von Michelangelo, das der Fassade seinen wunderschönen, erhabenen Anblick verleiht, der Wachposten, der Zeitungsverkäufer und selbst das Café und sein Radiator verschwinden aus seinem Blickfeld. Er sieht in Gedanken noch einmal Bilder aus der Vergangenheit vor sich – das Ufer der Marne, vor einem Landsitz mit Türmchen, in der Nähe einer Lorbeerhecke, am 11. August 1940 ...

Paris, Sitz der Versicherungsgesellschaft, am Abend des 20. Januar

Im Gebäude der Versicherungsgesellschaft läuft die Kaffeemaschine 24 Stunden am Tag, 365 Tage im Jahr. Die modernen, hellen Gebäude, die durch ein Labyrinth von Fluren und Stockwerken miteinander verbunden sind, riechen noch neu. Die sauberen, adretten Ärzte, die soeben aufbrechen, treffen auf blasse, schlecht rasierte Ärzte, die von einem Rücktransport zurückkehren, unter der Last von Taschen und Sauerstoffflaschen fast zusammenbrechen und von einem Bad und ihrem Bett träumen.

Marion ist eine Außenseiterin des Ärztestandes. Sie geht mit einem Funkempfänger spazieren, der ihre Taschen ausbeult und piept, wenn sie am wenigsten damit rechnet. Sie ruft dann sofort die Versicherung an; ihre Mission wird ihr zugewiesen, ohne daß sich die Mitteilung anschließend selbst zerstört*. Es ist so, als ob sie Roulette spielen würde: Man kann sie vormittags nach Venedig schicken, nachmittags nach Tel-Aviv und nachts nach New York oder ihr bei glühendheißer Sonne eine Hin- und Rückfahrt in einem Krankenwagen auf der Strecke Lille-Cannes aufbürden. Doch meistens fliegt sie und träumt. Sie stellt sich einen in Tränen aufgelösten Thomas vor, der hilflos in der Nähe des Flugzeugwracks umherirrt, um ihren Leichnam zu identifizieren, oder ihr Gesicht in Großaufnahme in den Acht-Uhr-Nachrichten: »Marion Darange, der blonden Ärztin, die einen Rücktransport durchführte – einzige Ärztin an Bord der entführten Boeing –, ist es gelungen, den Piloten, der von den Terroristen verletzt wurde, wiederzubeleben und ihm bei der Landung des Flugzeugs behilflich zu sein!« Sie ruft Thomas zu der unmöglichsten Uhrzeit vom anderen Ende der Welt an, um ihm zu sagen, daß das Flugzeug nicht abgestürzt und sie unversehrt gelandet sei, worüber sie sich unbändig freut, weil sie auf diese Weise Sally weckt. Sie entdeckt neue Horizonte, wird Spezialistin für die von den Fluggesellschaften gereichten Speisen und für Filme auf Langstrecken (Huhn in Gelee auf Harrison Ford und Braten mit Mayonnaise, der mit Kevin Costner durchsetzt ist, rangieren auf der Top-Liste ganz oben). Auf dem Rückflug spielt sie gleichzeitig Ärztin und Mutter: Medizinische Versor-

---

* Anspielung auf eine immer wiederkehrende Szene in der amerikanischen Krimiserie »Mission Impossible« (Anm. d. Übers.)

gung und Bequemlichkeit des Kranken, Pipi machen, trinken, essen, reden, die Medikamente schlucken oder sie durch eine Infusion injizieren, wann kommen wir an, glauben Sie, Frau Doktor, daß ich im Krankenhaus ein Einzelzimmer haben werde? Bevor sie wieder zu Hause in der Rue d'Assas in ihrem Zimmer ist, das sie mit niemandem teilt, dem sie von ihrer Reise erzählen kann.

Nach der Trennung von Thomas glaubte sie, daß ihr Leben verpfuscht sei, daß sie ihr Leben damit verbringen würde zu trinken, sich für niemanden auszuziehen, vor James-Bond-Filmen einzuschlafen und sich die schlimmsten Foltermethoden für Sally auszudenken. Eine Zeitlang sprach sie von nichts anderem, und dann, eines Tages, hörte sie auf, sich zu beklagen. Sie beschloß, jedesmal, wenn sie den Namen Thomas aussprechen würde, fünf Francs in eine Spardose zu werfen. Sie hörte auf, Whisky zu trinken, versteckte den Rumtopf und beobachtete oben von ihrem Turm diese wunderbare Frau, Single und damit noch zu haben, bei der alle positiven Eigenschaften im Test angekreuzt waren, auf die sicher irgendwo jemand wartete, um sie ans andere Ende der Welt zu entführen, dorthin, wo sie niemand mehr fragt, wie es Thomas gehe (fünf Francs) ...

Ein schwungvolles »Hallo, Marion!« weckt sie aus ihren Träumen. Sie mag ihren Kollegen Robert nicht. Er hat feuchte Hände und riecht nach Knoblauch.

»Ich möchte dich um einen Gefallen bitten«, sagt er und legt eine Hand auf ihre Schulter. »Du mußt mich unbedingt morgen bei einer Hin- und Rückfahrt Paris-Oslo vertreten, eine Vierzigjährige mit einem gebrochenen Bein; du bist abends wieder zu Hause. Ich werde mich revanchieren. Ich habe zugesagt, doch ich habe ein Problem, und da mich die Einsatzleitung im Moment auf dem Kieker hat ...«

»Tut mir leid, aber das ist unmöglich!« erwidert Marion und schüttelt seine Hand ab.

»Kannst du es nicht irgendwie einrichten?«

»Ich habe einen anderen Termin ...«

»Kannst du den nicht verschieben oder absagen?«

Da er ihr langsam auf den Wecker geht, lächelt sie bei dem Gedanken, daß ihm ihre Antwort ziemlich peinlich sein wird.

»Das wird schwierig sein: Ich muß zu einer Beerdigung!« sagt sie.

»Dann vertrete mich für den Wochenenddienst. Komm, eine Beerdigung dauert doch keine ganze Woche«, beharrt Robert.

Sie schaut ihm offen ins Gesicht.

»Du hast recht«, sagt sie langsam. »Das dauert keine ganze Woche, sondern sechs Monate.«

Genau aus diesem Grunde ist sie gekommen: um die zuständige Sekretärin der Ärzteschaft zu informieren, daß sie in den nächsten sechs Monaten in der Champagne leben wird. Sie wird gegebenenfalls kurze Rücktransporte im Osten Frankreichs übernehmen und einspringen, wenn wirklich Not am Mann ist, doch man kann ihren Namen von der Liste der festen Mitarbeiter streichen.

*Paris, Invalidendom,
am Morgen des 22. Januar*

Der Kirchenvorplatz ist schwarz vor Menschen in Trauerkleidung. Die Esplanade des Invalidendoms und die Militärschule sind sonnenüberflutet. Der Trauergottesdienst für Alice Darange, geborene Mervège, ist an diesem Tag des heiligen Vinzenz, dem Festtag der Weinbauern, soeben zu Ende gegangen.

»Die Seine war heute morgen so glatt wie ein lackierter

Fingernagel«, teilt Aude theatralisch mit. In ihrem grauen Leinenkostüm und dem mit einer passenden Samtschleife zusammengebundenen Haar sieht sie aus wie auf einer Modenschau für elegante Trauerkleidung.

»Das ist uns total egal, verstehst du?« erwidert Thomas, dessen Haar zerzaust ist und der einen marineblauen Anzug trägt, der vom Flug noch ganz zerknittert ist.

Er ist heute morgen in Heathrow gestartet. Er mochte Alice wirklich gern.

»Ich habe Marion nicht gesehen ... Was treibt sie bloß, verdammt?« brummt Odile. Ihre Augen sind gerötet, die Haare ungekämmt. Sie trägt eine dunkle Hose und eine schwarzweiß karierte Jacke.

»Ich habe sie angerufen, jedoch nicht erreicht«, sagt Thomas. »Aber wenn ihr mich fragt, können wir lange auf sie warten ... An dem Tag, als ihr Vater gestorben ist, hat sie geschworen, nie mehr zu einer Beerdigung zu gehen, außer zu ihrer eigenen.«

»Es liegt doch in ihrem Interesse zu kommen«, sagt Odile. »Es wäre wirklich dreist ...«

»Undenkbar, daß sie nicht kommt!« unterbricht Aude sie energisch. »Wie ich euch schon gesagt habe, bin ich über die Pont de l'Alma gefahren, als ich aus Neuilly kam, und die Seine war so glatt wie ein ...«

»Thomas hat recht: Es ist doch total egal!« ruft Odile, die ihre Schwester um einen Kopf überragt.

Sie sind alle traurig und hilflos, jeder auf seine eigene Art. Die ganze Familie ist da. Es war eine sehr feierliche Messe mit militärischen Ehren, Fahnen, Fahnenträgern und Totengeläute wie bei den unzähligen Trauerfeiern, an denen Alice zu Ehren ihrer Kameraden der Résistance oder ehemaliger Kämpfer teilgenommen hat.

Die Wagen fahren hintereinander zum Friedhof Père-Lachaise, auf dem schon mehrere Mitglieder der Familie Darange begraben liegen, unter anderem auch Christophe.

Philippe, sein Vater, und Louis, sein älterer Bruder, liegen auf einem Soldatenfriedhof in der Nähe von Épernay.

Elizabeth Doly, die Witwe von Christophe Darange und Mutter von Marion, ist durch die Zeitumstellung wie benommen. Sie hat vergebens versucht, ihre Tochter umzustimmen, doch noch an den Trauerfeierlichkeiten teilzunehmen.

Die engsten Angehörigen treffen sich nach der Beerdigung zum Mittagessen in den Empfangsräumen des Hauses Mervège. Maurice macht alles sehr gut und genau so, wie es sich seine Mutter gewünscht hätte. Er hält eine einfache, aber ergreifende Rede zum Gedenken an Alice, erinnert an ihren Ehemann Philippe Darange, an ihre Söhne Louis und Christophe und schließlich an Émile Mervège, den Begründer des Champagnerhauses Mervège. Er spricht auch über den heiligen Vinzenz, eine Tradition, die allen am Herzen liegt, und erklärt, daß das anschließende Essen eine Hommage auf Alice sei und ganz im Zeichen des Champagners stehe. Zum Schluß bricht seine Stimme, und er erhebt sein Tulpenglas mit dem Wappen des Hauses Mervège:

»Ich trinke auf meine Mutter! Einen geheimnisvollen, eleganten, ausgewogenen Champagner, einen Champagner mit Seele: eine Prestige-Cuvée Mervège – Blanc de Noirs 1949 ...«

Dieser Champagner wird zu einem Lammrücken getrunken, der von Züchtern aus der Brie der Champagne stammt. Es folgen ein Nußsalat und eine Käseplatte, die durch einen 1952er Mervège-Champagner Brut – Rosé 1952 besonders zur Geltung kommt. Das Essen schließt mit einem Frucht-Regenbogen in Champagner ab.

Es ist das erstemal, daß die Familie am Tag des heiligen Vinzenz in Paris ist. Den ganzen römischen Kalender hindurch und dem Rhythmus der Weinberge folgend, beten die Weinbauern der Champagne zu dem heiligen Remigius oder Johannes dem Täufer, damit kein Frost die Ernte zerstören möge, zu Petrus, wenn die Weinlese beginnt, oder zum heiligen Urbanus, um den Schutz der Traubenlese und die Verbesserung der zarten Weine zu erbitten, aber der heilige Vinzenz wurde schon seit dem Mittelalter bevorzugt, seit der Zeit, da sich die ersten Zünfte der Weinbauern bildeten. Während die Nachkommen des Émile Mervège sich in Paris versammeln und zum Gedenken an Alice anstoßen, haben die Menschen in der Champagne die Tracht der Weinbauern angezogen: schwarze Hose, blaue Jacke, weiße Schürze und schwarze Mütze. Jedes Dorf hat seinen Umzug. Die Weinbauern tragen eine Fahne, die von der Holzstatue des heiligen Vinzenz überragt wird, durch den Ort und begeben sich im Festzug zur Kirche. Ein Faß mit neuem Wein und eine Strohpuppe, die bei der Weinlese eingesetzt wird und mit Brioches gefüllt ist, beschließen die Prozession und werden als Opfer geweiht. Nach der Messe und den allgemeinen Segnungen finden der Empfang und das traditionelle Festessen statt ...

Maurices Augenlider sind gerötet, seine Augen dunkel gerändert, und das Herz ist ihm schwer.

An der hinteren Wand des Raumes thront in einem Glasschrank eine Kollektion Gläser: Gläser, die als »unmöglich« bezeichnet und die im 18. Jahrhundert benutzt wurden, bevor man das Degorgieren kannte; dank ihrer Form eines Horns, das unten am Fuß ausgehöhlt ist, erlaubten sie, das Depot zurückzuhalten ... »Schalen« mit den Wappen des Hauses Mervège, entworfen, um einen Wein, der von aller Unreinheit befreit ist, richtig zur Geltung kommen zu lassen, in denen sich aber Perlen und Bouquet zu schnell verlieren ... »Kelche«, die erlauben, die Farbe, das Aroma des Weins und die feinen Perlen besser bewundern zu können ... Schließlich die »Tulpengläser«, die nicht so wertvoll wie die Kelche sind, das Aroma des Weins aber entwickeln, ohne dem Treiben der Perlen entgegenzuwirken, und für Kenner die »Tulpengläser mit hohlem Fuß«, in denen man sieht, wie sich die Perlen bilden.

Maurice lächelt durch seine Tränen hindurch, als er den Schrank betrachtet. Alice hat einmal erzählt, daß der Abdruck des Busens von Madame Pompadour als Modell für eine Serie Champagnerschalen gedient haben soll.

»Im Gedenken an Alice Darange, geborene Mervège ... auf daß wir ihr unser ganzes Leben Ehre erweisen mögen!« sagt er, als er sein Tulpenglas erhebt.

*Zwischen Paris und Épernay,
am Morgen des 22. Januar*

Marion fährt schnell, und mit jeder Straßenecke entfernt sie sich weiter vom Friedhof Père-Lachaise. Auch wenn man größer wird, Steuern bezahlt und Rentenbeiträge entrichtet, so schlägt man sich doch sein ganzes Leben auf dem Schulhof um eine Tüte Murmeln und einen Riegel Schokolade ... Und obwohl ihr Vater vor dreiundzwanzig Jahren gestorben ist, hat sie das Gefühl, als wäre es gestern gewesen. Nun, da Alice zu ihm gegangen ist, fühlt sie sich lebendig und von zwei Toten beschützt.

Sie verläßt die Ost-Autobahn in Dormans. Sie erkennt den Geruch der Erde wieder und trifft Weinbauern in der Tracht der Champagne.

Alice hat gerne gelesen, geschrieben, erzählt, gemalt, ist gerne Auto gefahren und gereist, hat gerne geträumt und geliebt. Da sie während des zweiten Weltkriegs aktiv in der Résistance mitgearbeitet hat, waren ihre Kleider mit einem kleinen roten Band geschmückt, auf das sie unendlich stolz war. Sie hat ihren Enkelinnen von geheimen Widerstandsgruppen erzählt, von den Fliegern der Alliierten, die sich bei ihr versteckt hatten, von französischen Partisanen, den Blitzfahrten nach der Ausgangssperre, den Briefkästen, die nichts mit der Post zu tun hatten, von Verhaftungen, Ausbrüchen, Erschießungen, den Kohlrüben und den Topinamburs. Mit Begeisterung kommentierte sie den Aufmarsch des 14. Juli im Fernsehen. Am gleichen Abend wickelte sie die Kleinen in schottische Decken, um sich mit ihnen das Feuerwerk anzusehen und dabei selbstgebackene Kekse zu essen.

Als Alice sechzehn Jahre alt war, rutschte Jean Mervège, ihr Vater, in den Ferien, die sie an der normannischen Küste verbrachten, auf einem mit Algen bewachsenen Felsen aus, als er ihr den Seestern holen wollte, den sie sich gewünscht hatte. Er fiel unglücklich und starb einige Tage später an inneren Blutungen. Alices Mutter sagte zu ihrer Tochter, sie habe ihren Vater umgebracht. Alice aß in ihrem ganzen Leben nie mehr Meeresfrüchte ...

Es ist nicht nötig, ihr irgend etwas zu wünschen. Wenn es das Paradies gibt, und davon ist Marion überzeugt, hat Alice sicher schon die Küchen in Beschlag genommen. Sie hat ihre Söhne, ihren Ehemann und ihren Vater wiedergefunden, und sie feiern sicher dort oben den Tag des heiligen Vinzenz. Das Fest ist bestimmt schon auf dem Höhepunkt.

Plötzlich fällt Regen auf die Windschutzscheibe, rieselt langsam an den Scheiben hinunter und durchtränkt die Weinberge, die diesen »Reimser Berg« hinaufkriechen – ein lustiger Name für eine Anhöhe, dessen höchster Punkt 287 Meter hoch ist. Die Pflöcke der Weinreben werfen ihre Schatten über die Kreideebene bis ins Unendliche. Es ist die Zeit, da die Weinstöcke beschnitten werden. Alle Ranken werden entfernt, so daß sie ohne Blätter und Blüten braun und nackt aussehen. In einigen Monaten landen die schweren Trauben in den Keltern, und die Korken fliegen, wenn die Ernte gefeiert wird. Bis dahin reift der Wein tief unten in den Kellern, die man in die Kreide geschlagen hat, und der Kreislauf beginnt von vorn.

Ein Regenbogen steht kurz am Himmel und begrüßt das Ende des Schauers. Alice hat ihren Enkelkindern gesagt, sie sollten sich immer etwas wünschen, wenn sie einen Regenbogen sähen.

»Ich wünsche mir, daß diese sechs Monate zu etwas führen und daß sich etwas ändert!« flüstert Marion, während sie auf den silbernen Lauf der Marne schaut, die sich durch die schillernde Landschaft schlängelt. »Ich will den Mann meines Lebens kennenlernen und Thomas vergessen (fünf Francs). Ich will glücklich sein!«

Schloß Mervège, 22. Januar

Das hohe, geöffnete Gitter des Schlosses Mervège taucht hinter der Straßenbiegung auf; die Türmchen des Hauses heben sich gegen den tristen Himmel ab. Eine schwarze Katze, die auf einem Baum sitzt, miaut. Ein kleines, zierliches Mädchen mit roten Haaren, das vielleicht acht Jahre alt sein mag und sich halb hinter der Lorbeerhecke versteckt hat, ruft mit ängstlicher Stimme.

Marion fährt nicht langsamer, als sie an dem Häuschen des Gärtners vorbeikommt, der auch das Haus hütet. Sie haßt Beileidsbekundungen. Damals, vor dreiundzwanzig Jahren, mußte sie schwarze Trauerkleidung anziehen, feuchte Hände drücken und ihre Tränen hinunterschlucken, um ein Mann zu sein.

Die schwarze Katze klettert von dem Baum hinunter, reibt sich an den Beinen des kleinen, rothaarigen Mädchens, läuft dann blitzschnell davon und verschwindet hinter dem Haus. Das Kind fängt an zu kreischen: »Komm zurück,

Tiger! Komm zurück!« Die Stimme der Kleinen versagt. Sie steht reglos und mit hängenden Armen da; ihre gelben Bermudashorts sind voller Staub, und ihr Mund zittert.

Marion konnte die Szene beobachten, als sie ihren Wagen vor der Garage geparkt hat. Sie geht zu der Kleinen, um sie zu trösten.

»Er ist weg …«, sagt sie nur.

Das kleine Mädchen sieht sie mitleidig an.

»Nicht ›er‹, sondern ›sie‹! Es ist eine Katze.«

»Sie ist weg«, läßt sich Marion belehren.

»Sie heißt Tiger, obwohl sie schwarz ist …«

»Wieso?«

»Das ist eine ›Katze‹, habe ich gesagt, und außerdem ist sie schwarz, und sie heißt Tiger, aber Tiger sind nicht schwarz. Eigentlich wollte ich eine gelbe Katze haben, aber …«

Marion hört gar nicht mehr richtig zu. Während Alice in diesem Moment in Paris beerdigt wird, erklärt ihr ein kleines, unbekanntes Mädchen, das unerlaubt in den Park des Schlosses Mervège eingedrungen ist, die interessante Namensgebung ihrer Katze. *C'est la vie!*

»Feierst du nicht das Fest des heiligen Vinzenz?« fragt Marion. »Wo wohnst du?«

Sie zeigt vage zu den Häusern, die hinter der Kelterei liegen. Marion erinnert sich, daß Alice ihr von dem neuen Kellermeister und seiner Tochter erzählt hat.

»Ich bin nicht gerne dort, wo so viele Menschen sind. Weißt du, daß die alte Dame, die hier gewohnt hat, tot ist?« sagt das kleine Mädchen plötzlich.

»Ich weiß. Sie war meine Großmutter.«

»Ich heiße Joanna«, sagt das Kind mit ernster Miene und reicht ihr die Hand.

»Und ich heiße Marion …«

Joanna schaut sie prüfend an und wickelt dabei eine Strähne ihrer roten Haare um ihren Finger.

»Alice war nett«, sagt sie, anstatt ihr Beileid zu bekunden.

Die schwarze Katze kommt mit zitterndem Schnurrbart hinter einem Strauch hervor.

»Sie war richtig lieb und hatte ein schönes Haus ...«, fährt Joanna fort.

Sie zählt leise und angestrengt bis fünf. Man kann die Wörter an ihren Lippen ablesen: eins, zwei, drei, vier, fünf.

Sie atmet tief durch, um die richtige Wirkung zu erzielen.

»Ein schönes Haus, Nikolaus ...!« stößt sie schließlich hervor und lauert auf Marions Reaktion.

Die ganze Familie wird jetzt auf dem Friedhof Père-Lachaise ankommen: Die Daranges und die Mervèges stehen dichtgedrängt in der letzten Reihe.

»Sehr gut, Joanna!« sagt Marion lächelnd.

»Du lachst mit nassen Augen?«

»Ich weine vor Lachen ...«, erklärt Marion, während sie die schwarze Katze streichelt.

»Willst du ein Taschentuch haben?« fragt Joanna höflich und zieht schon eines aus ihrer Tasche.

In ihrem Alter hat Marion den ganzen Tag gelesen. Sie ist auf die hundertjährigen Bäume des Parks und die staubigen Speicher des Schlosses Mervège geklettert; sie hat Alice zugeschaut, wenn sie Eischnee mit einer Prise Salz geschlagen hat; sie hat die Teigschüsseln ausgeschleckt, hat auf Stühlen geschaukelt und fand Alice reizend und das Haus auch ...

Nikolaus.

Marion holt den Schlüssel aus dem Blumentopf, drückt die Klinke herunter und stößt die Tür des Schlosses Mervège auf.

Es riecht noch nach Wachs und nach dem Eau de Cologne impérial von Guerlain, aber es stehen keine frischen

Blumen in den Vasen; es liegen keine Früchte in der Obstschale, im Ofen ist kein Kuchen, kein Scheuerpulver auf dem Waschbeckenrand, keine alte Dame, die kommt, um die Gäste zu begrüßen.

Es mag verrückt erscheinen, daß Maurice gezwungen sein wird, das Haus zu verkaufen, und dennoch gibt es keine andere Möglichkeit. Niemand kann die Kosten für das Haus tragen, das hat Alice immer gewußt. Sie war darüber weniger betrübt, als Marion glaubt, vielleicht weil auch sie wußte, daß das Haus schon einen Teil seiner Seele verloren hatte. Das ging ganz allmählich vor sich, denn Alice war immer da, Hüterin der alten Rituale, Vestalin des Oster- und Weihnachtsfestes, Erinnerung an die anderen Feste und Geburtstage, Zeugin der Existenz ihrer verstorbenen Söhne und ihres gefallenen Mannes, Zuhörerin der Stare im Garten und Bewunderin der Sternschnuppen im August ... Doch die anderen kamen seltener; sie waren beschäftigt oder anderweitig eingeladen; sie reisten, arbeiteten oder hatten die Verbindung abgebrochen. Und doch waren sie von dem Schloß Mervège ihrer Kindheit erfüllt und übertrugen nach und nach ihre Erinnerungen auf andere Orte. Sogar die Landschaft hat sich verändert: Der Lehmweg, der früher den Garten begrenzte, hat sich in eine stark befahrene, geteerte Straße verwandelt; auf der anderen Seite der Marne sind Häuser aus dem Boden geschossen. Auch die Reihen der Freunde der Familie haben sich gelichtet: Die ältesten sind gestorben oder im Altersheim, und die jüngsten haben geheiratet oder sind ausgewandert. Ohne nach der Meinung der Mervèges zu fragen, hat es das Leben übernommen, Alices Königreich so stark zu verändern, daß sie sich hier ein wenig fremd und fast schuldig fühlen.

Nach mehr als einem Jahrhundert treuer Dienste wird das Schloß Mervège in andere Hände übergehen, und Marion kann nichts dagegen tun. In knapp sechs Monaten wird ein Dummkopf die Fenster von Alices Paradies öffnen, um seine dumme Frau, die gerade in Alices Park Unkraut jätet, unter dem Vorwand anzuschnauzen, daß ihr dummes Kind Alices Parkettboden mit seinem Skateboard zerkratzt.

Marion wirft sich mit ihrem ganzen Gewicht auf das Sofa im Salon, ohne ihre Schuhe auszuziehen. Sie öffnet die Tür des Kühlschranks, um kaltes Wasser zu trinken, und läßt sie absichtlich offen stehen. Sie schaltet überall das Licht an. Sie dreht die Zeiger der Uhr im Salon in die falsche Richtung. Sie läßt die Seife im Waschbecken liegen, aber trotz alledem kommt Alice nicht zurück.

Marion geht in den Salon und klappt den Deckel des Klaviers auf. Es ist ein Steinway-Stutzflügel. Sie streicht zärtlich über die Tasten und spielt das Präludium Nr. 1 von Bach, fährt mit einem Teufelsboogie fort, haut auf die Tasten, um dem Klavier mißtönende Akkorde zu entlocken, Dissonanzen, die Tote wecken können. Anschließend steigt sie in den Keller hinunter und holt eine Flasche Mervège-Champagner herauf, einen halbtrockenen Rosé, eine Neuheit.

Marion trinkt ein erstes Glas. Dann trinkt sie noch ein Glas, um sicherzugehen. Die Beerdigung müßte jetzt zu Ende sein ... Das muß doch begossen werden, oder? Ein Gläschen auf Alice, ein Gläschen auf Marion, ein drittes auf den heiligen Vinzenz, ein viertes auf alle Weinbauern des Landes, ein fünftes auf die verrückte Idee, die zweite Generation hier sechs Monate zusammen wohnen zu lassen, ein sechstes auf ... auf wen? Es war immer Aude, die Jüngste von den dreien, die unter den Tisch kroch, um die Stücke des Dreikönigskuchens zu verteilen, und stets antwortete sie: »Für mich!«, wenn Alice auf das erste Stück zeigte.

Das alles ist lange vorbei: die Linsen, die zu Nikolaus in Watte gepflanzt wurden; der Adventskalender, die Rituale zu Weihnachten, das Fest des heiligen Vinzenz am 22. Januar, die Ostereier, die mehrstöckige Torte am 15. August, der Champagner mit Körper, Herz, Geist oder Seele.

Beim siebten Glas, kurz bevor sie anfängt zu heulen, greift sie nach dem Foto, das über dem Piano hängt, und reißt die Augen auf, als sie die drei Außerirdischen sieht, die sie aus dem Rahmen anlächeln: Odile hat drei Augen; Aude ist mit ihren drei Brillen geradewegs dem *Krieg der Sterne* entsprungen, hat große Ähnlichkeit mit einem Käfer, und Marion ... Marion und Marion sind beide da, ganz normal, mit ihren vier Armen, vier Beinen und zwei Köpfen.

Das Telefon klingelt und zerreißt die Stille.

Marion hebt schluchzend ab.

»Ich hätte wetten können, daß du da bist«, sagt Thomas. »Ich hätte wetten können.«

»Woher wußtest du, daß ich hier bin?«

»Weil ich dich kenne«, sagt Thomas.

»Auch im biblischen Sinne?«

»Auch ...«

»Ich habe mein Trinkgelage mit einem halbtrockenen Rosé eröffnet: seidig und vollmundig mit einem frischen Abgang. Das haut dich um!«

»Alle haben dich gesucht«, sagt Thomas. »Aude konnte sich nicht vorstellen, daß du nicht kommen würdest!«

»Aude konnte sich noch nie etwas vorstellen.«

»Es tut mir leid, Marion.«

»Mir auch. Wir sind quitt.«

»Kann ich dir irgendwie helfen?« fährt Thomas freundlich fort. »Möchtest du, daß ich komme?«

Marion lacht traurig.

»Könntest du Plakate mit Alices Foto aufhängen und darunter wie in den Western WANTED mit der Höhe der Belohnung schreiben?«

Thomas seufzt, wühlt in seinen Taschen, fingert nach einer Zigarette und zündet sie mit seinem Feuerzeug an. Wenn Thomas ein ernstes Gespräch führen will, zündet er sich eine Zigarette an. Er merkt es noch nicht einmal. Und wenn das Gespräch länger dauert, zündet er sich eine zweite an, ehe er die erste zu Ende geraucht hat.

»Odile hat mir von Alices letztem Willen erzählt ... Willst du wirklich auf Schloß Mervège wohnen? Sechs Monate? Mit deinen Cousinen?«

»Ja, ja, ja. Noch eine Frage?«

Thomas hat derartige Situationen fest im Griff.

»Wenn ich dir finanziell unter die Arme greifen kann ... Ich habe gehört, daß ihr zehn Millionen alte Francs bekommt. Aber du hast deinen Kredit, die Steuern, die Miete in der Rue d'Assas, die Leasingraten für deinen Wagen, und das Geld rinnt einem schneller durch die Finger, wenn man nicht arbeitet, also, wenn ich dir helfen könnte ... Es würde mich freuen.«

Alice mochte Thomas (fünf Francs). Alice hatte immer einen guten Geschmack. Sie sagte, daß ein Mann, der so gut Yazzee und Gin-Rummy spielen könne, schon etwas Besonderes sein müsse.

»Ich weiß dein Angebot zu schätzen, Thomas, aber es geht schon. Du bist einfach klasse, wie immer ... Wie diplomatisch und feinfühlig du bist. Ich hätte dich heiraten sollen.«

»Ich lache mich tot, Marion. Ich muß Schluß machen. Hier will jemand telefonieren ...«

»Sally?«

»Sally ist in London, und ich stehe in einer Telefonzelle in Paris. Du machst es mir nicht gerade leicht.«

»Nein, sicher nicht! Erinnerst du dich, als du mir mitgeteilt hast, daß du Sally liebtest? Damals hatte ich gehofft, du würdest mir helfen ... Jetzt ist es zu spät.«

Rom, Via della Purificazione,
in der Nacht vom 22. auf den 23. Januar

Rio schreckt mitten in der Nacht schweißgebadet und mit klopfendem Herzen hoch. Seitdem er auf der Piazza Farnese den *Figaro* gelesen hat, ist er nicht mehr zur Ruhe gekommen. Sicher handelt es sich um eine Namensgleichheit. So einen makaberen Zufall kann es nicht geben. Ein und dieselbe Person stirbt innerhalb von sechsundfünfzig Jahren nicht zweimal!

Rio hat es nicht versäumt, sich gestern und heute wieder die Zeitung zu kaufen; seine Hypothese wurde jedoch durch keine Richtigstellung bestätigt. Philippe Darange, Louis und Christophe haben nicht reagiert und den Irrtum angezeigt, und die alte Dame, die kürzlich verschieden ist, wurde heute morgen nach einer Messe im Invalidendom in Paris beigesetzt.

Serena richtet sich beunruhigt auf:

»Kannst du nicht schlafen, Liebling?«

Sogenannte »normale« Paare können im Dunkeln leise miteinander flüstern, aber nicht so Rio und Serena. In der Regel sagt die Sprache ihres Körpers viel mehr als alle Worte der Welt. Es genügt ihnen, sich zu berühren und sich anzuschauen, und schon ist ihre Sprache bunt und voller Ausdruckskraft ... Doch Rio sitzt auf der Bettkante in der Dunkelheit außerhalb der Reichweite seiner Frau, und die Kommunikation ist abgeschnitten.

»Was ist los, Rio? Bist du krank?«

Er schaltet das Nachttischlämpchen an und versichert Serena, daß er nur einen Alptraum gehabt habe.

»Du machst mir angst!« seufzt Serena und legt sich wieder hin.

Sie schmiegt sich an ihn und schläft nach ein paar Minuten beruhigt ein. Sie schnarcht ganz leise. Die Haare fallen ihr ins Gesicht. Sie hat sich eingerollt wie in der ersten Zeit ihrer Ehe, die schon bald vierzig Jahre währt. Sie lieben sich noch immer mit dieser eigenartigen Chemie glücklicher Paare, die ihnen etwas Vertrautes verleiht. Übrigens werden sie oft für Bruder und Schwester gehalten. Sie leben beide ihr Leben, bereichern sich gegenseitig und verlassen das Haus nur selten, um ins Kino oder ins Theater zu gehen, Einkäufe zu tätigen, um nach Passo Scuros zu fahren, ihr Haus am Meer, das dreißig Minuten von Rom entfernt liegt, oder um zu reisen. Sie treffen sich regelmäßig mit einer Handvoll Freunden, denen sie treu sind. Ansonsten hat Rio Hunderte von Freunden im Internet, und Serena betreibt Wassergymnastik in einem Sportverein. Nicht zu vergessen der Cocker Horatio, mit dem sie jeden Tag im Park der Villa Borghese spazierengehen, dem Bois de Boulogne der Römer ...

Rio wollte aufstehen, auf den Balkon gehen und die Nachtluft einatmen, doch er hatte Angst, seine Frau ein zweitesmal zu wecken. Darum sitzt er noch immer auf dem Bett und wartet, daß sich sein Herzschlag wieder normalisiert. Er hat das Gefühl, seine Brust stecke in einem Schraubstock; es drückt und tut ihm weh. Er kennt das schon. Es ist nicht das erstemal. Er wischt sich über die Stirn, fröstelt, schimpft auf den Vermieter, der nachts die Heizung abschaltet und sie erst am Morgen wieder einschaltet. Heute war das Fest des heiligen Vinzenz. Rio, dessen Vater Vincenzo hieß, hat, ehe er schlafen ging, zum Gedenken an ihn eine Kerze auf dem Kamin angezündet. Die Flamme zittert noch und wirft phantastische Schatten an die Wände.

Rio hat soeben geträumt, daß Carlotta, seine Großmutter väterlicherseits, verletzt im Gras lag – so wie er Alice 1940 nach dem Bombenangriff im Gras hat liegen sehen!

Das ist das letzte Bild, das er von seiner Mutter vor Augen hat; ein Krankenwagen brachte sie zum Krankenhaus, während Emmanuel, der Kellermeister, sich um die

Verletzung an Rios Schläfe kümmerte. Nach einigen Tagen sagten die Ärzte, daß ihr Zustand sehr ernst sei und sie mehrere Monate behandelt werden müsse. Philippe Darange, der zurück an die Front mußte, war der Meinung, daß es besser sei, die Kinder wegzubringen. Der kleine Christophe wurde einem Cousin anvertraut; Louis kam nach Épernay zu einer Tante; und Carlotta, Rios Großmutter väterlicherseits, nahm ihren Enkel in ihrem Dorf Carmagnola in der Nähe von Florenz auf. Einige Monate später, kurz nach Weihnachten, rief sie Rio eines Nachmittags zu sich, setzte ihn auf den gobelinbezogenen Hocker am Kamin, preßte ihn an sich und brachte ihm dann so schonend wie möglich bei, daß seine Mutter unglücklicherweise an den Folgen ihrer Verletzung gestorben und nun in den Himmel gekommen sei, von wo aus sie ihren kleinen Jungen beschütze.

Rio hat sich niemals gefragt, warum er bei Carlotta geblieben war, anstatt auf das Schloß Mervège zurückzukehren, und warum er niemals eine Nachricht von jenen erhalten hatte, die bis dahin seine ganze Welt gewesen waren. Es war so, als wäre ein ganzer Abschnitt seines jungen Lebens an diesem 11. August 1940 ausgelöscht und ihm Erinnerungen wie auch Worte verboten worden. Für das zehnjährige Kind begann dann unter den Fittichen seiner Großmutter ein neues Leben. Carlotta hatte von dieser besonderen Schule in Rom gehört, und im Februar 1941 brachen sie eines Nachts auf und nahmen nur einen Koffer und die getigerte Katze mit ...

»*Rio? Tutto va bene?*«

Serena hat sich beim Sprechen umgedreht und ist dann wieder eingeschlafen, ohne auf eine Antwort zu warten. Rio schmiegt sich an ihre Seite, streicht mit der Hand über ihr Nachthemd und streichelt ihren Rücken, so wie sie es gern hat. Er strengt sich an, diesen Alptraum zu vergessen, diesen Artikel aus dem *Figaro*, den er zusammengefaltet und in seine Brieftasche gelegt hat, aus seinem Gedächtnis zu streichen, diese leise Stimme zu überhören, die ihn daran erinnert, daß er am Abend des 18. Januar um genau acht Uhr geträumt hat, seine Mutter sei gestorben, erschossen von dem Roten Baron ...

Was ihn am meisten erschüttert, würde in den Augen jedes anderen normal erscheinen, hat aber für Rio Cavarani eine ungeheure Bedeutung: In seinem Alptraum hat er um Hilfe geschrien, und die Leute haben ihn gehört und verstanden, was er gesagt hat.

Schloß Mervège, 25. Januar

Alice liegt seit drei Tagen allein auf dem Friedhof Père-Lachaise. Marion, die eine Stunde mit ihrer Mutter, die in die Staaten zurückkehrt, telefoniert hat, spielt mit dem Hund Gnafron, den sie bei der Nachbarin abgeholt hat und der jede Nacht jault und an Alices Tür kratzt. An diesem Morgen ist sie mit ihm spazierengegangen. Überall schneiden die Weinbauern, schweigend und in gebeugter Haltung, mit Rebenschere oder Baumschneider bewaffnet, die Weinstöcke und werfen die Reben in die brennenden Behälter, aufgeschnittene Kanister, die das Zusammenfegen der Zweige ersparen und die Weinbauern gleichzeitig wärmen. Bläulicher Rauch steigt in den klaren, kalten Himmel empor, als hätte die Champagne Kerzen für Alices Seelenheil angezündet ...

Odile ist Freiberuflerin, und an ihrem Leben ändert sich im Grunde gar nichts, wenn sie einige Monate nicht arbeitet und einige Kilometer weiter weg wohnt. Marion ist froh, daß sie abends nicht mehr in ihre Wohnung in die Rue d'Assas zurückkehren muß, wo niemand auf sie wartet. Sie hat die Wohnung durch Vermittlung der Versicherungsgesellschaft an einen ausländischen Kollegen untervermietet. Für Aude war die Entscheidung schwerer, und sie hat alle Welt damit überrascht, so schnell ihre Angelegenheiten geregelt zu haben. Ihr Status als freie Anwältin erlaubt es ihr, unbezahlten Urlaub zu nehmen, und ihre Zweizimmerwohnung in Neuilly-sur-Seine wird bis zu ihrer Rückkehr unbewohnt bleiben. Die Putzfrau hat genaue Anweisungen.

Am Nachmittag parkt Odile ihren alten Ford mit quietschenden Reifen vor dem Haus. Der Kiesel knirscht, und Gnafron rennt wie ein Irrer los, um die Ankommenden zu begrüßen.

»Warum bist du nicht zur Beerdigung gekommen, du treulose Tomate?« brummt Odile, als sie aus dem Wagen steigt.

Gnafron springt ihr an den Hals, um sie gebührend zu begrüßen und hinterläßt die Abdrücke seiner schmutzigen Pfoten auf ihrer schwarzen Hose.

»Ist ja klasse, Gnafron. Jetzt sehe ich aus wie ein Schwein!«

»Guten Tag«, sagt der Typ auf dem Beifahrersitz, der mit seinen langen Beinen Mühe hat, aus dem Wagen zu steigen. »Ich bin Romain Saintony.«

»Nenn mir einen vernünftigen Grund!« fährt Odile fort, während sie die Ohren des Hundes knetet.

»Ich hasse Beerdigungen! Reicht das!«

»Nein! Niemand mag sie, und trotzdem muß man hingehen ... Man macht nicht immer, was man will!«

»Das ist verkehrt!« erwidert Marion. »Die Toten sind tot, und es ist ihnen völlig gleichgültig, ob man zu ihrer Beerdigung geht. Die Leute kommen, um der Familie eine Freude zu machen ... Und in diesem Fall war ich die Familie.«

Odile hat sich schnell wieder beruhigt.

»Ihr kennt euch nicht: Marion, Romain, so jetzt kennt ihr euch ...«

77

»Wir haben voneinander gehört«, sagt Romain.

Er ist kräftig, von mittlerer Größe, hat braunes, gelocktes Haar und Augen, die exakt die grüne Farbe eines *ficus benjamina* besitzen. Odile und Romain leben einhundertvierzig Kilometer voneinander entfernt, sie in Épernay und er in Paris, und sie haben horrende Telefonrechnungen ...

Marion hat sich immer gut mit Odile verstanden. Sie beeindruckt Marion. Sie ist Künstlerin, zartbesaitet, geradeheraus, eigensinnig und eine richtige Intellektuelle. Sie ist groß, pummelig, hat hellbraunes Haar, scheint in ihrem Körper etwas eingeengt zu sein, und wenn sie spricht, hören die Leute ihr zu. Sie ist Fotografin und macht die Standfotos bei Dreharbeiten. Romain ist ebenfalls Fotograf, arbeitet in einem Pariser Verlagshaus, und so haben sie sich kennengelernt. Alice hat gesagt, sie hätten sich gesucht und gefunden, was sie allerdings von Thomas und Marion auch behauptet hatte. *C'est la vie!*

»Was habt ihr mit Aude gemacht? Sitzt sie im Kofferraum?«

»Sie hat darauf bestanden, mit ihrem Mini zu kommen. Mein Ford ist ihr wahrscheinlich nicht vornehm genug ...«

Marion hat sich immer schlecht mit Aude verstanden, die immer alles über jeden weiß und es groß herausposaunt, mit diesem kleinen Akzent, der beweist, daß sie sich »zwischen Auteuil und Passy erkältet hat«. Sie hat alles gesehen, alles gelesen, und was sie nicht kennt, ist es nicht wert, sich damit zu beschäftigen. Klein, schmal, feine Gesichtszüge, halblanges, kastanienbraunes Haar, das sie nach hinten kämmt und mit einem Haarreif oder Haarspangen zusammenhält, gut angezogen, ohne besondere Auffälligkeiten, ist sie problemlos austauschbar. Marion hat noch nie jemanden gekannt, der fähig ist, so schnell die Aggressivität in einer Gruppe wachzurufen. Aude denkt, daß Odile nicht richtig ticke und daß Marion nur eine kleine Ärztin ohne Ehrgeiz sei. Sie interessiert sich nicht für die Menschen, deren Namen man im Telefonbuch findet. Ihre Anerkennung mit Glückwünschen der Jury verdient, wer in Who's who steht und im Westen von Paris wohnt. Aude ist in der Woche Anwältin und samstags und sonntags Golfspielerin. Nur Alice konnte ihr den Kopf zurechtsetzen, ohne sie zu verletzen.

»Die Seine soll am Morgen von Alices Beerdigung so glatt gewesen sein ...«, beginnt Odile.

»... wie ein lackierter Fingernagel«, beendet Romain den Satz.

Beide fangen an zu lachen.

»Nach der Messe, bevor wir zum Friedhof gefahren sind, hat Aude das zu Thomas gesagt«, erklärt Odile. »Und wenn man vom Teufel spricht ...«

Der schwarze Morris Mini fährt auf den Hof des Schlosses. Gnafron wetzt los.

Aude steigt mit ihrer unvermeidlichen Vuittontasche in der Hand aus. Sie schreit, als sie den Hund sieht.

»Spring mich nicht mit deinen dreckigen Pfoten an! Sitz, Gnafron, du blöder Hund! Warum bist du nicht zur Beerdigung gekommen, Marion?«

»Es geht mir gut, danke, und dir?« sagt Marion. »Ich freue mich auch, dich zu sehen, Aude.«

»Aber sag mir doch wenigstens, warum du nicht ...«

»Stop. Es ist verjährt!« unterbricht Marion sie. »Wenn wir eine Schweigeminute für Alice einlegen würden?«

Odile geht in ihr Zimmer hoch. Das Bett ist für zwei Personen hergerichtet, mit Blümchenlaken und rosafarbenen Federbetten, die Alice immer für dieses Zimmer reserviert hat. In einer bläulich schimmernden Glasvase steht sogar ein Lorbeerstrauch. Ohne Alice gleicht das Haus einem Fotoapparat ohne Film. Die Wände wirken auf Odile schwer und erdrückend; die Terrasse findet sie unnötig und die Küche absurd. Fast wäre sie mit Romain nach Épernay geflüchtet – schade um Alices letzten Willen. Ihre Großmutter hat nicht gesehen, daß sie größer geworden sind, und was ihrer Meinung nach eine gute Idee war, ist in Odiles Augen schwachsinnig. Es mag verrückt klingen, aber sie hat ein eigenartiges Gefühl bei dem Gedanken, es in diesem Haus mit Romain zu treiben. Es ist, als könnte Alice sie sehen.

Odile hat zuerst an einen Scherz geglaubt, als sie den Brief beim Notar gelesen hat. Die Sache hatte weder Hand noch Fuß. Und dann hat sie es verstanden. Sie haben immer auf Alice gehört und ihr gehorcht. Sie war zwar eine liebe Oma, griff aber hart durch. Die sechs Monate würden genauso ablaufen, wie sie es verlangt hat, was beweist, daß sie sogar als Tote ihren Einfluß auf die Familie nehmen kann.

Als Odile klein war, stellte sie sich auf die Terrasse und verkündete, daß sie Schiffskapitän sei. Marion, die jünger war als sie, war ihr treuergebener Erster Offizier. Sie beide waren als Freibeuter auf den Meeren unterwegs, bis sie wegen Kleinigkeiten wie ihrer schmutzigen Kleidung oder der verdreckten Sandalen ausgeschimpft wurden. Manchmal stellte auch Aude, die Kleinste, eine Piratengalione dar, die versuchte, sie zu entern. Sie drängten sie rücksichtslos ab. Aude ging dann in ihre Ecke, um zu lesen, und sie beschimpften sie aufgrund ihrer Brille als blinde Eule. Jedesmal schaltete Alice sich ein, die sie ins Spiel zurückbrachte und ihnen anbot, die Rolle einer Schiffbrüchigen zu spielen, die sie retten mußten.

Odile schaut aus ihrem Fenster auf die Terrasse. Der helle Windschutz zittert in der leichten Brise. Sie sieht Romain, der sich den Garten anschaut, darauf bedacht, daß sie sich in aller Ruhe einrichten kann. Vor ihm hatte Odile alle naselang einen neuen Freund, und sie hat diese der Reihe nach wieder abserviert. Seitdem sie mit Romain zusammen ist, hat sie das Gefühl, jemand zu sein und jemanden an ihrer Seite zu haben ...

Aude sitzt auf ihrem Bett und blättert in einem Buch, aus dem getrocknete Blumen fallen. Sie war immer die Klassenbeste. Odile und Marion, die in Mathematik echte Nieten waren, plagten sich in den Ferien mit ihren Schulaufgaben ab, während Aude Alice half, Marmelade einzukochen oder Gemüse zu schälen. Als die beiden endlich fertig waren, stürzte sich Aude auf sie, doch sie drehten ihr den Rücken zu, beschimpften sie, weil sie sich immer bei ihrer Großmutter einschmeichelte, und gingen flüsternd davon. Aude trottete dann in die Küche zurück und bedauerte ihre guten Noten, ohne je auf die Idee zu kommen, ihre Klassenarbeiten absichtlich zu versieben ...

Sie geht auf die Terrasse und ist schockiert, als sie die blauen Liegestühle und den Blumenstrauß mit den roten und gelben Blumen auf dem Tisch stehen sieht, als ob Alice gleich herauskäme, um sie zu begrüßen. Natürlich hat sie nicht erwartet, daß man die Liegestühle schwarz färben und weiße Blumen aussuchen würde, aber trotzdem! Sie ist auch empört, daß ihre Schwester beschlossen hat, gleich ihren Freund mitzubringen. Wer ist dieser Romain, wo kommt er her, und wer sind seine Eltern? Er hat ein gutes Benehmen, aber das beweist noch gar nichts. Aude weiß wenigstens, was sich gehört. Pierre-Marie wird aus Anstand erst in einigen Tagen kommen. Sie fragt sich, was er von Odile halten wird, die so unbefangen ist, und von Marion, bei der man nie weiß, wie sie reagiert ...

Die Farbe der Fensterläden blättert an einigen Stellen ab. Sie sind schon seit langer Zeit nicht mehr gestrichen worden. Man muß etwas investieren und sich an ein ansässiges Unternehmen wenden, um dem Schloß sein schmuckes Aussehen von damals zurückzugeben. Aude geht spazieren, um über diese Frage nachzudenken. Es wird auch nötig sein, die Lorbeerhecken zu stutzen, den Ast abzuschneiden, der auf der Mauer aufliegt, und das Dach zu überprüfen. Alice hatte nicht mehr die Kraft und Lust, sich mit dem Haus herumzuplagen. Es wird höchste Zeit, daß jemand diese Dinge in die Hand nimmt.

Es ist das erstemal, daß Aude einen Fuß auf diese Terrasse setzt, ohne aufs herzlichste begrüßt zu werden. Alice war unglaublich gastfreundlich. Das Tablett und die Gläser standen auf dem kleinen, runden Tischchen bereit; der Lieblingschampagner jeder Enkelin wartete im Keller, und die Sandplätzchen waren schon im Ofen ...

In der ersten Etage wird eine Tür zugeschlagen. Gnafron bellt der Form halber. Aude verharrt reglos auf der sonnenbeschienenen Terrasse. Die anderen gesellen sich zu ihr.

»Habt ihr keinen Durst und keinen Hunger?« fragt sie ihre Cousinen.

Diese schauen sie überrascht an.

»Hast du denn nicht in Paris gegessen, bevor du abgefahren bist?« wundert sich Odile.

»Doch«, erwidert Aude.

Das Tablett und die Gläser stehen im Anrichtezimmer; die Flaschen sind im Keller, und der Ofen ist aus. Alice ist wirklich tot.

Marion liegt auf dem warmen Sand des Bouleplatzes hinter dem Haus und schaut einer Kletterameise zu, die ihr Bein hochkrabbelt.

Romain hat ihr auf den ersten Blick gefallen. Er hat einen festen Händedruck, wunderschöne Augen, und Odile scheint glücklich zu sein, also ist alles paletti – außer daß Marion sich jetzt doppelt so einsam fühlen wird, doppelt so verlassen, noch wertloser, häßlicher und überflüssiger. Odile hatte sich in den letzten Jahren angewöhnt, einmal pro Woche Épernay zu verlassen, um Alice zu besuchen. Aude rief sie jeden Sonntag von Paris aus an, weil es dann billiger war, aber Thomas (fünf Francs) und Marion widmeten ihr alle drei Monate ein Wochenende. Kaum waren sie angekommen, holten sie Alices alte Ente aus der Garage, verstellten den Sitz und den Rückspiegel (Alice bestand fast nur aus Haut und Knochen und war ziemlich klein), gaben richtig Gas, und ab ging die Post! Die Sicherheitsgurte konnten sie nicht anlegen, da der Wagen gar keine hatte. Sie stellten den Fuß aufs Gaspedal, trieben den Wagen auf hundert Stundenkilometer, und Alice fing lauthals an zu lachen. Im Restaurant protestierte sie, wenn ihr Marion etwas von ihrer Diät erzählte: »Du bist gekommen, um mich zu verwöhnen, oder? Und sag jetzt nicht, daß der geräucherte Lachs salzig schmeckt ... Bringt man euch denn an der Universität gar nichts bei?« Bevor sie nach Hause zurückkehrten, fuhren sie zum Soldatenfriedhof, um Philippe und Louis Blumen zu bringen. Als sie wieder auf dem Schloß waren, spielten sie Yazzee oder Gin-Rummy, tranken Champagner und verglichen die Jahrgänge miteinander ...

FEBRUAR

Schloß Mervège, 3. Februar

Audes Gesicht ist so finster wie ihre Kleidung. Sie hebt sich von der gelben Sonne ab, dem grünen Lorbeer, den ockerfarbenen Steinen des Hauses, von Odiles braunem Pullover, Romains blauem Hemd und Marions roter Strickjacke.

»Es ist wirklich verrückt, einfach an einem Herzstillstand zu sterben ...«, seufzt Aude, während sie die schwarzen Ärmel ihrer Bluse hochkrempelt.

»Denkst du eigentlich nach, bevor du den Mund aufmachst?« erwidert Marion. »Sprudeln die Worte einfach so aus deinem Mund, oder verbindest du deine Gedankenfetzen miteinander? Jeder stirbt an einem Herzstillstand, du Trottel! Das ist ein blöder Ausdruck. Oder hast du schon Tote gesehen, deren Herz normal schlägt?«

»Wißt ihr, wo Gnafron ist?« fragt Aude, um das Thema zu wechseln. »Er muß gewaschen und gebürstet werden.«

Marion sucht unter einem Blumentopf, und Odile hebt einen Stapel Bücher hoch. Romain fängt an zu lachen. Aude schmollt.

»Könnt ihr euch vorstellen, daß wir in sechs Monaten nicht mehr aufs Schloß kommen können, ohne eingeladen worden zu sein?« sagt Odile. »Marion geht nach Paris zurück und Aude nach Neuilly. Aber ich bleibe in Épernay und werde sicher die neuen Besitzer kennenlernen ...«

»Wir haben immer gewußt, daß es so kommen wird!« entgegnet Aude. »Was sollen wir mit diesem Haus machen? Es war uns wichtig, als ... als Alice noch lebte.«

Ihr Stimme bricht, aber sie fährt fort:

»Ich verstehe mich nicht darauf, alles zu hinterfragen ...Ich liebe mein Leben und will nichts daran ändern! Und ich verdiene viel mehr als zehn Millionen alte Francs in sechs Monaten – so!«

»Was machst du denn hier, wenn du nicht wegen des Geldes gekommen bist?« fragt Odile.

»Ich bin aufgrund von Alices Brief gekommen, aus Treue ...«, antwortet Aude mit feurigen Wangen.

»Welche Treue?« schreit Odile. »Alice ist nicht mehr da ... Du verstehst nichts davon, die Dinge zu hinterfragen, und du verdienst viel mehr als zehn Millionen alte Francs in sechs Monaten ...«

»Genau!« schließt sich Marion solidarisch an.

Aude schiebt ihren Stuhl zurück und läuft ins Haus.

»Sie geht da rein und kommt da wieder raus ...«, trällert Odile. »Sie ist abgehauen, um wie früher in ihr Kopfkissen zu beißen, weil sie die vier Bahnhöfe nicht bekommen hat oder weil sie im Gefängnis festsitzt.«

»Man muß das Problem von allen Seiten betrachten«, schlägt Romain ruhig vor. »Die Hotels auf Rot und Grün setzen, um die Reihe zu blockieren, oder warten, bis jemand die Spielfelder zurückgehen muß. Es gibt immer eine Lösung.«

»Er hat gute Ideen«, sagt Marion zu Odile.

»Er hat nicht nur das«, entgegnet Odile. »Das kannst du mir glauben!«

Durch das Fenster ist Audes Schluchzen zu hören.

»Ich finde es entsetzlich, eine Frau weinen zu hören!« sagt Romain und steht auf. »Ich schaue mal nach, ob ich dem irgendwie abhelfen kann.«

»Na, und was hast du für Pläne?« fragt Marion Odile, als Romain verschwunden ist.

»Einen Mieter für meine Wohnung in Épernay suchen, sechs Monate lang keine Aufträge mehr annehmen und an dem Fotoband arbeiten, den ich im Sinn habe ... Danach wird man sehen! Und du?«

»Faulenzen, mittags aufstehen, gesunde Menschen um mich haben, Thomas vergessen (fünf Francs), meine Uhr ausziehen und die sechsundachtzig Romane von Agatha Christie noch einmal lesen. Sag mal, wo hast du denn deinen charmanten Prinzen her? Junggeselle oder geschieden? Hat er Kinder?«

»Leute, die in unserem Alter noch zu haben sind, sind verdächtig, nicht wahr?« gibt Odile mit einem verschmitzten Lächeln zu. »Nein, nichts dergleichen; er ist so, wie Gott ihn geschaffen hat ...«

»Warum lebt ihr nicht zusammen?«

»Ich finde, es ist sehr gut so, wie es ist. Romain hat seinen Job und seine Wohnung in Paris, und ich fahre hin, wann ich will, und dann feiern wir ein Fest, aber es würde mir ganz und gar nicht gefallen, fern von den Weinbergen zu leben, die schmutzige Großstadtluft einzuatmen und mir im Stau die Nerven zu ruinieren!«

»Sieht er das auch so?«

»Er hat keine andere Wahl!« erwidert Odile. »Ich bin eben so. Hier bin ich wirklich ich ... In Paris lebe ich nicht richtig.«

Odile hat ein Appartement mit Terrasse in der Rue Émile-Mervège in Épernay. Sie hat alle Hebel in Bewegung gesetzt, um in dieser Straße eine Wohnung zu finden. Die Fotoagenturen, mit denen sie ab und zu zusammenarbeitet, bestätigen, daß sie wirklich Talent habe und in die Hauptstadt gehen solle, aber sie weigert sich strikt, die Champagne zu verlassen. Sie sagt, daß die Luft woanders unerträglich sei, ihr Körper nach den Gerüchen, den Farben und der Musik der Champagne verlange und sie außerdem nicht darauf verzichten könne, stundenlang vor dem Fernseher zu hocken und Popcorn in sich hineinzustopfen.

Romain gesellt sich lächelnd wieder zu ihnen.

»Aude kommt gleich zu uns.«

»Hast du sie verhext?« fragte Odile verblüfft.

»Ich verrate grundsätzlich nicht meine Tricks«, erwidert Romain.

Aude nähert sich mit griesgrämiger Miene. Sie hat Kopfschmerzen und fühlt sich etwas unwohl, als ob sich die Erde zu schnell um dieses Haus drehte, in dem sie in den nächsten sechs Monaten eingesperrt sein wird. Sie weiß jetzt schon, daß das nicht gut funktionieren wird. Als Kinder waren ihre Schwester und ihre Cousine kleine Hexen, und als Erwachsene sind sie große Hexen geworden. Als Romain zu ihr nach oben gekommen ist, hat er gesagt: »Wenn Sie ihnen zeigen, daß Sie sich ärgern, wenn Ihre Cousinen sich über Sie lustig machen, werden sie die nächsten sechs Monate so weitermachen, und das wäre unerträglich ... Tun Sie so, als sei es Ihnen völlig schnuppe, dann werden die beiden Sie in Ruhe lassen.«

»Alles in Ordnung?« fragt Odile. Es tut ihr leid, daß sie ihre Schwester zum Weinen gebracht hat.

»Wir wollten dich nicht kränken ...«, sagt Marion in ernstem Ton.

»Wenn Alice uns schon hier zusammengeführt hat, machen wir halt gute Miene zum bösen Spiel, findet ihr nicht?« sagt Aude mit einer Begeisterung, die ein bißchen aufgesetzt wirkt. »Was ich vorhin gesagt habe, stimmt. Ich bin zufrieden mit meinem Leben, so wie es ist. Ich liebe meinen Beruf, meine Wohnung und meinen Club, in dem ich Golf spiele ...«

»Da steckt bestimmt ein Mann dahinter!« sagt Odile in schulmeisterlichem Ton. »Ich habe ihn gefunden. Sie liebt ihren Professor oder den *caddy-master* oder den Kellner vom *club-house* oder den Gärtner, der die *greens* pflegt ...«

»Sehr lustig!« erwidert Aude. »Wie gesagt, habe ich nicht die geringste Absicht, irgend etwas in meinem Leben zu ändern. Aber wir werden zusammenleben, wie Alice es sich gewünscht hat. Ein französischer Freund, der in Belgien wohnt, wird mich besuchen ...«

»Mag er wenigstens Pommes?« fragt Odile mit einem fürchterlichen Akzent.

»Pierre-Marie de Poélay kommt in einer Woche ...«

»Ist das ein Scherz? Heißt er wirklich so?« fragt Marion. Ihrer Miene nach zu urteilen, ist es kein Scherz.

»Was hat er für einen Beruf? Verteidigt er häßliche, böse Buben, oder macht er sich einen schönen Lenz?« fragt die unverbesserliche Odile.

»Hör auf mit dem Quatsch!« ruft Aude verärgert. »Ich habe es euch anstandshalber gesagt, und ihr könnt euch eure Kommentare sparen.«

»Da es hier keinen Golfplatz gibt, werden wir jetzt wohl eine Kampfbahn haben!« sagt Marion.

Schloß Mervège, 10. Februar

Pierre-Marie, Audes Freund, soll heute kommen.

Die Weinbauern verbrennen noch immer die Reben in den Weinbergen und überprüfen ihre Gerätschaften, um sich auf die Arbeiten im Frühjahr vorzubereiten. Pferd und Wagen sind durch den Grätschschlepper und die Vitriolspritze ersetzt worden, aber die Arbeit folgt noch immer unveränderlich dem Rhythmus der Jahreszeiten.

Als Thomas (fünf Francs) nach London gegangen ist, hat Marion ihren Ehering von der Pont Mirabeau geworfen, unter der die Seine und unsere Liebschaften hindurchfließen, aber es beruhigt sie, wieder mit einem Mann zusammenzuwohnen, selbst wenn es der von Odile ist. Es sind Kleinigkeiten, wie die Stimme, der Gang, die Toilettenartikel, Reparaturen, Aperitifs, die kleinen Dinge des Lebens. Aber es sind auch die alten Klischees: Kraft,

Schutz, breite Schultern und riesige Schuhe. Vor allem aber sind es die Blicke und die Gesten: eine gewisse Art, guten Tag zu sagen, den Ellbogen der Gesprächspartnerin zu berühren und sie anzusehen.

An diesem Morgen hat sie einen Pickel auf der Nase, den sie geschickt unter einem Kilo Make-up versteckt.

»Du hast einen dicken, roten Mitesser auf der Nase«, sagt Aude ganz laut.

Marion wirft ihr einen mörderischen Blick zu. Odile hebt den Kopf, um sich Nase und Pickel anzusehen. Romain tut so, als hätte er nichts gehört.

»Du bist wirklich abscheulich ...«, sagt Marion zu Aude.

Am Nachmittag kauft Aude Ansichtskarten. Sie versteckt die Adressen unter ihrem eingeknickten Arm wie früher, als sie Klassenbeste war und sich strikt weigerte, jemanden abschreiben zu lassen. Plötzlich stößt sie einen Schrei aus.

»Ich bin so daran gewöhnt, Alice aus dem Urlaub immer eine Karte zu schreiben, daß ich ihre Adresse geschrieben habe!«

»Alice Darange, Paradies, Blauer Himmel, dritte Wolke von rechts?« wirft ihr Odile spöttisch zu.

»Du bist wirklich abscheulich«, sagt Aude zu Odile.

Pierre-Marie kommt in seinem Renault Espace am Nachmittag aus Belgien, und sein weicher Händedruck stört Marion und Odile sofort. Romain, der versöhnlicher ist, behauptet, daß seine Hand nicht »weich«, sondern »feucht« sei. Alles, was sie außer der feuchten Flosse über ihn wissen, ist, daß er seit vier Jahren in Belgien lebt, daß er eine Krawatte trägt und mit Aude befreundet ist. Er schläft sicher wie Aude in einem Pyjama, dürfte sogar Hosenträger und Schuhspanner benutzen und seine Zeit damit verbringen, sich hinter vorgehaltener Hand über die Steuern aufzuregen, ohne genau zu erläutern, in welche Steuerklasse er eingestuft ist ...

In dem Zimmer von Aude und Pierre-Marie ist es dunkel. Die Fensterläden sind geschlossen, und das einzige Licht spendet eine rosa Nachttischlampe, auf die Pierre-Marie seinen *Nouvel Économiste* gelegt hat, um das Licht zu dämpfen.

»Du hast mir gefehlt. Ich wäre gerne eher gekommen ...«, sagt er und nimmt Aude in seine Arme.

»Wie geht es Neil?« fragt Aude und schmiegt sich an ihn.

»Er läßt dich grüßen. Na, kommt ihr zurecht? Deine Schwester und deine Cousine machen einen recht eigenartigen Eindruck.«

»Du bist ein Einzelkind. Du kannst das nicht verstehen.«

»Ich bin ein Einzelkind, aber ich bin nicht doof!« protestiert Pierre-Marie.

»Neil ist auch ein Einzelkind ...«

»Willst du da Abhilfe schaffen?«

»Wie hat er auf deine Reise reagiert?«

»Wie wär's, wenn wir uns nun mit uns beschäftigen würden?« schlägt Pierre-Marie vor, der seinen Vorschlag schon in die Tat umsetzt.

»Zu Befehl ...«, schnurrt Aude.

Sie fühlt sich in seiner Nähe wie im siebten Himmel, und das in jeder Beziehung.

Der *Nouvel Économiste*, der zu nahe auf der heißen Glühbirne liegt, fängt langsam an zu schmoren. Pierre-Marie und Aude ist das jedoch völlig schnuppe. Sie lieben sich.

Schloß Mervège, 12. Februar

Um zehn Uhr morgens, als alle zusammen auf der Terrasse frühstücken, klingelt das Telefon. Es besteht sicher kein Grund zur Eile, denn Alice ist tot, aber Marion rennt trotzdem sofort an den Apparat.

Der Teilnehmer hat eine merkwürdige Stimme, die etwas grell und heiser klingt.

»Guten Tag, ist dort Madame Darange? Hier ist Neil!«

Wo kommt denn der her? Marion kann ihm ja wohl schlecht sagen, daß Alice einkaufen gegangen ist.

»Ich bin die Enkeltochter, Marion. Es tut mir leid, aber Madame Darange ist im letzten Monat gestorben.«

Stille am anderen Ende der Leitung.

»Es tut mir leid ... Wußten Sie es nicht?« fährt Marion fort.

»Hm ... ist mein Vater da?«

»Ehrlich, das würde mich wundern.«

Marion muß wohl etwas entgangen sein. Wer könnte gemeint sein? Romain oder Pierre-Marie? Welcher von beiden hat in seinem trauten Heim eine tief betrübte Ehefrau und kleine Kinder zurückgelassen, die Hungers sterben?

»Ich bin Neil de Poélay, der Sohn von Pierre-Marie. Kann ich ihn sprechen?«

»Einen Moment, bitte«, antwortet Marion automatisch.

»Neil ist am Apparat!« verkündet sie, als sie auf die Terrasse zurückkehrt.

»Neil Young?« fragt Odile.

»Neil Diamond?« fragt Romain.

»Mein Sohn ...«, sagt Pierre-Marie und steht schnell auf.

»Es hat mit Neil Armstrong zu tun. *Here men from the planet Earth first set foot upon the Moon, Juli 1969, we came in peace for all mankind*«, zitiert Aude stolz. »Die Astronauten Neil Armstrong, Michael Collins und Edwin Aldrin haben eine Tafel mit dieser Aufschrift auf dem Mond zurückgelassen. In der Sowjetunion sagt man Kosmonaut, in Amerika Astronaut und in Frankreich *spationaute*!«

»Und vor allen Dingen sagt man nicht mehr ›Sowjetunion!‹ spottet Odile. »Pierre-Marie hat einen Sohn? Ist er verheiratet?«

»Er war ... Jetzt ist er geschieden.«

»Und er ist ein Fan von Neil Armstrong?«

Aude verdreht die Augen.

»Er ist Ingenieur und arbeitet im Europäischen Raumfahrtzentrum in den Ardennen, einem Zentrum zur Vorbereitung und zum Training für das Leben im Weltraum. Er leitet Seminare für Kinder und Erwachsene, die er unter Bedingungen der Mikrogravitation oder Hypergravitation arbeiten läßt. Sie haben einen Schleudersitz, einen Sitz mit drei Achsen, einen, der sich in alle Richtungen dreht, und ein Planetarium ...«

»Und die Astronauten trainieren dort?«

»Nein, aber sie könnten. Die Ausrüstung ist genau die gleiche: die Raumanzüge, die mit der Raumfahrttechnologie ausgestatteten Übungsräume ... alles!«

»Und du warst dort?«

Aude lächelt, was ihr gut zu Gesicht steht. Sie sollte öfter lächeln.

»So habe ich Pierre-Marie kennengelernt ... Die Anwaltskanzlei, in der ich arbeite, hat dort ein fünftägiges Seminar veranstaltet.«

Odile und Marion schauen sich erstaunt an. Sie können sich Aude in dieser Umgebung kaum vorstellen.

Pierre-Marie kommt zurück. Sein Sohn ist auf dem Weg zur Schule gefallen und hat sich den rechten Arm gebrochen. Er reagiert ruhig und gefaßt und organisiert alles im Handumdrehen. Ein Kollege setzt seinen Sohn in die Maschine nach Paris, wo Pierre-Marie ihn am Flughafen abholen wird. Da Neil Rechtshänder ist, kann er aufgrund des Gipses nicht schreiben, also hat sich das Problem mit der Schule erledigt. Pierre-Maries Selbstbeherrschung verblüfft Marion.

Aude betätigt sich den ganzen Vormittag in dem kleinen Zimmer, in dem Alice früher das Kindermädchen unterbrachte, die sich um ihre drei Söhne kümmerte.

»Neil wird wie Gott in Frankreich leben«, versichert sie, als sie das Fenster öffnet, um zu lüften.

Anschließend wäscht sie und hängt die Wäsche auf der Leine hinter dem Haus auf. Die bunten Plastikklammern glänzen in der Sonne. Zu Alices Zeiten waren die Klammern aus Holz mit einem Metallgestell und rosteten, wenn man sie draußen im Regen vergaß. Sie beschmutzten die Wäsche, die eben aufgehängt worden war, und alles mußte noch einmal gewaschen werden ... Also liefen die Enkelinnen beim kleinsten Schauer los und nahmen, schreiend und lachend und vom Regen durchnäßt, alles ab und brachten die Klammern ins Haus.

Aude verharrt einen Moment reglos neben der Wäscheleine; der leere Wäschekorb steht neben ihr auf dem Boden. Sie würde alles dafür geben, sich gut mit Neil zu verstehen. Sie kommt sich in seiner Gegenwart dumm und unbeholfen vor, und aufgrund seiner Krankheit ist es noch schwieriger. Neil ist ernst und hat die Augen seines Vaters. Er ist eher klein, gedankenverloren, strohblond, eine Leseratte und ein Computerfreak, und er wirkt älter als ein elfjähriges Kind.

Er kommt vor dem Abendessen mit seinem Vater an. Blond, schmal, aufmerksamer Blick, ernste Miene, leichter Gips. Die Strümpfe umschließen seine Waden wie eine Ziehharmonika, und auf dem Kopf trägt er ein Käppi mit dem Logo der NASA.

Pierre-Marie hält seinen Koffer in der einen Hand und die Röntgenaufnahmen in der anderen. Marion ist durch ihren Beruf so konditioniert, daß sie automatisch die Hand ausstreckt, um sie sich anzusehen, wie sie es bei den Rücktransporten macht.

Pierre-Marie schaut Aude an, die Pierre-Marie anschaut, der Neil anschaut, der Gnafron streichelt.

Glücklicherweise hat Neil eine Fraktur am Oberarmknochen und nicht am Unterarm, was einen chirurgischen Eingriff erforderlich gemacht hätte. Kinder tragen ihren Gips nur halb so lange wie Erwachsene. Neils Gips wird voraussichtlich in drei Wochen abgenommen. Nach einer Woche wird eine erste Röntgenkontrolle durchgeführt, um sicherzustellen, daß der Knochen richtig gerichtet ist, und in drei Wochen erfolgt eine zweite Kontrolle, um zu überprüfen, daß der Knochen richtig zusammenwächst.

Marion hält die Aufnahme mit ausgestrecktem Arm gegen das Licht ... und bemerkt sofort, daß da etwas nicht stimmt. Man braucht kein Spezialist zu sein, um die Aufnahme zu interpretieren: Das Röntgenbild zeigt sogenannte »fehlerhafte Kallusbildungen«, Knochennarben alter, schlecht zusammengewachsener oder nicht bemerkter Brüche, und es sind verdammt viele für ein Kind von elf Jahren.

Pierre-Marie und Aude lauern auf Marions Reaktion.

»Ich habe Durst!« sagt Neil.

Aude eilt zum Kühlschrank.

Es gibt zwei Erklärungen. Entweder wird Neil geschlagen, was nicht der Fall zu sein scheint – aber man weiß ja nie –, oder die zweite Möglichkeit ... Und genau das ist es.

Sie haben es nicht sofort bemerkt, erzählt Aude Marion in der Küche, als sie Gläser und Fruchtsaft auf das Tablett stellt. Neil war in der Krippe, weil seine Eltern beide berufstätig waren. Damals gab es das Raumfahrtzentrum noch nicht, und Pierre-Marie arbeitete in Südfrankreich im Luft- und Raumfahrtzentrum. Seine Frau Irène war leitende Angestellte in einer Bank, diese Art von Frau, die dich anruft, um dir mitzuteilen, daß dein Konto überzogen ist und man schnell eine Lösung finden müsse, wie z.B. einen neuen Kredit aufzunehmen, um die Überziehung abzudecken, und im Wiederholungsfalle werde man deine Scheckkarte und die VISA-Card einziehen, was nicht sehr angenehm sein wird, nicht wahr? Kurz und gut, eine ganz entzückende Person ...

Eines Tages fing Neil an zu humpeln, und der Hausarzt legte einen Salbenverband an und sagte, daß sich Babys keine Verstauchungen zuzögen. Da jedoch keine Besserung eintrat, gingen sie noch einmal zu ihm und ließen eine Röntgenaufnahme machen ... Man konnte einen Bruch erkennen, der gegipst werden mußte. Einige Zeit später verletzte sich Neil am Arm. Wieder das gleiche Spiel: Röntgenaufnahme und Bruch. Der Blick des Arztes wurde nachdenklich, und er sprach von einem kurzen stationären Aufenthalt, um eine Untersuchung durchzuführen.

Nach einer Woche bat der Chefarzt der Kinderstation Pierre-Marie und Irène zu sich und erklärte ihnen, daß ihr Sohn die »Glasknochenkrankheit« habe ...

»Die Lobsteinsche Krankheit«, sagt Marion.

»Genau ... Das ist genetisch bedingt und nicht heilbar. Man braucht Neil nur zu schubsen, so daß er hinfällt, und schon brechen seine Knochen so leicht, als seien sie aus Glas.«

»Ich weiß. Sie können sich sogar schon im Mutterleib Brüche zuziehen ...«

Pierre-Marie, ein optimistischer Geschäftsmann, der glaubt, daß es ausreiche, einen Haufen Geld anzusparen und mit seinem Wohlstand zu protzen, um es im Leben zu etwas zu bringen, hat gesagt, daß es nicht dramatisch sei: Sie würden das Golfspielen durch Wassersport ersetzen, weil man sich im Wasser nicht stoßen könne, und das Skifahren durch die Informatik. Und da Neil nicht dumm ist, wird er es auf diesem Gebiet zu etwas bringen.

Irène verweigerte weiterhin den einen Kredite und zwang die anderen, welche aufzunehmen. Sie zitterte jedesmal um Neil, wenn er etwas zu schnell ging, und sie verbot ihm zu laufen, Freunde zu sich nach Hause einzuladen und sogar in den Pausen auf den Schulhof zu gehen. Pierre-Marie versuchte vergebens, sie zur Vernunft zu bringen.

»Man kann ihn nicht in Watte packen, bis er alt ist. Es ist kein Leben für ein Kind, ständig nur zuzusehen, wie die anderen ihren Spaß haben. Daß er nicht am Schulsport teilnimmt, versteht sich von selbst ... Aber du kannst ihm nicht verbieten zu spielen, dann wird er verrückt.«

»Ich werde noch mit euch verrückt«, erwiderte Irène.

Eines Abends kam sie von der Bank nicht nach Hause. Pierre-Marie bekam einen Monat später einen Brief, in dem sie erklärte, daß es zu hart für sie sei, daß sie es nicht länger ertragen könne, immer Angst um Neil zu haben und daß Pierre-Marie viel besser ohne sie zurechtkomme ...

»So ein Miststück!« stößt Marion hervor.

»Aber ich bin ihr zu großem Dank verpflichtet. Wenn sie nicht gegangen wäre, hätte ich Pierre-Marie nicht kennengelernt«, wirft Aude ein.

Neil spielt mit seinem Game-Boy. Das Käppi sitzt auf seinem Kopf, das Hemd hängt aus der Hose, und er wälzt sich wie jeder x-beliebige Junge in seinem Alter auf einem Liegestuhl.

Odile geht mit ihrer alten Leica über die Terrasse und schießt im Vorübergehen ein Foto von ihm. Im Radio singt Florent Pagny: »Wenn du eines Tages siehst, wie ich meine Erinnerungen poliere, weil sie nicht mehr richtig glänzen ...«

Rom, Lago di Bracciano,
20. Februar, Karnevalsdienstag

Rio hat Serena am Ufer des Sees, dreißig Kilometer von Rom entfernt, zum Essen eingeladen, um den Karnevalsdienstag zu feiern. Als sie langsam die Uferstraße entlangfahren, entdecken sie zufällig ein Restaurant, das von einer Australierin, die mit einem Italiener verheiratet ist, geführt wird. Der Rahmen ist eher *british* mit bestickten Decken und englischem Geschirr, die Küche ist glücklicherweise italienisch und wirklich erlesen. Der Besitzer gibt sogar Kochkurse in der englischsprachigen Kolonie in Rom.

Sie kosten Ravioli mit Kürbis, Krapfen mit Melonenkonfitüre, Seeforelle und *castagnole*, Bällchen aus gebackenem Teig, die in Zucker gewälzt und Karnevalsdienstag gebacken werden, wozu man einen leicht perlenden *verdicchio* trinkt.

Wie jedesmal, wenn Rio und Serena in der Öffentlichkeit miteinander sprechen, ist der Wirt zunächst erstaunt, dann beunruhigt, zeigt daraufhin offen seine Neugierde und ist schließlich beruhigt. Diese Reaktionen sind immer zu beobachten, aber anschließend verhalten sich die Menschen unterschiedlich. Die ganze Palette von Ablehnung bis Mitleid kommt vor, aber beides ist Rio gleichermaßen unangenehm. Er gesteht den Leuten zu, daß sie ihn beobachten, da er sich anders benimmt als andere, doch wenn die Leute es begriffen haben, will er, daß sie ihn vergessen und man ihn sein Gespräch führen läßt, ohne ihn wie einen Affen im Zoo anzustarren. Er ist nicht blind, verdammt!

Serena hat Horatios Leine um das Stuhlbein gewickelt. Der Hund schläft brav und kräuselt die Nase, als das Essen kommt.

»Ich muß dir etwas sagen ...«, beginnt er.

Serena, die gerade ihre Gabel in der Hand hält, erstarrt

angsterfüllt. Schon seit einem Monat ist Rio wie verwandelt, doch sie hat keine Fragen gestellt und es vorgezogen zu warten, bis er von allein etwas sagt.

»Ich war in letzter Zeit ungeheuer nervös. Ich habe nicht sofort mit dir darüber gesprochen, um dich nicht zu beunruhigen ...«

Serena ist entsetzt: Ist er krank?

»Es geht um meine Mutter ...«, beginnt Rio.

Und er erzählt ihr die ganze Geschichte.

Serena sieht ihm beim Sprechen zu, ohne ihn zu unterbrechen.

Sie haben sich Anfang der fünfziger Jahre kennengelernt bei einer Tagung in der Villa Medici, dem Sitz der Académie française ...

Serena, die an diesem Abend allein war, bewunderte die Gärten und die berühmte Brunnenschale von Corot. Dann setzte sie sich neben Rio, der sich in der Zeichensprache mit einem Freund unterhielt. Zu jener Zeit kannte Serena die Grammatik dieser Sprache nicht, die Veränderung der üblichen Wortstellung, die Verweise, die Bedeutung der Gesten und ihre Anordnung, die Wortstellung, die Handbewegungen, den Gesichtsausdruck. Sie wußte nicht, daß man sich ausgehend von dieser Struktur in Tausenden von Zeichen ausdrücken kann, von den einfachsten bis zu den kompliziertesten, indem man eines der Parameter leicht verändert, zum Beispiel die Anordnung der Zeichen oder die Wortstellung oder beides, bis ins Unendliche. Für sie sprachen diese beiden zwanzigjährigen gestikulierenden Jungen Chinesisch.

Es beeindruckte sie sehr, als der schlaksige Junge mit den dunklen, durchdringenden Augen und dem braunen, lockigen Haar sich zu ihr herumdrehte und sie anlächelte. Sein Gesicht und seine Hände waren unglaublich ausdrucksvoll. Sie lächelte zurück und kam sich dabei so indiskret vor, als hätte sie einen Brief geöffnet, der nicht für sie bestimmt war. Sie war verblüfft, als der andere Junge den Mund öffnete und sagte: »Mein Freund Rio findet Sie sehr hübsch und möchte Sie einladen, mit uns eine Pizza zu essen.«

Serena Parisiana, einzige Tochter eines Journalistenehepaars des Messaggero, des römischen Gegenstücks zum Figaro, war es nicht gewohnt, mit Jungen, die sie nicht kannte, essen zu gehen. Sie studierte Kunst, wohnte bei ihren Eltern, war unglaublich hübsch und entsetzlich schüchtern. Doch es war so unerwartet, diesen Jungen sprechen zu hören, den sie für taubstumm gehalten hatte, daß sie ein Gespräch begann und sich nach der Tagung in ihrer Gesellschaft in einer Pizzeria wiederfand.

Achille erklärte ihr das Wie und Warum: Rio war stumm, aber nicht taub. Er drückte sich in der Zeichensprache aus und verstand, was die anderen sagten. Achille, dessen Mutter taub war, kannte die Zeichensprache. Sie waren beide Studenten an der Kunstakademie und hatten sich angefreundet. Achille hätte normal sprechen und Rio in der Zeichensprache antworten können, aber sie fanden es lustiger, in der Öffentlichkeit so miteinander zu kommunizieren.

»Also versteht er, was ich sage?« fragte Serena Achille. »Nein, Entschuldigung ... Sie verstehen, was ich sage?« fuhr sie an Rio gewandt fort.

Der Junge mit den dunklen Augen lachte fröhlich, nickte heftig mit dem Kopf und malte schnell seine Zeichen im die verräucherte Luft der Trattoria.

»Doppelt genäht hält besser«, übersetzte Achille.

An jenem Tag fing alles an ...

Sie trafen sich wieder, zuerst mit Achille, dann allein. Anfangs verständigten sie sich mittels ihres Dolmetschers. Nach und nach erfanden sie für sich einen Code ohne Regeln und Grammatik, der Achille verblüffte.

Rio brachte Serena die »Daktylologie« bei, bei der man mit einer Hand Zeichen in die Luft malt. Dann begannen sie – zunächst mit Achilles Hilfe – die Zeichensprache zu üben, und Serena machte innerhalb kürzester Zeit riesige Fortschritte. An dem Tag, als Achille, der sich überflüssig vorkam, vorgab, verhindert zu sein, sich mit ihnen zu treffen, bemerkten Serena und Rio, daß sie problemlos miteinander kommunizieren konnten. Alles weitere folgte dann.

Serena weiß seither, daß ein spanischer Mönch 1620 die Grundzüge dieser Zeichensprache erfunden hat, die der »Abbé des Schwertes« im 18. Jahrhundert weiterentwickelte. Dieser gründete sogar ein Institut für die Ausbildung Tauber, das Ludwig XVI. besuchte. Im 19. Jahrhundert wurde diese Sprache für fast ein Jahrhundert in Schulen offiziell von Ignoranten und Dummköpfen verboten, die diese »Mimik« unschicklich fanden und sie als »Affensprache« abtaten.

Serena fand Rio faszinierend, wenn er sich in seiner Zeichensprache ausdrückte: Seine Hände, seine Finger, sein Körper, sein Gesicht, alles war in Bewegung. Seine Zeichen waren geheimnisvoll, erstaunlich, kompliziert und lebendig. Sie gingen oft ins Rialto- und ins Colonna-Kino oder in die Sala Umberto, wo Serena Roberto Rossellini, Frederico Fellini, Michelangelo Antonioni und andere Schauspieler kennenlernte. Rio sah sich mit Serena auch Buster Keaton an, der unter Beweis stellte, daß Worte nicht das wichtigste sind, wenn der Körper sich auszudrücken versteht. Er erklärte ihr, daß die Stummen sich einen zweiten Namen geben, der in der Zeichensprache wesentlich einfacher wiederzugeben ist und den man nicht buchstabieren muß. Aus Serena wurde aufgrund ihrer langen Haare, ihrer Geschmeidigkeit und ihres Vornamens »Sirene«, ein Name, bei dem sich die Hände sanft auf und ab bewegen.

Sie warteten vier Jahre, ehe sie heirateten, weil Rio ihr nicht einen Ehemann aufzwingen wollte, der unfähig war, einem Taxifahrer seine Adresse anzugeben und laut und deutlich mit »Ja« zu antworten, wenn der Priester ihn fragte: »Wollen Sie Mademoiselle Parisiana zur Frau nehmen?«, oder einem lästigen Störenfried zu sagen: »Wenn du nicht aufhörst, ist der Teufel los!«

Rio klatschte in die Hände, er liebte und schlug sich leise ...

»Seitdem hat es im Figaro keine Richtigstellung gegeben!« beendet Rio seine Geschichte und wendet sich seinem Nachtisch zu. »Verstehst du, warum ich seit einem Monat so durcheinander bin?«

»Die Zeitung kann dir sicher die Adresse dieser Familie geben ... Wenn du ihnen schreiben würdest?«

Rio schüttelt den Kopf.

»Nur das Datum und die Uhrzeit der Messe im Invalidendom, und basta!«

Serena schaut ihren Mann zärtlich an. Seit er diesen verdammten Figaro gelesen hat, ziert eine neue Falte seine Stirn, und diese kommt aus weiter Ferne, dorther, wo der Champagner perlt.

»Wir könnten Nachforschungen anstellen, nach Épernay schreiben, uns bei der Botschaft oder beim Konsulat erkundigen ... oder sogar einen Detektiv engagieren.«

»Ich lebe seit fünfzig Jahren ohne Mutter, und selbst wenn diese kleine Anzeige sich wirklich auf sie beziehen sollte, was unglaublich erscheint, ist sie jetzt auf jeden Fall tot, und man wird sie nicht ein zweitesmal wieder zum Leben erwecken. Ich würde allerdings gerne wissen, falls es sich wirklich um sie handelt, was passiert ist, und warum sie mich nicht gesucht hat ...«

Die Dame aus Australien kommt mit dem Kaffee.

»Hat es Ihnen geschmeckt?« fragt sie mit einem Akzent wie Oliver Hardy.

Rio lächelt und neigt den Kopf. Serena lobt das Essen in

allen Einzelheiten. Die Dame geht wieder in die Küche zurück.

»Da ist noch etwas: In den Träumen, die ich seither habe, höre ich mich Worte sprechen, und die Menschen antworten, als ob sie mich verstehen würden«, fährt Rio fort. »Ich habe dieses Gefühl vergessen, seit der Zeit ...«

Der Kaffee wird kalt. Serena ist ganz blaß.

»Was ... was hast du da eben gesagt, Rio?«

»Daß die Menschen mir antworten, als ob sie mich verstehen würden.«

»Nein, danach: Du hast dieses Gefühl vergessen seit der Zeit ... Aber seit welcher Zeit?«

Serena beugt sich mit hochrotem Gesicht über den Tisch. Rio runzelt die Augenbrauen, und plötzlich begreift er es auch. Sie sind seit vierzig Jahren verheiratet, und sie wissen alles oder doch fast alles voneinander. Sie haben die Sinnlichkeit und die Lust zusammen entdeckt, machen gemeinsam Front gegen die Dummköpfe, die über Rio spotten oder ihn für unfähig halten, haben die Welt bereist, gearbeitet, gehofft, geträumt, gegessen, getrunken, geschlafen, sich geliebt, kurzum: zusammengelebt, mit Respekt, Vertrauen, Leidenschaft und manchmal aufgrund ihrer starken Persönlichkeiten sogar mit Gewalt.

Aber Rio hat es niemals für gut erachtet, an die Schattenseite seines Lebens zu rühren.

Er kann sich an seinen Vater, der bei einem Autounfall kurz nach seinem ersten Geburtstag ums Leben kam, nicht mehr erinnern. Er weiß, daß seine Mutter anschließend aufgrund starker Depressionen stationär behandelt werden mußte, daß seine Großmutter väterlicherseits sich in dieser Zeit um ihn kümmerte, daß die Schwester seiner Mutter sie dann abholte, um sie in die Champagne zu bringen, wo seine Mutter ein Jahr später Philippe Darange heiratete. Er erinnert sich an die Geburt seines Halbbruders Louis und dann sechs Jahre später an die Geburt von Christophe. Anschließend läßt ihn seine Erinnerung im Stich, so als wäre eine Seite aus dem Buch seines Lebens herausgerissen worden. Nur ein paar Erinnerungsfetzen sind ihm geblieben. Er sieht, wie seine Mutter Louis rettet und ihn seinem Schicksal überläßt, wie das deutsche Flugzeug im Sturzflug auf den Park zufliegt, seine Mutter mit dem blutverschmierten Blumenkleid im grünen Gras liegt und die Verletzung an seiner Schläfe behandelt wird ...

Erst danach beginnt das richtige Leben, die italienische Wirklichkeit, der Kampf, sich trotz seiner Stummheit bemerkbar zu machen, die Stille und das enge Zusammenleben mit seiner Großmutter in dem Haus in Carmagnola in der Nähe von Florenz; die Hoffnung, als er von diesem römischen Institut hörte, das die Zeichensprache lehrte; die Abreise aus Carmagnola nach Rom mitten in der Nacht; der ständige Kampf in dem Institut, in dem die tauben Kinder ihn ablehnten, weil er hören konnte, und diejenigen, die hören konnten, ihn ablehnten, weil er stumm war ...

Die Jugendzeit, Freundschaften, die Begegnung mit Serena, das Band der Liebe, die Hochzeit, die Arbeit, der Zeitpunkt, als er die Informatik für sich entdeckte, der Fortschritt der Technik, das Aufkommen der Videospiele, die Revolution des Internet, das Leben eben.

Er hat nie mehr an die Vergangenheit gedacht. Er hat Frankreich und die Champagnerperlen aus seinem Leben getilgt und so getan, als wäre er mit zehn Jahren geboren worden, auf dem gobelinbezogenen Hocker neben dem Kamin, einige Tage nach Weihnachten, als Carlotta ihm den Tod seiner Mutter mitteilte ...

»Du willst sagen, daß du nicht stumm geboren bist?« fragt Serena langsam und mit weit aufgerissenen Augen.

Rio schaut sie lange an und hofft, daß dieses Geständnis nicht die Harmonie zerstören möge, die sie im Laufe all der Jahre aufgebaut haben; dann schüttelt er verneinend den Kopf.

»Und das sagst du mir erst jetzt?« fragt Serena mit rauher Stimme.

»Ich hatte es vergessen!« sagt er aufrichtig.

»Darf ich Ihnen einen Schnaps anbieten? Ich habe einen ausgezeichneten Grappa aus Valdobbiadene«, schlägt die Dame aus Australien eilfertig vor.

Da Rio nickt, stellt sie zwei kleine Gläser auf den Tisch und eine Flasche mit einem langen, schmalen Hals.

Serena sieht aus wie jemand, der einen kräftigen Schlag auf den Kopf erhalten hat, und Rio weiß nicht, was er machen soll. Er füllt die beiden Gläser mit Grappa, hebt seines hoch und kippt es hinunter. Serena schaut ihn einen Moment an und macht es dann ebenso. Rio trinkt ein zweites Glas. Auch Serena trinkt ein zweites Glas und stellt es dann auf den Tisch ... Und mit tränennassen Augen fängt sie an zu lachen, doch sie lacht viel zu laut.

Schloß Mervège,
am Morgen des 20. Februar, Karnevalsdienstag

Marion rekelt sich auf ihrem Bett, genießt die Ruhe und ist in die Abenteuer des Hercule Poirot vertieft, als sie glaubt, Musik zu hören. Sie horcht, erkennt die erste Arabeske von Debussy und hört erfreut zu. Dieses Stück erinnert sie an laue Sommerabende an der Marne. Alice spielte es mit Begeisterung, und Marion wird das Herz schwer, als sie die Melodie hört. Sie fragt sich, ob es wohl im Fernsehen oder im Radio gespielt wird, wartet, daß derjenige, der das Gerät eingeschaltet hat, umschaltet oder ein anderes Programm wählt, aber nein: Es hat sich also ein Musikfreund in ihrer Mitte versteckt? Odile haßt klassische Musik; Aude liebt Wagner; Neil ist begeisterter Anhänger von Melodien, die im Vorspann von Filmen oder Kultserien gespielt werden, und Romain hat bisher nur die Titelmelodien von Indiana-Jones- und James-Bond-Filmen gepfiffen.

Die Noten fließen rein und frisch, ein wenig versetzt mitunter, und Marion gefällt diese Art zu spielen derartig, daß sie Poirot und seinen Freund Hastings im Stich läßt, um hinunterzugehen und nachzuschauen.

Sie stößt die Tür zum Salon auf und bleibt ergriffen stehen:

Romain sitzt am Piano und spielt mit sehr viel Gefühl und ohne Noten Debussy. Als er hört, daß die Tür geöffnet wird, hält er inne.

»Ich wußte nicht, daß du so gut spielst!« sagt Marion überrascht.

Romain lächelt hilflos und so verlegen, als hätte sie ihn beim Pinkeln erwischt.

»Stört es dich, wenn ich zuhöre?« fragt Marion.

»Offen gestanden ja, aber ich wollte sowieso gerade aufhören«, sagt er und steht auf.

»Warte, das ist doch albern. Ich lasse dich allein, aber es war super.«

Romain antwortet nicht und bleibt neben dem Piano stehen.

»Du spielst wirklich gut, und ich kenne mich aus!« beharrt Marion. »Alice war eine hervorragende Klavierspielerin, und bis heute morgen dachte ich eigentlich, daß ich auch nicht so schlecht sei.«

»Meine Mutter war Klavierlehrerin«, sagt Romain. »Hast du Odile gesehen?«

»Marion! He, Marion!« schreit Odile im gleichen Moment vom anderen Ende des Hauses.

Romain und Marion fangen an zu lachen.

»Wo bist du?« fragt Marion.

»In Alices Zimmer! Komm rauf!« schreit Odile, und ihre Stimme klingt eigenartig.

Marion läßt Romain stehen und geht zu ihr.

Odile hat es gewagt, den Schatzschrank zu öffnen.

»Du bist aber dreist«, sagt Marion fassungslos.

Sie hat noch nie gesehen, daß die beiden Schranktüren geöffnet waren. Wird sich der Schrank wie in den Märchen vielleicht beim ersten Blick, den sie hineinwirft, wie durch Zauberhand leeren ... oder sie beide ganz im Gegenteil verschlingen, um sie für ihre Neugierde zu bestrafen?

»Du bist aber dreist ...«, sagt sie noch einmal.

Odile zuckt mit den Schultern.

»Sieh mal!«

Sie hat ein Dutzend Dosen in jeder Größe und Farbe auf den Boden gestellt, die eines gemeinsam haben: Sie sind mit verdorbener Schokolade und verklebten Bonbons gefüllt, die man getrost wegwerfen kann.

Der Schatzschrank ... Das ganze Jahr über stopfte Alice ihn mit Geschenken voll, die sie bei verschiedenen Wohltätigkeitsbasaren, die unter anderem für Kriegerwitwen veranstaltet wurden, oder auf ihren Reisen kaufte. Sie öffnete den Schrank an Geburtstagen, Festen oder manchmal auch ohne einen besonderen Anlaß, wühlte einen Moment herum und holte dann ein Paket heraus. Tücher, Ohrringe, Krawatten, Manschettenknöpfe, Schals, Bücher, Kugelschreiber, Kinkerlitzchen, Feuerzeuge, Uhren ... und verderbliche Lebensmittel.

»Was sollen wir damit machen?« flüstert Odile.

»Ab in den Mülleimer!« sagt Marion. »Letztes Jahr hat mir Alice eine Tafel Schokolade geschenkt, auf der stand: Für Alice, von ihrer kleinen Marion, Mai 1980.«

»Hast du sie gegessen?«

»Ein Stück, um ihr eine Freude zu machen ... Es hat nach Korken geschmeckt.«

Sie schiebt die Bänder zur Seite und schaut sich die Schokoladentafeln an. Alice liebte Schokolade, war aber der Meinung, daß es nicht recht sei, sich allein damit vollzustopfen, und man sie besser verschenken solle.

»Romain hat Klavier gespielt ... Ich dachte, es sei der Fernseher. Er hat mir gesagt, seine Mutter sei Klavierlehrerin gewesen. Kennst du sie?«

»Sie ist vor drei oder vier Jahren gestorben. Er spricht nie darüber!« sagt Odile achselzuckend. »Du hast Glück, daß du ihn hast spielen hören. Er kann es nicht ertragen, wenn man ihm zuhört. Da, schau mal: Hat Alice Italienisch gesprochen?«

»Soviel ich weiß nicht, aber bei ihr wundert mich nichts.«

Ein Stapel italienischer Bücher, die sie noch nie gesehen hat und die alle von demselben Autor, Vincenzo Cavarani, sind. Odile reicht sie Marion und wühlt dann in dem darunterliegenden Fach herum, das mit Geschenkpapier gefüllt ist, welches schon einmal benutzt und sorgfältig zusammengefaltet worden ist, um eines Tages wiederverwendet zu werden.

»Und erinnerst du dich an dieses: rosa Elefanten auf goldenem Papier?«

Marion nimmt das oberste Buch vom Stapel, blättert es gedankenverloren durch, schlägt die erste Seite auf und macht ein merkwürdiges Gesicht.

»Was ist los?« fragt Odile.

»Nichts, ich habe nur leichte Bauchschmerzen ...«

»Du bist kalkweiß! He, Marion, du wirst doch wohl nicht in Ohnmacht fallen?«

Odile eilt zu ihrer Cousine, um sie zu stützen. Marion hat schon wieder etwas Farbe bekommen.

»Es ist nichts, es ist fast vorbei«, entschuldigt sich Marion.

»Hast du deine Periode?« fragt Odile.

Marion, die diese Frage doch problemlos ihren Kranken stellt, die sie noch nie zuvor gesehen hat, macht die Vertrautheit ihrer Cousine verlegen.

»Ja, das wird es sein ...«

»Das beweist wenigstens, daß du nicht schwanger bist«, sagt Odile, ohne nachzudenken.

»Ich werde mich einen Moment hinlegen«, sagt Marion.

»Soll ich mitkommen?«

»Nein, ich werde ein wenig schlafen. Ich rufe dich, wenn ich dich brauche, okay?«

Marion geht in ihr Zimmer und drückt die Bücher an ihre Brust. Als sie endlich allein ist, schiebt sie den Riegel vor die Tür und wirft sich aufs Bett. Sie spürt jeden Herzschlag und hat Magenkrämpfe. Mit zitternder Hand schlägt sie das erste italienische Buch auf und liest noch einmal die unglaubliche Widmung. Die Worte: Für Alice, die Frau meines Lebens, und für unseren Sohn Rio! heben sich in violetter, etwas verblaßter Tinte über der Unterschrift Vincenzo ab.

»Das ist nicht möglich ...«, flüstert sie. »Was hat das zu bedeuten?«

Sie schlägt das zweite Buch auf. Quer über dem Vorsatzblatt sind die Worte diesmal mit marineblauer Tinte geschrieben: Für Alice, meine Liebe, und für unser Baby Rio.

Marion schüttelt den Kopf, um sicherzugehen, daß sie nicht träumt. Sie ist hier und sitzt auf ihrem Bett in ihrem Zimmer in der ersten Etage des Schlosses Mervège. Sie sieht ausgezeichnet, hat weder Alkohol getrunken noch irgendein komisches Zeug geraucht ...

Sie atmet tief durch und schlägt das dritte Buch auf. Diesmal sind die Worte: Für meine beiden florentinischen Lieben, Alice und Rio! ganz deutlich auf französisch auf dem Vorsatzblatt aufgedruckt.

Marion traut ihren Augen nicht. Als sie das Buch umdreht, fällt ein vergilbtes Blatt heraus, ein ungeschicktes, von Kinderhand gemaltes Bild, das eine Kuh oder einen Esel oder einen Hund darstellen soll – man kann es nicht genau sagen – und mit Rio Cavarani unterzeichnet ist. Cavarani, wie der Autor Vincenzo Cavarani. Rio, wie Rio Bravo oder wie Rio de Janeiro. Darüber steht mit einem blauen Stift in einer Kinderschrift: Für Mama, zum Muttertag.

Plötzlich dringt von draußen Gnafrons Bellen gedämpft an Marions Ohr, als hätte man die Geräusche der Welt leisergestellt. Das Zimmer schwankt. Sie hat große Lust, die Bücher wieder in den Schatzschrank zu legen und zu vergessen, was sie gesehen hat.

»Das ist total verrückt ...«, sagt sie laut.

»Marion?«

Sie erkennt Neils Stimme hinter der Tür.

»Verschwinde bitte!«

Sie hat so viel Autorität in ihre Stimme gelegt, wie sie konnte, doch es ähnelt eher einem Quaken.

»Bist du krank? Was hast du?«

Sie ballt nervös die Fäuste.

»Es geht mir sehr gut, Neil. Laß mich in Ruhe, okay?«

»Ich rufe Aude!« erklärt Neil und geht davon.

Marion eilt zur Tür, schiebt hastig den Riegel zur Seite und stürzt hinaus, um ihn aufzuhalten, doch Neil wartet mit vergnügter Miene und gekreuzten Armen vor der Tür.

»Ich wußte genau, daß du herauskommst, wenn ich das sage!« erklärt er mit einem schelmischen Lächeln.

»Komm rein, du dreckiger Schnüffler!« brummt Marion, zieht ihn am Arm, stößt ihn ins Zimmer und schiebt den Riegel wieder vor die Tür.

»He, immer sachte, ja!« brummt Neil und reibt sich den Arm.

Marion tut es noch nicht einmal leid, ihn so unsanft angefaßt zu haben. In dem Zustand, in dem sie sich befindet, hat sie Neils Krankheit ganz vergessen, und hätte sie daran gedacht, wäre sie auch nicht sanfter mit ihm umgegangen. Eine unbändige Wut, die aus ihrem tiefsten Inneren zu kommen scheint, steigt langsam in ihr auf.

»Was hast du?« fragt Neil, der sich darüber ärgert, daß er nicht den Mund halten konnte.

»Schau!« sagt Marion und zeigt ihm die Widmungen.

Neil liest sie aufmerksam und hebt dann den Kopf.

»Wer hat das geschrieben?«

»Ich weiß es nicht ...«

»Und wer ist Rio?«

Marion zuckt die Schultern. »Alles, was ich dir sagen kann, ist, daß unser Großvater, Alices Mann, Philippe hieß und daß keines ihrer Kinder den Namen Rio trägt ...«

»Dann ist es vielleicht eine andere Alice?« schlägt Neil vor.

»Nein, das glaube ich nicht ...«

»Und warum steht da: meine beiden florentinischen Lieben?«

»Weil das Buch in Florenz geschrieben worden ist, oder weil der Schriftsteller dort lebte ...«

Neil zerbricht sich einen Moment den Kopf und zuckt dann die Achseln.

»Das ist nicht schlimm. Kein Grund zur Aufregung.«

Marion lächelt ihn an.

»Sie war meine Großmutter, verstehst du? Wir waren uns sehr nahe!«

»Ich verstehe den Zusammenhang nicht!«

»Sie ist soeben gestorben, und ich stelle fest, daß ich sie gar nicht kannte, daß sie kein Vertrauen zu mir hatte und ich nichts über ihr Leben weiß!«

Marion fängt an zu weinen. Alles kommt zusammen: Ihr Vater, der gestorben ist, ohne sie um Erlaubnis zu fragen; ihre Mutter, die in die Staaten ausgewandert ist, ohne sie nach ihrer Meinung zu fragen; ihr Ehemann, der in eine Unbekannte vernarrt ist, ohne sich um sie zu kümmern; und nun Alice, ihre Alice, die ein Doppelleben geführt hat! Sie fühlt sich betrogen, hereingelegt und verraten.

»Hör auf zu weinen!« sagt Neil freundlich und legt ihr unbeholfen eine Hand aufs Knie. »Ich habe meine Mutter auch geliebt, und dennoch hatte sie kein Vertrauen. Sie hat mir nicht gesagt, daß sie fortgeht und niemals wiederkommt.«

Marion hört sofort auf zu flennen und wirft Neil einen eigenartigen Blick zu. Durch seinen Erfolg ermutigt, fährt das Kind fort:

»Sie hat dir nichts erzählt, weil es ein Geheimnis war, verstehst du? Vielleicht mußte sie versprechen, nichts zu sagen?«

Marion lacht durch ihre Tränen hindurch.

»Meinst du, meine Großmutter war eine Mata Hari?«

»Wer ist das?«

»Eine berühmte Spionin aus dem Ersten Weltkrieg ...«

Neil schaut sie mit gewitzter Miene an.

»Vielleicht war Vincenzo der italienische James Bond? Oder dein Großvater hieß mit richtigem Namen Philippe Darange und als Spion Vincenzo Cavarani? Oder vielleicht war er Gefangener der Russen oder Chinesen, und sie hat versprochen zu schweigen, weil man ihn sonst gefoltert hätte?«

»Du hast zu viele Filme gesehen, Neil.«

»Oder das waren gar nicht wirklich ihr Mann und ihr Sohn, sondern nur für die Geheimmission, wie die Leute, die das Schiff von Greenpeace in die Luft gesprengt haben.«

»Das falsche Ehepaar Turenge ...«, flüstert Marion achselzuckend. »Du sagst einfach irgend etwas.«

»Aber du weinst nicht mehr!« erwidert Neil triumphierend.

Marion nickt und drückt einen Moment ihre Handflächen auf ihr Gesicht.

»Versprichst du mir etwas, Neil?«

Das Kind wartet mit einem fragenden Blick.

»Schwöre mir, daß du niemandem etwas sagst ... niemandem, verstehst du? Weder deinem Vater noch Aude, Odile oder Romain!«

»Gnafron auch nicht?«

»Gnafron auch nicht!«

»Ich werde nichts sagen. Großes Indianerehrenwort! Aber ich schlage dir einen Handel vor!«

Marion schaut ihn an und ist auf das Schlimmste gefaßt.

»Gut. Was willst du? Einen neuen Game-Boy?«

»Unterricht im Stethoskop.«

»Was?«

Neil errötet, weil er glaubt, er habe das Wort falsch ausgesprochen.

»Unterricht ... in dem Ding, das du dir in die Ohren steckst, um den Herzschlag zu überprüfen.«

»Mein Stethoskop, ja, das habe ich richtig verstanden, aber warum?«

Neil starrt auf seine Schuhe.

»Versprichst du mir, nicht darüber zu sprechen, wenn ich es dir sage? Weder mit meinem Vater noch mit Romain oder Odile und auch nicht mit Aude?«

»Versprochen!« sagt Marion feierlich. Ihr ist nicht entgangen, daß Neil die Namen nicht in der gleichen Reihenfolge genannt hat wie sie.

»Du darfst es nur Gnafron sagen«, räumt Neil ein. »Ich will später Arzt werden. Ich weiß genau, daß ich aufgrund meiner Krankheit niemals Raumfahrer werden kann, aber es sind eine Menge Ärzte bei ihnen, die wichtige Forschungen betreiben und die fast das gleiche Leben führen.«

»Ich verstehe ...«, sagt Marion leise.

»Ich habe es bis heute noch niemandem gesagt, sogar meine Mutter weiß es nicht!«

In diesem Moment ähnelt Neil dem, was er ist, nämlich einem elfjährigen Jungen. Aber er gesteht Marion nicht, daß er sie sehr nett findet, und das nicht nur, weil sie Ärztin ist, sondern weil sie die gleiche Frisur und die gleiche Haarfarbe wie seine Mutter hat.

»Dein Vertrauen ehrt mich. Und ich schwöre dir, daß ich meinen Mund halten werde, aber warum willst du nicht darüber sprechen?« wundert sich Marion. »Ich bin sicher, daß es deinem Vater gefallen würde. Es ist nichts Schlechtes daran ...«

Neil schüttelt den Kopf und wird wieder der Erwachsene, der aussieht wie ein Kind.

»Um mir eine Freude zu machen, sagt er mir oft, daß ich gewisse Dinge machen könnte, wenn ich groß bin, aber ich weiß ganz genau, daß er lügt, damit ich nicht traurig bin. Es ist nicht meine Schuld, daß ich krank bin, und schon jetzt ist er oft enttäuscht. Er liebt zum Beispiel Fußball und versteckt sich in seinem Büro, um sich die Spiele im Fernsehen anzusehen ... Wenn ich normal wäre, würden wir zusammen Fußball spielen wie meine Schulfreunde mit ihren Vätern!«

»Dein Vater scheint mir keineswegs enttäuscht zu sein, sondern ganz im Gegenteil sehr stolz auf dich!« widerspricht Marion. »Er will dir nur Kummer ersparen ...«

»Du verstehst das nicht. Ich habe noch nie Fußball gespielt, also kann ich auch gar keine Lust dazu haben. Was mir Spaß macht, das ist der Computer, Videospiele, im Internet surfen ... und auch die Astronomie und das Training der Raumfahrer. Ich nehme an den Seminaren teil, seit ich denken kann. Ich könnte meinen Vater problemlos vertreten, denn ich weiß in- und auswendig, was er sagt, sogar die Sachen, um die Leute zum Lachen zu bringen: ›Ich werde unter Ihnen eine zierliche Frau und einen kräftigen Burschen auswählen und Ihnen zeigen, daß es in der Schwerelosigkeit keinen Unterschied mehr zwischen ihnen gibt!‹«

Marion lacht leise.

»Wenn ich Arzt werde, wird er ziemlich überrascht

sein!« fügt Neil hinzu. »Und wenn ich es aufgrund meiner Krankheit nicht schaffe, ist er wenigstens nicht enttäuscht ... Versprichst du mir, nichts zu sagen?«

»Abgemacht!« antwortet Marion in ernstem Ton. »Der erste, der den anderen verrät, ist ein toter Mann, und du wirst deinen ›Unterricht im Stethoskop‹ bekommen ... okay?«

Neil nickt.

Der Stapel Bücher liegt noch immer auf dem Bett, und Marion hat das Gefühl, als platze ihr Kopf. Heute abend wird sie Crêpes zum Abendessen machen, weil Karnevalsdienstag ist. Pierre-Marie macht nicht den Eindruck, als ob er seinem Sohn beibringen würde, die Crêpes in die Luft zu werfen und gleichzeitig einen Louisdor in seiner Faust zu verstecken, um die Chance zu erhöhen, sie wieder richtig aufzufangen. Es wird höchste Zeit, daß dieses Kind ordentlich erzogen wird und alte Bräuche kennenlernt.

*Épernay, 20. Februar,
in einer Telefonzelle*

Marion parkt genau vor der Telefonzelle. Hier kann wenigstens niemand ihr Gespräch mithören. Thomas hebt im fernen London persönlich den Hörer ab.

»Hallo, ich bin es, Marion. Störe ich? Eßt ihr gerade?«

»Welch glücklichem Umstand verdanke ich denn deinen Anruf?«

»Es ist eher ein unglücklicher Umstand ...«

Alice, Madame Philippe Darange, die Geliebte eines italienischen Schriftstellers namens Vincenzo Cavarani? Alice, die Mutter von Louis, Christophe und Maurice Darange und von Rio Cavarani? Marion versteht gar nichts mehr.

»Odile hat im Haus herumgestöbert, in Alices Zimmer und in dem Schatzschrank ...«, stottert sie.

»Na und?«

Sie erzählt ihm alles von den Büchern und den Widmungen.

»Ich schwöre dir, daß ich das nicht geträumt habe!« wiederholt sie. »Es steht da schwarz auf weiß, vielmehr blau auf weiß. Neil hat es auch gelesen.«

»Wer ist das denn?«

»Neil ist der Sohn von Audes Freund ...«

»Was haben deine Cousinen dazu gesagt?«

»Ich habe mit niemandem darüber gesprochen, und Neil wird seinen Mund halten. Findest du diese Geschichte nicht verrückt? Glaubst du, sie stimmt?«

»Bei Alice wundert mich gar nichts ...«

Marion ist böse auf Thomas, weil er so fern von ihr ist, und das im wörtlichen wie auch im übertragenen Sinne, aber sie weiß den Ton zu schätzen, in dem er Alices Vornamen ausgesprochen hat, was sie »Thomas' doppelt zärtliche Stimme« nennt wie in der Joghurtwerbung.

»Hat Alice Italienisch gesprochen?« fragt Thomas plötzlich.

»Ich weiß überhaupt nichts! Ich kann noch nicht einmal Onkel Maurice fragen, denn er ist geschäftlich in Hong-Kong ...«

Thomas lacht leise auf der anderen Seite des Kanals.

»Du hast jemanden vergessen, Marion. Überleg mal!«

Sie überlegt einen Moment, gibt dann aber schließlich auf.

»Ein Italiener, der deine Großmutter gut kannte ...«

»Moreno!« schreit Marion.

Caramba, na klar! Moreno, Alices alter Komplize! Wie konnte sie ihn nur vergessen!

*Épernay, 20. Februar,
Rue Eugène-Mercier, bei Moreno*

Marion parkt ihren Wagen in der Nähe der Place République und geht dann die Rue Eugène-Mercier hinunter bis zur Place des Fusilers. Sie atmet tief durch, bevor sie bei Moreno klingelt, der wie immer zu Hause ist. Fiorella öffnet die Tür, erkennt Marion und läßt sie lächelnd ins Haus.

»Er wird sich freuen. Er wollte Ihnen schreiben, nach der ... dem ...«

Ihr Lächeln erlischt.

»Das ist nett ...«, sagt Marion. »Es ist nun aber nicht mehr nötig. Jetzt bin ich ja da.«

»Fiorella! Wer ist da?« schreit jemand durchs Haus.

»Sie kennen ja den Weg ...«, sagt Fiorella, die zur Seite tritt, um Marion vorbeizulassen.

Moreno, ein Zeitgenosse von Alice, hat die letzten fünfzig Jahre in einem Himmelbett verbracht, das mit provenzalischem Stoff bezogen ist. In seinem Pyjama aus weißer Seide thront er würdevoll auf den Kissen; das Tablett liegt auf seinen Knien. Die Decken verschwinden unter den Morgenzeitungen, dem Telefon aus Elfenbein, der Post, den Briefen, die er geschrieben hat, und den Kriminalromanen.

Normalerweise ruft er sofort, wenn Besuch kommt: »Fiorella, Champagner!«, und Fiorella kommt mit dem Silbertablett zurück, auf dem drei halbe Flaschen Mervège-Champagner und die Champagnerkelche aus Venedig stehen.

»Ich wollte jeder von euch einen Brief schreiben ...«, beginnt er.

Marion hat heute keine Lust, darüber zu sprechen; andere Dinge haben sie hergeführt.

»Werde ich bestraft?« fragt sie. »Verdiene ich keinen Champagner mehr?«

Erleichtert leitet er sofort alles in die Wege.
»Fiorella! Champagner!«
Wie immer erscheint sie sofort mit drei halben Flaschen und den Champagnerkelchen.
»Trinken wir auf Alice!« sagt Moreno mit etwas unsicherer Stimme.
Sie heben alle drei mit ernster Miene ihre Gläser Mervège Brut ohne Jahrgangsangabe. Moreno mag die Jahrgangschampagner nicht.
Marion hat Moreno stets mit einer Fiorella gekannt, aber es war nicht immer dieselbe. Er wechselt sie alle fünf Jahre. Nachdem, was ihr Alice erzählt hat, sind Morenos Eltern aus Italien ausgewandert, als er noch ein Kind war, und haben sich in Épernay niedergelassen. Moreno war der beste Freund von Philippe Darange. Sie gehörten demselben Bataillon an, und Moreno wurde 1944 an dem Tag verletzt, als Philippe gefallen ist. Auch Morenos Eltern sind gegen Ende des Krieges gestorben. Als einziger Sohn war er mit einem gewissen Vermögen ausgestattet und konnte es sich leisten, junge Frauen zu engagieren, die er nach dem Vornamen seiner Mutter immer Fiorella nennt.
Moreno war Zeit seines Lebens heimlich in Alice verliebt. Er trinkt seit fünfzig Jahren Champagner, mit einem halben Lächeln auf den Lippen, genauer gesagt im rechten Mundwinkel. Marion muß daran denken, daß sie selten ein so ausdrucksstarkes Gesicht gesehen hat wie Morenos rechte Gesichtshälfte, vielleicht weil die linke aufgrund einer vorwitzigen Kugel, die sich dort herumtrieb, wo sie nichts zu suchen hatte, 1944 endgültig aufhörte, sich zu bewegen. Auch seine Beine gehorchen ihm seither nicht mehr.
Also brachte man ihn mit seinem Telefon, seinen Büchern und seinem Briefpapier in seinem Bett unter. Moreno wollte nie ein Fernsehgerät haben. Er betont, daß er keine Zeit habe, fernzusehen. Er besitzt die beste Stereo-

anlage, die es gibt, ein Gerät, das dem neuesten technischen Stand entspricht. Und wie er zum Scherz sagt, hört er ausschließlich »Kammermusik« ...

Wenn eine neue Fiorella kommt, läßt er die Wände mit einem neuen Souléïado-Stoff beziehen. Er wird nur wütend, wenn man über die Kugel spricht, die seine Lähmung verursacht hat, oder wenn man glaubt, ihm beim Essen oder Trinken behilflich sein zu müssen, was er als Beleidigung ansieht.

Es ist ungefähr acht Jahre her, daß Alice und ihre Enkelinnen ihn alle vier zusammen besucht haben. Es war noch vor Marions Hochzeit. An jenem Tag entkorkte Moreno eine Flasche Château Petrus und sagte, daß sich jede von ihnen etwas wünschen solle, wenn sie den ersten Schluck trinke.

Marion wünschte sich, die Liebe ihres Lebens zu finden, natürlich eine Liebe, die gern spät aufsteht, Steven Spielberg-Filme, geräucherten Lachs und mollige Frauen mag und die sie auf eine Insel ans Ende der Welt entführt, um sie in einer mit Champagner gefüllten Brunnenschale zu lieben.

Aude äußerte den Wunsch, »einen guten Mann zu heiraten«, worüber alle lachten, nette, gesunde Kinder zu haben, die von einem erfahrenen Kindermädchen erzogen werden, und eine perfekte Hausfrau zu sein. Da sie noch nicht einmal ihr Bett richtig machen konnte, lachten die anderen noch lauter.

Odile entschied sich für das Abenteuer, das Unerwartete, das Wilde und wünschte sich zahllose Liebschaften, viele Reisen, berühmt zu werden und vollkommen ungebunden zu sein.

»Und Sie, Alice?« fragte Moreno neugierig.

Sie schüttelte den Kopf.

»Ich habe mein Leben hinter mir. Ich habe es geschafft, meine Kinder zu erziehen und zu ernähren und die Erinnerungen zu bewahren ... Alles, was ich mir wünsche, ist, daß meine drei Enkelinnen das Leben leben, das sie sich ausgesucht haben und daß sie frei und glücklich sind.«

Sie schauten alle so verblüfft drein, daß sie hinzufügte:
»Aber das ist noch nicht alles. Es gibt noch etwas ...«
Und dann schrie sie so laut, daß Moreno zusammenzuckte:
»Ich will, daß ihr aufhört, mit den Stühlen zu schaukeln, und euch beim Essen nicht mehr mit den Ellbogen auf den Tisch stützt.«

Moreno stellt seinen leeren Champagnerkelch auf das glänzende Tablett, das ihm die elfte Fiorella hinhält.
»Nun, da Alice mir vorangegangen ist, gibt es einen Menschen mehr, der mich dort oben begrüßen kann ... Sie werden dort allmählich immer zahlreicher als hier unten, und ich sollte mich beeilen, sonst werde ich noch der letzte sein. Du hast ihren Brief gelesen, nicht wahr?«
Marion nickt.
»Wir respektieren ihren letzten Willen und sind noch immer alle drei dort, schaukeln nicht mehr auf den Stühlen und stützen unsere Ellbogen nicht mehr auf den Tisch ... Ich brauche Ihre Hilfe, Moreno!«
Marion ist mittlerweile vielleicht schon paranoid geworden, aber sie könnte schwören, daß er mißtrauisch wird.
»Wie kann ich dir helfen?«
»Wer ist Vincenzo Cavarani?«
Moreno verschluckt sich an seinem Champagner, und seine rechte Gesichtshälfte gerät in Bewegung.
»Was hast du gesagt?«
»Hat sie Ihnen von Vincenzo und Rio Cavarani erzählt?«
In dem Himmelbett bricht Panik aus. Sie muß einen ziemlich dicken Fisch an der Angel haben.

»Ich habe Bücher in Alices Schrank gefunden, die ihr gewidmet waren ...«

»Wie bitte?«

»Für Alice, die Frau meines Lebens, und für unseren Sohn Rio ... Was hat das zu bedeuten, Moreno?«

Er hat Zeit gehabt, sich wieder zu fangen.

»Trotz aller Zuneigung, die ich dir entgegenbringe, glaube ich nicht, daß ich berechtigt bin, dir zu antworten, Marion ...«

Sie explodiert, ist enttäuscht und frustriert.

»Wen soll ich denn sonst fragen? Muß ich ein Medium aufsuchen, damit der Tisch wackelt und ich mit Alices Geist sprechen kann?«

»Beruhige dich! Wenn deine Großmutter es für richtig erachtet hat, dir nichts zu sagen, dann ist es nicht an mir ...«

»Wenn meine Großmutter es für richtig erachtet hat, mir nichts zu sagen? Das ist ja wie in einem Spionagefilm ... Alice hatte etwas zu verheimlichen? Ich glaube, ich träume.«

Moreno schüttelt den Kopf, um sich zu beruhigen.

»Jeder ist für sein Leben selbst verantwortlich, Marion. Nichts zu erzählen, heißt nicht, zu lügen oder sich zu verstecken. Es ist nicht immer heilsam, die Vergangenheit aufleben zu lassen.«

»Ich dachte, ich kenne ihre Vergangenheit. Alles war klar und durchsichtig ... bis jetzt!«

»Du weißt alles, was wichtig ist, das andere ist für dich von keinerlei Interesse. Vergiß diese Geschichte! Das ist der einzige Rat, den ich dir geben kann.«

Marion reißt ihre Augen weit auf.

»Aber das ist unmöglich! Wir sitzen alle drei in diesem Haus, das uns immerzu an Alice erinnert, und machen nichts anderes, als an sie zu denken, und dann stoße ich zufällig auf dieses Geheimnis. Ich will es wissen, Moreno.

Es war noch ein anderes Buch da mit der Widmung: Für meine beiden florentinischen Lieben, Alice und Rio ... Wer sind diese Leute?«

»Die Vergangenheit ist tot und begraben. Die Leute, von denen du sprichst, sind seit langer Zeit verstorben, Marion. Ehrlich, es bringt dir nichts, es zu erfahren.«

»Kann ich das vielleicht selbst entscheiden?« erwidert Marion ungestüm.

Zum erstenmal in ihrem Leben schaut Moreno sie verständnislos an.

»Ich muß dich bitten, mich zu entschuldigen, Marion ... Ich fühle mich nicht wohl.«

In Wahrheit sieht er aus wie das blühende Leben, und vor zwei Minuten wollte er Fiorella noch um neuen Champagner bitten.

»Ziehen Sie sich nicht auf diese Weise aus der Affäre, ich flehe Sie an!«

»Der Arzt hat mir Ruhe verordnet ... «, unterbricht Moreno sie. »Fiorella wird dich hinausbegleiten.«

Es hat keinen Zweck, noch weiter in ihn zu dringen. Er wird ihr nicht antworten. Sie kennt ihn. Seine Dickköpfigkeit ist genauso schlimm wie die Lähmung seiner Beine. Und im Moment ist die ganze Energie dieses verdammten Dickschädels nur darauf gerichtet, ihr auf gar keinen Fall etwas zu verraten.

»Ich bin erschöpft, Marion ...«, sagt er mit fester Stimme. »Und die Sprechstunde ist nun vorbei!

*Schloß Mervège,
am späten Nachmittag des 20. Februar*

Marion geht zu ihrem Wagen zurück. Sie ist völlig erschlagen, weil sie große Mengen an Adrenalin freigesetzt hat. Auf dem Rückweg zum Schloß Mervège fährt sie wie eine blutige Anfängerin, und mehrmals hätte sie um ein Haar einen Unfall gebaut. Sie kommt an dem Wassersportverein vorbei, in dem ihre Großmutter seinerzeit Meisterin im »Skiff« war, einem langen, schmalen Boot für einen Ruderer. Alice Mervège, ein sportliches, waghalsiges junges Mädchen aus guter Familie saust mit roten Wangen und einem Lächeln auf den Lippen über die Marne.

Zu Hause wartet Neil mit freudestrahlender Miene ungeduldig auf Marion.

»Ich habe ein Geschenk für dich«, ruft er. »Komm mit!«

Marion hat große Lust, ihn zum Teufel zu jagen, aber Neils Nase zittert vor Erregung, und mit seinen leicht abstehenden Ohren ähnelt er mehr denn je dem weißen Kaninchen aus Alice im Wunderland.

»Ich muß dir mal einen Wecker schenken«, brummt Marion.

»Einen Wecker?«

»Schon gut, du kennst ja doch nur Jurassic Park ... Also, was ist es für ein Geschenk?«

»Post!« jubelt Neil und schließt vorsorglich die Tür hinter sich.

Auf dem Tisch steht ein grauer, rechteckiger Kasten, der nicht viel dicker ist als ein Buch. Neil klappt ihn auf, schaltet ihn ein und schiebt eine Diskette in den rechten Schlitz. Der tragbare Computer stößt ein »gluck, gluck« aus, während das Wort »Willkommen« auf dem Monitor erscheint.

»Das ist mein ›Powerbook‹. Ich habe es ›2001‹ nach dem Film getauft«, teilt ihr Neil stolz mit. »Es ist an ein megaschnelles Modem gekoppelt; ich habe auch einen Internetanschluß, ein CD-ROM-Laufwerk und die Multimedia Larousse Enzyklopädie ...«

Er zeigt mit dem Finger auf die rechte Seite des Monitors, wo das Wort »2001« innerhalb eines Rechtecks erscheint. Dann wandern seine Finger über die Tastatur, und eine metallene Stimme bestätigt: »Zugang zum Internet!« Auf dem Bildschirm folgen verschiedene Symbole aufeinander. Neil klickt die entsprechenden an, öffnet die Fenster, surft wie ein alter Hase durch die komplexe Welt der Bits und Bytes und tippt blitzschnell seine Befehle ein. Auf dem Monitor erscheint ein Text:

Von: Super Alessio Bross
An: Neil, den Weltraumsurfer
20. Februar, 16.10
Betrifft: Infos für die fliegende Ärztin

»Bist du Neil, der Weltraumsurfer?« fragt Marion, die sich damit nicht auskennt. »Und ich bin die fliegende Ärztin?«

»Ja ... Und mein Freund heißt Alessio. Er hat dieses Pseudonym nach dem Videospiel Super Mario Bross gewählt, verstehst du?«

Marion schüttelt den Kopf.

»Und das hat etwas mit meinem Geschenk zu tun?«

»Bingo«, erwidert Neil. »Du hast elektronische Post bekommen. Man nennt das eine e-mail. Das ist eine Nachricht, die über eine Telefonleitung von einem anderen Computer gesendet wird. Kennst du das Internet nicht? Das ist ein Computernetz, das sich über den ganzen Planeten spannt. Man braucht sich nur einzuschalten, um Zugang zu weltweiten Informationen zu bekommen. Es gibt elektronische Informationsbörsen, Diskussionsgruppen und Videospiele. Du hast Optionssysteme mit rollenden Menüs. Das ist super. Das einzige Problem ist, daß sich in Spitzenzeiten zu viele Leute einschalten, weil alle Menschen zur gleichen Zeit zur Schule und ins Büro gehen.«

»Wer ist dieser Alessio? Ein Junge in deinem Alter?«

»Nicht ganz. Das ist ein alter Bursche. Er ist mindestens einundzwanzig, wohnt in Rom und ist Steward bei einer Fluggesellschaft. Wir schreiben uns oft, weil er dadurch Französisch lernen kann! Schau ...«

Wer ist Super Alessio Bross? schreibt Neil.

Alessio Dallori, einundzwanzig Jahre, Via Davoli in Rom, Italien, antwortet der Monitor und gibt die Internetadresse des Teilnehmers Dallori an.

»Ich verstehe«, sagt Marion. »Dann hast du ihn also auf diesen Fall angesetzt, ohne mich zu fragen?«

»Ich wollte dich überraschen! Du wirst dich freuen. Er hat die Telefonnummer von deinem Rio herausgefunden. Schau ...«

Neil tippt wieder etwas ein, und ein neuer Text erscheint auf dem Monitor.

Buon Giorno, Neil. Bestätige Infos für die fliegende Ärztin. Kein Vincenzo Cavarani heute in ganz Italien. Kein Rio Cavarani in Florenz, Neapel oder Turin, aber es gibt einen in Rom, Via della Purificazione, mit einer Telefonnummer auf der roten Liste. Ich habe es geschafft, sie über eine Datei im Internet herauszubekommen. Bis bald in den Lüften. Ich fliege mit Alitalia! Ciao!

Neil schreibt die angegebene Nummer ab, gibt noch einige Befehle ein und schaltet den Computer aus.

»Ich nehme an, daß ich mich bei dir bedanken muß ...«, beginnt Marion.

»Später! Zuerst hatten wir weder die Stadt noch die Adresse von diesem Typen, doch dann stand er auf der roten Liste. Alessio hat seinen Namen gefunden, weil Rio irgendwann einmal das Cybercafé im Internet besucht hat, und anschließend hat er seine Nummer in einer Datei im Internet gefunden ...«

»Sollen wir ihn anrufen?«

»Na klar!«

Sie steigen so leise wie möglich die Treppe hinunter. Romain und Odile sind weggegangen; Aude kämpft mit dem Kuchenteig, und Pierre-Marie sieht seine Berichte durch.

Marion schaut auf den ersten Seiten des Telefonbuches nach, um die Vorwahl von Italien zu überprüfen. Dann wählt sie langsam die Nummer und fragt sich, wer wohl am anderen Ende abnehmen wird. Mit dem begeisterten Gesichtsausdruck eines Kindes, welches das Meer in einer Muschel rauschen hört, drückt Neil den Hörer an sein Ohr.

»Achtung, es klingelt!« sagt Marion.

Einmal, zweimal, dreimal. Ein Klicken am anderen Ende der Leitung. Ein zweites Geräusch, das nicht einzuordnen ist. Dann vollkommene Stille. Marion wartet gespannt. Neil schaut sie fragend an. Die Leitung ist tot. Marion geduldet sich noch einen Moment, findet sich dann damit ab und legt auf.

»Versuch es noch einmal!« flüstert Neil, der aufgeregt wie ein Sack Flöhe ist.

Marion überprüft die Vorwahl sowie die Telefonnummer und wählt noch einmal. Die gleiche Tonfolge ist zu hören, aber niemand hebt ab. Marion legt auf; ihre ganze Begeisterung ist dahin.

»Was hat das zu bedeuten, Neil? Hat sich dein Freund geirrt?«

»Das würde mich wundern ... Die Leitungen sind vielleicht alle besetzt. Das kommt ab und an mal vor!«

»Nicht ab und an, sondern ab und zu!« berichtigt Marion automatisch, während sie sich den Nacken massiert. »Du hast vielleicht recht. Wir probieren es später noch einmal.«

Sie gehen in Neils Zimmer hoch.

»Du solltest es schnell holen. Dritte Schublade rechts in meiner Kommode ... schnell! *Ignition, fire, go!*«

Neil schaut Marion verständnislos an.

»Was soll ich holen?«

»Mein Stethoskop, du Dummkopf! Du wolltest doch Unterricht haben, oder nicht?«

Neil kommt mit Marions Stethoskop zurück, einem türkisblauen *Littmann* mit locker aufgesetzter Membrane, Anti-Kälte-Ringen auf den beiden Steckern und geschwungenen Bögen. Sie nimmt den Metalldeckel ab, um ihm die Membrane zu zeigen, erklärt dem Kind das Prinzip des Abhörens der Töne durch den Brustkorb und die Weiterleitung durch das erste Rohr und dann durch die beiden Abzweigungen des Stethoskops, wodurch man die Töne in einem Stereoton, also deutlicher vernimmt. Sie erzählt ihm, wie Laennec 1816 auf diese Idee kam, als er Kindern beim Spielen zusah, bevor er ein zu einem Zylinder gerolltes Blatt Papier an die Brust eines Kranken hielt und sein Ohr dagegendrückte. Sie setzt anschließend die beiden Hörer auf Neils Ohren und das Ende auf sein Herz.

»Hör genau hin, lieber Kollege ...«, sagt sie leise. »Wenn du dich konzentrierst, hörst du zwei Töne, bum-bum, bum-bum, die regelmäßig wiederkehren. Das sind die Herztöne. Sie stimmen mit dem Augenblick überein, in dem der Herzmuskel sich zusammenzieht, um das Blut durch den ganzen Körper zu jagen, und dann entspannt er sich wieder, um sich mit dem Blut, das zum Herzen strömt, zu füllen ... Das hast du in der Schule gelernt, nicht wahr?«

»Ja, in Biologie«, sagt Neil begeistert. »Aber warum sprichst du so leise?«

»Ich kann auch lauter sprechen«, sagt Marion und hebt die Stimme.

»Puh, das ist gemein! Es tut tierisch weh in den Ohren!« schreit Neil und zieht hastig die Stecker aus den Ohren.

»CFQD! Die Membrane verstärkt alles: die Herztöne, die Atmung und auch die Stimme. Und darum bittet man die Menschen, die man abhört, zu schweigen, und man mag es auch nicht, wenn Babys schreien.«

»Das werde ich bestimmt nicht mehr vergessen!« sagt Neil, der eine Grimasse schneidet und sich die Ohren reibt.

Marion lacht.

»Ich werde dir etwas zeigen, was ich bei Kindern mache. In der Regel macht es ihnen viel Spaß. Ich setze ihnen so die Hörer auf und halte das Ende des Stethoskops mit der linken Hand fest, das Rohr zwischen zwei Fingern der rechten Hand und rutsche langsam damit hoch ...«

»Als würde ein Flugzeug abheben!« stellt Neil begeistert fest.

»Genau! Gut, die Pause ist zu Ende. Jetzt hörst du mein Herz ab ...«

Neil konzentriert sich, und es gelingt ihm, die Herztöne zu hören. Anschließend hört er sich selbst ab und vergleicht. Marion erklärt ihm, daß man das Herz nicht nur an einer Stelle abhören könne, sondern an verschiedenen Punkten des Oberkörpers, und sie zeichnet die Lage des Herzens auf ein Blatt Papier, das sie mit Tesafilm auf die Brust des Kindes klebt.

»Danke! Das war total cool«, sagt er am Ende des Unterrichts.

»Keine Ursache, werter Kollege ... Danke für die Internetinfos!«

»Wollen wir es noch einmal versuchen?«

Marions Gesicht hellt sich auf, weil Rio Cavaranis Anschluß besetzt ist, aber als sie die Nummer fünf Minuten später noch einmal wählt, ist es wieder das gleiche Spiel: Das Klingeln verstummt, klick und Stille.

Marion runzelt die Stirn, entspannt sich dann aber, als sie eine Nocturne von Chopin hört, die aus dem Salon nach oben dringt.

»Pst! Pst!« sagt Marion und legt einen Finger auf ihre Lippen, damit Neil ruhig ist. »Komm mit!«

Sie zieht ihn hinter sich her, und sie gehen beide auf Zehenspitzen in die Diele. Durch einen Türspalt können sie Romain sehen. An seiner Haltung kann man erkennen, daß er ganz in die Musik vertieft ist; obwohl sein Rücken gerade bleibt, folgt er den Wellen der Musik. Marion erinnert sich an die Bemerkung eines Kavalleriekommandeurs, eines Freundes von Alice, nach einem Freundschaftskonzert, das ihre Großmutter gegeben hatte: »Sie spielen bemerkenswert, liebe Freundin, und außerdem haben Sie Haltung, wie man beim Fechten sagt: nach vorn, ruhig und gerade, die Schultern in der richtigen Position, die Hände locker, und dennoch bewegen Sie sich im Rhythmus der Musik. Ich habe nicht geglaubt, daß wir so viele Gemeinsamkeiten haben.«

»Er kann es auswendig!« flüstert Neil verblüfft, als er sieht, daß Romain ohne Noten spielt.

Marion lächelt. Die Finger erinnern sich; sie haben ihr eigenes Erinnerungsvermögen. Das hat sie selbst schon ausprobiert. Der Geist weiß es nicht, aber alle Stücke, die man Jahre zuvor einstudiert hat, sind irgendwo zwischen dem Herzen, den Ohren und Händen gespeichert, bereit, von den Fingern wieder zum Leben erweckt zu werden.

»Es ist fast so, als ob man die Tastatur eines Computers benutzt, nur daß er Noten hat und ich Buchstaben«, fährt Neil fort.

Marion flüstert, daß die Technik in der Musik nicht ausreiche, sondern auch der Rhythmus, die Interpretation und die Sensibilität wichtig seien.

Marion und Neil sitzen auf den kalten Fliesen in der Diele, exakt hinter der Tür, die einen Spalt geöffnet ist. Noch eine Weile dringt Romains Spiel gedämpft an ihr Ohr. Schließlich schmettert er den Schlußakkord, dreht seinen Kopf herum, streicht sich mit der Hand durchs Haar und reckt sich.

»Bravo!« ruft Neil, der es nicht schafft, den Mund zu halten.

Marion atmet tief durch. Romain zuckt zusammen, schaut zur Tür und entdeckt die beiden Komplizen, die sich dort versteckt haben und sich ihre Hintern verkühlen.

»Ihr hättet hereinkommen können, anstatt zu spionieren«, sagt er ungehalten.

»Wir wollten dich nicht stören«, verteidigt sich Neil. »Es war schön.«

Neil ist so aufrichtig, daß Romains Wut verraucht.

»Einem Pianisten zuzuhören, der für sich allein spielt, heißt, ihm seine Intimität zu stehlen«, erklärt er besänftigt. »Jeder Augenblick hat seine Musik, und jede Musik drückt ein Gefühl aus: Glück, Traurigkeit, Unruhe, Zufriedenheit, die ganze Palette.«

»Und was hat das Stück, das du gerade gespielt hast, für eine Bedeutung?« fragt Neil unschuldig.

»Es sollte ausdrücken, daß ich Lust habe, eine Partie Game-Boy mit Neil zu spielen, daß ich ihn schlagen und wie ein widerliches Insekt zermalmen werde.«

»Ja«, brummt Neil. »Einverstanden, aber du wirst haushoch verlieren, du niederträchtige Wasserratte!«

»Schön, wie nett ihr miteinander sprecht«, wirft Marion ein.

Romain klappt den Deckel des Klaviers zu und geht zur Tür.

»Deine Mutter war sicher eine sehr gute Lehrerin ...«, sagt Marion leise.

Romain zuckt die Schultern und geht weiter. Marion setzt sich ans Klavier, klappt den Deckel auf, stellt den Hocker auf ihre Größe ein, spielt einige Akkorde und beginnt dann den Solfeggietto von Bach zu spielen, um ihre Finger zu lockern.

Sie unterbricht das Stück in der Mitte, geht direkt zu den letzten Takten über, um sich den Spaß zu gönnen, die Tasten hoch und runter zu wandern, beginnt anschließend ein Impromptu von Schubert, das sie fast fehlerfrei auswendig spielt.

Sie setzt den Schlußakkord, rekelt sich, indem sie die Arme zur Seite streckt, gähnt, ohne sich die Hand vor den Mund zu halten, und zuckt zusammen, als sie Neils Stimme hinter der Tür hört: »Bravo!« Sie schaut in seine Richtung und entdeckt Romain und Neil, die in der Diele sitzen und sich biegen vor Lachen.

»Auge um Auge ... Zahn um Zahn!« sagt Romain fröhlich. »Sie spielen wirklich gut, Frau Doktor!«

Marion errötet. Sie hat schon seit Jahren nicht mehr richtig Klavier gespielt. Alice hat sie zum erstenmal auf diesen Hocker gesetzt, als sie sieben Jahre alt war, und sie verbrachte dort täglich mindestens eine halbe Stunde, bis sie nach Paris an die medizinische Fakultät gegangen ist. Das Klavier gehörte genauso zu ihrem Leben wie die Hunde im Haus, etwas, das man täglich streichelte.

»Gibt es nichts, was ihr zusammen spielen könnt?« erkundigt sich Neil.

»Kennst du die Ungarischen Tänze von Brahms, die vierhändig gespielt werden?« fragt Romain plötzlich.

Marion nickt. Romain zieht sich einen Stuhl ans Klavier und setzt sich an Marions linke Seite.

»Okay?«

Sie nickt, und sie beginnen zu spielen. Marion kommt nach einigen Takten durcheinander. Sie fangen noch einmal von vorn an, und bald fließt die erhabene Musik. Neil, der sich auf dem Klavier aufgestützt hat, schaut fassungslos, wie ihre Hände über die Tasten fliegen. Sie konzentrieren sich auf ihr Spiel und sind ausgezeichnet aufeinander abgestimmt, Komplizen in diesem Moment der Gnade, der sie beide um Jahre zurückversetzt. Sie bewegen sich im Rhythmus der Musik; ihre Finger fliegen über die schwarzen und weißen Tasten; ihre Gesichter sind angespannt, und die Noten vereinen sie, bis Odile, die aus der Rue Émile-Mervège zurückkehrt, die Tür des Salons öffnet und die drei, die diesen friedlichen Moment miteinander teilen, in flagranti ertappt. Romain hört sofort auf zu spielen. Marion fährt in ihrem Eifer fort, zieht dann die Finger von der Tastatur und hebt sie hoch, als würde sie mit einem Gewehr bedroht.

»Ihr scheint euch ja gut zu amüsieren!« sagt Odile mit süß-saurer Miene.

»Marion spielt echt gut!« lobt Neil anerkennend.

»Und ich guck' in die Röhre!« meldet sich Romain zu Wort.

Neil wiederholt den Satz und lacht sich dabei kaputt. Marion lächelt. Odile verharrt reglos.

»Und ich guck' in die Röhre, was?« wiederholt Romain, der so tut, als wäre er beleidigt. »Ich habe dir ein herrliches Stück vorgespielt, hast du das vergessen?«

»Ich hätte Schwierigkeiten, es zu vergessen. Du guckst ja immerzu in die Röhre!« sagt Neil glucksend.

Romain steht auf und folgt Odile auf die Terrasse. Marion klappt den Deckel des Klaviers zu.

»Romain ist nett, auch wenn er in die Röhre guckt!«

Neil lacht. Marion fällt ein, daß er morgen nach Épernay fahren muß, um seinen Arm zur Kontrolle röntgen zu lassen, und daß der Gips abgenommen wird, wenn alles in Ordnung ist. Das läßt ihn ziemlich kalt, denn er ist daran gewöhnt und weiß seit langem, daß das nicht weh tut. Er wird einige Tage leichte Übungen durchführen, und es ist vorbei ... bis zum nächsten Mal!

Rom, 29. Februar, Schaltjahr

Rio wacht noch immer mitten in der Nacht auf, weil er von Alpträumen gequält wird, die ihn völlig auslaugen. Obendrein ruft seit einer Woche jemand seine Privatnummer an und legt dann auf, ohne etwas zu sagen. Die Nummer steht jedoch nicht im Telefonbuch, und alle Leute, die diese Nummer benutzen, wissen, daß sie an ein Computerprogramm für Taubstumme gekoppelt ist: Sie sprechen, Rio antwortet mittels seiner Tastatur, und der Text erscheint auf ihrem Empfangsgerät!

Serena hat sich noch nicht von dem erholt, was ihr Rio am Braccianosee erzählt hat. Gleich am nächsten Tag hat sie einen Arzt angerufen, mit dem sie befreundet sind, und ihn gebeten, ihr einen Psychiater zu empfehlen. Heute, am 29. Februar, hat sie einen Termin bei Professor Letani, einem angesehenen Spezialisten.

Der Professor ist um die Fünfzig, trägt einen Schnurrbart, hat einen kleinen Schmerbauch, und über seiner Fliege prangt ein Doppelkinn.

»Posttraumatische Aphasie ...«, sagt er salbungsvoll, als Serena ihm Rios Geschichte zu Ende erzählt hat.

»Wie bitte?«

»›Aphasie‹, das heißt, Verlust der Sprechfähigkeit und ›posttraumatisch‹, infolge eines Traumas ...«

»Das habe ich verstanden«, unterbricht ihn Serena.

Letani fährt fort.

»Freud hat sich intensiv mit diesen Kriegsneurosen beschäftigt, für die charakteristisch ist, daß keine körperlichen Schäden vorliegen.«

»Aber warum sprechen sie nicht mehr? Was hindert sie daran?«

Letani lächelt wie jemand, der mehr weiß, als er sagt.

»Man führt dazu die Theorie der Schuldgefühle an. Diese Menschen fühlen sich schuldig, weil sie den Tod aus nächster Nähe gesehen haben und sie es überlebt haben, während andere nicht ...«

»Und darum schweigen sie ihr ganzes Leben?« fragt Serena. »Mein Mann glaubte, daß seine Mutter an den Folgen der Bombardierung gestorben sei, doch jetzt stellt sich heraus, daß das vielleicht gar nicht stimmt. Dann hätte er sich wohl die ganzen Jahre bestraft, während sie in der Champagne gefeiert hat. Können Sie sich das vorstellen?«

Letani bedeutet ihr, sich zu beruhigen.

»Diese Familiengeschichte scheint recht merkwürdig zu sein ...«, sagt er.

»Gibt es Patienten mit dem gleichen Leiden, die eines Tages wieder sprechen konnten? Wie sind sie behandelt worden?« fragt Serena.

»Wir schlagen eine Gestalttherapie vor, bei der die Patienten schreiben und zeichnen müssen ...«

»Aber Rio schreibt und zeichnet doch den ganzen Tag am Computer, wenn er Videospiele entwickelt!«

»Sie sind auf eigene Faust gekommen, nicht wahr?« fragt Letani und schaut Serena offen ins Gesicht. »Glauben Sie, daß Ihr Mann diesen Schritt gutheißt?«

»Es ist einfach unglaublich, wenn man daran denkt, daß er sprechen könnte, wenn er wollte. Und daß er sein ganzes Leben gekämpft hat, um sich auf andere Art auszudrücken, wo es doch ausreichen würde, den Mund zu öffnen, um die Worte auszusprechen«, schreit Serena, die der Frage ausweicht.

»Vielleicht ist er glücklich, so wie er ist?«

Serenas Gesicht hellt sich auf. Rio ist glücklich, da gibt es keinen Zweifel ... also, er war es, bis zu dem Tag, als er diese Anzeige im Figaro gelesen hat!

»Was raten Sie mir, Herr Professor?« fragt sie schließlich.

»Ich will ganz offen sein: Ich kann überhaupt nichts sagen, ohne mit Ihrem Mann gesprochen zu haben.«

»Und wenn er einverstanden ist und zu Ihnen kommt?«

»Wir könnten mit einer Psychotherapie beginnen. Anschließend ... kennen Sie den Begriff ›Katharsis‹, Madame? In der Psychoanalyse bezieht sich dieser Begriff auf eine Befreiungsreaktion oder die Auflösung von Gefühlen, die lange im Unterbewußtsein schlummerten und die für ein psychisches Trauma verantwortlich sind. Mit anderen Worten geht es darum, die Menschen wieder der Situation oder dem Ort des Traumas auszusetzen, um die Gefühle freizusetzen ...«

»Wollen Sie damit sagen, daß Rio einer erneuten Bombardierung ausgesetzt werden oder nach Frankreich in das Haus seiner Kindheit zurückkehren muß?«

»Noch einmal, es ist nicht so einfach. Hören Sie: Sagen Sie Ihrem Mann, daß ich gern bereit bin, ihn zu empfangen, wenn er es wünscht. Sie haben ja meine Telefonnummer.«

Serena bedankt sich, verabschiedet sich von dem herausragenden Spezialisten und geht durch die Fußgängerzone mit den gefugten Pflastersteinen. Auf einem Kanaldeckel zu ihren Füßen sieht sie die Träger der Liktorenbündel aus dem Altertum, die von den italienischen Faschisten übernommen worden sind und neben den Buchstaben SPQR stehen: Senatus Populus Que Romanum (Der Senat und das römische Volk). Italienische Kinder haben es in Sono porci questi romani umgewandelt (Diese Römer sind Schweine)!

Sie hat von dem Gespräch mit Letani nur eine Sache behalten: Wenn Rio eines Tages wieder sprechen will, muß er in die Champagne zurückkehren!

MÄRZ

*Schloß Mervège,
Samstag, 2. März, Mittagsruhe*

»Ob man früh oder spät schneidet, nichts ist besser als der Schnitt im März«, sagt eine alte Weinbauernweisheit. Ob die Sonne scheint oder ob es regnet, die ersten Arbeiten in den Weinbergen dauern fast vier Monate. Wenn das Beschneiden beendet ist, macht sich der Weinbauer daran, die Reben an Spalieren zu befestigen, um ihnen Stabilität zu verleihen. Der traditionelle Binsen ist durch Drähte ersetzt worden.

Aude hat die Fensterläden geschlossen und hält Mittagsruhe. Neils Gips ist endlich abgenommen worden, und Pierre-Marie hat das Problem der Schulpflicht geregelt. Er hat in Épernay einen Privatlehrer gefunden, der mit Neil das belgische Schulprogramm in Absprache mit den Lehrern durchnimmt. Aude bringt das Kind nun jeden Morgen um neun Uhr zu ihm, holt es um zwölf Uhr wieder ab, fährt es um zwei Uhr wieder zu dem Lehrer und holt es um vier Uhr erneut ab. Nach und nach lernen sich die beiden während dieser Autofahrten kennen.

Pierre-Marie hat sich ein Faxgerät, einen Drucker und die entsprechende Software geliehen, um auf Schloß Mervège arbeiten zu können, doch er mußte noch einen Abstecher nach Belgien machen, um Probleme im Raumfahrtzentrum zu lösen. Seit drei Tagen verbringt Aude ihr Leben am Telefon. Sie flüstert, damit die anderen ihre Gespräche nicht mithören können. Die beiden sagen sich keine zärtlichen Worte, das ist nicht ihre Art. Sie sprechen über den Alltag, das Wetter, Pierre-Maries Arbeit, die

Gesundheit seines Sohnes, was Aude abends zu essen kocht, von einem Artikel, was in der Welt passiert. Aber das erscheint Aude viel intimer als ein Gespräch, das mit den Worten begonnen hätte: »Ich habe Lust auf dich!« und dann fortgefahren wäre: »Heute nacht habe ich geträumt, daß du mir …!«

Kurz und gut, das Leben ist schön. Aude braucht sich keine Gedanken mehr darüber zu machen, welches Kostüm sie morgen im Büro anziehen wird, und sie braucht sich nicht mehr im Golfspiel zu üben. Sie freut sich, daß sie die nächsten Tage damit verbringen wird, Neil zu seinem Privatlehrer zu fahren, zu bummeln, zu schlafen, zu kochen, zu schlemmen, zu hören, wie die Blumen wachsen, die Vögel singen und die Telefoneinheiten durch die Leitung rasseln, bis ihr Mann zurückkehrt …

Die Fensterläden sind halb geschlossen; Odile liegt auf ihrem Bett, die Füße gegen die Wand gestemmt, wackelt mit den Zehen und hält Mittagsruhe. Sie muß das leise Brummeln Romains ertragen, der auf dem Rücken liegt, die Arme zur Seite gestreckt und Träumen zum Opfer fällt, an die er sich später nicht mehr erinnern wird. Odile findet ihren Freund von Tag zu Tag phantastischer.

Romain mußte diese Woche nach Paris zurückkehren, um zu arbeiten. Er steigt von nun an jeden Freitagnachmittag in sein Auto und fährt am Montagmorgen wieder weg. Ein Monat ist seit ihrer Ankunft auf dem Schloß vergangen, und es ist das erstemal, daß Odile und Romain so richtig zusammenleben. Vorher haben sie ihre Zeit damit verbracht, sich zu trennen, sich wiederzutreffen, um sich erneut zu verlassen. Keine Filzpantoffeln, keine Reinigung, kein Zahnarzt, keine Steuern, keine Rechnungen, keine Reparaturen, kein Staubsauger, kein Fußball, keine alten Schulfreundinnen und keine alten Freunde. Nur sie beide mit verliebten Blicken, und das zehn Tage lang, die nur ihnen gehören ... Was Aude, die Klischees mag, die »ewigen Flitterwochen« getauft hat.

Odile haßt Klischees. Doch sie liebt Aude viel mehr, als es den Anschein hat, aber mit dem betrübten Erstaunen einer kleinen Ente, die in der gleichen Brut wie ein Papageienbaby aufgezogen worden ist. Sie hat nichts gegen ihre Schwester. Sie erinnert sich sogar daran, sie damals in der Schule beschützt zu haben. Wenn Aude nur aufhören würde zu kreischen, wenn sie sich bemühen würde, sich wie die anderen zu kleiden und selbständig zu denken ... Odile wäre bereit, sie zu akzeptieren!

Sie hat mehrmals vergebens versucht, die Telefongespräche ihrer Schwester mit Pierre-Marie zu belauschen. Sie hätte viel darum gegeben, einmal Mäuschen zu spielen und zu hören: »Ich habe Lust auf Sie, meine Liebste!«, oder »Wie nett von Ihnen, mein lieber Freund, werden Sie unten liegen, oder werde ich es sein?« Unglücklicherweise spricht Aude zu leise ...

Die Fensterläden sind halb geschlossen, und Marion hat sich auf ihrem Bett ausgestreckt. Seitdem sie die Bücher des Vincenzo Cavarani aufgeschlagen hat, wird ihr Alltag durch Tausende von Fragen, auf die sie keine Antwort findet, überschattet. Nur Neil, mit dem sie heimlich tuschelt, und Romain, mit dem sie ihre Liebe zur Musik teilt, reißen sie von all diesen Fragen los, die sie sich stellt.

Wer war Alice in Wirklichkeit? Wessen Frau war sie? Wessen Mutter? Und ihr Leben schien doch so durchsichtig zu sein ... Mit den Jahren verließ sie, wenn sie sich in Paris aufhielt, den Boulevard Suchet nur noch, um mit Marion zu essen oder sich ins Val-de-Grâce-Krankenhaus zu begeben, um dort ein paar alte Freunde zu besuchen.

Sie steckte sich bei dieser Gelegenheit ihr Geld in die kleine Tasche, die von innen in ihren Rock eingenäht war, und wartete mit der entschlossenen Miene eines Livingstone auf den Bus, der Zanzibar verläßt, um sein letztes Abenteuer zu bestehen. In der Champagne hingegen kannte sich Alice gut aus, und sie reiste problemlos durch Épernay und Umgebung, wo sie jedermann begrüßte.

»Man kann nicht ohne Vergangenheit leben, aber man kann ohne Zukunft leben«, sagt Elie Wiesel. Alice lebte mit der Last der Vergangenheit in der Gegenwart, versunken in die Erinnerung an Philippe, Louis und Christophe, und zu sehr erfüllt von ihnen, um sich je einsam zu fühlen. Marion hatte zwei Großmütter auf einmal, doch meistens riß sie die Gegenwart von ihren Erinnerungen los. Alice war eine würdige, vornehme, alte Dame, die schnell ging, weil sie klein war, die Weihnachten schon Wochen im voraus plante und die immer aktiv und mit tausend Dingen zugleich beschäftigt war. Sie backte Kuchen, während sie gleichzeitig leckere Gerichte kochte; von den Wandbehängen mit kleinen Punkten ging es zu den Ämtern, um Angelegenheiten von Kriegerwitwen zu regeln, von militärischen Feierlichkeiten zu Kinderfesten oder zu traditionellen Festen der Champagne.

Und plötzlich, ohne ersichtlichen Grund, streikte die alte Dame, und Marion stieß auf eine Alice mit gebrochener Stimme, die ihre Tränen zurückhielt und von ihren Söhnen sprach, als seien diese am Tag zuvor verschieden, und die sagte, daß das Leben sie nicht mehr interessiere. Marion wußte nicht, wie sie ihre Großmutter trösten sollte, sagte immer wieder, daß sie sie liebe, sie brauche und immer für sie da sei – die ganze Litanei freundlicher Worte ...

Marion wälzt sich auf ihrem Bett und findet keinen Schlaf. Alice war in ihrem Innersten nie allein; sie hatte ihre Geister. Marion hingegen hatte der Tod ihres Vaters, dann ihrer Großmutter und die Trennung von Thomas (fünf Francs) so leer wie ein Schneckenhaus zurückgelassen, das nach dem Essen auf dem Tellerrand in einer kleinen vertrockneten Knoblauchlache liegengelassen worden war, als die Gäste in den Salon gingen, um Kaffee zu trinken.

Ihr Großvater und ihr Onkel sind für sie zwei kämpfende Gestalten, die auf dem Soldatenkarree, einem Friedhof in der Nähe von Épernay, begraben sind. Philippe marschiert für die Ewigkeit auf einem Schwarzweißfoto unter den Arkaden hindurch, mit geradem Rücken, untadeliger Uniform, den Kopf etwas zur Seite gedreht, um die Straße hinunterzusehen, wo seine Frau hinter den Fensterläden steht. Louis bleibt ein kleiner Junge, dessen Gesicht voller Sommersprossen ist und der für alle Zeit auf der Terrasse des Schlosses Mervège herumtollt, fern von der Höhle, in der er mit elf Jahren starb, als er den Rückzug seiner Kameraden aus dem Kreis der Widerstandskämpfer schützen wollte. Und Christophe, ihr Vater, bleibt der sonnengebräunte Mann in einem weißen Hemd, der die Sonne anlacht, die Augen hinter einer Sonnenbrille verborgen, an Deck eines Schiffes, an einem Sommernachmittag, in einem Silberrahmen auf Marions Schreibtisch. Heute hätten sie alle weiße Haare, Rheuma und einen Seniorenpaß.

Vor dem Krieg lebten ein Wildschwein und seine Frischlinge, die Maskottchen des Bataillons, in einer Einfriedung im Park des Schlosses Mervège, und nur Philippe konnte sich ihnen nähern. Alice war nach dem Tod ihres Mannes gezwungen, sich von ihnen zu trennen. Übriggeblieben ist nur das kleine Wildschwein aus Bronze, das auf dem Kamin steht und in dessen Marmorsockel das berühmte Motto eingraviert ist: »Nicht zurückweichen und nicht die Richtung ändern.« Der Frischling, der ihm folgte, ist im Laufe der Jahre verschwunden, und es ist nur noch ein kleiner Bronzeklotz zurückgeblieben, der wie Plunder aussieht. Alice hat ihren drei Enkelinnen erzählt, daß der Frischling gewachsen sei, auf dem Sockel nicht mehr halte und man ein anderes Haus für ihn habe suchen müssen. Sie haben diese Geschichte sehr lange geglaubt.

Soweit Marion zurückdenken kann, haben das Wildschwein und der Bronzeklotz auf dem Kamin des Schlosses Mervège gestanden, in der Nähe des langen Bauerntisches, auf dem Alice die Spiele, das Monopoly, das Mah-Jong aus Elfenbein, das Würfelbrett, das Domino und die Kartenspiele für die Kinder unterbrachte, die ihnen das Leben schwermachten, und die tadellosen Spiele der Erwachsenen. Die beiden Welten vermischten sich, aber jede behielt ihre eigenen Rechte. Die Erwachsenen hatten ihre gepolsterten Stühle, ihre Kaffeemühle, ihre Teller aus feinem Porzellan, ihre Freunde. Die Kinder hatten Ratanhocker, die geometrische Figuren auf ihren Hinterteilen hinterließen, eine Miniaturkaffeemühle, Teller aus grünem Vallauris mit einem Stern oder einer Schnecke, andere Freunde.

Das Bronzewildschwein hat diese Menschen all die Jahre aus den Augenwinkeln beobachtet, aber an diesem Abend konnte Marion nicht widerstehen. Sie hat es mit in ihr Zimmer genommen, ohne jemandem etwas zu sagen.

Schloß Mervège, Samstag, 9. März

»Diese kühlen Vormittage bringen mich so richtig in Schwung ...«, sagt Marion und reckt sich. »Ist noch Kaffee da?«

»Weißt du, wie spät es ist?« brummt Aude. »Kannst du dir vorstellen, daß in Paris für die arbeitende Bevölkerung schon der halbe Vormittag zu Ende geht?«

»Wie furchtbar! Erzähl mir doch nicht solche Geschichten kurz nach dem Aufstehen; das macht mich krank ... Bist du schon lange auf?«

»Seit acht Uhr – wie alle normalen Menschen.«

Was Aude unter normalen Menschen versteht, sind für Marion Marsmenschen. Marion ist in Audes Augen ein Zombie. Unverbesserlich! Das Leben der ersten ähnelt einem Bild von Épinal, ohne Überraschungen und Dramatik, das der zweiten der Notaufnahme eines Pariser Krankenhauses am Wochenende. Sie sprechen zwei verschiedene Sprachen, und der Dolmetscher streikt seit nunmehr dreißig Jahren.

»Was hast du angestellt seit der Zeit, da normale Menschen ein Auge öffnen, dann das andere und dann beide?«

»Ich habe Neil zu seinem Privatlehrer gefahren. Er hat am Samstagvormittag Unterricht. Und anschließend habe ich darauf gewartet, daß Odile und Romain aufstehen. Sie wollten zur Bank nach Épernay, und da ich den Notar gebeten habe, mir fünfzigtausend Francs zu überweisen, dachte ich, wir könnten zusammen hinfahren ... Doch sie waren schon weg«, brummt Aude.

»Du brauchst fünf Millionen alte Francs als Taschengeld?«

Aude zündet sich mit ihrem Silberfeuerzeug eine Filterzigarette an. Erstens hat sie Pierre-Marie versprochen, ihm dreißigtausend Francs zu borgen, aber das geht niemanden etwas an, und zweitens hat sie mit den übrigen zwanzigtausend Francs Pläne.

»Ich verstehe dich nicht, Marion ... Du bist 1966 geboren, wie kannst du da von alten Francs sprechen? Die gab es doch längst nicht mehr, als du rechnen gelernt hast.«

»Für Alice gab es sie aber ... Und stell dir vor, es hat ein paar Jahre gedauert, bis sich der Begriff der alten Francs auch bei mir festgesetzt hat!«

»Aber du bist Ärztin«, widerspricht Aude mit weit aufgerissenen Augen.

»Wir schwimmen nicht alle in Geld! Die Zeiten haben sich geändert. Schluß mit der Zeit der Notabeln ... Ein Klempner im Außendienst verdient viel mehr als ein Arzt, der Hausbesuche macht!«

Aude öffnet den Mund, um zu widersprechen, aber sie muß mehrmals niesen.

»Ich bin allergisch gegen Gräser ... Wir müssen die Terrasse fegen.«

»Tu dir keinen Zwang an«, pflichtet Marion ihr bei. »Wollen wir sofort anfangen! Du weißt, wie ein Besen aussieht?«

»Odile und Romain müssen jeden Moment zurückkommen«, brummt Aude schulterzuckend, »und außerdem haben sie einen Zettel hinterlassen, auf dem steht, daß sie Neil abholen wollen, obwohl ich Pierre-Marie versprochen habe, ihn selbst abzuholen!«

»Machst du dir Sorgen, oder bist du eifersüchtig?«

»Ich bin verantwortlich für ihn, Marion. Du kannst das nicht verstehen, weil du keine Kinder hast.«

Marion kommt richtig in Fahrt.

»Ich mache dich darauf aufmerksam, daß du auch keine hast. Du glaubst, du könntest dir eine komplette Familie kaufen, schlüsselfertig sozusagen, mit der Prämie eines kranken Kindes, das deine Hilfe braucht ... Aber da hast du dir in den Finger geschnitten, meine Gute! Pierre-Marie ist ein wahnsinniger Egoist, der nur an seinen Sohn denkt, und wenn der Rest der Welt krepiert ... Und Neil, dem hört doch niemand richtig zu, weder sein Vater noch du! Ihr schiebt ihn wie eine Porzellanvase hin und her, fahrt ihn von seinem Privatlehrer zur Videothek und schleppt ihn von der Terrasse zum Fernsehgerät ... Aber ihr wißt noch nicht einmal, wovon er träumt!«

»Weißt du es vielleicht?«

Marion weicht der Frage aus.

»Hör auf, dich so aufzuspielen, und das mit der Begründung, daß du seine Hemden und seine Hosen bügelst, daß du ihm etwas zu essen kochst und sein Bett beziehst. Dieser Junge hat irgendwo eine Mutter. Sie ist nicht tot, und er will sie nicht ersetzen. Er will nur, daß man ihm zuhört und ihm antwortet.«

Aude schaut sie hoffnungsvoll an.

»Ich habe Neils Augen gesehen, wenn er dich anschaut. Er hängt an deinen Lippen ... warum? Wie machst du das?«

Marion fängt an zu lachen.

»Glaubst du, ich wende einen Trick an, damit das Kaninchen aus dem Hut krabbelt? Laß ihn seine Ellbogen auf den Tisch stützen und ihn ›Scheiße‹ sagen, laß ihn die Schüsseln ausschlecken, wenn du Kuchen bäckst, und vor allem: hör ihm zu ... okay?«

»Ich gehe in mein Zimmer ... «, sagt Aude enttäuscht. »Sag mir Bescheid, wenn sie kommen!«

»Findest du es nicht komisch, daß sie immer noch nicht von der Bank zurück sind? Im Grunde kennen wir Romain ja überhaupt nicht. Er gehört vielleicht einer Sekte an, der Odile jetzt beigetreten ist und der sie unser und ihr ganzes Geld geschenkt hat.«

»Du bist verrückt.«

Aude erblaßt. Marion fährt mit ihrem Unsinn fort.

»Das haben sie in dieser Klinik auch gesagt, wo sie mich an einen Tropf gehängt haben, in diesem Zimmer mit den Gittern vor den Fenstern und Matratzen an den Wänden ... Hat Alice dir nichts davon gesagt?«

»Hör auf, das ist nicht lustig, Marion!«

»Warum? Bist du nicht ein ganz klein wenig beunruhigt? Du stellst nie etwas in Frage, nicht wahr? Ich versuche es. Man hat mir gesagt, mein Vater sei tot, aber wer beweist mir, daß das stimmt? Manchmal stelle ich mir vor, er würde zurückkehren, daß ich ihn dort an der Straßenecke treffen werde, dreiundzwanzig Jahre älter geworden, aber lebendig, daß er nur verschwinden, sein Leben ändern und aufhören wollte, den Chirurgen zu spielen ... Immerhin habe ich nie seine Leiche gesehen.«

»Ich habe Alice gesehen ... Und ich habe schreckliche Kopfschmerzen«, sagt Aude mit tonloser Stimme.

Marion springt die Treppe zu ihrem Zimmer hoch,

wühlt in ihrer Medikamententasche und kehrt mit einer Kapsel zurück, die sie ihrer Cousine gibt. Aude streckt ihre Hand aus, nimmt die Kapsel und zögert einen Moment.

»Ich schwöre dir bei meinem und Gnafrons Leben, daß es kein Zyankali ist, okay?«

»Okay«, sagt Aude mit einem verzagten Lächeln auf den Lippen, ehe sie dieses Diätikum auf Ananasbasis hinunterschluckt.

Fünf Minuten später sind ihre Kopfschmerzen verschwunden.

Schloß Mervège, Sonntag, 10. März

Marion wälzt sich auf einem Liegestuhl und verschlingt ihren zehnten Agatha Christie. Pierre-Marie und Neil spielen eine Partie Schach. Romain und Odile blättern in einer Fotozeitschrift. Sie sind ganz verzaubert, und Aude steht wieder einmal in der Küche; man hört die Teller klappern.

»Du hast nicht das Recht, diesen Zug zu machen!« jammert Neil plötzlich.

»Natürlich!« erwidert Pierre-Marie händereibend. »Man nennt das ›die große Rochade‹. Der König geht zwei Felder nach links und der Turm drei Felder nach rechts, und mein König ist in Sicherheit. Man darf das ein einziges Mal in einem Spiel machen, aber es ist vollkommen legal.«

Aude eilt herbei.

»Was ist passiert?«

»Nur eine Diskussion unter Intellektuellen«, sagt Marion. »Machst du uns einen Kaffee, bevor hier wieder jemand herumschreit?«

»Wenn ihr wollt ... Ich trinke keinen, denn ich will heute nacht schlafen.«

Odile und Marion lachen laut los.

»Aude leidet an Schlaflosigkeit!« erklärt Odile Romain. »Sie ist sehr auf ihren beauty sleep bedacht. Sie hatte schon immer die Angewohnheiten einer alten Dame. Mit acht Jahren hat sie Striche auf die Nesquikdose gemacht, um die Dosis nicht zu überschreiten.«

»Ist noch Schokolade zum Kaffee da?« fragt Romain.

»Raubt dir das nicht den Schlaf?« fragt Odile lachend.

»Was hältst du von Sekten, Romain?« fragt Aude.

Die anderen schauen sie erstaunt an.

»Aude wollte mit euch zur Bank gehen, um Geld abzuheben. Sie hat sich Sorgen um euch gemacht«, fügt Marion hinzu.

Aude errötet, und Marion tut es sofort leid. Manchmal haßt sie ihre Cousine so wie Chicorée mit Schinken, gedünsteten Salat und Austern, selbst wenn sie weiß, daß Aude keiner Fliege etwas zuleide tun würde, vor allem wenn die Fliege in Who's Who auftaucht.

»Brauchst du Geld?« fragt Odile neugierig. »Warum? Ein Hermèstuch? Eine Perlenkette? Den neuesten Putter?«

»Ich hatte vor, im Namen der Familie Leute aus Épernay einzuladen, Petits fours in einem Feinkostgeschäft zu bestellen und zum Gedenken an Alice Champagner zu trinken, weil sie nicht kommen konnten ... zur Feier«, brummt Aude.

»Ach?« wundert sich Odile.

»Ach?« sagt Marion.

»Ich wollte euch überraschen ... », fügt Aude hinzu. »Jetzt ist alles verdorben.«

»Täusch dich da nur nicht!« sagt Romain langsam. »Ich glaube ganz im Gegenteil, daß du sie richtig überrascht hast.«

Schloß Mervège, Samstag, 16. März

Marion hat in Gesellschaft geschlafen. Sie war klein und bissig – eine Mücke, die sie die ganze Nacht über gestochen hat, ehe sie ihren Kameraden von ihren Abenteuern erzählen konnte, und als Marion aus dem Bett gesprungen ist, um sie zu zerquetschen, ist sie mit dem linken Fuß zuerst aufgestanden. Der Tag beginnt schlecht. Alle Versuche, den ominösen Rio Cavarani in Rom telefonisch zu erreichen, sind bisher gescheitert, aber die internationale Auskunft hat bestätigt, daß er auf der roten Liste steht.

»Ist noch Baguette da«, fragt Odile.

»Marion hat alles verschlungen!« antwortet Aude. »Ich habe noch einmal über Alices Brief nachgedacht. Ich bin ihr sehr dankbar, daß sie uns diese herrliche Atempause ermöglicht hat, aber anschließend werde ich nach Paris zurückkehren, meine Arbeit wieder aufnehmen, und nichts wird sich ändern. Ich liebe mein Leben!«

»Nach dieser herrlichen Atempause?« wiederholt Odile. »Wie traurig das ist. Aber es stimmt. Nichts wird sich ändern. Aude hat keine Träume. In ihrer Tasche sind Löcher, und sie hat sie verloren. Also hat sie das Loch mit einem Quentchen Snobismus zugestopft ... Und Marion macht weiterhin so ein langes Gesicht, obwohl wir nichts dafür können, daß sie allein durchs Leben geht!«

»Du hast einen schönen Satz Ohrfeigen verdient!« brummt Aude.

»Sie hat Lust, dir das Maul zu stopfen, und ich teile ihre Ansicht!« übersetzt Marion, ehe sie sich auf den Weg zu ihrem geliebten Bouleplatz macht.

Audes Leben wird einfach und genau geregelt sein. Ihre Töchter werden Kilts tragen, damit sie auf dem Schulhof nicht laufen können; ihre Söhne werden bis zum Alter von zehn Jahren kurze Hosen aus grauem Flanell tragen und sich im Winter die Beine abfrieren ... Und niemand wird etwas in Frage stellen! Das Leben ist für sie eine konkret gestellte Aufgabe, und Marion ist davon überzeugt, daß sie diese tadellos lösen wird. Auf gewisse Weise beneidet Marion sie. Wenn ihr Vater noch lebte, wäre sie vielleicht auch wie Aude geworden, und alles wäre einfacher.

Odile hat sich immer geweigert, wie die anderen zu sein. Als Kind war sie ein verhinderter Junge, spielte Fußball, sauste mit dem Fahrrad riesige Abhänge hinunter; als Jugendliche war sie eine Alternative, die sich mit Trotzki herumquälte, bis sie als Erwachsene ein Original wurde.

Marion, die wie früher mit der Nase im Sand liegt, denkt an Alice, die zugleich gläubig und abergläubisch war, geduldig und immer in Eile, unglaublich tolerant und voller Vorurteile, fröhlich und verzweifelt, eine hervorragende und widersprüchliche Frau, die fähig war, ihnen diesen herrlichen Brief zu schreiben und ihnen zehn Millionen alte Francs zu schenken, während sie selbst stets den billigsten Zwieback und das billigste Toilettenpapier gekauft hat, weil sie während des Krieges kaum ihr Auskommen hatte und man sein Geld nicht verschleudern darf. Kurz und gut, eine Großmutter, das Salz der Erde!

Die Vögel zwitschern fröhlich, und die Sonne schimmert durch die Bäume. Gestern abend hat der Fischhändler in Épernay sein Geschäft geschlossen und das kleingestampfte Eis aus den Regalen in den Rinnstein geschüttet. Aus der Ferne hielt Marion es für Schnee. Aus der Ferne glaubte sie auch, daß das Leben hier etwas ändern würde. Sie fängt leise an zu singen: Auf das Gestern fällt der Schnee ...

»Man darf nie darauf hören, was Odile von sich gibt ...«, sagt Romain, der sich neben sie setzt. »Laß sie laufen! Es bringt nichts, sich darüber aufzuregen.«

Marion rafft sich auf und klopft den Sand von ihren Kleidern.

»Sie ist schon in Ordnung ...«, sagt Romain.

»Ehrlich, mir reicht's! Was die manchmal von sich gibt«, widerspricht Marion.

»Du weißt, wie sehr sie an dir hängt ... Ihr verdammter Egoismus trübt ihren Blick.«

»Habt ihr eine Krise?« erkundigt sich Marion.

Romains Miene verdüstert sich.

»Ich liebe Odile, und sie liebt mich.«

»Das scheint aber fürchterlich zu sein«, sagt Marion. »Nein, ehrlich, ich fühle mit euch.«

»Wir haben horrende Telefonrechnungen, und ich kenne die Ost-Autobahn zwischen Paris und Dormans wie meine Westentasche ...«

»Ich fange gleich an zu weinen, oder soll ich noch etwas warten?«

Romain schlägt mit der Faust in den Sand, und dann strahlen seine Augen wieder in der Farbe eines Ficus benjamina wie an dem Tag, als Marion ihn zum erstenmal gesehen hat.

»Sie ist unfähig, meine beruflichen Zwänge zu verstehen. Früher war ich wie sie Freiberufler. Ein Drittel des Jahres hatte ich Urlaub, ein Drittel war ich auf der Suche nach Verträgen, und die restlichen vier Monate habe ich Tag und Nacht gearbeitet. Ich habe abwechselnd Kaviar gegessen und am Hungertuch genagt ...«

»Was ist passiert?«

»Ich hatte die Nase voll! Bevor ich mit dem Fotografiestudium anfing, hatte ich als Assistent eines Art-directors in einem Verlag gearbeitet, und ich kannte das Milieu. Ich liebe Bücher, und man hat mir diesen Vertrag angeboten, der mir erlaubt, alle Facetten meines Berufs kennenzulernen. Das hat mir gefallen. Ich kann mir meine Zeit frei einteilen unter der Bedingung, daß ich in dringenden Fällen zur Verfügung stehe und die Aufträge verschiedener Agenturen erledige. Ich verdiene weniger als vorher, aber das ist nicht das wichtigste ...«

»Nein? Wenn du das Pierre-Marie erzählst, läßt er dich einweisen.«

»Ich will mit Odile richtig zusammenleben, nicht nur mit ihr telefonieren. Ich habe mir geschworen, sie nicht mehr wiederzusehen, ehe wir nicht ein ernstes Wort miteinander gesprochen haben. Aber eure Großmutter ist gestorben, und ich dachte, Odile würde vielleicht erkennen, daß sie mich braucht ... Deshalb bin ich gekommen.«

»Und was sagt sie dazu?«

»Es gefällt ihr ausgezeichnet, in Épernay in der Nähe ihrer Weinberge aufzuwachen. Sie kommt für zehn Tage nach Paris, ohne mich zu informieren; wir gehen jeden Abend aus; sie schläft bis mittags, und ich muß um sieben Uhr aufstehen. Dann, eines Morgens steigt sie in ihren Ford, weil es ihr gerade in den Sinn kommt, und haut ab, weil sie sich nach der Champagne sehnt. Daß sie mir fehlen könnte, wenn sie nicht da ist, ist ihre geringste Sorge ... Sie ruft mich an und sagt mir, daß sie mich sooo liebt!«

»Und du?«

Romain fängt an zu lachen.

»Ich antworte ihr, daß ich sie auch sooo liebe! Ich habe ihr vorgeschlagen, zu mir zu ziehen, und wollte meine Beziehungen spielen lassen, damit sie in Paris arbeiten kann ... Ich habe sogar von Heirat gesprochen.«

»Und?«

»Das interessiert sie nicht!« antwortet Romain mit leicht verzogener Miene. »Sie will sich privat nicht mehr engagieren als beruflich. Freiberufliche Fotografin und Geliebte, verstehst du? Wir telefonieren und brauchen uns ums Essen nicht zu kümmern. Wir leben einhundertvierzig Kilometer voneinander entfernt, verliebt, keusch und treu; jeder geht allein essen; wir rufen uns an, um uns einen guten Abend zu wünschen; wir schlafen allein und rufen uns wieder an, um uns einen guten Tag zu wünschen, und immer die gleiche Leier!«

Eine Ameise bleibt zwei Millimeter vor Marions Hand stehen. Sie bewegt ganz langsam ihre Finger, und die Ameise flüchtet.

»Wir leben zusammen, aber getrennt!« fügt Romain hinzu. »Und das wird so weitergehen. In zwei Wochen ist Buchmesse, und ich werde immer im letzten Moment gebeten, großformatige Fotos für den Stand und manchmal auch Portraits anzufertigen. Daher bin ich nicht sicher, ob ich an den nächsten Wochenenden kommen kann. Ich wäre überrascht, wenn Odile einmal über ihren Schatten springen und die Mühe auf sich nehmen würde, nach Paris zu kommen ... Ich frage mich schon, ob ich mich getäuscht und mich in eine Odile verliebt habe, die nur in meiner Einbildung existiert. Ich habe zehn Jahre mit einer Frau zusammengelebt, die das genaue Gegenteil von Odile war. Sie wollte Sicherheit, wohingegen ich meine Freiheit nicht verlieren wollte. Ich glaube, ich werde alt ...«

»Das hat damit nichts zu tun. Es hängt davon ab, was man für ein Typ ist und wen man gerade kennenlernt«, widerspricht Marion. »Bevor ich Thomas kannte, hatte ich auch Angst, mit jemandem auf engem Raum zusammenzuleben, und dann hat es sich ganz von allein ergeben ...«

Plötzlich erscheint Odile am Rand der Terrasse.

»He! Mariooon, Telefooon!«

Marion erwartet keinen Anruf, springt jedoch auf. Es ist David, ein Kollege aus der Versicherung, der sie anruft, um ihr für morgen einen Rücktransport Reims-Paris vorzuschlagen. Die meisten Ärzte sind schon unterwegs, und aufgrund der Schulferien werden sie mit Anrufen geradezu überhäuft.

»Ein cooler Transport, Marion! Anschließend lade ich dich bei mir in Paris zum Essen und zum Schlafen ein .... Ich will dich hier nicht zur Sklavenarbeit verdonnern. Ich biete dir nur einen Hin- und Rückflug erster Klasse mit einem netten Kranken an, dann ein exquisites Essen bei einem Kollegen, der nicht weniger charmant ist, und eine irre Nacht. Du solltest dir das nicht entgehen lassen.«

»Eine irre Nacht?«

»Im positiven Sinne ... entweder du bist zufrieden, oder du bekommst dein Geld zurück.«

Dreist, aber lustig. Vor allem jedoch dreist. Seine Frau ist sicher in die Ferien gefahren. Marion lebt seit sechs Monaten von Thomas (fünf Francs) getrennt, und seit dieser Zeit hat sich die Anzahl der Einladungen ins Restaurant während der Schulferien, wenn die Männer allein sind, vervierfacht.

»Was hat denn dein Kranker?«

»Lungenkrebs mit Metastasenbildung ... mußte im Urlaub aufgrund einer Lungeninfektion ins Krankenhaus. Dieser Typ ist vierzig Jahre alt und entwirft Zeichentrickfilme. Er zeichnet kleine Mickymäuse!«

»Ist das ein Scherz?«

»Auf keinen Fall! Komm, Marion, hilf uns aus der Verlegenheit; wir werden uns erkenntlich zeigen.«

Marion sieht oben am Fenster Aude stehen. Sie trägt ein Kostüm, das so marineblau ist wie die Tinte, mit der Rio Cavarani seine Widmungen geschrieben hat. Pierre-Marie und Neil spielen Schach. Odile ist bei Romain auf dem Bouleplatz geblieben. Marion fühlt sich so überflüssig wie das fünfte Rad am Wagen.

»Wann geht der Flug?«

»Euer Flugzeug startet genau um elf Uhr«, sagt David. »Um neun Uhr steht der Krankenwagen bei dir vor der Tür, und dann holst du den Kranken im Krankenhaus ab.«

Die Telefone klingeln, und die Faxgeräte surren um David herum. Er befindet sich gerade in dem riesigen Raum der Notrufzentrale der Versicherungsgesellschaft.

»Ißt du gerne libanesisch?« fragt er.

»Ich liebe die libanesische Küche. Vergiß nicht, deine Frau einzuladen, mit uns zu essen.«

»Meine ...?«
»Ist das ein Problem?«
Er kriegt sich fast nicht mehr ein vor Lachen.
»Gar keins. Sie ist mit den Kindern in der Bretagne ...«

Rom, 16. März

Die Piazza di Spagna und die Kirchentreppe der Trinità dei Monti gehören zu den berühmtesten Treffpunkten Roms. Im 17. Jahrhundert war dieser Platz der Schauplatz von Streitereien zwischen Franzosen, von denen viele in diesem Viertel wohnten, und den Spaniern, denen ein Palast auf dem Platz gehörte. Im 18. Jahrhundert trafen sich hier alle zu herrlichen Festen wieder. Unten von der Treppe betrachteten die von der Schönheit des Ortes überwältigten Pilger die Kirche und den Obelisken. Heute lassen sich die von der Besichtigung der Stadt erschöpften Touristen auf die Stufen fallen, trinken das Wasser aus dem Brunnen, essen Eis, schreiben ihre Ansichtskarten und rechnen ihre Ausgaben nach.

Rio hat Kopfschmerzen. Er kann das stundenlange Sitzen vor dem Monitor immer schlechter vertragen. Serena und er steigen zwischen den ockerfarbenen, altrosa und cremeweiß gestrichenen Fassaden der Paläste die Treppe zur Rampa Vertecchi hinauf, wo sie ihre Freunde zum Essen treffen wollen. Achille hat Sandra kurz nach der Hochzeit von Rio und Serena geheiratet, und sie sind immer sehr eng miteinander verbunden geblieben. Die beiden sitzen schon in einer Ecke des Restaurants und stehen auf, um sie zu begrüßen. Achille, dessen Haar allmählich ergraut, scherzt wie immer über Rios Mähne, die dem Weihnachtsmann alle Ehre machen würde, während Serena Sandra zu ihrer guten Figur beglückwünscht. Sie essen schon seit vierzig Jahren mindestens einmal im

Monat zusammen, und ihr Vierergespann ruft immer die Neugierde der anderen Gäste hervor.

»Ratet mal, was wir in diesem Sommer mit unseren Kindern machen werden!« sagt Sandra mit einem breiten Grinsen. »*Bonjour la France!*«

Schweigen und Bestürzung folgen auf diesen Satz.

»Gibt es ein Problem?« flüstert Achille Rio zu.

»Ich werde es dir erklären«, gibt ihm Rio schnell zu verstehen.

»Aber das Beste wißt ihr noch nicht: Wir fahren in einem Boot«, fährt Sandra fort, die offenbar nichts bemerkt hat. »Wir haben ein Motorboot gemietet, fahren über den Kanal in Südfrankreich und passieren die Schleusen. Ein Kollege aus dem Büro hat das im letzten Jahr mit seiner Familie gemacht, und den Kindern hat es prima gefallen. Du kannst dir sicher vorstellen, daß Angelica, Achille und Andrea hellauf begeistert sind ...«

»Hat Achille denn einen Bootsführerschein?«

»Nicht nötig. Diese Boote sind nur elf Meter lang, und man kann sie ohne Führerschein fahren, vorausgesetzt, man ist volljährig. Die Bootsverleiher erklären dir, wie man sie steuern muß und geben dir eine Wasserstraßenkarte. Das Boot wird vollgetankt, und ab geht die Fahrt über das Wasser; man hält an, wo man will, und fährt fünf Kilometer in der Stunde. Du kannst sogar deinen Hund mitnehmen.«

»Das ist ja klasse!« sagt Serena.

»Ich hatte schon immer Lust, diese Gegend zu bereisen: Toulouse, Castelnaudary, Carcassonne. Sonne, Grillen, Zikaden, Rosé, Cassoulet, die Franzosen mit ihrer Baskenmütze und ihrem Baguette unter dem Arm ...«

»Du wirst alles bekommen, außer deiner Baskenmütze. Ich habe mir sagen lassen, daß die nicht mehr in Mode sind!« sagt Serena.

»Sie haben mir sogar eine Liste mit Lebensmitteln und

den Preisen der einzelnen Artikel geschickt. Du kreuzt an, was du haben möchtest, und wenn du dort unten ankommst, steht alles im Kühlschrank und in den Schränken.«

»Wird das nur auf dem Kanal in Südfrankreich angeboten?« fragt Serena.

»Nein, es gibt verschiedene Ausgangspunkte. Ich habe die Broschüre in meiner Tasche. Schau!«

Serena nimmt die Broschüre und blättert darin herum. Man kann durch das Loiretal oder über die Mayenne und die Sarthe schippern, den Kanal in der Bretagne oder den Kanal in Südfrankreich hinunterfahren, das Boot über die Charente und den Lot steuern, sich auf den Kanälen im Elsaß und in Lothringen vergnügen ... und schließlich das mit Weinbergen gesäumte Marnetal besichtigen; hier wird ein Aufenthalt in Épernay empfohlen, der Weltstadt des Champagners.

»Findest du das nicht großartig?« fragt Sandra, die sich über das Interesse ihrer Freundin freut.

»Noch besser als du glaubst!« antwortet Serena.

Die Männer haben von ihrem Gespräch nichts mitbekommen. Sie unterhalten sich über Politik.

»Ich will Rio damit überraschen ... Sag ihm nichts, okay?« flüstert Serena.

Schloß Mervège, Sonntag, 17. März

Tatütata! Marion hört den Krankenwagen schon die Straße hinauffahren, ehe sie ihn unten auf der Allee neben dem Tor erkennen kann.

»Ich werde gebraucht. Es gilt, ein Menschenleben zu retten!« sagt sie in heiterem Ton zu Neil. »Tschüs zusammen!«

Jacques Berne, der Versicherte Nummer 75.830 BN, Akte 19.768, vierzig Jahre alt, sitzt auf seinem Bett und wartet geduldig auf den Arzt. Er hat heute morgen noch eine Infusion bekommen und ist dann mit drei verschlossenen Umschlägen versehen worden, einen für den behandelnden Arzt, einen für das Krankenhaus in Paris und einen für den Arzt der Versicherungsgesellschaft. Er hat alle drei geöffnet und gelesen.

»Monsieur Berne? Ich bin Doktor Darange und werde Sie nach Paris begleiten.«

»Es geht mir schon wieder besser«, sagt er lächelnd.

Sein Krebs wurde vor zwei Jahren bei einer Routineuntersuchung entdeckt, die erforderlich war, weil er Tauchsport betreiben wollte. Er kennt seine Krankheit, weiß aber noch nicht, daß er Metastasen hat. Er atmet leichter, als Marion erwartet hat, aber seine Augen glänzen fiebrig. Marion untersucht ihn, überfliegt seinen Krankenbericht und liest den Brief, der für sie bestimmt ist.

»Ich habe ungeduldig auf Sie gewartet«, gibt er zu.

»Wir haben Zeit genug ...«

»Ich hoffe, wir haben keine Verspätung, denn meine Sitzung ist um vierzehn Uhr.«

Welche Sitzung? Strahlentherapie? Eine weitere Untersuchung?

»Ich habe noch eine andere um sechzehn Uhr. Kaum Zeit, Luft zu holen!«

Der Typ hat glattes, schwarzes Haar, Sommersprossen, fast violette Augen und trägt einen weiten, irischen Pullover. Und er hat Krebs.

»Was für eine Sitzung?«

Er fischt einen Kugelschreiber aus seiner Tasche und zeichnet ein Rechteck auf den Umschlag des Briefes für den behandelnden Arzt.

»Was ist das Ihrer Meinung nach?«

Der Krankenwagenfahrer schaut auf seine Uhr. Eine

Krankenschwester schiebt einen mit Flaschen beladenen Wagen über den Flur. Die Flaschen schlagen klirrend gegeneinander.

»Das ist die Kiste, in dem das Schaf des Kleinen Prinzen sitzt, und es fehlen nur die Löcher?« schlägt Marion vor.

»Es tut mir leid, daß ich Sie unterbrechen muß, aber wenn Sie das Flugzeug noch erreichen wollen, müssen wir gehen ...«, sagt der Fahrer.

Jacques Berne wird in einen Rollstuhl gesetzt und zum Krankenwagen geschoben. Er läßt seinen Briefumschlag nicht los. Er sagt nicht, daß das Wetter schön oder daß es warm sei oder daß es ihm Spaß mache, wieder an die frische Luft zu kommen. Er wird in entgegengesetzter Fahrtrichtung hinten auf die Krankenbahre gelegt. Marion setzt sich auf den für den Arzt vorgesehenen Platz ihm gegenüber.

»Alles in Ordnung? Liegen Sie bequem?«

Er zeigt auf den Briefumschlag, auf den er das Rechteck gezeichnet hat.

»Eine Wand!« sagt er. »Es ist eine Wand.«

Was für eine Wand? Die Wand seines Krankenzimmers? Das Ende der Welt? Die Bäume ziehen am Krankenwagen vorüber. Der Fahrer schaltet die Sirene ein. Sie sind gezwungen zu schreien, um sich zu verständigen.

»Wir werden auf die Startbahn fahren und direkt vor dem Flugzeug halten!« schreit Marion.

»Eine Kinoleinwand!« schreit Jacques Berne. »Ich verbringe jeden Nachmittag im Kino. Das ist mein Job. Ich entwerfe Zeichentrickfilme: morgens Atelier, dann Drehbuch und anschließend Kino.«

»Es ist Ihr Job, ins Kino zu gehen?«

»Dafür werde ich bezahlt. Jetzt gehe ich auch abends hin, nur um mir Zeichentrickfilme anzusehen ... Wissen Sie warum?«

Eine leise Stimme in Marions Kopf rät ihr, nein zu sagen.

Der Versicherte sagt nicht, daß die Sirene zu laut sei oder daß er im Wagen Herzschmerzen oder Hunger oder Durst habe, nichts von alledem, was die Kranken oft zu sagen pflegen. Er hat nicht gefragt, wo er in Paris abgesetzt werden würde. Für ihn zählt nur, vor vierzehn Uhr anzukommen.

Sie fahren auf die Startbahn. Der Fahrer schaltet die Sirene aus. Jacques Berne schaut auf seine Uhr. Und Marion versteht seinen Blick.

»Sie wollen ins Kino gehen, nicht wahr?«

Er nickt.

»Wissen Sie, warum ich mir nur noch Zeichentrickfilme ansehe?«

Ein Sicherheitsbeamter des Flughafens kontrolliert ihre Flugtickets und ihre Ausweise, bevor er sie mit dem Krankenwagen bis zum Flugzeug begleitet. Sie schieben den Rollstuhl auf eine Art Bühne, die sich bis zur Höhe der Tür hebt. Der Versicherte sagt nicht: »Ich kann laufen!«, oder »Lassen Sie mich nicht fallen!«, oder »Die Bühne bebt!« oder »Es ist das erstemal, daß ich als erster an Bord gehe«. Er wird auf einen Sitz in der ersten Reihe gesetzt, wo er genug Platz für seine Beine hat. Er gibt dem Fahrer kein Trinkgeld, sondern reicht ihm lächelnd die Hand und bedankt sich bei ihm.

»Ist alles in Ordnung, Monsieur?« fragt die Stewardeß.

»Warum sollte es nicht?« fragt Jacques Berne.

Die anderen Passagiere kommen an Bord. Die Maschine hebt genau um elf Uhr ab. Die Stewardeß und der Steward legen ihre Schwimmweste an, um zu zeigen, wie man sich ruhig im Wasser verhält, falls das Flugzeug eine Notlandung macht.

»Ich werde Ihnen sagen, warum ich mir nur noch Zeichentrickfilme ansehe ... Das hat einen ganz simplen Grund.«

Dieser Typ weiß, wie er die Leute auf die Folter spannt.

Marion sagt sich, daß ihm die Geschichte von Joanna und dem schönen Haus gefallen hätte. Nikolaus.

Ein mit Flaschen beladener Wagen wird von einer Stewardeß über den Gang geschoben. Die Flaschen schlagen klirrend gegeneinander.

»Die Welt ist klein«, sagt Jacques Berne und schaut ihr ins Gesicht. »Sie ähnelt meiner Krankenschwester.«

»Etwas zu trinken? Fruchtsaft, Coca-Cola, Bier, Mineralwasser?«

»Einen Orangensaft«, sagt Jacques Berne. »Ohne Spritze, bitte, mit etwas Eis, wenn Sie haben, und wenig Antibiotika. Danke, das ist ausgezeichnet. Wann kommt der Arzt vorbei?«

Die Stewardeß schaut Marion, die einen Moment zögert, entgeistert an.

»Für mich bitte eine Cola«, sagt Marion schließlich. »Ohne Eis und ohne Infusion. Ich mache eine salzlose Diät. Vielen, vielen Dank!«

Der Stewardeß fallen die Augen aus dem Kopf.

»Salzlose Diät? Es gibt also auch Essen an Bord?« ruft eine dicke Frau gierig von der anderen Seite des Gangs.

Marion meidet den Blick des Versicherten 75.830 BN, um nicht zu lachen.

»Wir haben Getränke!« erklärt die Stewardeß in leicht verärgertem Ton. »Fruchtsaft, Cola, Bier, Mineralwasser ...«

Ohne lange zu fackeln, drückt sie der Frau ein Mineralwasser in die Hand und geht weiter.

»Ich glaube, wir haben ihr angst gemacht!« flüstert Marion.

»Wenn sich die Gelegenheit bietet, sich zu vergnügen, sollte man sie nutzen. Ich muß mich beeilen, um mir Erinnerungen zu schaffen, verstehen Sie. Der Grund, warum ich mir nur noch Zeichentrickfilme ansehe, ist der, daß ich bald sterben werde. Alle Bücher und alle Filme handeln von der Zukunft, der Liebe und Abenteuern ... Ich lebe in der Gegenwart. Ich habe keine Zukunft. Ich will nicht das Leben einer Frau verpfuschen, und ich bin nicht mehr in der Lage, den Indiana Jones zu spielen. In den Zeichentrickfilmen für Kinder gibt es keinen Sex, kein ›wenn ich mal groß bin‹, nicht mal ein ›Morgen‹. Alles ist einfach und passiert jetzt. In Jurassic Park geht es um Dinosaurier, die seit Millionen von Jahren ausgestorben sind ... Ich bin noch da, aber nicht mehr lange!«

»Was soll ich jetzt sagen?« fragt Marion.

»Sie waren ausgezeichnet. Sie haben mir diese Sätze erspart: ›Aber das ganze Leben liegt doch noch vor Ihnen!‹, oder: ›Morgen kann das Wundermittel erfunden werden!‹, oder auch: ›Sie haben ganz sicher keine Metastasen, alles kommt in Ordnung, kein Grund zur Sorge!‹ Ich bin ein Dinosaurier, der schon bald von der Bildfläche verschwindet, aber auch ein alter Affe. Ich danke Ihnen, daß Sie der Stewardeß diese Antwort gegeben haben ... Es hat mir sehr gefallen. Haben Sie nicht Lust, heute nachmittag mit mir ins Kino zu gehen?«

Marion seufzt. David hat ihr am Telefon gesagt, daß man den Kranken im Pitié-Salpêtrière-Krankenhaus erwartet. Niemand wird heute ins Kino gehen.

»Ich weiß nicht, ob ...«

»Ich habe das nur so zum Spaß gesagt«, unterbricht sie Jacques Berne. »Das ist lustig, nicht wahr? Ich bringe Sie in eine unmögliche Situation: Er wird bald sterben, und darum kann ich ihm das nicht abschlagen, andererseits kann ich nicht mit allen Kranken ins Kino gehen ...«

»Es tut mir leid, aber ich kann nicht«, sagt Marion freundlich. »Vielleicht wenn ich das nächste Mal nach Paris komme. Ich werde Ihnen meine Telefonnummer geben ...«

»Reden wir offen miteinander. Wenn Sie erst in sechs Monaten wieder nach Paris kommen, ist es nicht der Mühe wert, Ihre Telefonnummer zu notieren ...«

»Sind Sie immer so?«

»Krank? Nein, das ist neu ...«

»Zynisch!«

Während des Landeanflugs zum Pariser Flughafen läßt sie die Stewardeß, die ihren Getränkewagen abgestellt hat, nicht aus den Augen. Nach der Landung gehen die anderen Passagiere von Bord; dann kommt ein Sanitäter mit Schnurrbart in weißer Jacke, stellt sich vor, gibt Marion die Hand und hilft Jacques Berne, sich in den Rollstuhl zu setzen. Die Stewardeß schaut ihnen auf dem Gang nach, bis sie aus ihrem Blickfeld verschwunden sind.

Der Versicherte wird in den Krankenwagen gesetzt, und der bärtige Sanitäter holt den Koffer. Jacques Berne beobachtet das rege Treiben auf dem Flughafen, die Menschen, die Farben, das Gepäck. Aus den Lautsprechern dringen unverständliche Worte. Der bärtige Sanitäter hat die Heckklappe nicht geschlossen, und die Menschen, die vorübergehen, verrenken sich den Hals, um einen Blick auf den Patienten zu werfen. Jacques Berne neigt den Kopf und lächelt ihnen freundlich zu. Die Neugierigen fühlen sich ertappt und wenden ihre Köpfe ab, enttäuscht, weil der Patient aussieht wie das blühende Leben und weil kein Blut fließt.

»Es ist verrückt«, sagt Jacques Berne.

»Was?«

»Die Neugierde und die Blutgier der Menschen. Man schafft mit Hilfe der Fotosynthese Tyrannosaurier und Veloziraptoren, obwohl doch längst noch nicht alle ausgestorben sind! Wie spät ist es, Madame Persil?«

»Viertel nach zwölf, Monsieur Placard ...

Der Fahrer kommt mit dem Koffer in der Hand zurück.

»Finden Sie nicht, daß er einem netten Brachiosaurier ähnelt?« flüstert Jacques Berne.

»Das hätten wir!« ruft der große, bärtige Sanitäter mit einer hellen Stimme, die schlecht zu seinem Äußeren paßt.

Der Krankenwagen fährt los und ordnet sich in den Verkehr ein. Sie erreichen den Ring über die Autobahn, den sie Porte d'Italie verlassen, und fahren dann in Richtung Boulevard de l'Hôpital.

»Sie sind nicht so, wie man sich eine Ärztin vorstellt«, sagt Jacques Berne.

»Nein?«

»Es hat Sie überrascht, daß ich mein Geld damit verdiene, jeden Tag ins Kino zu gehen, und Sie haben mich beneidet ... Wenn Ihnen Ihr Beruf nicht gefällt, müssen Sie etwas ändern. Das Leben ist zu kurz, um sich immerzu zu ducken!«

»Danke für die Belehrung!« brummt Marion.

»Verstehen Sie es nicht falsch ...«

Der Krankenwagen bremst vor der Schranke des Pitié-Salpêtrière-Krankenhauses ab. Oben durch das Heckfenster sieht Jacques Berne die Tafeln verschiedener Stationen: Notaufnahme, Notoperation, Reanimation, Augenheilkunde, Tropenkrankheiten.

»Ich nehme gerne eine Tropenkrankheit mit einem Stück Zitronenschale«, sagt er in ruhigem Ton. »Es ist schlecht ausgegangen mit dem Kino. Und eine Notoperation mit etwas Sauce. Haben Sie Pommes frites?«

Marion hat Lust, sie ganz schnell loszuwerden, ihn und seinen dicken Krankenbericht mit dem zuckersüßen Brief ihrer Kollegen, die wissen, daß er sterben wird. Gleichzeitig würde sie gerne auf die Schulter des Krankenwagenfahrers tippen und ihm sagen, daß er umkehren, das Krankenhausgelände verlassen und sie in Montparnasse absetzen solle, damit sie sich einen Film ansehen und dabei ein leckeres Eis essen können.

Das Krankenzimmer ist trist: ein Münzfernsehgerät, das an der Wand hängt, ein Bett, ein Nachttisch, eine Karaffe, ein Glas und zwei Stühle.

Jacques Berne beobachtet Marion schweigend. Sein Gesicht hebt sich vom Kopfkissen ab, weiß auf weiß, wie ein weißes Kaninchen im Schnee. Ein Wagen wird den Gang hochgeschoben; das Klirren der Flaschen geht ihm voraus und eine Krankenschwester hinterher.

»Einen Orangensaft, bitte«, sagt Jacques Berne. »Nichtraucher. Gibt es Piloten, die luftkrank werden?«

Die Krankenschwester schaut ihn entgeistert an und nimmt Marion dann zur Seite.

»Spinnt er aufgrund seiner Metastasen im Kopf?«

Marion schüttelt den Kopf. Sie wird sicher nicht mit David zum Essen gehen.

»Bis bald im Flieger. Sie müssen sich beeilen, sonst verpassen Sie Ihre Maschine«, sagt Jacques Berne, als hätte er ihre Gedanken erraten. »Hauen Sie schnell ab. Ich hasse Verabschiedungen.«

Sie wirft ihm einen dankbaren Blick zu. Die Krankenschwester wartet noch auf ihre Antwort.

»Alles in Ordnung«, antwortet Marion schließlich. »Er ist genauso klar bei Verstand wie Sie und ich. Kleine, vorübergehende Stimmungskrisen mit einem Nordwestwind Stärke 4 bis 5 und ein wenig Zynismus. Unheilbar, aber zu Späßen aufgelegt ...«

Die Krankenschwester hält sie für verrückt.

»Auf Wiedersehen, Monsieur Placard!« sagt Marion zu Jacques.

So, wie sie die Akte hält, kann die Krankenschwester den Namen des Kranken nicht lesen.

»Richten Sie sich in Ruhe ein, Monsieur Placard. Ich komme gleich wieder!« sagt sie freundlich.

»Ich glaube, hier wird es mir gefallen«, sagt Jacques Berne.

Als Marions Taxi am frühen Abend in den Park des Schlosses Mervège einfährt, ist Odile in einen Katalog vertieft.

Aude rächt sich in der Küche für die Bosheit der Welt, indem sie wütend mit der Gabel in die Paprikawürstchen sticht. Neil beugt sich über seinen Computer. Pierre-Marie sorgt für das Feuer. Jeder ist auf seinem Posten wie auf einem Werbeplakat für elektrische Eisenbahnen, mit dem Bahnhofsvorsteher, der Frau, die ihr Kind an der Hand hält, dem Herrn, der Zeitung liest, den geraden Schienen, dem Tunnel, den man am Ende der Straße sieht ... Aber der Zug hält nie an; der Bahnhof ist stillgelegt, der Bahnübergang gesperrt, und sie sind zu alt, um zu spielen.

»Hat alles gut geklappt?« fragt Aude.

»Was haben dir diese Würstchen getan?« erwidert Marion.

»Ich schaffe es einfach nicht, ein gutes Verhältnis zu Neil aufzubauen«, stößt Aude hervor, während sie das vorletzte Würstchen massakriert. »Er hat nächsten Sonntag Geburtstag, und ich wollte ihm eine schöne Feier ausrichten, mit Kuchen, Kerzen und Geschenken. Außerdem hatte ich vor, die Nachbarskinder einzuladen ... Als ich ihm das gesagt habe, ist er wütend geworden.«

»Neil ist nicht wie andere Kinder in seinem Alter, und andere Kinder sind ihm ziemlich gleichgültig. Geh mit ihm ins Kino, schenk ihm ein Videospiel, ein Buch über den Weltraum ... und sprich mit ihm! Hör genau hin, was ich sage. Ich sage es noch einmal ganz deutlich, damit es kein Mißverständnis gibt: SPRICH ... MIT ... IHM!«

»Aber was soll ich ihm denn erzählen?«

Marion seufzt.

»Ich glaube, ich lasse dich besser mit deinen Würstchen allein ... Ihr habt euch sicher viel zu erzählen.«

Das letzte Würstchen kriegt gehörig eins auf den Deckel.

Da alle beschäftigt sind, schleicht Marion zum Telefon, um noch einmal die ominöse Nummer in Rom zu wählen. Wie immer hört sie nach vier Klingelzeichen ein Klicken, als würde jemand abheben, und dann folgt Stille. Anstatt immer wieder »Rio Cavarani? Rio Cavarani?« zu wiederholen, könnte sie auch eine Arie aus La Traviata pfeifen!

Die auf dem Kamin gegrillten Würstchen sind fertig, auf einer Seite etwas verbrannt, aber köstlich. Marion hat schon lange keine Würstchen mit Püree mehr gegessen, weil Thomas (fünf Francs) dieses Gericht haßte. Jetzt wird Sally wohl darauf verzichten müssen. Sie fühlt sich ausgeschlossen und überflüssig. Ihre Stimmung ähnelt der des traurigen Würstchens, das auf ihrem Teller klebt.

»Ist etwas nicht in Ordnung, Marion?«

»Doch, natürlich! Alles ist bestens in der besten aller Welten.«

»Ach ja?«

Marion folgt Romains Blick. Eine zerfetzte Papierserviette liegt neben seiner Hand und bedeckt die kümmerlichen Reste von dem, was einmal ein appetitliches Stück Brot gewesen ist.

»Du warst weit weg, ja?«

»Marion lebt meistens auf einem anderen Planeten«, sagt Odile. »Gelegentlich steigt sie herunter, um ums arme Erdenbewohner zu begrüßen ...«

»E.T, nach Hause telefonieren!« fügt Aude hinzu.

»Ich stelle fest, daß ihr einmal alle einer Meinung seid!« sagt Marion.

»Sind keine Würstchen mehr da?« fragt Aude.

Marion reicht ihr ihren Teller, auf dem sich ein letztes Würstchen langweilt.

»Du kannst es essen. Ich habe keinen Hunger mehr ...«

»Was hatte denn dein Patient?« erkundigt sich Aude interessiert, als sie das verschrumpelte Würstchen verschlingt.

»Er war krank«, sagt Marion und schiebt ihren Stuhl zurück. »Entschuldigt mich, aber ich habe noch ein Wildschwein auf dem Feuer.«

»Was ist denn mit der los?« fragt Aude, nachdem Marion verschwunden ist.

»Sie ist einfach schwierig!« erklärt Odile im Brustton der Überzeugung.

»Sie ist traurig ...«, unterbricht sie Romain. »Möchte jemand Käse?«

Schloß Mervège, Sonntag, 24. März, Neils Geburtstag

Es ist der erste Sonntag im Frühling. Kompost und Dünger sollen die sprießenden Reben nähren und das Wachstum der jungen Pflanzen begünstigen. Auch die Pfropfen müssen vorbereitet werden, um die alten Pflanzen zu ersetzen.

Man darf nicht vergessen, daß der Champagner eine Komposition aus verschiedenen Weinen ist: Zwischen Februar und April wird der Weinbauer – egal wieviel Wein er anbaut – nach der Degustation verschiedener Jahrgänge entscheiden, in welchem Verhältnis die Weine, die er zur Verfügung hat, gemischt werden.

Am Sonntag, dem 24. März, wird Neils zwölfter Geburtstag gefeiert. Er selbst hat das Festessen ausgewählt: Surimistäbchen mit Mayonnaise, Hamburger mit einem Ei obendrauf, Pommes frites und Schokoladenkuchen mit zwölf Kerzen. Neil bläst die Kerzen aus, während Romain auf dem Klavier spielt und alle laut und ziemlich falsch »Happy Birthday« singen.

Endlich werden die Geschenke verteilt. Mit Gnafrons Hilfe, der herbeistürzt, weil er glaubt, das sei ein Spiel, nimmt Neil die Pakete entgegen, schüttelt sie, schnüffelt daran, tastet sie ab, schneidet das Band durch und reißt das bunte Papier auf.

Pierre-Marie hat sich sehr angestrengt. Er hat seinem

Sohn eine Lufttaufe in einem Heißluftballon geschenkt, die für den Nachmittag vorgesehen ist.

»Wir machen eine Ballonfahrt?« schreit Neil begeistert. »Das ist cool!«

Odile und Romain, die nicht wußten, was man einem Zwölfjährigen schenkt, haben sich für einen Fnac-Gutschein entschieden, der Neil zu gefallen scheint. Als er Audes Geschenk, ein dickes, bebildertes Lexikon entdeckt, macht er ein komisches Gesicht.

»Vielen Dank!« sagt er zähneknirschend.

»Wenn du es schon hast, können wir es umtauschen!« sagt Aude schnell, als ihr bewußt wird, daß sie mit ihrem Geschenk völlig danebenliegt.

»Nein, im Grunde ... Ich habe die Multimedia Larousse-Enzyklopädie auf CD-ROM, aber das ist sehr gut«, erwidert Neil und packt schon das nächste Geschenk aus.

Es ist ein Umschlag, auf dem steht: Dein Geschenk ist unter deinem Kopfkissen versteckt. Du kannst es dir später ansehen! Marion hat es geschrieben. Neil schaut sie neugierig an.

»Wenn du es schon hast, können wir es umtauschen«, sagt Marion.

»Was ist es denn?« fragt Aude neugierig.

»Ach, nur ein Geschenkgutschein!« sagt Marion.

Anschließend schlagen sich alle den Bauch mit Kuchen voll, trinken zu Ehren von Neil Champagner und erklären ihm, daß man die Champagnerkelche im 18. Jahrhundert angehaucht und mit feinem Zucker bestreut hat, damit der Wein stärker schäumte.

Neil gibt ein dringendes Bedürfnis vor, um schnell den Tisch verlassen zu können, läuft in sein Zimmer und hebt das Kopfkissen hoch. Er entdeckt eine Schachtel, in der ein schwarzes Littmann-Stethoskop liegt. Er steckt sich sofort die Hörer in die Ohren, setzt die runde Platte auf seine Brust und hört begeistert seinen Herzschlag.

»Alles in Ordnung, Neil?« ruft sein Vater nach einer Weile.

Neil, der gar nicht bemerkt hat, wie die Zeit vergeht, versteckt schnell sein Geschenk unter dem Kopfkissen und kehrt lächelnd zu den anderen zurück.

»Ich habe in einem Comic gelesen ...«, lügt er und wirft Marion einen freudestrahlenden Blick zu.

Sie zwängen sich zu sechst in Pierre-Maries Renault, um zu der Startfläche zu fahren, wo Étienne, der Ballonfahrer, und sein Copilot warten. Neil und sein Vater steigen in den Korb. Der Luftschiffer erklärt ihnen, wie der Ballon gesteuert wird, und gibt ihnen einige Ratschläge. Dann hebt der Heißluftballon mit einem kleinen Ruck ab, steigt langsam in die Höhe und fliegt, von einer leichten Brise vorwärts getrieben, eine gute Stunde über Weinberge und Dörfer.

»Pierre-Marie muß verrückt sein, Neil in diesem Ding mitzunehmen«, seufzt Aude.

»So ein Blödsinn!« erwidert Marion. »Wovor hast du Angst? Daß er sich weh tut, falls der Ballon abstürzt? Mit oder ohne seine Lobsteinsche Krankheit wird er sich in diesem Fall die Knochen brechen, klar?«

Als die begeisterten Ballonfahrer wieder festen Boden unter den Füßen haben, gießt Étienne jedem von ihnen einen Kelch Champagner ein, um auf die Lufttaufe im Heißluftballon anzustoßen.

»Hat es dir gefallen?« fragt Pierre-Marie, den das freudestrahlende Gesicht seines Sohnes beglückt.

»Na klar!« antwortet Neil. »Nun fehlt nur noch der Hubschrauber, aber darauf kann ich noch warten. Das wünsche ich mir zu meinem dreizehnten Geburtstag!«

Nach dem Abendessen gehen Pierre-Marie und Aude mit den Hühnern schlafen. Odiles Pläne gehen in die gleiche Richtung, doch Neil schlägt eine Partie Billard vor. Der alte amerikanische Billardtisch in der Garage ist nicht mehr richtig justiert und das Tuch hat zwei Risse. Doch Romain hat Neil schon seit zwei Wochen versprochen, ihn in die Kunst dieses Spiels einzuweihen, damit er seine Schulfreunde Guillaume und Olivier, die beide gute Spieler sind, mit seiner Leistung im Billard beeindrucken kann, wenn er wieder nach Belgien zurückgekehrt ist.

»Ich bin total kaputt«, knurrt Odile.

»Heute ist sein Geburtstag! Ich zeige ihm, wie man mit den Billardstöcken hantiert; wir machen ein schnelles Spiel, und dann komme ich nach ... okay?«

Odile schaut auf die Uhr und steigt die Treppe hinauf. Romain und Marion gehen mit Neil in die Garage und erklären ihm alles: Die Lederkuppe des Queues wird mit blauer Kreide eingerieben, damit es eine bessere Haftung hat. Die weiße Kugel dient dazu, die anderen Kugeln in eine bestimmte Richtung zu stoßen. Man muß aufpassen, daß man das Tuch nicht zerreißt, und stellt seine Hand wie ein Gestell unter das Queue, um die Kugel besser zu treffen.

Neil, der stundenlang vor seinem Computer sitzt und Geschicklichkeitsspiele spielt, ist recht begabt, und sie beginnen eine klassische Partie. Jeder spielt für sich, gleichzeitig die vollen und die gestreiften Kugeln, die schwarze Acht am Schluß und zuletzt die weiße Kugel über drei Banden.

»Danke für das Geschenk ... Es ist super!« sagt Neil, der seit dem Mittagessen noch keine Gelegenheit hatte, allein mit Marion zu sprechen.

Romain ist diskret und stellt keine Fragen. Sie spielen weiter, aber Neil, der aufgrund seiner kleinen Statur etwas benachteiligt ist, stößt die weiße Kugel falsch an, so daß diese vom Tisch fliegt.

»Schei ... benkleister!« ruft Neil beschämt und hebt sie auf.

»Das ist mir schon zigmal passiert!« sagt Romain, um ihn zu trösten.

»Soll ich dir sagen, was Marion mir geschenkt hat? Ein Stethoskop ... Das ist cool! Aber du sagst es niemandem, okay?«

Romain schüttelt mit ernster Miene den Kopf und versenkt zwei Kugeln mit einem Stoß.

»Wenn ich es verrate, erlaube ich dir, eines meiner größten Geheimnisse auszuplaudern – zum Beispiel, daß ich noch mit fünf Jahren ins Bett gemacht habe!«

»Und daß ich eine Spinnenphobie habe. Schon bei den winzigsten kralle ich mich an der Gardine fest!« fügt Marion hinzu, um nicht nachzustehen.

Neil, der sich wieder gefangen hat, führt einige gute Stöße aus, muß dann für kleine Jungs und geht hinaus in die Dunkelheit.

»Ich habe noch ein anderes Geheimnis«, gesteht Romain Marion lachend. »Ich träume immer davon, es einmal in einem Flugzeug zu treiben, doch Odile hält mich für verrückt.«

»So ähnlich geht es mir auch: Ich träume davon, in einer mit Champagner gefüllten Brunnenschale geliebt zu werden, aber Thomas fand das lächerlich und größenwahnsinnig.«

Sie fangen beide an zu lachen.

»Ihr habt meine Abwesenheit doch nicht ausgenutzt, um zu schummeln, hoffe ich?« sagt Neil mißtrauisch, als er zurückkommt.

»Was glaubst du wohl, alter Junge? Das habe ich nicht nötig, um zu gewinnen«, sagt Romain und zielt konzentriert auf die Kugel Nummer 10.

Die weiße Kugel geht daneben, prallt gegen die Bande, schlägt gegen die schwarze Acht und rollt ins Loch.

»NEIN!« jammert Romain.

»Du hast verloren«, ruft Neil schadenfroh.

»Ich warte schon seit einer Stunde auf dich. Du wolltest in zehn Minuten nachkommen«, nörgelt Odile, als sie die Garage betritt.

Die drei Spieler schauen sich an.

»Wir wollten gerade aufhören«, sagt Marion. »Morgen gibt es eine Revanche, Neil, okay?«

»Du wirst eine schändliche Niederlage erleben«, entgegnet Neil und lächelt zufrieden.

APRIL

Damery, Soldatenfriedhof, 2. April

Marion hat sich schon immer gefragt, warum dieses sogenannte »Soldatenkarree« rechteckig ist.

Als sie klein war, nahm Alice sie immer mit, wenn sie einkaufen gingen, um Philippe und Louis zu begrüßen. Die grauen Metallkreuze und die Plastikblumensträuße verliehen allen Gräbern des Karrees eine Trauermiene ... außer zweien: denen von Philippe und Louis. Alice hatte die Metallkreuze durch Holzkreuze ersetzen lassen, die sie persönlich jedes Jahr mit einer frischen, weißen Farbe neu anstrich. Auf die senkrechten Balken malte sie eine kleine blau-weiß-rote Fahne. Die Namen hoben sich in Schwarz ab, und der untere Teil der Kreuze verschwand unter einem Meer frischer Blumen. Alice hatte immer eine Gießkanne im Kofferraum. Für Marion waren die beiden Bewohner des Friedhofs, die 1944 als Helden gefallen waren, genauso wirklich wie die alten Damen, die zum Tee aufs Schloß kamen ...

Niemand hat die Blumen mehr gegossen, seitdem Alice gestorben ist. Marion hat daran gedacht, die große, graue Gießkanne mitzubringen, deren Brause sich schlecht drehen läßt und deren Dichtung immer leckt. Schon zwanzigmal hat sie Alice vorgeschlagen, ihr eine moderne, grüne, superleichte und vollkommen dichte Plastikgießkanne zu schenken, und zwanzigmal hat Alice abgelehnt. Sie hatte sich daran gewöhnt, den Wagen zu parken, die Gießkanne herauszuholen, zum Brunnen zu gehen, die Gießkanne zu füllen, ihre Schuhe dabei zu beträufeln, mühsam die volle Gießkanne bis zu den beiden weißen, frisch gestrichenen

Kreuzen zu schleppen und mit den Verstorbenen zu plaudern ...

Marion ahmt getreu die Gesten ihrer Großmutter nach. Sie steht vor den verwelkten Blumen, die sie vergebens gegossen hat und auf denen Wassertropfen schimmern. Die Farbe auf dem rechten Kreuz beginnt abzublättern. Marion sagt: »Guten Tag. Ich bin's. Ich komme zu spät, aber ich habe eine Entschuldigung. Alice ist gestorben ...«

Und sie fängt leise an zu lachen, weil sie es schon wissen und sicher in diesem Augenblick feiern; fünfzig Jahre Feiern sind nachzuholen.

Eine alte Dame schreitet wie eine Galionsfigur über den Hauptweg; die Nase zu stark gepudert, die Wangen zu stark geschminkt, steuert sie unsicheren Schrittes auf zu hohen Absätzen auf das Grab ihres Mannes zu. Sie sieht Marion, die lacht, und wirft ihr einen strafenden Blick zu. Die jungen Leute haben keinen Respekt mehr. Man sollte ihnen den Zugang zum Soldatenfriedhof verbieten.

Ein kleiner Junge rast mit seinem Mountainbike den Hauptweg hinunter. Ein Tennisschläger ragt über den Gepäckträger hinaus. Mit erhobenem Kopf und roten Wangen steht er auf den Pedalen und flitzt über den Friedhof, um den Weg zum Tennisplatz abzukürzen.

Marion geht durch die Zypressenallee und kehrt zum Schloß zurück. Sie ist nicht zu Alices Beerdigung gegangen und hat nur einmal das Grab ihres Vaters besucht, und zwar ein Jahr nach seinem Tod, um ein Paßfoto in der Erde zu vergraben, weil sich ihre Frisur geändert und sie befürchtet hatte, daß er sie von oben möglicherweise nicht wiedererkennen würde. Doch diese beiden Toten, Philippe, der Vater, und Louis, der Sohn, waren immer Teil ihres Lebens, und es ist ganz natürlich, daß sie sich um diese beiden Gräber kümmert. Sie wird eine Plastikgießkanne kaufen, weil diese leichter ist und sie an ihren Schuhen hängt. Das wichtigste ist, sie zu gießen!

Sie parkt vor dem Haus und steigt aus dem Wagen. Ihre Schritte hallen auf der Terrasse wider. Da sicher alle dabei sind, den Aperitif zu trinken, setzt sie eine fröhliche Miene auf und nimmt Schwung, um die anderen und sogar Pierre-Marie mit einem freundschaftlichen, herzlichen, sympathischen, höflichen, spontanen Lächeln zu begrüßen.

Doch sie haben ihr bloß eine Nachricht hinterlassen. Sie sind alle zusammen spazierengegangen. Sie beschließt, den Aperitif allein zu trinken. Das Kind auf dem Fahrrad wird sicher wild auf den Ball einschlagen. Die alte, zu stark geschminkte Dame geht mit kleinen Schritten nach Hause. Die Erde hat das ganze Blumenwasser aufgesogen. Marions Mokassins sind noch naß.

Schloß Mervège, 6. April

Die Weinbauern verbrennen die letzten Reben und überprüfen, ob die Pflöcke richtig gesetzt sind. Die beschnittenen Weinstöcke sind im Licht der Morgendämmerung deutlich zu erkennen.

In dem Zimmer von Odile und Romain sind die Fensterläden halb geschlossen, und Romain schnarcht. Odile bedauert es, kein Aufnahmegerät zu haben, um es ihm zu beweisen, wenn er wieder aufwacht. Sie blättert in Katalogen für Fotoausrüstungen: Die Kosten haben sie stets daran gehindert, mit Profigeräten zu arbeiten, und jetzt, da sie sich endlich eine Spitzenausrüstung leisten könnte, wagt sie es nicht. Irgend etwas hält sie davon ab. Dennoch träumt sie Stunde um Stunde davon: natürlich von einer Hasselblad, dem Rolls Royce unter den Fotoapparaten. Doch allein die Kosten für das Gehäuse belaufen sich auf siebzehntausend Francs. Aber sie braucht auch noch ein Objektiv, zum Beispiel ein 80mm-Objektiv, das bei zwölftausend Francs liegt, und dann das notwendige Zubehör. Jetzt hätte sie das Geld, aber sie scheut die Ausgaben.

Romain dreht sich um und schnarcht noch lauter. Odile streckt ihre Hand aus, um ihn zu streicheln, und pfeift leise. Romain rollt zu ihr und tut so, als wäre er ein Schlafwandler.

In Marions Zimmer sind die Fensterläden geöffnet. Es wird langsam hell. Die Terrasse, über die flüchtige Schatten huschen, ist in ein blasses Licht getaucht. In den beiden Zimmern, die rechts und links neben ihrem eigenen liegen, sind Paare untergebracht. Aude flirtet mit diesem Dummkopf, der ihr ähnelt, und Odile ist sicher dabei, Romain zu verführen. Marion gibt sich damit zufrieden, den fünfzehnten Krimi von Agatha Christie zu lesen. Sie kommt sich vor wie die Butter eines Schinkensandwiches, und das macht hungrig.

Wo kommen Vincenzo und Rio her? Wie konnte Alice Philippe vor jedermanns Augen betrügen? Und vor allem mit Rio schwanger sein, ohne daß es ihr Mann bemerkte?

Marion setzt sich aufs Bett. Dieser Gedanke quält sie.

»Oh, Marion!«

Audes kreischende Stimme.

»Pierre-Marie ist krank. Kannst du kommen?«

Marion gefällt es nicht, Personen zu behandeln, die sie kennt und mag, aber diejenigen, die sie kennt und nicht mag, das ist der Gipfel!

Pierre-Marie liegt in einem braunkarierten Pyjama auf seinem Bett, hat die Augen halb geschlossen und seinen Hochmut abgelegt; sein Kopf sitzt in einem Schraubstock – ein Migräneanfall.

»Das ist der Streß. Das Raumfahrtzentrum öffnet im April, und vorher hat er immer diese Anfälle«, erklärt Aude aufgeregt.

»Hast du immer an der gleichen Stelle Schmerzen? Ist es

der gleiche Schmerz wie gewöhnlich?« fragt Marion Pierre-Marie.

»Ich habe schon einmal erlebt, wie er einen solchen Anfall bekam. Es ist immer das gleiche ...«, sagt Aude hastig.

»Wenn du bitte deinen Mund halten und uns in Ruhe lassen würdest!« sagt Marion ganz ruhig. »Ich habe mit ihm geredet und nicht mit dir.«

Sie führt schnell eine neurologische Untersuchung durch und überzeugt sich davon, daß Pierre-Marie weder Allergiker noch schwanger ist. Mit schmerzverzerrtem Gesicht beantwortet er ihre Fragen. Die Rollen sind vertauscht. Es gibt an diesem Abend nur noch eine heilbringende Ärztin, die mit einer Spritze bewaffnet ist, und einen dankbaren Kranken, der sein Hinterteil der Wunderspritze entgegenstreckt.

Aude bleibt im hinteren Teil des Zimmers diskret und gespannt stehen. Marion hat sie noch nie so gesehen. Sie hat auch noch nie einen karierten Schlafanzug gesehen, der so braun und so häßlich ist.

Fünf Minuten später wirkt das Medikament. Pierre-Marie schläft nach der Spritze wie ein Baby ein.

»Danke Marion ... Gut, daß du da warst!« sagt Aude.

»Nicht nötig, daß Sie mich zum Tor begleiten. Ich finde den Weg schon allein«, sagt Marion und steuert auf ihr Zimmer zu.

Schloß Mervège, 7. April

Es ist Ostern. Früher rief Alice, wenn sie ihre drei Enkelinnen weckte: »Die Glocken gehen vorbei. Kommt schnell!« Odile, Marion und Aude liefen hinaus, um die Schokoladeneier zu suchen, während Maurice, der sich hinten im Park versteckt hielt, eine alte Glocke schwenkte: »Die

Glocken kehren nach Rom zurück!« schrie Alice dann, und die drei Enkelinnen winkten ihnen zum Abschied zu.

Neil ist ein Kind der neunziger Jahre und ein zwölfjähriger Erwachsener. Er nimmt einen großen Korb, um zu vermeiden, daß zu viele Eier zu Bruch gehen, inspiziert die Terrasse samt Umgebung und sammelt die Eier ein, die er letzte Woche in dem Schaufenster einer Pâtisserie in Épernay gesehen hat.

Odile und Romain haben vor den Feiertagen genügend Lebensmittel besorgt. Ein 1990er Mervège-Champagner Brut wird zu einseitig gebratenem Lachs und Ravioli mit Basilikum gereicht, welches das gleiche Grün hat wie Romains Augen.

Pierre-Marie, der neben Aude sitzt, verliert kein einziges Wort über das Essen. Mit seinen abstehenden Ohren ähnelt er einem Blumenkohl in einem Polohemd von Lacoste, der auf zwei Bünden Spargel steht. Marion fällt plötzlich ein, an wen er sie von Anfang an erinnert hat. Als sie klein waren, spielte Alice mit ihnen das Kartenspiel mit den sieben Familien. Alle Figuren des Spiels ähnelten Karikaturen, hatten Haare, die wie Besenborsten auf spitzen Köpfen saßen, und Ohren, die wie Kohlblätter aussahen. Es gab die Familie Potard, Apotheker, die Lavinasses, Kohlenhändler, die Lebouifs, Metzger, aber diejenige, die sie am liebsten mochte, das war die Familie Courtepaille, die Bauern ...

»Aus der Familie Potard will ich den Großvater haben!«
»Ich habe keinen Großvater Potard!« sagte Alice erfreut.
»Ich hingegen möchte die Mutter Courtepaille, Odile!«
»Ich habe die Mutter Courtepaille nicht!« erwiderte Odile augenzwinkernd.
»Das stimmt nicht!« widersprach Aude, die sich immer

hereinlegen ließ. »Sie hat sie. Ich habe in ihre Karten geguckt.«

»Aber, Aude ... du darfst nicht schummeln!« erklärte Alice freundlich.

Sie lachten. Die klebrigen und verknickten Karten wurden neu verteilt.

Zwanzig Jahre später hat sich Aude aus der Familie Courtepaille den Sohn an Land gezogen.

»Ich schlage vor, daß wir auf die Gesundheit von Émile Mervège, unseres Ururgroßvaters, trinken«, sagt Odile.

Sie stoßen alle miteinander an.

»Weißt du, wie Champagner hergestellt wird, Neil?« fragt Aude in schulmeisterlichem Ton. »Jedes Jahr zur Zeit der Weinlese pflücken die Saisonarbeiter die Trauben. Diese Trauben kommen in die Kelter, und nach dem Keltern erhält man einen Most, der in den Gärbottichen zum erstenmal gärt ... Der Wein wird anschließend abgezogen, und dann stellt man die Verschnitte zusammen, die den Charakter einer Marke bestimmen. Es wird eine Füllösung und Hefe hinzugefügt, und anschließend wird der Wein in Flaschen gefüllt ... In den Flaschen erfolgt eine zweite Gärung. Dabei entsteht Kohlensäuregas, das sich als Bläschen im Champagner zeigt.«

»Erkläre ihm auch die Alterung«, sagt Pierre-Marie schnell.

»Die Flaschen werden in horizontaler Lage gelagert, um den Gärungsprozeß zu unterstützen. Die Alterung verleiht dem Wein seinen erlesenen Geschmack und entwickelt das Aroma. Das Gesetz schreibt vor, daß die minimale Lagerung im Keller für die Verschnitte ohne Jahrgang ein Jahr und drei Jahre für die Jahrgangs-Cuvées betragen muß ... Anschließend erfolgt das Rütteln. Man konzentriert im Hals der Flasche das Depot, das durch die Gärung entstanden ist. Daraufhin folgt das Degorgieren. Die Flasche wird geöffnet und das Depot herausgeschleudert. Schließlich wird die Flasche verkorkt, die Korken verdrahtet und die Flasche etikettiert ... Und alles ist fertig!«

»Darauf trinken wir!« brummt Odile. »Können wir trinken, bevor der Champagner warm wird, oder müssen wir bis zur Pause warten?«

Aude ist verletzt, zuckt die Schultern und gießt den Champagner in die Gläser.

»Danke! Deine Erklärungen waren echt cool!« sagt Neil.

Aude grinst über das ganze Gesicht.

»Gibt es einen Unterschied zwischen Champagner und den Weinen der Champagne?« fährt Pierre-Marie wie ein echter Klassenprimus fort.

»Eine ausgezeichnete Frage! Es gibt in der Tat den traditionellen Champagner: den ›Blanc de Blancs‹, weißen Wein, der ausschließlich aus weißen Chardonnay-Trauben gewonnen wird; den ›Blanc de Noirs‹, weißen Wein, der ausschließlich aus Pinot Noir-Trauben und Pinot Meunier-Trauben erzeugt wird; den ›Crémant‹, dessen Schaum eine Creme bildet; den Jahrgangschampagner Brut, der nur aus den Trauben eines Jahres gewonnen wird und mindestens drei Jahre im Keller lagert, und den ›Champagner Rosé‹: Hier wird dem Cuvée eine kleine Menge Rotwein hinzufügt, der den Champagner färbt. Man muß also unterscheiden zwischen den verschiedenen Weinen aus den Weinbaugebieten der Champagne. Daneben gibt es noch den Bouzy, den Rosé des Riceys, den Ratafia de Champagne und sogar den Marc de Champagne!«

»Alice wäre begeistert, wenn sie dich hören könnte. Hut ab! Du verblüffst mich ... Und jetzt trinken wir den leckeren Champagner, gluck gluck, okay?« fragt Marion.

Neil fängt an zu lachen. Aude schaut Marion giftig an. Zum Essen trinken sie ausschließlich traditionellen Champagner. Neil ißt anschließend statt des Nachtischs ein Ohr seines Schokoladenhasens; Odile köpft ihr weißes Huhn, während Marion an den Füßen ihres bunten Bambis knabbert. Romain und Pierre-Marie kosten die mit Marc de Champagner gefüllten Schokoladenkorken. Und Aude bittet Neil, ihr die Züge der Schachfiguren zu erklären, während Odile Kaffee kocht.

Als Odile mit dem Tablett zurückkommt, nimmt Aude die Kaffeekanne, schreit auf und fuchtelt mit der Hand durch die Luft.

»Die Kaffeekanne leckt ja! Ich habe mich verbrannt!«

»Sie leckt schon seit zehn Jahren, und genausolange verbrennt man sich ... Hast du schon seit zehn Jahren keinen Kaffee mehr bei Alice getrunken?« fragt Odile.

»Reib dir Biafine auf die Wunde. Es ist im Arzneischrank!« sagt Marion.

Sie beugt sich zu Romain und flüstert ihm ins Ohr:

»Ich wette um eine Flasche Champagner, daß Pierre-Marie gleich sagt: ›Ich hätte niemals Arzt werden können. Ich kann kein Blut sehen und die Schmerzen anderer nicht ertragen.‹«

»Ich kann die Schmerzen anderer nicht ertragen, und ich kann kein Blut sehen. Ich hätte niemals Arzt werden können!«

»Rosé«, flüstert Marion Romain zu. »Jahrgangschampagner. Gut gekühlt.«

»Die Reihenfolge stimmte nicht. Gilt es trotzdem?«

»Natürlich gilt das!«

Marion geht nach dem Essen allein am Ufer der Marne spazieren. Die Begegnung mit Jacques Berne liegt ihr immer noch im Magen. Sicher, sie ist Ärztin, und es ist ihr Job, Kranke zu behandeln. Sie bilden die Grundlage ihrer Arbeit. Wenn sich alle Welt bester Gesundheit erfreute, könnte sie einpacken. Wir leben nicht mehr in der Zeit der Pharaonen, als der Leibarzt großzügig entlohnt wurde, solange der Pharao gesund war. Aber sie ist so fröhlich wie ein Trauerkloß.

Thomas (fünf Francs) ist anders. Wenn ihn etwas verletzt, bemüht er sich, es zu vergessen, verjagt das unangenehme Bild und weigert sich, darüber zu sprechen. Wenn er da wäre, würde er sagen: »Hör mit dem Mist auf, Marion! Das ist ja das reinste Selbstmitleid. Sieh dich doch mal an! Welch ein Theater! In dieser Stimmung solltest du an die traurigen Waisenkinder und an das kleine Mädchen mit den Zündhölzern denken, kurz bevor seine Großmutter stirbt, und stell dir als musikalische Untermalung das Lied des Kindes vor, das die weißen Rosen zu seiner Mama bringt! Reiß dich zusammen, Marion!«

Nur wäre Marion nicht so traurig, wenn Thomas (fünf Francs) da wäre, und alles wäre anders ...

»Scheiße!« sagt sie und wirft einen flachen Stein aufs Wasser.

Wenn in Filmen jemand in der Dämmerung allein am Ufer eines Flusses spazierengeht, hüpfen herrliche Kieselsteine, die der Zufall hier und da hingelegt hat, tadellos über das Wasser, aber bei Marion klappt das nie. Der Stein geht mit einem leisen Glucksen unter, und sie kommt sich unsagbar dumm vor.

Der nächste Stein geht mit einem leisen »plumps« unter – eine hübsche Variante. Und sie kommt sich trotzdem dumm vor. In diesem Moment hört sie hinter sich das Geräusch einer Flasche, die entkorkt wird, und Gelächter.

Sie dreht sich zu den Störenfrieden um, um sie aufzufordern, sich einen anderen Platz zu suchen, solange sie hier ist.

»Mervège Rosé, Jahrgangschampagner, gut gekühlt. Prost!« sagt Romain, der ihr eine mit Champagner gefüllte Schale reicht.

Odile holt zwei weitere aus dem Korb. Alices Kristallschalen am Ufer des Flusses. Sie würde schrecklich wütend werden.

»Prost!« sagt Odile.

»Woher wußtet ihr, daß ich hier bin?«

»Romain hat es erraten ...«

»Er hat zu viele Filme gesehen«, sagt Marion verärgert, weil sie so leicht zu durchschauen ist.

»Ein herrlicher Anblick!« sagt Romain, der sich umschaut und einen Stein aufs Wasser wirft. Lustig und erheiternd, wirklich. Dank dieses netten Pierre-Marie, der kein Blut sehen und die Schmerzen anderer nicht ertragen kann, ist sie jetzt hier, am Ufer der Marne, und trinkt köstlichen Champagner in netter Gesellschaft.

Dieser Typ muß wohl einen besonderen Schutzengel haben, denn sein Stein hüpft sage und schreibe fünfmal über das Wasser, bevor er mit einem leisen »platsch« würdevoll untergeht.

»Die Seine soll im Morgengrauen so glatt wie ein lackierter Fingernagel sein«, wiederholt Odile mit einem lauten Lachen.

»Weißt du, warum Aude dieser Vergleich so gut gefällt?« fragt Marion, die es plötzlich versteht.

»Weil sie versnobt ist?«

»Das hat damit nichts zu tun ...«

»Weil sie Schiffe liebt?« schlägt Romain vor.

»Caramba ... wieder falsch!«

»Ich gebe auf«, sagt Odile. »Also, warum?«

»Weil sie so wie ich ist ...«, sagt Marion triumphierend. »Sie kaut an den Fingernägeln.«

Schloß Mervège, 13. April

Da Rio Cavarani telefonisch nicht zu erreichen ist, hat Neil gedacht, es würde sich um ein Faxgerät handeln. Er ist sogar zur Post gegangen, um das zu überprüfen – ohne Erfolg.

Marion ist noch einmal zu Moreno gegangen, um sich die Tür vor der Nase zuschlagen zu lassen: Fiorella hat sich ihr in den Weg gestellt ... Marion konnte sie ja nicht einfach niederschlagen, in Morenos Zimmer stürzen, ihn bedrohen und ihm seinen Baldachin in den Mund stopfen, wenn er nicht auspackt.

Odile hat den Schritt gewagt und sich die Hasselblad ihrer Träume gekauft. Aude ist mit einer Cartier-Uhr aus Épernay zurückgekehrt, die sie stolz zur Schau trägt. Mit ihrem Samtreifen im Haar sieht sie mehr als lächerlich aus, doch seit der Ankunft des Courtepaille-Sohnes ist sie viel menschlicher geworden.

»Ich fahre morgen nach Italien, um einen Kranken nach Hause zu begleiten«, teilt Marion den anderen mit, als sie in den Salon geht, wo sich Odile rührend um Romain kümmert. Er ist gerade erst aus Paris gekommen.

»Wie schön für dich«, erwidert Odile.

Sie ist wütend. Jemand hat zu tief in die Flasche Armagnac aus der Gascogne geschaut, der zwanzig Jahre in schwarzen Eichenfässern gereift ist und den sie Alice geschenkt hat.

»Wer hat das gewagt?« wettert sie.

»Colonel Moutard ist der Schuldige ...«, schlägt Romain vor.

»In der Bibliothek ...«, fährt Marion fort.

Aude gesteht: Sie hat die Flasche benutzt, um die Pastete abzuschmecken, die sie für Pierre-Maries Rückkehr vorbereitet hat.

Es kann gerade noch verhindert werden, daß Odile sie erwürgt.

Bei Alice steht das Telefon unten an der Treppe neben dem Treppengeländer. Niemand kann ungestört telefonieren. Als Odile, Marion und Aude klein waren, versteckten sie sich auf dem Treppenabsatz hinter dem Geländer, um die Gespräche der Erwachsenen zu belauschen. Später, während der Pubertät, war es genau umgekehrt: Sie flüsterten, und die Erwachsenen spitzten die Ohren. Heute hört niemand mehr die Gespräche eines anderen mit, und Alices zerfetztes Adreßbuch, aus dem schon viele Namen gestrichen wurden, liegt auf seinem Platz neben dem alten Apparat aus Ebonit.

Marion sucht zuerst unter dem Familiennamen, dann bei »C« wie Céleste oder »A« wie Adrienne, doch sie stehen unter »K« wie »Klein«. Marion hat Céleste und Adrienne, die »Kleinen«, wie sie ihre Mutter, Tante Adèle, nannte, eine Ewigkeit nicht mehr gesehen.

Sie schreibt ihnen zum Jahresbeginn, sie antworten immer das gleiche, und das war es dann wieder bis zum nächsten Jahr.

Tante Adèle hatte, nachdem Joseph im Krieg gefallen war, nicht wieder geheiratet. Ihr Status als Josephs Frau verwandelte sich sofort in den von Josephs Witwe. Sie erzog die »Kleinen«, die schließlich groß wurden. Sie waren klein, als ihr Vater starb, und in gewisser Weise sind sie stets Kinder geblieben; die Zeit blieb stehen. Adèle spielte weiterhin Bridge, und das füllte ihr Leben aus. Da sie ständig von einem Turnier zum anderen reiste, nahm sie sich noch nicht einmal die Zeit, ihre Töchter in die Geheimnisse des Kartenspiels einzuweihen.

Céleste und Adrienne, die sich sehr ähneln, verbrachten einige Jahre damit, sich gegenseitig ihre Freunde auszuspannen, bis sie sich eines Tages entschlossen, alte Jungfern zu bleiben. Zwei alternde Zwillingsschwestern mit Katzen und Goldfischen.

Eines Tages hat Marion Alice bei ihnen abgesetzt. Sie besitzen eine riesige Wohnung in der Nähe des Marsfeldes, in der es von Fotos wimmelt, die Joseph in Uniform zeigen. Céleste gibt jungen Frauen, die Aude ähneln, Kochkurse und Adrienne Klavierunterricht. Manchmal schlagen sie zwei Fliegen mit einer Klappe. Die Schülerin klimpert unter dem kühlen Blick von Onkel Joseph und kocht anschließend vor dem Hochzeitsfoto von Joseph und Adèle. Die »Kleinen« sind in dieser Wohnung geboren; man hat sie in Musik und Kochkunst unterwiesen, um sie auf ihr Leben als Frau vorzubereiten ... Und dann sind sie zwischen diesen mit Wandteppichen behängten Wänden alt geworden, in einer Ordnung, die nur durch den Duft eines Kuchens oder durch einige gewagte Noten von Gershwin oder Ravel gestört wird.

Adèle, die Globetrotterin, geliftet, geschminkt, herausgeputzt, wie aus dem Ei gepellt, war die Herzdame. Sie wirkte wie die Tochter ihrer Töchter, die faltig, grau, traurig und unmöglich gekleidet waren.

Schon nach dem zweiten Klingeln hebt jemand ab.

»Hallo? Ich bin es, Marion!«

Stille und Panik am anderen Ende der Leitung. Welche Marion?

»Marion Darange, die Tochter von Christophe, die Enkelin von Alice. Wer ist am Apparat? Adrienne?«

»Nein, hier ist Céleste ... Marion, meine Liebe, ich habe deine Stimme nicht erkannt. Wie geht es deinem Mann?«

»Es geht ihm sehr gut, danke ... Und Ihnen? Und Adrienne?«

»Sie macht Einkäufe am anderen Seineufer ... Sie wird erst in ein paar Stunden zurückkommen.«

Einmal im Jahr geht Adrienne mit Kompaß und festen Schuhen auf Abenteuerreise in das große Kaufhaus »Bazar de l'hôtel de ville«; Adresse und Telefonnummer stecken in ihrer Tasche, falls ihr etwas zustoßen sollte – wenn ihre Schwester nicht inzwischen schon die Polizei verständigt hat. Das »andere Ufer«, das rechte Seineufer, ist ein unbekanntes Terrain.

Tante Adèle zog im Alter von fünfundsiebzig Jahren in ein nobles Seniorenheim und nahm ihre eigenen Möbel mit. Sie hatte ihren Tisch im Eßzimmer, ihre Flasche Wein, die sie mit einem kleinen Zeichen versah, um sicherzugehen, daß in der Küche niemand daraus trank, ihre Freunde und ihren festen Platz im Bridgezimmer. Donnerstags, sonntags und an Fest- und Feiertagen starteten die »Kleinen« am Marsfeld ihre Reise, um sie zu besuchen.

Tante Adèle starb vor drei Jahren, als sie vier Pik ankündigte. Céleste und Adrienne teilten Alice schluchzend mit, daß ihre Mutter soeben am Bridgetisch gestorben sei – ähnlich wie ihr Sohn Christophe, der mitten in einer Operation das Zeitliche segnete, oder Molière, der auf der Bühne starb ...

»Ich habe Baiser im Ofen, meine Liebe. Was kann ich für dich tun?« fragt Céleste Marion.

»Es dauert nur eine Minute. Haben Sie irgendwann einmal den Namen Vincenzo Cavarani gehört? Oder Rio Cavarani?«

»Ich verstehe nicht, nein ...«

»Wissen Sie noch, wie Alices Mann hieß?«

»Ich verstehe nicht, Marion. Dein Großvater hieß natürlich Philippe Darange. Warum fragst du?«

Es hat keinen Zweck, weiter in sie zu dringen.

»Gehen Sie schnell zu Ihren Baisers zurück, und grüßen Sie Adrienne von mir.«

»Ja, ja ... Danke für deinen Anruf.«

Marion legt ratlos auf. Céleste weiß nichts über diesen berühmten Vincenzo, der seine Bücher seinen beiden Lieben widmete.

Romain schlürft mit Genuß den zwanzig Jahre alten Armagnac, den Colonel Moutard freundlicherweise auf dem Grund der Flasche zurückgelassen hat. Dann stellt er sein Glas wieder auf den Tisch und schnalzt mit der Zunge.

»Warum fährst du nach Italien, Marion?« fragt er plötzlich.

Marion versteift sich, wirft Neil einen Blick zu, um zu sehen, ob er sie verraten hat, aber nein, er sieht genauso überrascht aus wie sie.

»Ich habe es mir nicht ausgesucht. Man schickt mich dorthin!« antwortet Marion ungehalten. »Glaubst du mir nicht?«

Romains Lächeln erlischt. Mit einer solchen Reaktion hat er nicht gerechnet.

»Nun reg dich doch nicht gleich so auf. Ich wollte nur wissen, was für einen Patienten du abholst. Das ist alles.«

Marion stammelt eine unverständliche Antwort. Sie schämt sich, so heftig reagiert zu haben.

»Ich habe mich geirrt ...«, fügt Romain hinzu. »Vollkommen geirrt ...«

Marion schaut ihn verständnislos an.

»Ich habe mich richtig hereinlegen lassen«, fährt Romain fort. »Das konnte nicht Colonel Moutard mit dem Engländer sein. In der Bibliothek, einverstanden, aber es ist Doktor Olive mit dem Revolver.«

Flughafen Orly, Samstag, 14. April

Marion hat das Schloß im Morgengrauen verlassen, um nach Paris zu fahren. Sie hat ihren Fiat auf dem Parkplatz des Flughafens abgestellt und sich ein Rückflugticket Paris-Rom am Schalter der Fluggesellschaft *Nouvelles Frontières* gekauft.

Seitdem sie aus beruflichen Gründen mehrmals pro

Woche fliegt, achtet sie nicht mehr darauf, wann das Flugzeug abhebt. Das Fliegen ist genauso Teil ihrer Arbeit geworden wie ein Stethoskop oder ein Blutdruckmeßgerät. Ihr Nachbar ist von Kopf bis Fuß kastanienbraun, Augen, Haare, Anzug und Schuhe. Er wirkt kalt und vornehm, eine kandierte Kastanie mit einer finsteren Miene.

»Finden Sie nicht, daß die Motoren merkwürdige Geräusche machen?«

Er schwitzt vor Angst.

»Nein, das finde ich nicht ...«

»Ich fühle mich im Flugzeug nie sicher. Haben Sie denn keine Angst?«

»Doch!« sagt Marion. »Wahnsinnige Angst. Darum schweige ich und warte, daß es vorüber geht oder die Maschine abstürzt.«

Das Kastanienbraune verwandelt sich in weiße Schokolade mit pistaziengrünen Flecken.

»Ich habe das nur so zum Spaß gesagt«, fügt Marion schnell hinzu, bevor die Stewardeß fragt, ob ein Arzt an Bord sei.

»Das finde ich aber gar nicht lustig. Kennen Sie Rom? Ich nicht. Aufgrund meiner Flugangst reise ich natürlich nicht viel, aber ich muß auf einem Kongreß einen Vortrag halten. Was machen Sie beruflich?«

»Ich bin dabei, alles zu überdenken ...«

»Arbeitslos?«

Dieser Typ ist keine Kastanie mehr, sondern eine Karamelle!

»Fotografin«, sagt Marion, um sich den Kerl vom Hals zu schaffen.

»Sind Sie verheiratet?« fährt der Typ fort.

Durch diese Frage wird, seitdem Thomas (fünf Francs) sie verlassen hat, die Falltür über dem Teich geöffnet, in dem die Krokodile und Piranhas schwimmen.

»Ja«, sagt Marion ganz schnell.

»Und was macht Ihr Mann?«
»Er ist auch Fotograf ...«
»Ich bin Zahnarzt!«

Das paßt ausgezeichnet zu ihm. Marion legt ihre Arme ganz flach auf die Armlehnen und schließt die Augen. Ihre Sinne sind heute morgen besonders geschärft. Diese *Frist von sechs Monaten*, um nachzudenken, ihre Jobs noch einmal zu überdenken, ihre Liebschaften, ihren Platz in der Gesellschaft aus Alices Brief gehen ihr durch den Kopf. Diese Zeit soll ihnen ermöglichen, von einer Existenz zu einer anderen zu wechseln, wie bei den Zwillingsschwestern, die in den Romanen Ehemann und Haus tauschen. Alice zwingt ihnen, nachdem sie ihnen eine ganze Seite ihres Lebens verheimlicht hat, durch die Zauberkraft ihres Testaments diese Freiheit auf. Was Marion für ein herrliches Geschenk gehalten hat, entpuppt sich immer mehr als der Wille einer Tyrannin: Alice wußte, daß sie sich nach dieser Zeit verändert haben würden. Wollte Alice sie zum Nachdenken zwingen, weil die Art, wie sie leben, ihr nicht gefallen hat?

»Verdammt, natürlich!« stößt Marion hervor und windet sich auf ihrem Sitz.

»Gibt es ein Problem?« fragt der Zahnarzt aufgeregt, wobei er ein Gesicht macht wie der Patient, der sieht, daß sich der Bohrer seinem Mund nähert.

»Erinnern Sie sich an die Antwort aus den *Letzten fünf Minuten*?«

»Was? Wie? Welche letzten Minuten?!«

Jetzt ist er grau und wirklich aufgeregt.

Marion empfindet beinahe Mitleid mit ihm, aber sie denkt wieder an den Bohrer, den sadistische Zahnärzte unerbittlich an unsere aufgerissenen Münder heranführen.

»Ich schwöre Ihnen, daß Sie nichts spüren«, sagt Marion freundlich. »Schließen Sie die Augen und denken Sie an etwas anderes. Es geht ganz schnell.«

Italien, Rom, 14. April

Auf dem Flughafen herrscht großes Geschrei. Die Italiener umarmen sich heulend, erdrücken ihre Kinder fast und stützen hingebungsvoll die Alten. Fast alle Männer führen ein Handy mit sich und quatschen beim Gehen.

Marion zeigt dem Taxifahrer den Zettel, auf dem sie die Adresse notiert hat, die ihr Alessio Dallori über das Internet hat zukommen lassen: Via della Purificazione.

An der Eingangstür hängt kein Apparat, um die Tür per Code zu öffnen. Ein Schildchen mit den Namen Rio und Serena Cavarani, 3. Stock, klebt auf einem der Briefkästen, aber in der dritten Etage antwortet niemand auf ihr Klingeln.

Einen Cappuccino später antwortet noch immer niemand. Marion bestellt sich einen zweiten und zwingt sich, ihn zu trinken, einen Schluck für Papa Bär, einen für Mama Bär …

Wer ist wohl diese Serena? Seine Frau? Seine Tochter? Wenn Rio der Sohn von Alice ist, müßte er jetzt um die Sechzig sein. Und wenn es dieser selbstbewußt wirkende Mann dort drüben ist – elegant gekleidet und mit einem hellgelben Labrador. Oder dieser andere, offenbar ein Intellektueller, mit Bart, Jeans, Sandalen und Pfeife? Oder dieser kleine Magere mit dem verschlagenen Gesicht?

Philippe Darange, Marions Großvater, sah auf den Fotos sehr attraktiv aus: groß, braunhaarig, kämpferisch, geradewegs dem Film Die Drei aus Saint-Cyr entsprungen, den Alice sich jedesmal ansah, wenn er im Fernsehen lief. Wem ähnelt Vincenzo, der ominöse Liebhaber? Wann und wie hat Alice ihn kennengelernt? Wo wohnt er jetzt, wenn er noch lebt?

Ein junger Mann mit pechschwarzen Haaren, der sich eben auf einen Motorroller setzt, dreht sich zu Marion um, und das hellt ihre Stimmung auf. Bevor er sich in den Verkehr einfädelt, schenkt er ihr ein strahlendes Lächeln. Dabei entblößt er seine weißen, gesunden Zähne, die den Zahnarzt aus dem Flugzeug gewiß deprimiert hätten. Marion sieht ihm nach, wie er sich leichtsinnig und doch graziös zwischen den Wagen hindurchschlängelt. Die Gäste in dem kleinen Café schlürfen Campari oder San Pellegrino, der die gleiche Farbe hat wie die Terrasse des Schlosses Mervège. Sie sprechen laut, schnell und herzlich und fuchteln mit den Händen in der Luft herum.

In der Stadt der sieben Hügel wird es allmählich dunkel. Es ist das erstemal, daß Marion hier ist. Sie wollte mit Thomas (fünf Francs) nach Rom reisen, aber es hat sich nie ergeben.

Wenn Marion einen Kranken nach Hause begleitet, ist normalerweise alles genauestens geregelt. Ein Krankenwagen oder ein Kollege der Versicherung stehen an jeder Station der Reise, und sie wird von Anfang bis Ende an die Hand genommen, wie es in den Prospekten für organisierte Reisen angepriesen wird. Aber an diesem Abend läuft sie allein durch die Ewige Stadt, die erste Straße rechts, die zweite links, dann rechts, wieder links und so weiter, bis sie sich verlaufen hat. Kinder spielen mit einem Hund. Jugendliche lehnen lässig an einer Mauer und warten darauf, daß sie älter werden. Es gibt weniger Obdachlose als in Paris, aber an jeder Ecke verkaufen Männer oder Kinder Zigaretten und Feuerzeuge oder bieten an, die Windschutzscheiben zu reinigen.

Es war lächerlich von Marion, diese Reise zu machen, nur weil es ihr gerade in den Sinn kam. Das muß wohl an dem Einfluß der Agatha Christie-Romane liegen. Was hat es im Grunde schon für eine Bedeutung, ob Alice Liebhaber hatte oder nicht, ob sie drei Kinder hatte oder zehn?

Rom ist bevölkert von Karyatiden und Atlanten, welche die Fenster stützen, doch Marion ist nicht Atlas; ihre winzige Welt ist heute abend zu schwer. Sie will in ihre Klasse zurückkehren und sich ganz hinten neben den Ofen stellen, bis die nächsten Ferien beginnen. Die Momente des Glücks noch einmal erleben, das Gesicht ihres Vaters wiedersehen, wenn er von einer geglückten Operation nach Hause zurückkehrte, das von Thomas (fünf Francs), an dem Morgen, als sie geheiratet haben, das von ihrer Mutter, als sie ihr die Doktorarbeit gezeigt hat, das von Alice, wenn sie auf Schloß Mervège ankam. Marion ist mit schlechten Batterien ausgestattet. Sie hätte welche gebraucht, die lange halten, doch man hat ihr normale eingesetzt. Die aber waren schnell verbraucht, und sie sitzt hier fest wie ein Dummkopf, während ihr Herz rostet.

Sie setzt sich wieder in Bewegung und streift ziellos durch die Stadt. Die Straßen sind dunkel, es gibt unzählige Trattorien, die so bunt sind wie die Kugeln eines Weihnachtsbaumes. Marion trifft auf Gruppen, die schreien und lachen, auf eng umschlungene Liebespaare unter Haustüren, Hunde, die ihre Herrchen spazierenführen, Statuen, die im Stehen schlafen, Katzen, die auf den Motorhauben roter Ferraris oder den Dächern von bunten Fiats liegen. Plötzlich, als sie um eine Ecke biegt, zuckt sie zusammen: Der Trevi-Brunnen aus dem Film La Dolce Vita ...

Das Wasser der jungfräulichen Quelle rieselt und plätschert inmitten der Statuen auf den weißen Brunnen, der vom künstlerischen Standpunkt sicher der schönste Brunnen der Welt ist. Die beiden riesigen, majestätischen Pegasusfiguren beugen sich über türkisblaues Wasser, das man sonst nur auf Ansichtskarten von Inseln sieht; ein unpassendes, herrliches Zusammenspiel, das man hier, eingezwängt zwischen diesen Straßen, gar nicht erwartet. Es gibt hier einen alten Brauch: Falls man noch einmal in diese Stadt zurückkehren will, darf man Rom nicht verlassen, ohne eine Münze über die Schulter in den Brunnen geworfen zu haben. Marion macht es genauso, wie es der Brauch vorschreibt. Die Wünsche schwimmen oder gehen unter. Am frühen Morgen kommen die Kinder aus der Nachbarschaft und tauchen unter den geneigten Pegasus-Statuen ins Wasser, wie es Marcello Mastroianni und Anita Eckberg in dem Streifen von Fellini gemacht haben, aber in diesem Fall, um das Geld herauszufischen.

Italien, Passo Scuro, 50 km von Rom entfernt, 15. April, gegen Mittag

»Riolino!«

Rio dreht sich um und öffnet die Augen. Die Sonne blendet ihn. Horatio springt ihm auf den Bauch und bewirft ihn mit Sand.

Serena, die die Szene durch das Fenster des einzigen Raumes des Hauses beobachtet, biegt sich vor Lachen.

»Kannst du unser Essen bei Luigi holen? Es ist Zeit!«

Rio steht auf, klopft den Sand von seiner Kleidung, streckt seine langen Arme und Beine und droht Horatio, was jedoch nicht sehr überzeugend wirkt.

»Hast du Geld?« schreit Serena.

Er bestätigt es nickend, verläßt den Garten und geht auf die Straße.

Es ist schon fast zehn Jahre her, daß sie dieses winzige Haus im Sand, das eine dreiviertel Stunde von Rom entfernt liegt, gekauft haben. Sie fahren oft für einen Tag hierher, wenn sie Lust dazu haben. Sie sind gestern morgen angekommen und werden im Laufe des Nachmittags in die Stadt zurückkehren. Entlang der ganzen Küste findet man diese winzigen Häuschen, die wie Pilze zwanzig Meter vom Meer entfernt aus dem Sand wachsen, durch Hecken getrennt, die sie vor dem Wind schützen. An diesem Morgen strömte ein Schwarm schwarzweißer Ordensschwestern mit Flügelhäubchen auf den Strand. Die Röcke bis zu den Knien hochgerafft, ihre festen, schwarzen Schuhe in der Hand, wateten sie durch das Tyrrhenische Meer und lachten wie Kinder.

Horatio, der auch schwarzweiß ist, bellt wütend, weil er seinem Herrchen nicht folgen darf. Rio ist hinter der Straßenbiegung verschwunden. Luigi duldet in seinem Restaurant keine Hunde.

»Horatio! Aus!« ruft Serena automatisch.

Horatio gehorcht und kräuselt seine Nase. Serena deckt den Tisch, holt die Teller aus dem Schrank, das Besteck, die Gläser, das Brot und den Wein. Zucchero und Pavarotti trällern im Radio um die Wette. Unten auf dem Parkplatz steigen die Ordensschwestern wieder in den Bus nach Rom; die Säume ihrer Röcke sind mit Salz befleckt und ihre Füße voller Sand.

Das Telefon klingelt. Serena eilt hin und hebt ab. Es ist Silvia, ihre beste Freundin.

»Ach, du bist es!« seufzt Serena erleichtert.

»Habe ich dich erschreckt?« fragt Silvia verwundert.

»Seit einiger Zeit ruft jemand regelmäßig in Rom Rios Privatnummer an. Alle Leute, die diese Nummer kennen, wissen, daß sie an ein Computerprogramm gekoppelt ist. Rio hebt ab, schreibt auf seiner Tastatur die Antwort, aber das Gespräch wird jedesmal unterbrochen.«

»Was beunruhigt dich?«

Rio taucht vollbepackt am Ende der Straße auf, und Horatio springt vor Freude am Gitter hoch.

»Ich muß auflegen«, sagt Serena hastig.

Rio betritt das Haus und legt ein in Aluminiumfolie verpacktes Sammelsurium von Gerichten auf den Tisch. Serena öffnet es: gegrillte Gambas, Meeresfrüchtesalat, Risotto und zwei Stücke Tiramisu.

»Du hast für ein ganzes Regiment eingekauft. Das werden wir niemals alles aufessen.«

»Dies zu hören ist besser, als taub zu sein ...«, erwidert Rio.

»Man kann nicht alles haben ...«, sagt Serena. »Neulich war ich in der Werkstatt, um das Autoradio einstellen zu lassen. Es war nicht in Ordnung. Der Typ, der es repariert hat, war taubstumm. Er beschäftigt sich die ganze Zeit mit Radios, die Lieder spielen, die er nicht hören kann. Scheinbar kommt das häufig vor. Er richtet sich bei seinen Reparaturen nur nach den Schwingungen seiner Apparate ... Du hast wirklich zuviel gekauft, Rio! Ich dachte, wir wollten eine Diät machen?«

»Auf diesem Ohr bin ich taub«, sagt Rio in heiterem Ton.

»Man kann nicht alles haben!« entgegnet Serena. »Reich mir bitte die Gambas!«

Horatio springt hoch, um eine aufzuschnappen. Rio, der ihm den Rücken zukehrt, bemerkt es und fuchtelt mit der Hand durch die Luft, ohne ihn zu berühren. Horatio, der in seinem Eifer sofort gebremst wird, springt wieder auf seine Füße und zieht beleidigt von dannen. Es ist seine Art, einfach in die Luft zu springen, um seine Pfoten zu bewegen, denn er hat eigentlich gar kein Interesse an Gambas. Wenn es ein schönes Steak wäre! Er legt sich hin, bettet die Schnauze zwischen den Pfoten und spitzt jedesmal die Ohren, wenn der Wellengang zunimmt, wenn ein Boot vorüberfährt oder Eidechsen durchs Laub huschen. Mina Mazzini singt im Radio. Rio pfeift eine einfache Melodie und schnippt mit den Fingern. Horatio, der auf Pfeifen und Gesten dressiert ist – gezwungenermaßen! –, fängt im Flug ein Stück Gamba auf.

Rom, 15. April,
am frühen Nachmittag

Marion verschlingt noch ein mit Schlagsahne gefülltes Stück Croissant, ehe sie auf ihren Beobachtungsposten zurückkehrt. In der letzten Nacht ist sie am Ufer des Tiber entlanggelaufen, nachdem sie sich von dem Anblick des Trevi-Brunnens losgerissen hatte, stützte sich aufs Geländer, um die Lichtschimmer, die über das schwarze Wasser irrten, zu beobachten. Sie lauschte der Musik, die von erleuchteten Pontons herüberdrang, wo die Menschen tanzten, ehe sie ins historische Zentrum in ein kleines Hotel ging, um zu schlafen ...

Von Vespas umzingelt, zwischen den ockerfarbenen, dunkelroten und lindgrünen Fassaden, inmitten schreiender, lachender und braungebrannter Jugendlicher in bunten Hemden und leichten Sommerschuhen hat sie den Vormittag in der Via della Purificazione verbracht.

Am Nachmittag sieht sie einen orangen Fiat mit zurückklappbarem Verdeck, der genau vor dem Haus von Rio Cavarani hält. Der Fahrer ist ein Riese mit weißem, lockigem Haar; seine Frau ist klein, blond und hat Lachfältchen. Sie müssen so um die Sechzig sein. Der Wagen ist vollgepackt mit Körben, auf denen ein schwarzweißer Cockerspaniel sitzt, der Zwillingsbruder von Gnafron. Sie packen in aller Ruhe ihren Kram aus, ohne ein Wort zu sagen, und verschwinden dann im Haus. Marion bleibt in einiger Entfernung wie angewurzelt stehen. Sie sieht, wie sie die Fenster in der dritten Etage öffnen und durch die Wohnung laufen. Der Hund rennt auf den Balkon und schaut durch die Gitterstäbe.

Nach einer Weile erwacht Marion aus ihrer Benommenheit, läuft zu der Telefonzelle gegenüber und holt ihre mit einer Geheimnummer gesicherte Telefonkarte hervor, mit der sie von überall aus telefonieren kann. Zum x-ten Mal wählt sie Rios Nummer. Sie hört das Telefon klingeln, und schließlich hebt jemand ab. Im gleichen Augenblick verlassen Serena und der Hund das Gebäude. Einer zieht den anderen hinter sich her ...

Marion atmet tief durch und stößt, ohne Rio die Möglichkeit zu geben, ein Wort zu sagen, hervor: »Guten Tag. Ich heiße Marion Darange. Ich bin eine Enkelin von Alice Mervège. Ich bin aus Frankreich gekommen, um Sie zu treffen. Ich habe Bücher von Vincenzo Cavarani gefunden, die meiner Großmutter und Rio Cavarani gewidmet waren. Ich wollte mit einem von Ihnen beiden sprechen. Ich habe mir Ihre Adresse und Ihre Telefonnummer besorgt und schon mehrmals angerufen, aber es antwortet nie jemand ...«

Rio sagt nichts, und Marion fällt ein, daß er vielleicht kein Französisch versteht.

Sie sagt: »Io non parlo italiano«, fügt hinzu: »Do you speak English?«, aber auch das hat keinen Erfolg.

Sie fährt fort: »Alice ist tot!«

Sie hört ein Schluchzen.

Sie sagt: »Ich stehe unten auf der Straße vor Ihrem Haus ... Darf ich hochkommen? Ich bin extra nach Rom gekommen, um Sie zu sehen.«

Doch Rio sagt noch immer nichts.

Jetzt hat sie die Nase voll. Dieser ganze Zirkus für nichts und wieder nichts, diese unsinnige Reise, dieser verrückte Spaziergang durch das alte Rom, einsam wie ein Kind, das an einer Ohrenentzündung leidet, auf der Suche nach der Vergangenheit von Alice, die nicht zurückkehrt ...

»Ich verstehe das nicht ... Welche Verbindung gibt es zwischen Ihnen und uns? Alice hat nie von Ihnen gesprochen. Wo kommen Sie her?«

Noch immer diese bedrückende Stille, und doch ist Marion davon überzeugt, daß jemand am anderen Ende der Leitung ist, jemand, der atmet, zuhört, aber nicht antworten will.

»So antworten Sie mir doch! Ich bitte Sie nur um einen Augenblick.«

Ihr Gesprächspartner schweigt noch immer. Marion kapituliert, legt auf, holt ihre Karte heraus und verläßt die Telefonzelle, ohne zu bemerken, daß Rio im gleichen Moment auf den Balkon tritt und sich zu ihr hinunterbeugt. Sie geht die Straße hinunter und beschimpft sich nach allen Regeln der Kunst. Dieser Typ hat noch nie von ihr gehört. Er kehrt in aller Ruhe mit seiner Frau und seinem Hund vom Wochenendausflug zurück, chi va piano va sano, und Marion taucht plötzlich, wie der Phönix aus der Asche auf, überzeugt, daß er ihr in die Arme fällt. Das ist doch total bescheuert!

Sie geht zur Piazza Barberini, in dessen Mitte der Triton-Brunnen steht, ein Werk Berninis. Die Wagen fahren rasant schnell um den Platz und verlangsamen nur dort ihr Tempo, wo ein älterer Herr mit irrem Blick steht und den Verkehr regelt. Marion ruft ein Taxi, das sie zum Flughafen fährt. Das nächste Flugzeug nach Paris startet in zwei Stunden.

Die leise Stimme, die man an schlechten Tagen hört, flüstert ihr zu, daß sie die Bücher nicht zufällig gefunden habe. Alice war sich ihres Alters durchaus bewußt. Sie hat ihr Testament geschrieben, für jede Enkeltochter einen Brief vorbereitet, und sie hätte ohne weiteres die Bücher von Vincenzo Cavarani verschwinden lassen oder einfach die Seiten mit der Widmung herausreißen können ...

Rom, Via della Purificazione, 15. April

Rio bleibt eine ganze Weile wie gelähmt auf dem Balkon stehen und hofft vergeblich darauf, daß Alices Enkeltochter wieder an der Straßenecke auftaucht. Er dreht sich um, als er Serenas Schlüssel im Schlüsselloch hört. Horatio kommt herein, sieht sein Herrchen und springt ihn an.

Die Wohnung ist auf Rios und Serenas Bedürfnisse zugeschnitten, um eine optimale Gesprächssituation zu schaffen. Flur, Küche, Schlafzimmer, Bad und Rios Arbeitszimmer bilden einen einzigen Raum. Nur die Toilette ist abgetrennt. Man kann sich von überall jederzeit sehen. Das ist besser, weil Rio sehr geschwätzig ist, nur nicht am Steuer – gezwungenermaßen ...

»Ich weiß, wer mich seit fast zwei Monaten anruft!« sagen Rios Hände zu Serena.

»Was?«

Serena erstarrt. Horatio, dem das Gespräch ziemlich gleichgültig ist, springt durch die Wohnung.

»Es ist eine Enkelin meiner Mutter! Sie hat mich eben von der Telefonzelle unten auf der Straße angerufen. Ich habe alles gehört, was sie gesagt hat, aber ich konnte ihr nicht antworten. Sie heißt Marion und ist extra nach Rom gekommen, um uns zu besuchen. Sie dachte, daß ich nicht mit ihr sprechen wollte ...«

Eine Stimme kann brechen, eine Geste nicht. Rio erklärt es ihr noch einmal in gewohnter Manier, aber sein Blick hat sich verändert:

»Ich habe sie vom Balkon aus gesehen. Sie ist davongelaufen. Sicher hat sie mich für einen Halunken gehalten.«

An der Korkwand über dem Computer, an der die Fotos hängen, wälzt sich der fröhliche, zehnjährige Rio neben Alice im Gras vor der Terrasse des Schlosses Mervège. Das Bild stammt aus dem Jahr 1940.

»Sie hat Bücher von meinem Vater gefunden, die meiner Mutter und mir gewidmet waren«, sagt Rio.

Er erinnert sich deutlich an die roten Terrakottafliesen, die Hängematte im Garten, den Bouleplatz, die Blumenkleider und die Kuchen von Alice. Doch nach dem Schock vom 11. August 1940 hat er vergessen, wo das Schloß stand und wie es hieß. Er erinnert sich nur noch daran, daß es in der Champagne und am Ufer eines Flusses lag. Aus seinem Gedächtnis wurden alle anderen Anhaltspunkte in dem Moment getilgt, als er die Sprache verlor ...

Es ist bald drei Monate her, daß er die Nachricht im Figaro gelesen hat, aber er hat nicht versucht, an die Vergangenheit zu rühren. Er fürchtet sich vor der Erkenntnis, daß seine Mutter gelebt und ihn all die Jahre im Stich gelassen hat! Serena geht auf ihn zu, doch sie nimmt ihn nicht in die Arme, sondern zieht es vor, ihm beim Reden zuzusehen.

»Ich wollte sie aufhalten, doch ich konnte sie weder rufen noch von der dritten Etage hinunterspringen oder sie mit einem Blumentopf erschlagen. Es ist zu blöd.«

»Hat sie dir ihren Namen gesagt?«

»Ja. Marion Darange.«

»Wie in der Anzeige?«

Rio nickt. Sie wissen beide, daß dieser Anruf ihre schlimmsten Befürchtungen bestätigt. Wenn diejenigen, die kürzlich den Tod der Alice Mervège mitgeteilt haben, in ihrer Hinterlassenschaft Bücher von Vincenzo Cavarani gefunden haben, handelt es sich gewiß um die gleiche Alice!

»Ich kann es einfach nicht glauben ...«, sagt Rio. »Wer hat Carlotta gesagt, daß meine Mutter tot sei? Warum ist sie nicht gekommen, um mich zu suchen? Was werden wir nun tun?«

Serena öffnet eine Schublade und zieht einen langen, braunen Umschlag hervor, den sie ihrem Mann reicht. Die

Marne, eine berühmte, reizvolle Weingegend: Backbords Ruhe und steuerbords die Champagne, verkündet ein Prospekt, der auch die verschiedenen Boote zeigt, die man mieten kann, ohne einen Bootsführerschein zu besitzen. Außerdem werden die Preise und die Städte genannt, die man je nach gewählter Route durchquert.

»Erinnerst du dich daran, daß Achille und Sandra uns von den Booten auf dem Kanal in Südfrankreich erzählt haben, als wir mit ihnen gegessen haben? Da du gesagt hast, daß das Schloß deiner Mutter am Ufer eines Flusses liege, habe ich Kontakt zu einem Bootsverleiher vor Ort aufgenommen«, erklärt Serena. »Du kannst ja schlecht mit dem Auto dort ankommen, an die Tür dieser Leute klopfen und sagen: ›Kuckuck, hier bin ich! Wir haben uns seit fünfzig Jahren nicht mehr gesehen!‹ Im Boot sind wir unabhängig und haben Zeit, um über einiges nachzudenken und zu sehen, wer dort wohnt. Bist du einverstanden?«

Rio hat feuchte Augen. Wenn er sehr erregt ist, hängen seine Arme an seinem Körper hinunter und seine Hände schweigen. Da er Italiener ist, öffnet er eine Schublade, holt eine Kerze heraus, stellt sie in einen Kerzenständer, zündet sie an und postiert den Kerzenständer auf dem Kamin.

Per Alicia, in ricordo. Im Gedenken an Alice.

Schloß Mervège, Samstag, 20. April

Odile liegt in ihrem Zimmer auf dem Bett. Sie blättert verträumt in einer Zeitschrift und streichelt Romains Nacken. Romain schläft. Sie wird ihm heute abend die Haare schneiden. Es ist höchste Zeit. Seitdem Romain wieder arbeitet, ist er abgespannt, und die langen Fahrten zwischen Paris und Épernay an jedem Wochenende ermüden ihn. Aufgrund der regelmäßigen Staus auf der A4 braucht er fast drei Stunden für die 140 Kilometer, und am Montag ist er gezwungen, um sechs Uhr morgens loszufahren, um die Staus vor Paris zu vermeiden.

»Könnten wir uns nicht abwechseln, und du kommst jedes zweite Wochenende nach Paris?« schlug er Odile heute morgen vor.

»Aber wozu denn?« entgegnete Odile verwundert. »Hier gefällt es mir viel besser.«

»Weil ich die Nase voll davon habe, am Abend wie ein Dummkopf allein nach Hause zu kommen ... Ich möchte, daß die Fenster erleuchtet sind, wenn ich unten vor dem Haus ankomme; ich will Musik hören, und der Duft eines guten Essens soll mir in die Nase steigen, wenn ich den Schlüssel ins Schlüsselloch stecke ... oder auch meinetwegen keine Musik und kein Essen, sondern eine parfümierte, sexy gekleidete Odile, die ich ins Restaurant ausführe, so daß die anderen Typen alle vor Neid erblassen«, erwiderte Romain.

Odile dachte, es sei ein Scherz, und hat gelacht. Die Champagne verlassen, um in die Hauptstadt zu ziehen, käme für sie einem Verbrechen gleich. Sie fühlt sich so eng mit diesem Land verbunden wie Mollusken mit ihrem Nährfelsen, und sie sieht mit Panik dem Tag entgegen, da das Haus anderen gehören wird. Aude und Marion werden nicht mehr nach Épernay zurückkehren, das ist schon jetzt sonnenklar. Für sie wird es viel leichter sein, den Verkauf hinzunehmen. Aber Odile wird den Schock tagtäglich erleben ...

»Hallo! Pierre-Marie de Poélay am Apparat!« hört es Odile aus dem Treppenhaus schallen.

Sie verdreht die Augen. Romain murmelt im Schlaf, verjagt die Hand, die ihn streichelt, und dreht sich auf die andere Seite. Odile läßt ihn in Ruhe und vertieft sich in einen spannenden Artikel über Lappland. Die Fotos im Magazin sind herrlich, aber sie betrachtet sie mit professionellem, kritischem Blick. Sie blättert die Zeitschrift bis zur letzten Seite durch, schaut auf die Uhr und rückt von Romain weg, der sich plötzlich aufrichtet.

»Es tut mir leid, daß ich dich geweckt habe ...«

»Ich wollte mich auch nicht wecken!« brummt Romain.

Odile weiß nicht, was sie sagen soll. Seit ihrem Gespräch heute morgen ist die Stimmung getrübt. Odile zwingt sich zu einem Lächeln und schlägt die Zeitung auf, um ihm die Fotos zu zeigen.

»Die Mitternachtssonne ... Fängst du da nicht an zu träumen?«

»Nicht richtig!« knurrt Romain.

»Du hast bald Geburtstag, und es ist das erstemal in meinem Leben, daß ich Geld übrig habe ... Ich lade dich dorthin ein, wenn du willst.«

Odile entzückt dieser Gedanke. Sie springt wieder aufs Bett.

»Ich bin sicher, daß ich viel bessere Fotos machen kann als dieser Typ«, fährt sie fort. »Kannst du dir das vorstellen? Wir beide in Pelze gehüllt, so daß nur noch die Nasenspitze herausguckt, die sich schon pellt, weil sie zuviel Mitternachtssonne abbekommen hat. Wann kannst du Urlaub nehmen? Sollen wir nicht gleich in ein Reisebüro gehen, um uns die Kataloge anzusehen?«

Romain schaut ihr offen ins Gesicht.

»Ich glaube, du hast es nicht verstanden. Schluß mit Urlaub, jetzt muß ich arbeiten. Vielleicht ist Lappland ja wirklich etwas Besonderes, aber ich wünsche mir vor allem das Normale, den Alltag, etwas Konkretes. Das Nordlicht ist gewiß traumhaft, aber nicht so sehr wie der Gedanke, dich jeden Abend zu sehen, wenn ich nach Hause komme. Verstehst du?«

»Ja, ja!« Odile ist mit ihren Gedanken woanders. Sie sieht sich im Geiste in einem Schlitten, der von Huskies gezogen wird, über eine riesige Ebene fahren, und die Sonne scheint wie im Bilderbuch ...

Aude sitzt in ihrem Zimmer und schaut auf ihre Armbanduhr. Es ist Zeit, in die Küche zu gehen. Sie fühlt sich wie ein Bordmeister, Mutter einer Großfamilie, würdige Nachfolgerin von Alice. Sie hat soeben einen Zeitungsartikel über eine Ausstellung ausgeschnitten, die Pierre-Marie unbedingt mit seinem Sohn besuchen sollte. Sie muß auch daran denken, Olivenöl, Sopalin und Nutella, auf das Neil ganz versessen ist, zu kaufen, und sich die Pille zu besorgen ...

Aude wagt es nicht, dieses Thema Pierre-Marie gegenüber anzuschneiden. Es ist nicht seine Art, darüber zu sprechen. Seitdem sie sich im letzten Jahr in Belgien kennengelernt haben, ist er häufiger geschäftlich in Paris gewesen. Sie haben mehrmals zusammen gegessen und dann die ganze Nacht diskutiert. Als ihre Beziehung enger wurde, haben sie natürlich Präservative benutzt und den HIV-Test gemacht. Pierre-Marie und Aude haben sich beide ihre Ergebnisse im Restaurant vorgelegt, und seitdem nimmt sie die Pille. Sie würde gerne damit aufhören, wenn Pierre-Marie verbindlicher wäre, aber er hat Angst, seitdem seine Frau ihn verlassen hat.

Warum sollte er mich auch heiraten? denkt Aude und verzieht das Gesicht. Ich bin seine Köchin, seine Putzfrau und seine Geliebte, bin finanziell unabhängig, leihe ihm sogar Geld, und außerdem interessiere ich mich für seinen Sohn. Er müßte schon verrückt sein, um daran etwas ändern zu wollen.

»Hallo! Pierre-Marie de Poélay am Apparat«, hört Aude, als sie die Treppe hinunterkommt.

Er gibt ihr Sicherheit. Er sieht so solide aus. Noch nie in ihrem Leben hat sie sich so beschützt gefühlt wie jetzt, da sie dank Alice in diesem friedlichen Hafen den Kapitän spielt ...

Marion ist in ihrem Zimmer und hat soeben ihren dreißigsten Krimi von Agatha Christie zu Ende gelesen. Sie legt den Roman zur Seite, den Madame Agatha Christie vor sechzig Jahren geschrieben hat, um sich in das Geheimnis der Alice Darange, geborene Mervège, zu vertiefen und über das Rätsel Vincenzo-Rio nachzudenken.

Warum könnte sie nach den sechs Monaten nicht eine Wohnung in Épernay mieten und hier in der Gegend bleiben? Sie würde nachmittags in einer Gemeinschaftspraxis arbeiten, keine Flüge mehr, kein Streß, nur Kranke, die ihr guten Tag und auf Wiedersehen sagen wie der Rest der Menschheit auch, erleben, wie die Weinreben wachsen, Menschen mit rosigen Wangen begegnen und weder die grauen Bürgersteige noch die farblose Metro sehen ...

Heute morgen hat sie sich ans Klavier gesetzt, einige verknickte Noten aufgeschlagen und gespielt: Tristesse von Chopin, die Suiten für Violoncello von Bach und sogar das Menuett aus der Oper Don Giovanni von Mozart. Romain hat sie gehört, ist zu ihr gekommen, und sie haben vierhändig die Fantasie in F-Moll von Schubert gespielt.

»Hallo! Pierre-Marie de Poélay am Apparat!« schreit Pierre-Marie im Treppenhaus.

Dieser Typ trompetet seinen Namen wie eine universelle Wahrheit in die Welt hinaus, als sagte er: »Die Sonne geht im Osten auf.« Er hat sicher recht. Wenn Marion sagt: »Hier Marion Darange«, gleicht es einer totalen Sonnenfinsternis.

Sie steht auf, geht auf den Flur, klopft leise an Neils Tür, legt einen Finger auf ihre Lippen, und gemeinsam steigen sie auf Zehenspitzen in die Küche hinunter, wo Aude die Schüssel mit der Mousse au Chocolat in den Kühlschrank gestellt hat, die für das Abendessen vorgesehen ist. Sie stippen mit einem Finger erst einmal, dann zweimal und immer häufiger hinein, bis das Niveau schon gewaltig gesunken ist, streichen anschließend die

Oberfläche glatt und biegen sich vor Lachen. Niemand wird es merken.

Wenn Alice sie früher fragte: »Wer hat vom Nachtisch genascht?«, »Wer hat auf der Toilette nicht abgezogen?«, oder »Wer hat das Licht oben brennen lassen?«, antwortete Aude immer, daß sie es nicht gewesen sei; Odile machte sich mit herausfordernder Miene verdächtig, sogar wenn sie nichts damit zu tun hatte, und Marion versuchte, ihre Großmutter zu betören, aber Alice wußte immer, wer die Schuldige war ...

Schloß Mervège, Samstag, 27. April

Marion kommt mit einer Tasse Kaffee auf die Terrasse. Ihr Gesichtsausdruck verkündet: »Ich schlafe noch, also tut so, als wäre ich nicht hier.«

Neil folgt ihr mit strubbeligem Haar, seinem T-Shirt mit dem Aufdruck »Raumfahrtzentrum« und seinen blauen Bermudashorts, die um seine mageren Beine schlackern, und legt sein Powerbook auf den Tisch, der vor der Hollywoodschaukel steht.

»Ich habe ganz viele Spiele ... Sollen wir eins machen?«

Marion reißt sich zusammen und geht zu ihm.

»Ich bin keine große Spezialistin ...«

»Das ist cool!« sagt Neil begeistert. »Dann werde ich gewinnen!«

Marion setzt sich neben ihn. Pierre-Maries Schnarchen dringt durch das geöffnete Fenster. Gnafron jault im Schlaf.

»Du wirst sehen: Es ist ganz einfach!« sagt Neil.

Sie verbringen den Vormittag damit, die Meister von nirgendwo zu begleiten, und Marion entdeckt eine Welt, die sie noch nicht kannte. Das System ist immer das gleiche: Der Spieler wird durch einen Detektiv oder einen Helden, der sich in einen Fall stürzt, repräsentiert. Mit Hilfe der Maus kann sein Standort verändert werden; er spricht mit den Personen, die er trifft, bewegt Objekte und führt Aktionen durch. Wenn man keine Lust mehr hat, kann man die Partie abspeichern und später weiterspielen. Die Vertreiber der Spiele stellen den Spielern zu bestimmten Zeiten sogar eine Hotline zur Verfügung, damit man Rat einholen kann, wenn man nicht weiterkommt.

Marion und Neil spielen zuerst *Die geheimnisvolle Insel*, trinken Kaffee und heißen Kakao, beteiligen sich an der Kreuzfahrt mit Hindernissen und vertiefen sich in die Fußgänger der Zukunft, als sich Romain und Odile zu ihnen gesellen.

»Schnarcht dein Vater immer so laut?« fragt Odile heiter.

»Nicht, wenn er allein schläft!« antwortet Neil höflich.

Romain beugt sich über seine Schulter und klimpert auf der Tastatur des Computers herum. Der Held geht zu einem Fenster, untersucht es, öffnet es, steigt hindurch und gelangt in ein leeres Zimmer.

»Woher wußtest du, daß man es so machen muß?« fragt Odile erstaunt.

»In meinem Fotostudio stehen zwei Computer.«

Er versucht vergebens, die Türen des Zimmers zu öffnen, denn sie sind alle verriegelt.

»Sollen wir anrufen und um Hilfe bitten?« schlägt Marion vor.

»Natürlich nicht! Wir haben die Schubladen des Schreibtisches noch nicht geöffnet und die Grünpflanze noch nicht hochgehoben«, protestiert Neil.

Romain gehorcht und findet den Schlüssel zu einer Tür. Als Pierre-Marie und Aude auftauchen, sind alle ins Spiel vertieft, aber in einem Korridor gefangen.

»Habt ihr den Eimer, der in der Ecke des Bildes steht, schon umgedreht?« schlägt Aude vor.

Neil, der wohl daran gedacht hat, in den Eimer zu sehen, aber nicht darunter, folgt Audes Vorschlag ... und findet eine Fernbedienung.

»Stark!« sagt er anerkennend. Er betrachtet Aude nun mit anderen Augen.

Odile ist sprachlos.

»Wir haben sechs Computer im Büro«, erklärt Aude. »Ich habe sogar die Diskette MacGolf. Du entscheidest dich für einen Golfplatz, wählst deinen Verein und kannst sogar die Windstärke beeinflussen. Das ist genial.«

»Für mich ist das ein Buch mit sieben Siegeln«, sagt Marion. »Wozu ist das gut?«

»Um zu spielen«, antwortet Aude.

»Zu nichts!« stellt Odile richtig, die nur noch Bahnhof versteht. »Das ist verlorene Zeit. Man kann besser durch die Weinberge laufen ...«

»Es ist verrückt«, sagt Marion. »Habt ihr gehört? Ich habe gefragt, wozu dieses Spiel gut sein soll, okay! Und Aude (Aude!) hat geantwortet, ›um zu spielen‹, und Odile (Odile!) hat das verbessert und ›zu nichts‹ gesagt, und wir sind erst drei Monate hier.«

Nach dem Essen gehen Romain, Odile und die Hasselblad in den Weinbergen spazieren, während Aude, Pierre-Marie und Neil den Schmetterlingsgarten in Épernay besuchen.

Neil hat Marion sein Powerbook 2001 geliehen. Sie schaltet es ein und schiebt die Diskette in den Schlitz. Es ertönt eine Melodie, die recht angenehm klingt, wenn man sie zum erstenmal hört, die jedoch ganz unerträglich ist, wenn sie zum hundertstenmal ertönt.

Marion ist die Heldin des Spiels Super-Spion. Sie gehört zum CIA und wurde besonders geschult, denn der Auftrag, der ihr heute anvertraut wurde, ist von ungeheurer Bedeutung, da das politische Gleichgewicht der Welt auf dem Spiel steht. Anstelle von Waffen besitzt sie einen Spezialkoffer, der einen mit Sprengstoff präparierten Taschenrechner enthält, die Sonderanfertigung einer Uhr, die ein Stahlkabel birgt, einen mit Säure gefüllten Kugelschreiber, ein als Rasierapparat getarntes Aufnahmegerät und Flugabwehrraketen in Form von Zigaretten.

Sie betritt den ersten Raum und geht zur Tür. Doch sobald sie sich der Tür nähert, öffnet sich diese: Ein Terrorist taucht auf und schießt sie nieder. Marion versucht es mit allen Tricks, schleicht sich an der Mauer entlang, um von der Seite zur Tür zu gelangen, aber jedesmal wird sie getötet. Sie kämpft den ganzen Nachmittag gegen den Computer, bis sie fast vor Aufregung heult. Schließlich kommen Romain und Odile zurück. Es war schön auf dem Hügel. Sie haben weder KGB-Agenten noch feindliche Terroristen getroffen.

»Du hättest mitkommen sollen!« sagt Romain.

Odile macht ein saures Gesicht und geht sofort in ihr Zimmer. Der Haussegen hängt schief.

»Ich werde diesen Computer aus dem Fenster werfen!« schimpft Marion.

Romain kann sich kaum halten vor Lachen. Anfangs ist es immer so.

»Als du das erstemal versucht hast, Auto zu fahren, hast du auch nicht geglaubt, daß du es je schaffen würdest, oder?«

»Aber das hier sieht kinderleicht aus, wenn man die Jugendlichen damit spielen sieht. Schau nur, ich werde innerhalb von drei Sekunden abgeknallt.«

Romain klimpert fast eine Minute auf den Tasten herum, bis 2001 die kurze, heitere Melodie surrt. Das Spiel beginnt. Der Held geht auf die Tür zu, diese öffnet sich und der Schütze schießt ihn nieder.

»Ich hab's ...«, sagt Romain.

Er startet das Spiel neu, verläßt den Raum durch das

Fenster, geht auf dem Gesims entlang, steigt durch das Fenster in den zweiten Raum und schießt dem Terroristen in den Rücken.

»Das ist doch kinderleicht!«

Sie konzentrieren sich auf das Spiel, gehen vorsichtig um die Hindernisse herum, setzen ihre netten Spielzeuge ein und merken nicht, wie die Zeit vergeht. Plötzlich steht Odile wütend im Zimmer. Sie hat sich schick gemacht.

»Ich bin fertig, Romain! Du hast wirklich so viel Zeit, einen solchen Unsinn zu machen? Hast du vergessen, daß wir bei Freunden in Épernay eingeladen sind, um ein Gläschen mit ihnen zu trinken?«

»Dieses verdammte Spiel hat mich ganz hysterisch gemacht«, erklärt Marion, »darum hat Romain mir geholfen.«

»Dich habe ich nicht gefragt!«

»Spielst du mit uns, Liebling?« fragt Romain ganz ruhig.

»Ich glaube, ich lasse euch allein ...«, sagt Marion.

»Wer ist ›Liebling‹?« brummt Odile.

Romain und Marion starren sie an.

»Wer soll das denn sein?« ruft Marion.

Odile möchte am liebsten im Erdboden versinken.

»Ich habe das nur so zum Spaß gesagt ... Ihr fallt auch auf alles rein.«

Als sie klein waren, sagte Alice zu ihnen, daß Lügner eine rote Nasenspitze bekämen, aber das ist das gleiche wie mit dem Wasser im Schwimmbad, das sich angeblich rot färbt, wenn man dort hineinpinkelt. Alle Kinder dieser Welt pinkeln ins Schwimmbecken, und alle Welt lügt.

Odile schmiegt sich zärtlich an Romain.

»Ich habe Pierre-Marie getroffen. Er lädt uns alle am Mittwoch ins Restaurant ein, um den 1. Mai zu feiern, da sein Raumfahrtzentrum und dein Verlagshaus zwischen dem Feiertag und dem Wochenende geschlossen haben. So, können wir jetzt gehen?«

Ein Engel geht durchs Zimmer. Odile hat ihren Satz in einem zu grellen Tonfall beendet. Romain schaut auf seine Uhr und zögert.

»Ich erwarte noch einen Anruf aus Paris bezüglich der Reproduktion von Bildern für einen Kunstband. Geh schon vor! Ich komme nach.«

»Wann wollen sie denn anrufen?« empört sich Odile.

»Das weiß ich nicht, aber auf jeden Fall ist es wichtiger, als bei irgendwelchen Leuten ein Glas Champagner zu trinken, von dem wir hier den ganzen Keller voll haben.«

Odile dreht sich auf dem Absatz um, geht weg und knallt die Tür hinter sich zu.

»Was habe ich dir gesagt?« fragt Romain.

»Ich glaube, du hast ihr soeben zu verstehen gegeben, daß deine Arbeit wichtiger ist als sie.«

Romain seufzt.

»Eure Großmutter hat euch für sechs Monate ein hübsches Herrenhaus überlassen und einen schönen Batzen Taschengeld ... Meine ist schon lange tot; an die Stelle ihres Hauses hat man ein Wohnhaus gesetzt, das einem Kaninchenstall ähnelt, und sie hat mir Tausende schöner Erinnerungen hinterlassen, aber keinen einzigen Sou. Ich muß arbeiten, sonst werde ich gefeuert. Ein Verlagshaus ist keine Heilsarmee.«

»Erkläre das Odile. Sie wird es verstehen.«

Romain lacht spöttisch.

»Sie versteht nur das, was sie will ...«

»Sie ist enttäuscht, weil du nicht mehr soviel Zeit hast. Sie wird sich daran gewöhnen.«

»Glaubst du das? Wir verstehen uns nicht mehr richtig, Marion ...«

Seiner traurigen Miene zum Trotz umspielt ein merkwürdiges Lächeln seine Mundwinkel.

»Ich werde früher als geplant zurückfahren. Es war falsch zu kommen ...«

Seine Augen haben die grüne Farbe eines tosenden Meeres an Tagen, an denen die rote Flagge gehißt und Baden verboten ist.

»Willst du den Abend im Restaurant mit Pierre-Marie verpassen? Da er das Essen als Spesen absetzen wird, hat er sicher ein gutes Lokal ausgesucht!«

Romain zuckt die Schultern.

»Erinnerst du dich an dieses Märchen, in dem ein Goldfisch der Frau des armen Fischers vorschlägt, drei Wünsche auszusprechen?« antwortet Marion. »Die Frau wohnt in einer Bretterhütte. Sie bittet zuerst, ihre Hütte verlassen zu dürfen, und findet sich in einem schönen Haus wieder, doch sie möchte noch mehr; also bittet sie um einen Palast, und man schenkt ihr einen herrlichen Palast. Sie ist noch immer nicht zufrieden, also bittet sie ...«

»Gott zu sein«, fährt Romain fort. »Ich kenne dieses Märchen.«

»Und sie findet sich in ihrer Bretterhütte wieder, weil sie zuviel verlangt hat.«

»Findest du, daß ich zuviel verlange?«

»Du genießt nicht, was du hast. Könntest du nicht die Momente, in denen ihr zusammen seid, genießen, selbst wenn sie nicht von Dauer sind?«

»Ich bin kein Kind mehr. Ich bin vierzig Jahre alt und will nicht mehr den Playboy spielen ...«, murmelt Romain im Weggehen. Er erhält seinen Anruf früher als erwartet und fährt nun auch nach Épernay, um Odile zu treffen. Die anderen essen zusammen, ohne zu bemerken, daß die Mousse au Chocolat weniger geworden ist. Marion klammert sich den ganzen Abend und einen guten Teil der Nacht an die Schalthebel von 2001 und verbessert ihre Fähigkeiten im Laufe der Stunden ...

Rom,
am Morgen des 28. April

»Wir haben uns vorgenommen, heute hinzugehen«, sagt Serena bestimmt, aber freundlich.

Rio schaut von seinem Monitor hoch.

»Bist du sicher?« fragt er.

»Versuch nicht, dich zu drücken«, erwidert Serena, die seine Schultern massiert.

Rio schließt die Augen und entspannt sich. Serena hat recht. Schon seit zwei Wochen haben sie geplant, Rios Großmutter an ihrem Todestag zu besuchen, und er fühlt sich immer krank an diesem Morgen: Migräne, Ischias, Magendruck, Fieber, je nachdem. Der Fiat 500 fährt bis Verano, südöstlich von Rom.

»Sollen wir ihr Blumen mitbringen?« schlägt Serena vor.

»Anemonen, die hatte sie im Garten«, sagt Rio.

Sie steuern auf den Blumenstand zu. Rio sucht aus den großen Eimern einen tropfnassen Strauß aus, den er dem Mann mit einem Geldschein reicht. Da Hunde keinen Zutritt haben, lassen sie das Fenster des Fiats weit geöffnet, damit es für Horatio nicht zu warm wird, und passieren das große Steintor des Friedhofs von Verano. Es sind nur wenige Leute unterwegs; es ist Mittagszeit; die Pinien schwanken im Wind. Serena verstaucht sich die Knöchel auf den unregelmäßig angeordneten Pflastersteinen. Dort hinten ruht Carlotta Cavarani in einem mehrstöckigen, roten Ziegelsteinbau, der von weitem einem Wohnhaus ähnelt.

»Das dritte von rechts?« fragt Serena.

Rio nickt. Das dritte von rechts, erste Etage, zweites Feld, vierte Grabplatte in der unteren Reihe. Sie treffen auf einen städtischen Beamten mit fröhlicher Miene, der summend einen Karren mit verwelkten Blumen schiebt, steigen die Marmortreppe hinauf und treten zur Seite, um eine Frau in Trauerkleidung durchzulassen, die ein Kind an der Hand hält.

»Alles in Ordnung?« fragt Serena.

»Warum denn nicht?« erwidert Rio.

Auf der Grabplatte, die nach italienischer Sitte senkrecht liegt, ist neben einem Foto aus Keramik, auf dem seine Großmutter für die Ewigkeit lächelt, zu lesen: »Carlotta Cavarani, 1880-1950«. Wie immer streicht Rio mit den Fingerspitzen über die Buchstaben und das Foto, ehe er die Anemonen auf den Boden legt. Fragen schwirren ihm durch den Kopf: Wer hat Carlotta gesagt, daß Alice tot sei? Warum hat Alice Carlotta und Rio nicht gesucht?

Sie verlassen das rote Ziegelsteingebäude und treten wieder ins Freie.

»Herzlichen Glückwunsch zum Geburtstag!« sagt Serena plötzlich und holt aus ihrer Tasche einen zerknitterten Umschlag, den sie ihm reicht.

Rio schaut sie fragend an.

»Aber ich habe doch erst am 1. Juni Geburtstag, und wir haben April.«

»Du bekommst dein Geschenk ja auch am 1. Juni. Schau!«

Er zieht einen Brief und einen Prospekt aus dem Umschlag. Die Agentur bestätigt, daß Serena eine Anzahlung für einen Urlaub auf einem Boot geleistet hat, daß zwei Fahrräder reserviert werden und sie die Erlaubnis haben, einen Hund mitzubringen.

Der Prospekt rühmt die Schönheit der Gegend. *Leben im Einklang mit dem Fluß; im Schatten der Bäume eine Pause machen, die Stare singen hören, sich von den Fluten der Marne wiegen lassen, nachdem man sich an typischen Gerichten aus der Champagne gelabt hat, Champagner der ansässigen Weinbauern kosten ... Fern vom Lärm der Menge, an Bord eines komfortablen, hervorragend ausgestatteten Bootes, laden wir Sie ein, jenseits der Zeit inmitten der Champagne zu reisen. Das Steuern des Bootes ist kein Problem, da unsere Boote alle nach einer kurzen Einweisung ohne Bootsführerschein gefahren werden können; das problemlose Passieren der Schleusen verleiht Ihrer Rundreise angenehme Unterbrechungen ... Die Marne, der größte Nebenfluß der Seine, ein Ort des Glücks, ist ein reizvoller Fluß, der sich durch das Land schlängelt und Paris und Épernay, die Hauptstadt der Champagne miteinander verbindet ...*

»Ich habe Juni und Juli gewählt, bevor die großen Ferien im August anfangen«, erklärt Serena. »Ich habe eine Anzahlung geleistet, und alles ist geregelt ...«

»Das ist wirklich ein Geschenk der Sirene«, sagt Rio, der sie bei dem Namen nennt, den er ihr in seiner Sprache gegeben hat.

»Glaubst du, es wird Horatio gefallen?«

»Wenn wir erst einmal da sind, wird er glücklich sein. Wenn er dann noch einen vollgesabberten Ball, reichlich Futter und sein geliebtes Kissen hat, wird er begeistert sein.«

Serena lächelt, runzelt dann die Augenbrauen, spitzt die Ohren und verharrt reglos auf dem Weg mit den weißen Marmorgräbern. Auch Rio bleibt stehen und horcht. Eine leise Melodie dringt aus einer der Grabstätten. Sie gehen weiter, beugen sich vor, hören zu und betrachten das Grab.

Jemand hat an den Eingang der Kapelle eine brennende Musikkerze gestellt, die »Happy Birthday« spielt. Dort liegt ein Kind begraben, das heute Geburtstag hat.

»Welch eine makabere Idee ...«, flüstert Serena.

Rio nimmt sie in seine Arme, reißt sie von diesem unheimlichen Bild los und zieht sie zum Ausgang des Friedhofs.

Sie sprechen nie darüber, doch sie haben immer bedauert, keine Kinder zu haben. Jeder von ihnen hat sich untersuchen lassen, und später sind sie gemeinsam zu Ärzten gegangen, aber diese haben nichts Ungewöhnliches festgestellt. Zu jener Zeit gab es die künstliche Befruchtung noch nicht, und so ist die Zeit vergangen ...

Sie gehen betrübt zum Ausgang, passieren wieder das Steintor, befreien Horatio, steuern auf den Brunnen zu und füllen den blauen Napf des Hundes mit frischem Wasser.

»Das war eine gute Idee ...«, sagt Rio und zeigt auf den Briefumschlag.

Seine Augen strahlen. Er sieht trotz seiner weißen Haare viel jünger aus, als er ist. Er verbringt sein Leben damit, Videospiele zu spielen, drückt sich in seiner Zeichensprache aus, die einem Geheimcode ähnelt, und auf gewisse Weise hat er am 11. August 1940 aufgehört, älter zu werden. Serena denkt an Krieg der Sterne, in dem der Held die Spur seines Vaters sucht.

»Möge die Kraft mit uns sein, Luke Skywalker!« sagt sie fröhlich.

*Schloß Mervège,
Sonntag nachmittag, 29. April*

»Sehr hübsch«, lobt Romain.

Odile hat ihr gewöhnliches, burschikoses Outfit gegen ein Blumenkleid ausgetauscht. Es fehlt nur noch eine Orchidee hinterm Ohr und ein Glas Punsch in der Hand.

Romain lümmelt sich auf der Hollywoodschaukel. Seine Haare sind ganz zerzaust. Er trägt ein verwaschenes Polohemd und Bermudashorts aus beigem Leinen, die einst eine Hose waren und dann einer Schere zum Opfer fielen.

»Hast du dich noch nicht umgezogen? Wir werden zu spät kommen.«

»Und ich dachte, du hättest dich bloß mir zuliebe so schick gemacht!«

Odile wird ärgerlich.

»Ich habe dir heute morgen gesagt, daß wir zu einer Fotovernissage eingeladen sind. Hast du das schon vergessen?«

»Schon wieder? Es ist so schön hier. Ich habe die ganze Woche wie ein Irrer geschuftet. Ich bin kaputt und habe große Lust, einen Mittagsschlaf mit dir zu machen ... Du sagst einfach, du seist krank und hättest Grippe oder Syphilis, okay?«

»Man kann doch nicht im letzten Moment absagen!« beharrt Odile. »Seitdem du wieder arbeitest, bist du unausstehlich.«

»Seitdem ich wieder arbeite, bist du wirklich unmöglich. Ich werde nicht sechs Monate fürs Nichtstun bezahlt. Ich muß arbeiten. Woher soll ich sonst das Geld für Lebensmittel, Kleidung, volle Tankfüllungen und die Fahrten von Paris nach Épernay nehmen?«

»Ich habe genug Geld für zwei bis Ende Juli!« protestiert Odile.

»Ich laß mich nicht aushalten, und ich liebe meinen Beruf.«

»Wenn du auch als freier Fotograf arbeitest, bist du doch nicht dein eigener Herr, weil du einen Vertrag mit diesem Verlagshaus hast. Du wirst pro Tag bezahlt, bekommst dein Honorar, trittst ihnen die Rechte für deine Bilder ab und sitzt eingesperrt in deinem Studio ... Eines Tages werde ich ein Buch veröffentlichen, zum Beispiel über Lappland. Du wirst schon sehen!«

»›Eines Tages werde ich veröffentlichen‹? Wann? Was?« erwidert Romain wütend. »Aber wir leben hier und jetzt. Wach auf, Odile! Du bist über dreißig, und du mußt jetzt zeigen, wer du bist, sonst ist es zu spät. Wenn niemand außer deinen Freunden und deiner Familie deine Fotos zu sehen bekommt, führt es zu nichts, weil sie gar nicht existieren, auch wenn sie noch so schön und wertvoll sind. Verstehst du? Ich liebe meinen Beruf. Es gefällt mir, daß ich die Verantwortung für das Studio trage. Ich teile mir meine Zeit ein, wie ich will, und ich habe verschiedene Aufgabenbereiche: Ich mache Porträtaufnahmen von Autoren, Werbefotos, Reproduktionen von Bildern für schöne Fotobände und Dekorationsfotos. Meine Arbeit trägt meinen Namen, und jeder kann sie sehen. Hör auf, in deiner Traumwelt zu leben; sieh der Realität ins Auge; komm mit mir nach Paris, klappere die Agenturen ab, raff dich auf, tu etwas, beweg dich! Ich helfe dir, verdammt!«

Odile steht wie angewurzelt da.

»Ich werde mich aufraffen, etwas tun und mich bewegen, indem ich jetzt zu dieser Vernissage gehe«, sagt sie schließlich. »Kommst du mit oder nicht?«

Romain lächelt und sagt ganz ruhig:

»Du hast nichts verstanden, nicht wahr? Also läuft alles so weiter wie bisher. Ich lebe dort unten allein wie ein Dummkopf, und du hockst vor dem Fernseher, stapelst Fotos und wartest auf den Tag, an dem du dich dazu herabläßt, das Volk teilhaben zu lassen. Ich dachte, wir könnten zusammenarbeiten, etwas zu zweit schaffen ... Wovor hast du Angst, Odile?«

»Kommst du mit oder nicht?«

»Wenn du zu dieser Vernissage gehst, fahre ich nach Paris zurück!« droht Romain. »Bleib hier, ich bitte dich! Ruf an und entschuldige dich!«

»Ich gehe Romain. Bis nachher!«

»Sicher nicht ...«, sagt Romain traurig. »Ich habe dich gewarnt.«

Odile dreht sich um und geht. Bei jedem Schritt wippt ihr Blumenkleid. Im Grunde ist ihr diese Vernissage völlig gleichgültig, aber sie will vor Romain nicht das Gesicht verlieren. Es stimmt, daß er im Moment unerträglich ist. Es ist ja nicht ihre Schuld, wenn er müde ist. Sie wird nicht wie eine Rentnerin leben und mit den Hühnern schlafen gehen, nur weil Monsieur arbeiten muß ... Außerdem kennt sie ihn: Er wird nicht fahren!

Unterdessen wirft Romain seine Sachen in einen Koffer. Er hätte sich bemühen und zu dieser blöden Ausstellung gehen können, aber er wollte nicht vor Odile zu Kreuze kriechen. Sie wird immer schlimmer. Je mehr Leute sie um sich hat, desto besser fühlt sie sich. Aus und vorbei mit der zärtlichen, innigen Zweisamkeit. Sie braucht Gesellschaft und Lärm und versucht, sich durch Small talk abzulenken. Außerdem kennt er sie. Wenn er sie nicht in ihre Schranken weist, wird es nur noch schlimmer.

Marion spielt gerade mit Neil ein Videospiel, als Romain zu ihnen kommt, um sich zu verabschieden. Das Logo des Super-Rennfahrers blinkt in einer Ecke des Bildschirms. Die Wagen fahren Rennen, um den Pokal zu gewinnen. Es regnet immer stärker; Nebel steigt auf, es fängt an zu schneien, und die Rennstrecke ist mit Hindernissen übersät.

»Du wirst doch nicht einfach mir nichts, dir nichts abhauen, nur weil Odile zu dieser Vernissage gegangen ist«, sagt Marion.

»Ich vergeude meine Zeit hier. Diese drei Monate haben nichts gebracht.«

»Hast du eine andere?«

Romain schüttelt den Kopf, öffnet den Kühlschrank und verschlingt ein Stück Kuchen, das vom Vortag übriggeblieben ist.

»Ich schwöre bei diesem Kuchen, daß es in meinem Leben nur eine Yucca und einen Bonsai gibt!«

»Hast du Odile wirklich gesagt, daß du gehst?« fragt Marion.

»Sie hat es mir nicht geglaubt.«

Marion stellt sich das verblüffte Gesicht ihrer Cousine vor, wenn sie zurückkommt und bereit ist, Abbitte zu leisten.

»Gut, ich fahre. Wenn ich nicht sofort abhaue, könnte ich wieder schwach werden«, sagt Romain. »Ich habe ihr eine Nachricht hinterlassen, daß ich in Paris auf sie warte.«

»Ich kenne sie. Sie ist dickköpfig.«

»Ich kenne sie auch«, sagt Romain. »Du hast recht. Sie ist dickköpfig ...«

Odile kehrt leicht angeheitert von ihrer Ausstellung zurück. Sie ist erfreut, einige alte Bekanntschaften aufgefrischt zu haben. Sie hat zwar immer in Épernay gewohnt, aber die Jahre vergehen, und man verliert sich aus den Augen. Es mangelt an Zeit; jeder führt ein anderes Leben, hat andere Arbeitszeiten und macht zu unterschiedlichen Zeiten Urlaub. Odile ist eine Aussteigerin. Im Sommer sieht sie die engstirnigen Pariser mit grauen Gesichtern und finsteren Mienen in die Champagne strömen. Wenn diese Leute zehn Monate in der Hauptstadt verbringen, sehen sie weniger Ausstellungen und Filme als Odile, wenn sie sich zwei Wochen in Paris aufhält.

Romains Worte quälen sie, weil er recht hat. Sie hat Angst, physische Angst vor der Stadt, aber sie fürchtet auch, sich ganz für eine Beziehung zu engagieren, ihrer Unabhängigkeit beraubt zu werden und am Arm eines Mannes zu hängen wie ein Bild in einem Rahmen. Sie staunt über Romains technische Fähigkeiten und respektiert sein Talent. Es verblüfft sie, wie leicht es ihm fällt, den Menschen Vertrauen einzuflößen, bevor er sie fotografiert. Aber er hat das Wertvollste aufgegeben: Freiheit! Odile hat die Freiheit, ihren Fotoapparat nehmen und nach Lust und Laune einen Spaziergang machen zu können, keine festen

Arbeitszeiten und keinen Chef zu haben und keine Zugeständnisse machen zu müssen. Sie hat die Freiheit, sich in der Natur und in den Weinbergen heimisch zu fühlen, anstatt in einer mit einem Türcode oder einer Sprechanlage ausgestatteten tristen Pariser Wohnung. Die Freiheit, nach Lust und Laune zu arbeiten und Scheiße zu sagen, wann sie will, ihr Geld auszugeben, ohne Rentenversicherungs- und Sozialversicherungsbeiträge zu zahlen.

Sie waren sich heute morgen so fremd. Odile sucht nach Worten, um sich zu entschuldigen, und bereitet sich auf eine Versöhnung vor.

»Romain?«

Unten ist niemand. Auch im Badezimmer ist niemand. Er ist sicher spazierengegangen. Er geht zu weit. Er hätte auf sie warten können!

Odile betritt wütend ihr Zimmer. Sie entdeckt sofort den Zettel, der auf ihrem Kopfkissen liegt, und ihr Magen verkrampft sich. Sie ergreift den Zettel und überfliegt ihn. Dann geht sie drei Schritte auf den Schrank zu, öffnet ihn und sieht, daß die rechte Hälfte leer ist. Pullover, Slips, Hemden und Poloshirts davongeflogen; Bermudas, Hosen und Docksides verschwunden; Zahnbürste, Kamm, Rasierapparat, Aftershave, seine ganzen Sachen, die auf der Ablage über dem Waschbecken standen, in Luft aufgelöst.

Auf dem Zettel, den Romain geschrieben hat, steht: *Ich habe dich gewarnt. Du hast dich entschieden. Ich bin enttäuscht und traurig. Spring in deinen Wagen! Ich warte in der Rue de l'Odéon auf dich. Bis gleich, hoffe ich ...*

Odile weint selten. Sie bleibt mit geballten Fäusten und unbeweglichem Gesicht stehen, aber die Tränen fließen in ihrem Innern wie an dem Tag, als Alice gestorben ist. Eher sterben als in ihr Auto springen. Ein grenzenloser Stolz nagelt sie hier so fest wie einen Schmetterling auf eine Korkplatte. Sie zittert in ihrem leichten Kleid, dessen Dekolleté niemanden mehr betört.

MAI

Schloß Mervège, 1. Mai, Tag der Arbeit

Seitdem Romain gegangen ist, irrt Odile ruhelos umher und horcht auf, wenn das Telefon klingelt. Romain wird wohl in Paris das gleiche tun. Da beide ausgesprochene Dickköpfe sind, stellt sich die Frage, wer als erster nachgibt. Odile hat Pierre-Marie und Aude gesagt, daß Romain aus beruflichen Gründen verhindert sei. Der Hund Gnafron spürt, daß sie traurig ist, und folgt ihr wie ein Schatten.

Als Thomas (fünf Francs) mit Sally abgehauen ist, hat Odile nicht verstanden, warum Marion diese Situation einfach so hinnahm. An ihrer Stelle hätte sie sich in ein Flugzeug oder einen Zug gesetzt, um Sally die Fresse zu polieren. Anschließend hätte Odile sie in kleine Stücke geschnitten, in Olivenöl gebraten und dann mit einem Hauch Knoblauch verspeist.

»Wenn er eine Neue hat, erschieße ich ihn«, droht Odile, als sie in Marions Zimmer kommt.

»Sie in schmale Streifen schneiden und auf kleiner Flamme goldbraun braten ...«

»Und sie mit einem Hauch Schalotte verschlingen«, beendet Odile den Satz. »Nein, doch nicht. Wenn er eine andere hat, erschieße ich sie alle beide.«

»Ich glaube, er hat keine andere. Du irrst dich, Odile ...«

»Ach, ja? Und wo ist dann das Problem?«

»Eine Frage der Entfernung ... der Kilometer!«

Odile läßt sich auf Marions Bett fallen.

»Ist es denn so schwierig zu verstehen, daß ich meine Weinberge brauche?« fragt Odile gekränkt.

»Ist es denn so schwierig zu verstehen, daß Romain dich liebt und mit dir leben will?« erwidert Marion.

»Seid ihr fertig, Kinder?« kreischt Aude plötzlich über den Flur. Sie hat sich schick gemacht: ein kurzes blaues Kostüm und passende Ballerinaschuhe. Marion ist in rotgrauen Tönen und etwas zwangloser gekleidet. Odile hat das Essen völlig vergessen.

Épernay, 1. Mai,
Restaurant CHEZ PIERROT, Rue de la Fauvette

Das Restaurant macht einen guten Eindruck, und die Tische sind großzügig angeordnet. Ein Großmutterschrank, der besonders ins Auge fällt, vermittelt das Gefühl, man wäre bei Freunden eingeladen. Am Eingang steht ein großer Käfig, in dem bunte Vögel piepsen. Die Karte ist verlockend und der Empfang freundlich.

»Natürlich Potée Champenoise für alle!«

Pierre-Marie spielt den Animateur einer Ferienkolonie. Er möchte, daß seine Schüler typische Gerichte der Champagne kennenlernen. Marion liebt dieses Gericht mit sechs Fleisch- und sechs Gemüsesorten, bittet aber um die Speisekarte.

»Es schmeckt köstlich hier. Das darfst du dir nicht entgehen lassen!« ruft Aude.

»Ich war schon einmal hier, okay? Du hast die Adresse doch von mir bekommen!«

»Gibt es hier Hamburger?« fragt Neil.

»Ich nehme etwas Leichtes. Ich habe keinen großen Hunger«, sagt Odile.

»Wollt ihr uns den Abend verderben?« stößt Aude hervor.

Ihre Stimme zittert. In zwei Minuten wird sie anfangen zu heulen.

»Pierre-Marie lädt uns ein, weil er sich bei uns bedanken will. Das ist ein Fest, und ihr hört nicht auf zu nörgeln!«

Es stimmt, daß sie nichts dafür kann, daß Thomas (fünf Francs) die Potée Champenoise liebt, daß Neil den ganzen Nachmittag auf dem zweiten Level des Labyrinths der Zelda steckengeblieben ist und Romain gerade seine Yucca und seinen Bonsai in Paris gießt.

Die Kellnerin beugt sich zu ihnen hinunter, um die Bestellung aufzunehmen.

»Lachsforelle in Champagner«, bestellt Marion.

»In Folie gegarte Gänseleber«, fährt Odile fort.

»Lammkoteletts«, sagt Neil.

»Weißwein oder Rotwein?« fragt Pierre-Marie.

Odile und Marion schauen sich an.

»Schloß Mervège wohl eher«, rufen sie im Chor.

Pierre-Marie, der ziemlich sparsam ist, macht gute Miene zum bösen Spiel, und als der Champagner kommt, füllt er die Gläser der Erwachsenen.

»Und ich guck' in die Röhre?« fragt Neil sofort, woraufhin sein Vater ihn wütend anfunkelt.

»Ich habe eine große Neuigkeit für euch ...«, beginnt Pierre-Marie.

Hinter dieser spontanen Einladung verbirgt sich also etwas: Wollen sie heiraten? Ist Aude schwanger?

»Ihr werdet sicher überrascht und froh sein ... Das hoffe ich jedenfalls.«

Odile, die sehr niedergeschlagen ist, spielt dennoch die Rolle der großen Schwester.

»Ich glaube, ich ahne es!«

»Wir reden sicher nicht über das gleiche«, sagt Pierre-Marie.

Einen Moment herrscht Schweigen. Aude und Pierre-Marie schauen sich an. Marion denkt an den Tag, als sich alle zu einem Familienessen versammelt hatten und Alice plötzlich sagte: »Ich hebe mein Glas auf Marion und Thomas, die wir bald mit teuren Hochzeitsgeschenken überhäufen werden!« Maurice, Georges, Lucette und die anderen schauten sie verblüfft an.

»Aude hat mir den Brief eurer Großmutter gezeigt«, fährt Pierre-Marie fort.

Odile und Marion werfen Aude einen bösen Blick zu. Sie konnte noch nie etwas für sich behalten.

»Sie wollte, daß ihr nachdenkt.«

»Das wissen wir«, unterbricht ihn Odile.

Aude drückt ihr Glas so fest, daß Marion fürchtet, es könnte zerbrechen. Dann wäre sie gezwungen, die Ärztin zu spielen. Sie legt freundlich eine Hand auf den Arm ihrer Cousine.

»Es ist alles gut. Mach dir keine Sorgen.«

Odile denkt an Romain, der allein im heiteren Paris sitzt. Marion stellt sich vor, wie Thomas (fünf Francs) aus dem Doppeldecker steigt und zu dear Sally geht, um mit ihr einen lovely evening zu verbringen ... Plötzlich tut es ihr leid, daß sie ihren Cousinen nichts von Vincenzo und Rio gesagt hat.

»Ich habe euch anschließend auch etwas zu erzählen!« verkündet sie.

Neil wirft ihr einen erstaunten Blick zu. Odile und Aude schauen sie aus den Augenwinkeln an. Pierre-Marie bleibt ruhig und strahlt. Sein Grinsen zieht sich über sein ganzes Gesicht bis zu den Ohren, die wie Kohlblätter aussehen. Er scheint geradewegs den amerikanischen Bestsellern: *Wie gewinnt man Freunde oder Wie mache ich mich in der Familie meiner Frau beliebt*, entsprungen zu sein.

»Wir wissen alle, daß das Schloß in zwei Monaten verkauft werden muß ...«, beginnt Pierre-Marie.

»Ein solches Haus ist heutzutage unmöglich zu unterhalten ...«, schließt sich Aude seinen Ausführungen an.

»Es sei denn, der Besitz würde sich rentieren«, beendet Pierre-Marie den Satz.

Die Kellnerin bringt Marion ihren Teller. Marion denkt sich: Dieser Pierre-Marie hat soeben *Wie kann man andere so richtig reinlegen* gelesen.

»Wenn du mal zur Sache kämst?«

Pierre-Marie schluckt ein Stück Fleisch hinunter. Aude ertränkt ungestüm ein unschuldiges Stück Brot, das ihr nichts getan hat, in der Sauce.

»So«, sagt Pierre-Marie, »ich werde das Herrenhaus kaufen, um dort Seminare des Raumfahrtzentrums zu veranstalten. Es ist ein idealer Ort, und die Leute werden entzückt sein, die Gegend kennenzulernen und Champagner zu trinken. Ihr könnt kommen, wie es euch beliebt, sobald die Umbauarbeiten beendet sind, und natürlich zu sehr günstigen Konditionen.«

Pierre-Marie strahlt. Es scheint ihn zu begeistern, seine gute Tat mit der Überzeugung, einen Haufen Geld zu verdienen, unter einen Hut zu bringen.

»Wie es euch beliebt!« wiederholt Aude. »Das ist doch genial!«

»Nein!« kann Odile noch soeben mit erstickter Stimme hervorstoßen.

»Wie, nein?«

»Das könnt ihr nicht machen!« sagt Marion, die sich zur Ruhe zwingt.

»Hast du nicht gehört, was Pierre-Marie gesagt hat? Ihr könnt kommen, wann ihr wollt ...«

»Pierre-Marie kann mich mal!« schreit Marion. »Kannst du dir vorstellen, daß wir ihn um Erlaubnis fragen müssen, um Alice zu besuchen? Du träumst wohl! Niemals! Habt ihr gehört? Niemals! Das Haus wird an Unbekannte verkauft, und wir werden niemals mehr einen Fuß auf Schloß Mervège setzen. Das wird passieren!«

»Derjenige, der am meisten bietet, wird es bekommen ...«, wirft Pierre-Marie ruhig ein. »So ist das Leben!«

»Das ist ein gewaltiger Irrtum!« schleudert ihm die leichenblasse Odile ins Gesicht. »Du liegst völlig falsch, wenn du glaubst, es ginge nur um Geld. Das klappt nicht immer. Dieses Haus wird dir niemals als ›idealer Ort‹ dienen, wie du es ausdrückst. Die Gänseleber ist köstlich, aber wenn ich dich ansehe, muß ich mich übergeben.«

»Du hast auch mir den Appetit verdorben, und das ist schade, weil mein Essen im Gegensatz zu dir Respekt verdient hätte!« schließt sich Marion an.

Neil ist zwischen der Bewunderung für seinen Vater und seiner Freundschaft mit Marion hin und her gerissen.

»Man könnte ja meinen, ich hätte euch vorgeschlagen, diese Baracke in ein Bordell, ein Gefängnis oder ein Kasino zu verwandeln! Ich biete euch die Gelegenheit, das Schloß weiterhin zu nutzen, und das ist der Dank?«

»Weißt du, was sie dir sagt, diese Baracke?« stößt Marion hervor.

»Aber er will uns doch helfen, damit das Schloß Mervège nicht in fremde Hände übergeht. Versteht ihr das nicht?« kreischt Aude.

»Es ist kein Brot mehr da ...«, brummt Pierre-Marie, der seine Stimme erhebt und mit den Fingern schnippt. »He, wir haben kein Brot mehr!«

»Würdest du dir einen Zacken aus der Krone brechen, wenn du ›bitte‹ sagtest?« fragt Marion schockiert.

»Ihr geht mir langsam auf die Nerven«, schimpft Pierre-Marie.

Odile schaut beharrlich auf die Kohlblätter, die an beiden Seiten seines Kopfes wachsen.

»Vielen, vielen Dank!« sagt Aude gespreizt und lächelt die Kellnerin an, die einen Korb Brot bringt.

»Nun übertreib mal nicht!« brummt Pierre-Marie. »Das

ist ihr Job. Niemand hat sie gezwungen, Kellnerin zu werden.«

»Dich hat auch niemand gezwungen, dich wie ein Idiot zu benehmen!« kontert Odile und schiebt ihren Stuhl zurück. »Ich werde das Dessert lieber ein anderes Mal in besserer Gesellschaft genießen.«

»Diesem Champagner geht es schlecht, und ich kenne mich ...«, sagt Marion plötzlich. »Ich habe keine Lust, angeklagt zu werden, weil ich einem Mervège in Lebensgefahr nicht geholfen habe. Ich werde ihm draußen Erste Hilfe leisten.«

Sie zwinkert Neil zu und stürzt sogleich mit ihrem gefüllten Champagnerkelch in der Hand hinter Odile auf die Straße. Sie laufen bis zur Rue du Paulmier, dann zum Place Hughes-Plomb, schauen sich an und brechen in schallendes Gelächter aus.

»An die Arbeit! Du verabreichst ihm eine Herzmassage!« befiehlt Marion Odile mit Blick auf den Kelch, »und ich versuche es mit Mund-zu-Mund-Beatmung, okay?«

»Von ›Bläschen-zu-Bläschen‹ willst du wohl sagen? Und wenn wir den Champagner wieder in seine gewohnte Umgebung zurückbringen? Glaubst du, daß er bis dahin durchhält?«

»Der Puls ist schwach, doch es müßte gehen.«

Sie steigen in Marions Auto und fahren zum Reimser Berg, zufrieden, daß sie diesen Dummkopf einfach haben sitzen lassen, der glaubt, Reichtum genüge, um in den Besitz des Schlosses Mervège zu gelangen.

»Da sind unsere Weinberge«, sagt Odile, als sie einen Grenzstein mit dem Namen ihres Ururgroßvaters sieht. »Nur Mut, Alter, du wirst es schon schaffen!«

»Sprießen im April die Knospen, können wir im Herbst die guten Weine kosten!« brüllt Marion und verteilt den Inhalt ihres Kelchs über einem Weinstock. »Vielleicht ist er sogar hier in dieser Reihe geboren.«

Odile seufzt und setzt sich auf den Grenzstein.

»Romain kann doch nicht plötzlich aufgehört haben, mich zu lieben. Es muß etwas anderes sein ...«

»Die Distanz. Du solltest mit deinen Überlegungen mal in diese Richtung gehen, wenn du mich fragst.«

»Habe ich nicht genug Distanz gehalten? War ich zu anhänglich?«

Marion schüttelt entmutigt den Kopf. Sie kehren aufs Schloß zurück. Odile geht sofort in ihr Zimmer. Marion streckt sich auf der Hollywoodschaukel aus und vertieft sich in einen Roman mit dem Titel: *Après nous, les mouches – Nach uns, die Fliegen!*

Einen Moment später hört sie ein Auto die Allee hinauffahren. Pierre-Marie parkt mit quietschenden Reifen ein und schreit Aude an, die ein zu hohes Trinkgeld gegeben hat. Neil spielt mit seinem Game-Boy und folgt ihnen gleichgültig.

Wieder einmal ist Marion über die Unmenschlichkeit der Leute sprachlos. Niemand von ihnen interessiert sich für das Schicksal ihres Champagners.

Schloß Mervège, 2. Mai

Marion spielt auf Alices Klavier eine Kantate von Bach. Wenn es stimmt, daß die Musik die Stimmung erhellt, kann es ihr nicht schaden.

»Guten Morgen, Aude! Hast du gut geschlafen?« fragt sie den Zombie, der schleppenden Schrittes auf die Terrasse schleicht.

»Nein, das kann man nicht sagen«, brummt Aude.

»Odile hat wie ein Murmeltier geschlafen und ich wie ein Ratz ... Ich dachte, ich hätte Probleme, das Gespräch von gestern abend zu verdauen, aber nein!«

Aude geht wieder ins Haus und schlägt die Terrassentür hinter sich zu. Der Briefträger kommt die Allee hinauf und bringt ein Einschreiben, das Marion mit zitternden Fingern öffnet. Sie muß ganz blaß geworden sein, da der Briefträger, der Remi heißt – ein in der Champagne sehr geläufiger Vorname –, sie besorgt anschaut.

»Geht es Ihnen nicht gut, Madame?«

»Mademoiselle!« betont Marion mit einem Lächeln.

Als der Briefträger gegangen ist, liest sie immer wieder das offizielle Schreiben, das ihre Scheidung von Thomas (fünf Francs) bestätigt. Sie spürt eine merkwürdige Unruhe und hat das Gefühl, etwas Entscheidendes vergessen zu haben, so als hätte sie versäumt, die Handbremse anzuziehen, als sie ihren Wagen an einem Hang abgestellt hat ...

Ihr Kopf sitzt dennoch fest auf ihren Schultern. Sie weiß, wie sie heißt und welcher Tag heute ist. Das Gas ist abgestellt. Sie erwartet niemanden, und plötzlich fällt der Groschen: Es ist einfach so passiert, wie aus heiterem Himmel, nach all der Zeit; Schluß, Ende, aus, it's over. Sie liebt Thomas (fünf Francs) nicht mehr! Sie hat ernsthaft geglaubt, sich ihr ganzes Leben nach ihm zu verzehren ... Jetzt, da ihre Scheidung ausgesprochen wurde, ist sie weder traurig noch wütend. Sie hat ganz einfach aufgehört zu leiden.

Dann hat sie eine verrückte Idee. Sie sucht im Werkzeugkasten nach einem Hammer und zerschlägt das Sparschwein, in das sie die Fünffrancstücke hineingeworfen hat, immer dann, wenn sie an Thomas dachte. Eine Scherbe saust wenige Millimeter an ihrem linken Auge vorbei. Sie sammelt die Münzen auf, die über den Boden rollen. Es sind insgesamt vierhundert Francs. Genau der Preis der sowjetischen Kosmonauten-Uhr, die Neil neulich in einem Schaufenster in Épernay entdeckt hat. Das Geschenk wird eine doppelte Bedeutung haben: Indem sie Neil die Zeit der Zukunft schenkt, stellt Marion ihre eigene Uhr wieder richtig ein.

»I'm not in looove!«

»Springsteen?« fragt Neil, der seinen Kopf durch die Tür steckt.

Marion reicht ihm das offizielle Schreiben des Gerichts und betrachtet sich dann in der Fensterscheibe, um sich Mut zu machen. Und das untergräbt ihre Moral. Thomas behauptete, daß die weibliche Kleidung eine Sprache habe. Wenn er da wäre und Marion ihn fragen würde, welche Bedeutung ihre derzeitige Kleidung habe, würde er antworten: »Die Bibliothek wird gleich schließen!«, oder »Stellt euch in einer Reihe auf, Kinder, und geht artig in eure Klassen!«, aber mit Sicherheit nicht *Basic Instinct* oder *Neuneinhalb Wochen* ...

Das Telefon klingelt. Marion eilt zum Apparat. Endlich Romain. Das Dumme an der Sache ist nur, daß Odile ins Schwimmbad gegangen ist, wie immer, wenn sie Sorgen hat ...

Odile ist in ihrem Leben schon etliche Kilometer geschwommen, um etwas zu vergessen. Sie ging schwimmen, wenn sie schlechte Noten hatte, wenn ihr Nachtisch gestrichen wurde, wenn ein Kind nicht mit ihr spielen wollte oder ihre Eltern ihr verboten, eine kleine Katze zu halten. Sie schwamm an dem Abend, als sie zum erstenmal Liebeskummer hatte, an dem Tag, als ihre Wohnung ausgeraubt und ihr Fotoapparat gestohlen wurde, an dem Morgen, als Marions Vater starb, und am Tag nach Alices Beerdigung.

»Odile ist ins Schwimmbad gegangen«, erklärt Marion Romain.

»Wie war das Essen gestern?«

»Mein Champagner hat einen Herzstillstand erlitten, als er in meinen Kelch floß, doch ich konnte ihm Erste Hilfe leisten. Weißt du schon das Neueste? Pierre-Marie will das Schloß kaufen und eine Art Ferienkolonie für Kosmonauten daraus machen. Er will uns sehr günstige Konditionen einräumen, wenn wir aufs Schloß kommen. Das ist nett, nicht wahr? Und wie geht es dir so?«

»Ach, ich warte auf Odile.«

»Tja, sie schwimmt in Épernay, und du stehst dir in Paris die Beine in den Bauch. Man könnte meinen, es handele sich um ein Musical mit Fred Astaire und Ginger Rogers, in der alles auf Mißverständnissen beruht ...«

»Es ist etwas zu Bruch gegangen, Marion ... Gut, ich leg' mal wieder auf!« sagt Romain plötzlich.

»Was soll ich Odile sagen?«

»Was du willst ...«

Marion sieht ihre Cousine im Schwimmbad dank ihres Badeanzugs schon von weitem.

»Romain hat angerufen.«

»Was hast du ihm gesagt?«

»Daß du ins Schwimmbad gegangen bist, daß Pierre-Marie einen Haufen Kohle mit dem Haus verdienen will, daß es heute kälter ist als gestern, aber wärmer als morgen ...«

Als sie vor dem Schloß parken, hebt Gnafron, der auf den von der Sonne erwärmten, roten Terrakottafliesen liegt, den Kopf und wedelt rhythmisch mit dem Schwanz, um zu zeigen, daß er sie mag.

Aude sitzt würdevoll auf der Hollywoodschaukel, liest Zeitung und hört Radio. Serge Reggiani singt mit lauter Stimme: *Mein Kind, du bist zwanzig Jahre alt, und ich warte darauf, daß du dich zum erstenmal mit mir verabredest ... bei dir oder bei mir oder in einem Café!*

Marion verzieht das Gesicht. Ihrem Vater blieb nicht die Zeit, dieses Lied für sie zu singen.

Schloß Mervège, 8. Mai,
Feiertag/Ende des 2. Weltkrieges

Seit dem Vorfall im Restaurant spricht Pierre-Marie nicht mehr mit Odile und Marion. Sie reichen sich bei Tisch das Salz und den Wein, brummen ein »Guten Morgen« oder »Gute Nacht«, »Welcher Idiot hat die Zahnpastatube nicht zugemacht?«, »Wenn man das letzte Toilettenpapier verbraucht hat, legt man neues hin!«, aber das ist alles! Als er am Morgen des 8. Mai nach Belgien zurückfährt, sagt er ihnen widerwillig auf Wiedersehen.

Romain hat nicht mehr angerufen, weil er der Meinung ist, daß jetzt Odile am Zuge ist.

»Euer Krach scheint sich ziemlich hinzuziehen!« stellt Marion fest.

Odile ist überzeugt, daß eine andere Frau im Spiel ist.

»Willst du nicht mit diesem Theater aufhören?« fragt Marion. »Oder willst du diese Geschichte mit dem Spinat wiederholen?«

Odile war acht, Marion sechs und Aude drei. Zum Mittag gab es Spinat. Odile haßte Spinat. Alice konnte ihr noch soviel von Popeye dem Matrosen und seiner Frau Olivia erzählen, auf ihrem Teller eine Landkarte zeichnen, einen japanischen Garten oder einen Clownskopf mit Butteraugen, einem mit Schlagsahne verschmierten Mund, Zwiebackohren und einer Tomate als große, rote Nase, doch Odile weigerte sich, den kleinsten Bissen hinunterzuschlucken. Schön und gut, sagte Alice. Sie würde ihr keine Ohrfeige geben, sie auch nicht bestrafen, sie nicht auf ihr Zimmer schicken und nicht die Stimme erheben. Odile könne den Tisch verlassen, wenn sie keinen Hunger habe. Der Spinat werde allerdings aufbewahrt, bis sie ihn essen würde. Odile erklärte sich einverstanden, spielte den ganzen Nachmittag mit knurrendem Magen und prahlte vor Marion und Aude. Am Abend stellte Alice ihr den aufgewärmten Teller Spinat mit einem anderen Bild wieder hin. Es gab einen kleinen, grünen Berg mit einem Baum aus Petersilie auf dem Gipfel, einen See aus geraspeltem Käse und sogar kleine Buchstabennudeln, mit denen geschrieben stand: Iß uns schnell auf, Odile! Marion und Aude bekamen Spaghetti Bolognese, ein Gericht, das Odile sehr gern mochte.

»Ich halte deine Spaghetti warm. Du kannst sie essen, sobald du dein Mittagessen aufgegessen hast«, sagte Alice.

Odile war nicht schwach geworden und ging, ohne zu essen, ins Bett.

Am nächsten Morgen, ihrem Geburtstag, bekam sie ihren heißen Kakao und die üblichen Cornflakes. Dann kam das Mittagessen. Die ganze Familie flehte sie an. Es gab ihr Lieblingsessen: Hamburger mit Kroketten und anschließend Schokolodenkuchen. Doch wenn Odile sich etwas in den Kopf gesetzt hatte, blieb sie stur.

Sie wurde erst am nächsten Tag schwach, aß ihren ausgetrockneten Spinat und verschlang anschließend die Reste ihres Geburtstagskuchens ...

»Du spielst uns wieder dieses Theater mit dem Spinat vor!« wiederholt Marion. »Du bist dickköpfig, Odile. Wenn du so weitermachst, wirst du alles kaputtmachen!«

»Ich? Das wird ja immer schöner. Darf ich dich darauf aufmerksam machen, daß er abgehauen ist.«

»Ach ja? Dieser Typ liebt dich. Er fährt nach Hause, um zu arbeiten; du ziehst es vor, dir die Zeit zu vertreiben, und siehst dich auch noch als Opfer? Du hast dein Glück nicht verdient, meine Gute!«

Ein ganz normaler Feiertagsnachmittag. Im Fernsehen läuft ein schöner alter Film mit Louis de Funès. Neil, der sich in Alices Sessel lümmelt, lacht sich halbtot. Marion sieht sich mit ihm den Film an. Aude telefoniert mit Pierre-Marie, der soeben in Belgien angekommen ist. Odile legt eine Patience. Die nervtötende, kurze Melodie kündigt die Werbung an, die den Film jäh unterbricht. Neil rennt zur Toilette, um nur keine Bewegung, keine Grimasse und kein einziges Wort seines Lieblingsschauspielers zu verpassen. Gnafron nutzt die Gelegenheit, um ihm seinen warmen Platz zu stehlen. Er springt auf den Sessel, rollt sich zusammen und schläft sofort ein.

Neil hört in der Toilette die Melodie, welche die Werbung beendet, und eilt zurück. Dann geht alles ganz schnell, und später werden verschiedene Versionen des Geschehens kursieren.

Gnafron schläft fest in Alices Sessel, in dem er eigentlich nichts zu suchen hat .... Neil, der den Blick auf den Bildschirm gerichtet hat, läßt sich in den Sessel fallen und bemerkt nicht, daß der Platz besetzt ist ... Gnafron, der durch das Gewicht des Kindes aufgeweckt wird, schreckt hoch und fühlt sich gleichzeitig bestraft und angegriffen. Er verteidigt sich, spannt sich wie eine Feder, reißt das Maul auf und packt Neil knurrend am Hemd.

Neil schreit vor Angst. Marion reagiert als erste. Sie stürzt auf ihn zu und zwingt den Hund, sein Opfer loszulassen. Odile schleppt Gnafron an seinem Halsband auf die Terrasse und verpaßt ihm eine ordentliche Tracht Prügel. Aude, die soeben aufgelegt hat, stürmt auf Neil zu und fällt fast in Ohnmacht, als sie sieht, daß das Ohr des Kindes stark blutet.

»Was ist passiert?« kreischt sie. »Hat Gnafron dich angegriffen?«

»Ich wollte mich nur wieder hinsetzen, um mir den Film weiter anzuschauen. Ich habe nicht gesehen, daß er dort saß ...«, sagt Neil mit leiser Stimme und mit vor Schreck geweiteten Augen. »Wir waren immer gute Freunde. Ich wollte ihm nicht weh tun.«

»Sein Hemd ist ganz zerrissen. Stell dir vor, Neil wäre kleiner gewesen, dann wäre er ihm an die Gurgel gesprungen«, schreit Aude hysterisch.

»Auf jeden Fall hat er sein Ohr nicht verfehlt!« sagt Marion, die sich zur Ruhe zwingt, um nicht noch mehr Aufregung zu verbreiten. »Wie geht es dir, Neil? Gnafron hatte Angst. Hunde reagieren mitunter merkwürdig ...«

»Aber er ist gefährlich. Wir müssen ihn einschläfern lassen«, stößt Aude mit erstickter Stimme hervor.

Marion wirft ihr einen vernichtenden Blick zu, nimmt Neil, dessen Ohr noch immer blutet, an die Hand und geht mit ihm in Alices Badezimmer.

»Du wirst doch nicht in Ohnmacht fallen, oder? Atme tief durch ... Ich lege dir einen Wundverband an.«

Marion wäscht sich schnell die Hände, bevor sie die Wunde berührt, wischt vorsichtig das Blut mit einer Kompresse ab und sieht dann, daß das ganze Ohrläppchen einschließlich des Knorpels sauber abgetrennt ist.

Odile, die ihr gefolgt ist, sieht die Wunde und schweigt. Aude kommt ins Badezimmer und erblaßt.

»Mein Gott, das Ohr ist ja abgerissen!«

Neil wird ganz grün im Gesicht. Marion unterdrückt den Wunsch, ihre Cousine zu töten, schneidet mit der Schere, die sie zuvor in Alkohol getaucht hat, ein Stück Pflaster ab, drückt die beiden Wundränder zusammen und klebt es auf.

»Aude redet einfach so daher! Dein Ohr wird gleich aufhören zu bluten. Ich habe ein Pflaster auf die Wunde geklebt«, erklärt sie Neil. »Ich werde dich ins Krankenhaus bringen, damit du einen richtigen Wundverband bekommst, werter Kollege, einverstanden?«

»Muß das sein?« fragt Neil. »Reicht es nicht, wenn man diesen Verband läßt?«

Marion schüttelt betrübt den Kopf.

»Beweg dich nicht! Ich werde telefonieren. Odile bleibt bei dir.«

Marion rennt die Treppe hinunter, ruft den Notdienst des nächsten Krankenhauses an, bittet, den diensthabenden Arzt sprechen zu dürfen, stellt sich als Kollegin vor und erklärt, was passiert ist.

Zehn Minuten später geht die Schranke vor dem mit einem Äskulapstab verzierten Fiat Punto hoch. Neil steigt aus. Eine hysterische Aude, eine leichenblasse Odile und eine nur äußerlich gefaßte Marion, die sich sagt, daß dieses Ohr fast die Intervention eines Schönheitschirurgen erforderlich mache, folgen ihm.

Der diensthabende Assistenzarzt, Doktor Félix Marcier, ein junger, blonder Bursche mit einem vertrauenerweckenden Lächeln und einem intelligenten Blick, flößt Neil sofort Vertrauen ein.

»Wieviel Stiche werden nötig sein, Herr Doktor?« fragt Aude mit ängstlicher Stimme. »Verstehen Sie, sein Vater hat ihn mir anvertraut.«

»Regen Sie sich nicht auf. Ich werde mich um ihn kümmern, und Sie nehmen solange dort drüben im Wartezimmer Platz.«

»Aber ich will ihn nicht allein lassen«, widerspricht Aude. Ihre Wangen sind feuerrot.

»Erlauben Sie mir zu bleiben, wenn ich mich ruhig in eine Ecke stelle?« fragt Marion.

Marcier antwortet, daß dagegen nichts einzuwenden sei. Eine Krankenschwester führt Aude und Odile ins Wartezimmer, während Marcier ihnen voraus in ein Behandlungszimmer geht und Neil bittet, sich auf das Bett zu legen. Während der Operation rührt sich Marion nicht von der Stelle. In regelmäßigen Abständen versucht sie den Jungen mit tröstenden Worten zu beruhigen.

Der Arzt arbeitet schnell und gut. Er konzentriert sich auf das kleine, weiße Ohr, das aus dem grünen, sterilen

Tuch hervorguckt, mit dem Neils Kopf bedeckt ist. Er nimmt eine Lokalanästhesie vor und setzt die Stiche an beiden Seiten so sicher und genau, daß Marion sich etwas beruhigt.

»Sie machen das ausgezeichnet!« flüstert sie.

»Ich habe gerade einen Lehrgang für plastische Chirurgie absolviert«, flüstert Marcier, der sich auf seine Arbeit konzentriert.

»Alles in Ordnung, Neil?« fragt Marion.

Die Antwort des Kindes dringt durch das Operationstuch gedämpft an ihr Ohr. Als die Betäubung nachläßt, sieht sie, daß sich seine Hände verkrampfen. Marion leidet mit ihm. Sie bleibt in ihrer Ecke stehen und versucht ihm durch ihre Worte zu zeigen, wie eng sie mit ihm verbunden ist und wie sehr sie bedauert, was passiert ist.

»Es ist gleich vorbei, mein Junge«, sagt der Arzt.

Insgesamt dauert die Operation länger als eine Stunde, und dreißig Stiche waren notwendig. Als Neils Kopf wieder unter dem sterilen Tuch auftaucht, kleben seine Haare auf seiner Stirn; er hat Ränder unter den Augen und ist so bleich wie der Kreideboden der Champagne.

»Du warst wahnsinnig mutig«, sagt Marion. Sie drückt ihn an sich und achtet darauf, sein Ohr nicht zu berühren.

Die Situation erschüttert sie. Sie liebt Gnafron, und sie liebt Neil mit jedem Tag mehr. Zum erstenmal in ihrem Leben fühlt sie sich für die Schmerzen eines anderen Menschen persönlich verantwortlich. In der Regel taucht sie wie die Sanitäter nach der Schlacht auf. Die Soldaten sind verletzt, und sie muß sie behandeln. Hier handelt es sich um den Hund der Familie, und ein unschuldiges Kind trägt den Schaden davon.

Der Arzt legt einen Verband auf die Wunde, verschreibt Antibiotika sowie ein schmerzlinderndes Mittel und erklärt, daß die Fäden in der nächsten Woche gezogen werden. Er begleitet sie zum Wartezimmer, wo Odile und Aude in bedrückter Stimmung warten.

»Neil, mein Liebling«, schreit Aude, die sofort aufspringt und sich auf das Kind stürzt, um es in ihre Arme zu nehmen.

»Paß auf seinen Verband auf!« warnt Marion.

Neil läßt es geschehen. Sein Ohr tut ihm jetzt richtig weh, denn die Betäubung läßt nach, und er hat nur noch einen Wunsch, ins Bett zu kriechen und zu schlafen. Er hat versucht, sich Marion gegenüber wie ein Mann zu benehmen, doch er fühlt sich klein, hundeelend und überhaupt nicht cool.

Marion dankt dem Arzt und verspricht ihm, ihn auf dem laufenden zu halten. Schließlich verlassen sie das Krankenhaus.

Der Fiat Punto fährt an den Weinbergen entlang. Marion lenkt den Wagen so vorsichtig wie möglich. Einmal saß Alice in ihrem Auto. Sie hatte eine riesige Torte auf dem Schoß, ein zerbrechliches Gebäude aus karamelisierten Blättern und Zuckerguß. Die Torte war für eine Kommunion bestellt. Marion fuhr vierzig Kilometer in der Stunde, bremste schon Stunden im voraus. Selbst Fahrräder überholten sie, aber der Kuchen und die beiden Frauen kamen heil ans Ziel. Heute sitzt Neil im Wagen, und die Situation ist ähnlich: Ein zerbrechliches Kind mit Glasknochen und einem abgerissenen Ohrläppchen, das es heil abzuliefern gilt ...

Als Marion eine Buchhandlung sieht, die an diesem Feiertag geöffnet hat, hält sie sofort an. Sie springt aus dem Wagen, eilt zu den Regalen, in denen die Comics stehen, wühlt in dem Stapel der Tintinhefte und zieht *Tintin und das kaputte Ohr* hervor, um es Neil zu schenken. Da sie schon einmal dabei ist, nimmt sie auch noch *Die Reise zum Mond* mit. Das wird ihm bestimmt gefallen.

Als sie zur Kasse geht, kommt sie an dem Regal mit den Kriminalromanen vorbei. Das gesamte Werk von Georges Simenon steht dort. Sie denkt an ihren Vater, dessen Bibliothek unter dem Gewicht der Bücher fast zusammenbrach: Anatomielexika, Chirurgiehandbücher und Werke der Pathologie. Nach Christophs Tod verstauten Elizabeth und Marion die ganzen Bücher in Kisten. Hinter den Büchern entdeckten sie das Gesamtwerk von Simenon. Kommissar Maigret versteckte sich hinter der Vorder- und Seitenansicht des Schädels, beobachtete die Anatomischen Berichte über das kleine Becken, überwachte die Postoperativen Komplikationen nach Bauchoperationen, verdächtigte den Blutkreislauf und nahm schließlich die Medizinischen und operativen Notfälle fest ...

Schloß Mervège, 9. Mai

Neil schläft auf der Hollywoodschaukel. Sein Gesicht ist ganz bleich. Er liegt auf seinem gesunden Ohr, die Tintinhefte zu seinen Füßen.

Marions Nerven sind angespannt. Pierre-Marie, der telefonisch benachrichtigt wurde, wird gleich aus Belgien kommen. Sie hofft, daß er Aude nicht beipflichten wird, die davon spricht, den Hund einschläfern zu lassen oder ihn vierundzwanzig Stunden am Tag anzuketten, damit er niemanden mehr verletzen kann.

Um sich abzusichern, ruft Marion Yvon Tuallec an, Gnafrons Tierarzt, und erzählt ihm die Geschichte.

»Glauben Sie wirklich, daß er gefährlich ist? Man muß ihn doch wohl nicht einschläfern lassen?« fleht Marion ihn an.

»Alle Hunde sind potentiell gefährlich!« antwortet Tuallec mit ernster Stimme. »Ihr Hund wußte, daß er nicht auf diesem Sessel sitzen durfte, und er wußte auch, daß Sie ihn bestrafen würden. Außerdem war das Kind durch den Film erregt und hatte es eilig, sich wieder hinzusetzen, um ja nichts zu verpassen. Es hat wahrscheinlich negative Wellen ausgestrahlt ... Hunde finden Aufregung entsetzlich. Sie verbinden das mit einer Herausforderung und einer Gefahr.«

Gnafron liegt am anderen Ende der Terrasse. Er hat die Schnauze zwischen seinen Pfoten versteckt und schaut verzweifelt drein. Er wollte sich nur verteidigen, aber er wird sich noch lange an die Schläge erinnern, die Odile ihm verpaßt hat, und er versteht nicht, warum ihn niemand mehr streichelt, selbst sein Freund Neil nicht.

Am späten Nachmittag hält Pierre-Maries Wagen vor dem Eingang. Er wirft dem Hund einen wütenden Blick zu, weckt behutsam seinen Sohn und schaut sich sein Ohr genau an.

»Hast du Schmerzen?« fragt er in liebevollem Ton, der nur für seinen Sohn bestimmt ist.

Neil nickt.

»Bist du Gnafron böse?«

Wieder nickt er. Marion hat ihm wohl erklärt, daß der Hund ihn nicht verletzen wollte und sich angegriffen fühlte, aber das hat weder seine Schmerzen gelindert noch sein Verständnis für den ungerechten Angriff wachgerufen.

Aude gibt wieder ihre Bedenken zum besten:

»Wir müssen uns unbedingt von diesem Hund trennen oder ihn einschläfern lassen.«

»Ich habe meine Versicherung benachrichtigt und den Unfall gemeldet. Gnafron ist durch meine Haftpflichtversicherung abgedeckt. Alle Arztkosten werden übernommen ...«, sagt Marion.

»Wollen wir ihm das Ohr abbeißen, um ihn zu bestrafen?« fragt Pierre-Marie seinen Sohn mit ernster Miene. »Sollen wir ihm auch Stiche verpassen wie dir?«

»Wir müssen ihn töten!« beharrt Aude.
»Nein!« schreit Neil.
»Wenn du dem Hund etwas tust, kannst du dich auf eine Tracht Prügel gefaßt machen«, warnt Marion sie. »Ich bin zutiefst betrübt, Pierre-Marie ...«

Zum erstenmal, seit sie ihn kennt, zeigt er menschliche Züge.

»Neil ist kein Kind mehr. Von nun an wird er sich in acht nehmen, wenn er mit dem Hund spielt. Hätte eine von euch ihm auch nur ein Haar gekrümmt, wäre ich außer mir vor Zorn, doch es handelt sich hier nur um ein Tier. Als ich klein war, hatten wir auch Hunde. Es kommt vor, daß man gebissen wird ... Bist du sicher, daß du kein Ohrenschnitzel von Gnafron zum Essen möchtest, Neil?«

Das Kind schüttelt lachend den Kopf und verzieht dann das Gesicht, weil die Bewegung ihm Schmerzen bereitet.

»Du warst in Belgien, weil du gearbeitet hast, aber ich wäre sehr froh gewesen, wenn Mama gestern hier gewesen wäre!« sagt Neil und blickt seinem Vater ins Gesicht.

Pierre-Marie fühlt sich schuldig und Aude zurückgestoßen. Marion sagt sich, daß ihre Ermutigungen nichts genutzt haben.

Über Gnafrons Schicksal beruhigt, aber in Sorge um Neils Ohr, bricht sie zu einem Spaziergang durch die Weinberge auf. Sie erlaubt dem Hund nicht, sie zu begleiten ...

Wenn die Arbeiten in den Weinbergen im Mai fortgesetzt werden, sprießen die Knospen, und die Weinbauern fürchten nichts so sehr wie Frost. Um ihn zu bekämpfen, stellen sie in regelmäßigen Abständen Brenner auf, mit Petroleum gefüllte Kanister, aus denen ein kleiner, abgedeckter Schornstein herausragt. Nachts werden die Weinberge von all diesen Feuern hell erleuchtet. Zu dieser Zeit werden die Pflanzen auch gegen Krankheiten wie den echten Mehltau besprüht. Die Weinbauern pflanzen am

Rande der Weinberge Rosenstöcke als Indikatoren, weil die Parasiten zuerst die Rosenstöcke angreifen ...

Als Marion von ihrem Spaziergang zurückkehrt, ruft Odile sie von der Terrasse.

»Du hast Post bekommen!«

Ein großer, brauner Umschlag von der Versicherung, der die Erstattung der Unkosten für den Auftrag des Rücktransportes Reims-Paris mit der Bestätigung der Einweisung des Patienten ins Krankenhaus enthält. Zwei Seiten mit klinischen Untersuchungen, Analysen, Ergebnissen, Anmerkungen und den Behandlungsmethoden. Der Bericht endet mit folgenden Worten: »Der Patient Jacques Berne hat im Verlauf seines Krankenhausaufenthaltes Selbstmord begangen, indem er sich aus dem Fenster stürzte.«

Marion kann sich deutlich daran erinnern, daß die Station, zu der sie ihn gebracht hat, im sechsten Stock lag. Jacques Berne hat seinen Flug dort oben begonnen und sein Ziel nicht verfehlt. Er schwebte unter einer strahlenden Sonne langsam auf den grauen Asphalt zu ...

Carmagnola, Toskana, Italien, 14. Mai

Der Fiat 500 verläßt den *grande raccordo annulare*, den Ring von Rom, um auf die Autobahn nach Florenz zu gelangen. Rio sitzt am Steuer. Er trägt eine weiße Hose und ein blauweiß kariertes Hemd, seine nackten Füße stecken in weichen Mokassins. In ihrem grünen Lederanzug erinnert Serena an die Hauptdarstellerin von *Mit Schirm, Charme und Melone*. Horatio sieht aus wie immer. Dreieinhalb Stunden später verläßt Rio die Autobahn in der Nähe von Florenz, folgt einer Straße, die sich durch das Land schlängelt, und passiert schließlich das Ortsschild von Carmagnola, dem Heimatdorf seiner Großmutter.

»Erinnerst du dich?« fragt Serena.

Ja und nein. Rio erkennt den mit Bäumen gesäumten Dorfplatz wieder, die Kirche, das Rathaus mit der Uhr und die Schule, aber innerhalb von fünfzig Jahren verändert sich in einem Dorf natürlich eine Menge, und so sind der Tischler und der Händler für Eisstangen dem Videoclub und dem Laden, der Mobiltelefone vertreibt, gewichen.

»Wo habt ihr gewohnt?« fragt Serena in liebevollem Ton.

Rio erwacht aus seiner Benommenheit. Er schreitet durch eine typisch toskanische Landschaft, die mit Oliven- und Feigenbäumen, Pinien und Zypressen bestanden ist, auf den Bahnhof zu. Er steigt auf eine moderne Brücke, die dort liegt, wo der Arno und der Ombrone zusammenfließen, erreicht einen kleinen, sonnigen Platz mit dem Schild »Piazza della stazione di Carmagnola«, Bahnhofsplatz von Carmagnola. Man sieht eine orange Telefonzelle, Metallpapierkörbe mit grünen, wackeligen Deckeln, einen roten Briefkasten, Oleander, Palmen, einen ockerfarbenen Bahnhof, zwei Gleise, eine alte, verrostete Brücke, die zu den alten Schienen führt, eine neue Brücke aus blaugrauem Eisen, ein Schild mit der Aufschrift *Vietato attraversare*, Übergang verboten, und ein anderes *Pericolo di morte*, Lebensgefahr, und schließlich einen Gemüsegarten mit Tomatenpflanzen, Kürbissen, Melonen, Salat, Sonnenblumen, einem Wolfshund, der wutschäumend an einer Kette zieht, und eine Frau, die hinter den Jalousien im Erdgeschoß eines Hauses hervorguckt.

Etwas abseits vom Platz steht ein himbeerfarbenes Haus, das unbewohnt zu sein scheint. Das Dach ist teilweise beschädigt, der Garten mit Unkraut, das fast bis zur Taille reicht, überwuchert, die Fensterläden verzogen und der Zaun zerstört.

»War es hier?« fragt Serena, als sie Rios Gesichtsausdruck sieht.

Er geht näher heran, streicht über den Zaun, dessen Holz ihm weniger rauh als damals erscheint, und klettert mühelos hinüber. Für den damals Zehnjährigen war das die reinste Kletterpartie! Dort hinten am Bahnhof steht eine Frau hinter den Fensterläden und beobachtet sie, aber das ist ihm gleichgültig. Er bahnt sich einen Weg durch das hohe Gras und geht zur Tür, die verschlossen ist. Er schiebt einen Fensterladen zur Seite, der sich aus den Angeln löst und mit lautem Krach zu Boden fällt. Serena schreckt zusammen. Er schaut angestrengt ins Innere des Hauses und wartet, bis sich seine Augen an die Dunkelheit gewöhnt haben. Die Küche ist leer, finster und ausgestorben. Rio geht Serena voran um das Haus herum und bückt sich aufgeregt, um eine Art Stock aufzuheben, dessen Farbe am breiteren Ende verblaßt ist.

»Ein Krockethammer: Carlotta hat mir das komplette Spiel zu Weihnachten geschenkt ...«

Er wirft ihn mitten in den verwilderten Garten und kehrt auf den Platz zurück. Rio ist aufgewühlt. Er hatte erwartet, ein schmuckes Häuschen vorzufinden, in dem eine nette Familie wohnt, Eltern, Kinder, Großeltern, Hunde, Katzen, Goldfische und Kanarienvögel – keine wackelige Baracke, die zur Ruine verkommt.

Auf dem Bahnhof herrscht reges Treiben. Die Frau kommt schließlich heraus. Sie trägt ein Hauskleid mit Blümchen und passende Hausschuhe, hat weißes Haar, tiefe Falten auf beiden Wangen, schwielige Hände, und sie macht ein mißtrauisches Gesicht.

»Das Haus steht nicht zum Verkauf!« sagt sie in einem nicht sehr entgegenkommenden Ton.

Rio wendet sich mittels seiner Zeichensprache schnell an Serena.

»Was hat denn dieses Gestikulieren zu bedeuten?« fragt die Frau ungehalten.

»Mein Mann ist stumm und drückt sich in der Zeichensprache aus ...«, erklärt Serena schnell. »Wissen Sie, wem dieses Haus gehört?«

»Der Bürgermeister kümmert sich darum. Schon seit Jahren weigert er sich, es uns zu verkaufen, also haben Sie überhaupt keine Chance!« erwidert die Frau.

»Wir wollen es nicht kaufen. Mein Mann hat hier früher gewohnt! Wohnen Sie schon lange hier?«

Die Frau ist blaß geworden. Sie mustert Rios Gesicht, starrt ihn an und schüttelt den Kopf.

»Das ist unmöglich. Er muß es mit einem anderen Dorf verwechseln«, sagt sie mit fester Stimme. »Die Leute, die hier in diesem Haus gewohnt haben, sind schon lange tot. Ich habe sie gekannt.«

Rio sagt etwas. Serena übersetzt es.

»Mein Mann möchte gerne Ihren Namen wissen, Madame.«

»Poggio-Malva, Mademoiselle Poggio-Malva. Ich bin nicht verheiratet ...«

»Heißen Sie Franca?«

Franca Poggio-Malva starrt die beiden an und weicht erschrocken zurück.

»Woher wissen Sie das? Wer sind Sie?«

»Ich heiße Serena Cavarani, und das hier ist mein Mann Rio, mit dem Sie vor über fünfzig Jahren Krocket gespielt haben ...«

Die Frau stößt einen erstickten Schrei aus, hält sich die Hände vor den Mund und reißt die Augen auf.

»Geht es Ihnen nicht gut?« erkundigt sich Serena. »Wollen Sie sich setzen?«

Doch die Frau hat sich schon wieder gefangen, und ein Wortschwall strömt aus ihrem Mund.

»Ich habe mir gleich gesagt, daß mich sein Gesicht an jemanden erinnert. Es stimmt, daß Rio stumm war, aber er hat nicht so komisch gestikuliert wie jetzt. Er hat nicht gesprochen, das war alles. Er hat auf die Dinge gezeigt ...«

»Er hat es später in Rom gelernt. Sie können mit ihm sprechen. Er ist nicht taub.«

Franca, die von Rio im Krocket geschlagen wurde, dreht sich zu ihm um und sagt nun in einem freundlicheren Ton:

»Alle haben gedacht, ihr wärt gestorben, deine Großmutter und du – als der Zug im Februar 1941 in der Kurve explodiert ist. Sogar eure Namen stehen auf der Grabstele auf dem Friedhof.«

Der jetzige Bürgermeister ist der Sohn des vorherigen Bürgermeisters und der Enkel des Bürgermeister jener Zeit, als Carlotta und Rio in Carmagnola wohnten. Er wohnt immer noch in seinem Elternhaus. Sein Großvater starb 1945. Er wurde von einem deutschen Lastwagen überrollt. Sein Vater starb 1990 an einem Herzinfarkt. Er heißt Fabrizio Cardoni wie sein Vater und sein Großvater und ist Lehrer.

»Oh, Fabrizio! Herr Bürgermeister. Du hast Besuch. Jemand will mit Ihnen sprechen«, schnattert Franca, die so aufgeregt ist, daß sie alles durcheinanderwirft.

Der Bürgermeister, ein junger Mann mit blauen Augen und durchdringendem Blick, der gerade ein nagelneues Rennrad repariert, dreht sich um und wischt seine Hände an einem Lappen ab.

»Guten Tag! Kann ich Ihnen helfen?« fragt er, als er das römische Nummernschild des Fiat 500 erblickt.

»Erinnerst du dich an das Haus neben meinem, das Sie mir nicht verkaufen wollen?« brummt Franca.

»Carlottas Haus? Natürlich! Und?«

»Mein Mann ist Carlottas Enkel«, sagt Serena ruhig.

Serena hat den Eindruck, als würde der Bürgermeister unter seiner Bräune erblassen.

»Mein Großvater, der damalige Bürgermeister, war eng mit Carlotta befreundet. Ihr Sohn Vincenzo ist bei einem Autounfall in den dreißiger Jahren ums Leben gekommen.

Sie und ihr Enkel Rio kamen 1941 bei einer Explosion des Zuges Rom-Florenz, die von Partisanen ausgeführt worden war, ums Leben ... Sie wollten ihn sabotieren, haben eine Zündschnur gelegt, die zu schnell verbrannte, und sind alle dabei draufgegangen. Am Ort des Dramas steht eine Gedenktafel und auf dem Friedhof eine Grabstelle.«

»Nein!« sagt Serena.

Fabrizio schaut sie verdutzt an. Rios Zeichen folgen überstürzt und abgehackt aufeinander wie immer, wenn er nervös ist.

»Mein Mann ist stumm. Er drückt sich in der Zeichensprache aus, aber er ist nicht taub. Er hört, was Sie sagen«, sagt Serena zum hunderttausendstenmal, seit sie zusammenleben. »Nein, Carlotta und ihr Enkel sind bei dieser Explosion nicht ums Leben gekommen. Rio steht leibhaftig vor Ihnen, und seine Großmutter ist 1950 in Rom gestorben. Sie ist auf dem Friedhof in Verano begraben worden.«

Der Bürgermeister krallt seine Hände an den Fahrradlenker. Franca frohlockt:

»Sehen Sie, ich hatte recht, sie herzubringen.«

»Mein Vater hat mir das Versprechen abgenommen, das Haus niemals zu verkaufen oder zu kaufen und Carlottas Eigentum nicht anzurühren ...«, sagt der Bürgermeister langsam. »Als ich ihn nach dem Grund gefragt habe, hat er geantwortet, daß mein Großvater ihm diesen Schwur auf dem Totenbett abgenommen habe.«

Eine Stunde später halten Rio und Serena mit ihrem Fiat 500 an einer Wegbiegung, die oberhalb der Eisenbahnlinie über dem Tal liegt. Unter einem großen Holzkreuz ist eine Gedenktafel aus Marmor in die Wand eingelassen: *Questa croce, o viandante, la morte triste ricorda di ...* (Dieses Kreuz erinnert den Wanderer an den traurigen Tod von ...) und eine Liste von Namen, unter denen Rio und Serena mit

Erstaunen die von Carlotta Cavarani und Rio Cavarani entdecken.

»Kneif mich, damit ich merke, daß ich nicht träume ...«, sagt Rio. »Au, danke, hör auf, du tust mir weh!«

Auf dem Friedhof von Carmagnola findet sich die Namensliste auf einer Grabstelle wieder. Buricchi Giorgio, Nardi Antonio, Spinelli Crucifisso und wieder Carlotta und Rio Cavarani ... mit dem Dank der Einwohner von Carmagnola!

»Ich glaube, ich werde langsam verrückt ...«, sagt Rio etwas später zu Serena, als sie im Restaurant *Lago dell'Inferno* in Poggio Caiano sitzen. »Meine Mutter, von der ich glaubte, sie sei 1940 gestorben, ist 1996 gestorben, meine Großmutter, die 1941 in der Nähe von Florenz gestorben sein soll, ist in Wirklichkeit 1950 in Rom gestorben, und ich soll ein kleiner Haufen Knochen auf der Eisenbahnlinie Rom-Florenz sein ... Wenn wir nicht, ohne es bemerkt zu haben, in die vierte Dimension übergegangen sind.«

Serena gießt roten *Poggiolo* in ihre Gläser, streichelt den Hund, der sich unter dem Tisch regt, und denkt einen Moment nach:

»Das kommt uns alles komisch vor, aber es besteht sicher ein Zusammenhang! Wer hat dir gesagt, deine Mutter sei tot?«

»Meine Großmutter!«

»Und wer hat es ihr gesagt?«

Rio zuckt mit den Schultern.

»Wer hat dem Bürgermeister von Carmagnola gesagt, daß Carlotta und du bei einer Zugexplosion ums Leben gekommen wärt?«

»Carlotta ... nach ihrem Tod?« schlägt Rio vor. »Sie ist gekommen und hat ihn im Schlaf an den Füßen gezogen?«

Serena schüttelt lachend den Kopf.

»Wie haben sie uns für tot erklären können, ohne unsere

Leichen geborgen zu haben?« fährt Rio fort. »Und wenn sie uns mit anderen verwechselt haben?«

»Auf jeden Fall scheint derjenige, der vor mir sitzt, unversehrt und funktionstüchtig zu sein – jedenfalls, soweit es mich interessiert.«

Sie haben inzwischen eine halbe Flasche Wein getrunken.

»Es ist das erstemal, daß ich wieder an diesen Ort komme, seitdem ich tot bin, aber dadurch bewahre ich meinen guten Ruf«, sagt Rio. »Sieh mal! Habe ich dieses Gesicht dort nicht schon einmal gesehen?«

Fabrizio Cardoni, der ihren Wagen entdeckt hat, blickt sich um und entdeckt sie schließlich im Restaurant.

»Herr Bürgermeister ... essen Sie mit uns?« fragt Serena und bietet ihm einen Stuhl an.

Cardoni lehnt das Angebot ab, setzt sich aber hin.

»Ich suche Sie schon seit einer Stunde ... Ich konnte in Francas Gegenwart nicht mit Ihnen sprechen!«

Rio stützt sich mit seinen Ellbogen auf dem Tisch auf und beugt sich neugierig zum Bürgermeister vor.

»Also ... mein Vater hat mir das Versprechen abgenommen, niemals jemandem zu enthüllen, was ich Ihnen jetzt anvertraue. Aber inzwischen ist die Sache ja verjährt«, sagt der Mann, der sich in seiner Haut sichtlich unwohl fühlt. »Carlotta, Ihre Großmutter, war sehr eng mit meinem Großvater befreundet. Sie mußte aus Gründen, die ich nicht kenne, mit Ihnen verschwinden, und zwar spurlos. Gibt es ein besseres Alibi als den Tod? Deshalb hat mein Großvater an dem besagten Abend, als der Zug explodiert ist und die Männer aus dem Dorf geholfen haben, die Verletzten zu bergen, Ihre Großmutter geweckt und ihr gesagt, daß das ihre Chance sei. Carlotta hat ihr Hab und Gut zurückgelassen; er hat Sie beide mitten in der Nacht nach Rom gefahren, und anschließend wurde behauptet, Sie seien unter den Opfern gewesen!«

»Aber warum denn?« ruft Serena. »Hatte sie Schulden oder Feinde?«

Cardoni zuckt die Schultern.

»Mehr weiß ich nicht, und es ist mittlerweile schon eine Weile her. Auf jeden Fall gehört das Haus ohne den geringsten Zweifel Ihnen. Ich fühle mich richtig erleichtert, jetzt, da Sie es wissen. Ich habe versucht, Ihre Spur zu finden, als mein Vater mir diese Geschichte erzählt hat, habe Sie jedoch in keinem Telefonbuch Italiens finden können. Wenn Sie Anklage erheben wollen, würde ich es verstehen, auch wenn dadurch das Andenken meiner Familie beschmutzt würde ... In dem Fall würde ich natürlich von meinem Amt zurücktreten.«

Der Bürgermeister ist jung und ernst, und er ist nicht verantwortlich für das, was passiert ist. Rio und Serena schauen sich an, dann beruhigt Serena Cardoni.

»Ihr Großvater hat eine Dummheit begangen, aber es waren auch verrückte Zeiten, und es ist schwierig, fünfzig Jahre später ein gerechtes Urteil zu fällen. Alle, die damit zu tun hatten, sind tot: Ihr Vater und Ihr Großvater und die Großmutter meines Mannes. Es ist besser, wir lassen es darauf beruhen. Mein Mann möchte keine gerichtlichen Schritte einleiten. Er weiß noch nicht, was er mit dem Haus machen wird. Alles kommt so plötzlich. Wir werden uns mit Ihnen in Verbindung setzen.«

Das Gesicht des Bürgermeisters entspannt sich, und er steht auf, um sich zu verabschieden.

»Ich weiß nicht, wie ich Ihnen danken soll ... Ich bedauere das alles sehr!«

»Denkst du das gleiche wie ich?« fragt Serena, nachdem der Bürgermeister gegangen ist. Rio, der seine Großmutter abgöttisch liebte, nickt erschüttert.

»Noch eine Flasche Poggiolo, bitte!« ruft Serena dem Kellner zu.

Schloß Mervège, 20. Mai

Die Fäden sind gezogen worden, und Neils Wunde am Ohr ist gut verheilt, tut aber noch immer weh. Marcier hat erklärt, daß das normal sei, da der Knorpel in Mitleidenschaft gezogen wurde. Gnafron folgt dem Kind den ganzen Tag wie ein Schatten und lauert vergebens auf die Zärtlichkeiten von einst.

Odiles Stimmung wird von Tag zu Tag schlechter, und Marion ist durch die Nachricht von Jacques Bernes Tod niedergeschlagen. Sie irren wie zwei kraftlose Geister durch das Haus.

Marion ist mit ihrem Füller in der Hand in der Sonne eingeschlafen. Ein türkisfarbener Fleck ziert jetzt ihre hellblaue Jeans.

»Weißt du, wo Alice den Fleckenentferner aufbewahrt hat?« fragt sie Odile.

»In dem Wandschrank unter der Treppe. Direkt neben dem Telefon.«

Neben den Putzmitteln entdeckt sie eine Tasche aus weißem Leder mit einem großen, grünen Fleck. Marion öffnet sie: Die Tasche enthält keine verborgenen Schätze, sondern eine Sonnenbrille, ein Paar Ohrringe aus Perlmutt und ein altes Kinderspielzeug: ein von Motten zerfressenes Schaf. Odile macht ein komisches Gesicht, als sie diese Dinge entdecken, und auch Marion weiß im ersten Moment nichts damit anzufangen. Dann fällt ihr Blick auf die gerahmte Fotografie, die auf dem Schreibtisch ihrer Großmutter steht. Das Foto zeigt die junge Alice mit der weißen Tasche über dem linken Arm, und an der rechten Hand hält sie ein Kind in einem Matrosenanzug, mit Baskenmütze, einer Uniformhose und einer Matrosenbluse mit goldenen Knöpfen. Sie wissen, daß das Louis ist. Alice trägt die Ohrringe aus Perlmutt und die Sonnenbrille, und Louis hält in seinen Armen ein Schaf aus Wolle.

»Die Sachen haben all die Jahre dort gelegen, nachdem das Foto ...«, flüstert Odile.

Durch diese Entdeckung erwacht Odile aus ihrer Benommenheit. In den folgenden Stunden macht ihr das Fotografieren wieder Spaß. Sie schreitet die Terrasse ab, ordnet die verschiedenen Gegenstände als Dekoration an und sucht die Stelle, von der aus der Fotograf Alice und das Kind unsterblich gemacht hat.

»Was machst du denn da mit der fleckigen Tasche?« fragt Aude, die einen flüchtigen Blick auf die Tasche, die Sonnenbrille, die Ohrringe und das Schaf wirft, ohne eine Verbindung herstellen zu können.

»Das ist in Mode«, sagt Odile. »Das ist hip!«

Sie drückt auf den Auslöser: klick; das gleiche Motiv ohne die Protagonisten. Und diese einfache Geste bringt sie auf Trab wie ein Spielzeug, das man aufgezogen hat. Sie durchstreift das Haus von oben bis unten und macht mit der Kamera Jagd auf die nebensächlichsten Dinge. Man trifft sie an den ungewöhnlichsten Orten und in den unwahrscheinlichsten Positionen.

»Da das Schloß verkauft werden wird, müssen wir Erinnerungen schaffen«, erklärt sie Marion. »Damit unsere Kinder und Enkelkinder sich die Bilder von Alices Zimmer ansehen können und erfahren, was auf dem Kaminsims, in der Bar und in der Küche stand, und was an den Wänden des Korridors hing. Ich fotografiere alles, auch die unbedeutendsten Kleinigkeiten. Aus verschiedenen Perspektiven, aus dem Blickwinkel eines Kindes und eines Erwachsenen ...«

Am Abend legt Odile drei Filmrollen auf den Tisch, die rund und dick wie kleine Schweinchen sind.

»So, auf diesen Bildern habe ich das ganze Haus verewigt«, verkündet sie stolz.

Schloß Mervège, 24. Mai

Neil wacht mit einem Brummschädel und wahnsinnigen Halsschmerzen auf. Marion bittet ihn, den Mund zu öffnen, und entdeckt geschwollene Mandeln.

»Keine Schule heute, mein Lieber. Du hast eine schwere Mandelentzündung. Ich werde dir Antibiotika verschreiben.«

»Müssen wir keinen Kinderarzt rufen?« fragt Aude aufgeregt. Doch als sie das gefährliche Funkeln in den Augen ihrer Cousine sieht, weicht sie erschrocken zurück.

Marion schreibt ein Rezept, beauftragt Aude, die Medikamente in der Apotheke zu holen, gibt dem Kind ein fiebersenkendes Mittel und setzt sich auf den Bettrand. Gnafron, der glaubt, daß hier etwas Ungewöhnliches vor sich geht, jault im Korridor und kratzt an der Tür. Neil lauert auf Marions Reaktion.

»Es ist dein Zimmer, Neil, und es ist dein Ohr, auch wenn er dir nicht weh tun wollte. Du mußt entscheiden, ob du dich mit ihm versöhnen willst oder nicht. Es ist jetzt drei Wochen her. Vielleicht ist es an der Zeit, oder es ist noch zu früh. Du mußt es wissen.«

Das Kind verharrt reglos und schweigt.

»Du hast mir noch nie vom Leben in einem Raumfahrtzentrum erzählt, Neil. Wozu soll das gut sein?«

Neil vergißt seine Halsschmerzen und den Hund und fängt begeistert an zu erzählen:

»Um Experimente durchzuführen und das Leben im Weltraum zu ermöglichen. Es wird eine richtige Raumfahrt simuliert. Zuerst der Start, dann das Eintreten in die Umlaufbahn, das Absetzen eines Satelliten, ein Rendezvous im Weltraum, das Eintreten in die Atmosphäre und die Landung. Man lernt auch die Prinzipien des Raketenantriebs und der Stabilisierung einer Rakete kennen, außerdem Montage und Abwerfen einer Mikrorakete und die Beobachtung der Erde durch Tele-Ortung. Die Kenntnisse in der Astronomie werden verbessert: die Sonnen-Erde-Mond-Konstellation, das Sonnensystem, die Entstehung, Existenz und der Zerfall der Sterne und die Himmelskarte. Das ist super! Und man trainiert an Geräten. Das ist cool.«

»Was hast du schon ausprobiert?«

Er strampelt mit den Beinen in der Luft.

»Den Multi-Achsensitz ... Man wird festgebunden, dreht sich in alle Richtungen und muß währenddessen seinen Namen schreiben und auf einer Rechenmaschine tippen. Vielen Menschen wird schlecht!«

»Aber dir nicht?«

»Ich habe mich daran gewöhnt«, sagt Neil stolz. »Ich kann sogar ein Papierflugzeug basteln und es werfen, während ich mich drehe.«

»Alle Achtung! Was sonst noch?«

»Wir machen außerhalb eines Raumschiffes Ausflüge mit dem Raumscooter. Das ist ein Sitz am Ende eines Krans. Man wird festgebunden und hat Hebel, um alle Bewegungen zu steuern. Wenn man einen Fehler macht, bleibt man mit dem Kopf nach unten stehen. Es gibt auch Übungen in Mikrogravitation; das funktioniert mit Hilfe eines Systems von Rollen und Gegengewichten. Man wiegt nur fünf Kilogramm und klettert wie in der Schwerelosigkeit die Kletterwand hinauf, was ich jedoch aufgrund meiner Krankheit nicht machen kann.«

»Was machst du sonst noch?«

»Ich begebe mich gemeinsam mit meinem Vater in die Zentrifuge. Man liegt flach auf dem Bauch und dreht sich ganz schnell.«

»Wie James Bond in *Moonraker*?«

»Nein«, verbessert Neil mit ernster Miene. »Er macht es so wie wir im Raumfahrtzentrum oder wie bei der NASA! James Bond, das ist Kino, aber bei uns ist es ernst!«

Gegen Mittag, als sein Fieber dank des Medikamentes gesunken ist, geht Neil mit einem Schal um den Hals und in einem dicken Pullover zum Essen auf die Terrasse hinaus. Marion erlaubt ihm trotz Audes Protesten, diesen auszuziehen.

Die bunt zusammengewürfelte Gruppe setzt sich an den Tisch. Marion kommt mit zerzausten Haaren. Die hübsch frisierte Aude trägt in ihrem Haar einen Samtreifen, der zu ihrem Polohemd paßt. Pierre-Marie ist gestern zum Friseur gegangen, und er sieht aus, als wäre er aufgrund eines Läusebefalls geschoren worden. Odiles Pony hängt über ihren Augen, und ihr rechter Zeigefinger ist vom Nikotin ganz gelb geworden. Gleich wird sie ihre Kontaktabzüge abholen.

»Mir haben Schwarzweißfotos immer besser gefallen …«, erklärt sie. »Farben und Schminke sind meiner Meinung nach nur Staffage – genau wie die Leute, die in den Weihnachtsferien in die Sonne fahren. Im Winter muß es kalt sein und im Sommer warm, und man sollte aufhören, die alten Schwarzweißfilme zu kolorieren. Ich hasse bunte Menschen. Ich träume davon, nach Lappland an den Polarkreis zu fahren, dorthin, wo es im Winter den ganzen Tag dunkel und im Sommer die ganze Nacht hell ist.«

»Weil es heißblütige Lappländer gibt?« fragt Marion.

Odile muß lachen.

»Und wozu hättest du Lust?«

Marion zerbricht sich den Kopf, um sich nicht lächerlich zu machen. Die Abenteuer von Indiana Jones begeistern sie vor allem im Fernsehen, wenn sie neben dem warmen Ofen sitzt, kleine Crêpes mit Lachs ißt und ein Glas Wodka trinkt.

»Ehrlich gesagt hätte ich große Lust auf ein kleines Häuschen in Griechenland, Irland oder Italien. Und dazu jemanden, der das Feuer anmacht.«

»Ihr seid richtige Stubenhocker«, ruft Aude. »Und was ist mit China, Japan, Indien, Ägypten und Afrika?«

»Du bist mir die Richtige!« kontert Marion. »Dich kann ich mir dort überhaupt nicht vorstellen ... Du würdest Gefahr laufen, deine Lackpumps zu beschmutzen.«

»Ihr irrt euch in bezug auf Aude«, wirft Pierre-Marie ein. »Sie hat mich zu einer Tagung in den Jemen begleitet, und wir sind bei einer Affenhitze durch die Gegend gelaufen. Wir sind sogar einen Vulkan auf Reunion hochgeklettert, wofür wir immerhin fünf Stunden gebraucht haben. Und wir haben auf Korsika eine große Wanderung gemacht, die eine Woche gedauert hat. Das ist eine herrliche Rundreise.«

Aude? Ihre Aude? Mit ihren hübschen Strähnchen und ihrer Kellytasche?

»Hat euch unsere Großmutter vielleicht auch begleitet?« fragt Odile. »Mit einem Stock mit Silberknauf, einer Jogginghose von Lacoste und rosafarbenen Reeboks? Nein? War ja nur so eine Frage ...«

Aude wirft ihren Kopf in den Nacken.

»Wollt ihr wirklich wissen, wo ich gerne wäre? Ich bin am liebsten hier bei euch!«

»Das ist ein Tiefschlag!« kontert Odile.

»Ich weiß, daß ich niemals in den Weltraum fliegen kann, weil man in der Schwerelosigkeit überall gegenstößt ...«, sagt Neil langsam.

»Die Dinge entwickeln sich«, betont Pierre-Marie. »Es reicht nicht, ein Athlet zu sein, um in den Weltraum zu fliegen. Man muß vor allem ziemlich viel im Kopf haben, um diese Mission zu erfüllen ... Raumfahrer sind keine Kinder, sondern zwischen fünfunddreißig und vierzig Jahre alt, und bis du so alt bist, werden sich die Flugbedingungen geändert haben.«

»Und wenn sie wieder zurückkehren, sind wir außerdem auf dem gleichen Stand«, sagt Neil. »Ich meine natürlich die Russen, nicht die Amerikaner.«

Pierre-Marie fährt fort, um es zu erklären:

»Die Amerikaner führen in der Regel kurze Raumfahrten durch, während die Russen ziemlich lange oben bleiben. Aufgrund der Schwerelosigkeit verändern sich die Körperfunktionen; das Blut verteilt sich anders, denn das Herz pumpt das Blut nicht mehr auf die gleiche Weise durch den Körper, und das Gleichgewicht ändert sich. Die Männer kehren mit einem Kalziummangel zurück, der nie mehr behoben werden kann. Sie werden nie mehr fliegen, und sie wissen das. Selbst die geringste Bewegung kann zu Knochenbrüchen führen... Der Preis für die Ehre! Sie haben die Erde aus der Ferne gesehen und kehren von diesem Ausflug zerbrechlicher zurück. Wußtest du das nicht, Marion?«

»Wenn sie zurückkehren, sind wir auf dem gleichen Stand, außer daß sie ihre Träume verwirklicht haben...«, wiederholt Neil. Er beugt sich schüchtern hinunter, um endlich Gnafron zu streicheln. »Ist noch Mousse au Chocolat übrig?«

»Du gehst um den Mars herum«, sagt Marion, die sich über seine Geste freut, »sagst Saturn guten Tag, öffnest den Kühlschrank, und dort neben Jupiter unter dem Salat findest du, was du suchst...«

Neil dreht sich, bevor er die Küche betritt, noch einmal um.

»Du hast von Astronomie wirklich keinen Schimmer!« sagt er.

Paris, Rue de l'Odéon,
in Romains Wohnung, 24. Mai

»Du und ich, wir haben die gleiche Zukunft wie ein Stockfisch in der Mittagssonne«, ruft Romain seinem Telefon zu.

Stille in der Leitung. Heute verdirbt das Licht alles; die

Einrichtung ist finster, die Gesichter dumm und die Dekoration lächerlich. Es ist ein elender Tag, ein Tag, an dem Romain Lust hat, seinen Fotoapparat aus dem Fenster zu werfen.

Er duscht mit geschlossenen Augen. Das letzte Mal, als Odile in Paris war, hat sie mit dem Selbstauslöser Fotos von ihnen gemacht und sie überall im Badezimmer aufgehängt. Bilder eines ganz normalen Paares in einem Straßencafé, am Ufer der Seine und sogar im Bett. Sie hat die Bilder selbst entwickelt und die Fotos in die Trockenpresse gelegt. Sie glänzen wie Lügen.

Das Wasser rieselt über Romains Körper. Er hat geglaubt, Odile zu lieben, aber es war von Anfang an verhext, zu kompliziert, zu viele Kilometer zwischen ihnen und keine Erklärungen, wie die Probleme zu meistern sind. Odile könnte sich mit ihrem Talent, vorausgesetzt daß der böse Wolf sie nicht frißt, leicht einen Namen machen und ein angenehmes Leben führen ...

Er weiß jetzt, daß sie niemals zusammen nach Lappland fahren und die Mitternachtssonne fotografieren werden. Sie wird auch niemals nach Paris ziehen. Sie sehnt sich nach Liebe, aber nicht nach seiner, sonst wäre sie in ihren Wagen gesprungen und zu ihm gefahren, anstatt sich hinter ihrem Stolz zu verkriechen.

Romain, dessen Beruf es ist, den Augenblick festzuhalten, kann die Zeit nicht mehr bändigen. Den Schlaf, den man zu zweit so leicht findet, sucht er allein vergebens. Die Fotos an den Wänden verhöhnen ihn. Er streckt ihnen die Zunge heraus, ehe er die Bilder abnimmt und in eine Schublade stopft. Dann beschließt er, sich mit Freunden zu verabreden und sich mal wieder so richtig vollaufen zu lassen, spät nach Hause zu kommen, sehr spät, und erst dann, wenn er einen dicken Schädel hat.

Schloß Mervège, am Morgen des 25. Mai

»Ich habe eine schlechte Nachricht und eine schlechte Nachricht«, verkündet Odile, als sie in aller Herrgottsfrühe Marions Zimmer betritt. »Welche willst du zuerst hören?«

»Weißt du, wie spät es ist? Geh wieder ins Bett ...«, jammert Marion, die sich zur Wand umdreht.

»Ich muß mit dir sprechen ...«

»Du bist wohl verrückt. Geh zurück in dein Zimmer, leg dich hin, denk an einen schönen Ort, zum Beispiel an einen Strand mit Palmen und einem türkisblauen Meer ... Und komm in zwei Stunden wieder.«

Odile schüttelt den Kopf.

»Ich werde dich mit der Familie Courtepaille allein lassen, und ich dachte, es wäre dir lieber, vorher gewarnt zu werden ... Ich haue ab.«

Marion ist plötzlich hellwach.

»Das kannst du mir nicht antun!«

Die Sonne kriecht durch die Vorhänge ins Zimmer. Draußen bellt Gnafron.

»Ich habe Lust, Romain zu sehen ...«, gesteht Odile.

Der Ford verschwindet hinter der Straßenbiegung. Marion ist nicht sicher, ob Odiles unerwartete Ankunft für Romain eine angenehme Überraschung sein wird. Er erwartet einen zehn Seiten langen Brief, ein zweistündiges Telefongespräch oder sogar eine leibhaftige Odile, aber unter der Bedingung, zuvor benachrichtigt worden zu sein, Blumen und Champagner gekauft und die Socken gewechselt zu haben. Die alte Geschichte des Fuchses von Saint-Exupéry, der zu dem Kleinen Prinzen sagt, er solle jeden Tag zur gleichen Zeit wiederkommen, damit er sein Herz darauf einstellen könne.

Odile hat nicht darüber nachgedacht. Sie ist so von ihrer Liebe erfüllt, daß diese ihr den Blick versperrt und sie selbst Romain nicht mehr sieht, so wie es bei einem dicken Mann mit einem riesigen Bauch der Fall ist, der noch nicht einmal mehr seine Schuhspitzen erkennen kann ...

Marion überlegt, ob sie ihn vorwarnen soll. Sie entscheidet sich dagegen, denn eigentlich geht sie das Ganze nichts an. Sie geht auf die Terrasse hinunter, wo Neil schon mit seinem Game-Boy kämpft, und beginnt ein Spiel mit ihm. Aude kommt mit Gläsern und einem Krug frisch gepreßtem Orangensaft zu ihnen.

»Das sind unbehandelte Orangen. Das ist sehr wichtig«, sagt sie. »Und ich kaufe immer Freilandhühner ... Das ist oberstes Gebot!«

Marion hat davon keine Ahnung. Sie dachte, daß Hühner einfach gebraten oder gekocht oder gegrillt werden und Apfelsinen Apfelsinen mit einem kleinen grünen Zierblättchen sind. Auf Audes Planeten geht es anders zu. Sie gehört einer besonderen Spezies an, etikettiert, schlüsselfertig geliefert, richtig temperiert, mit der Möglichkeit einer Stornierung und Garantie auf Lebenszeit wie die Füller von Montblanc.

Sie setzt sich zu ihnen, schaut in die Runde und gluckt wie eine Henne, was Marion auf die Nerven geht.

»Bei meinen Rücktransporten bin ich meist mit einer Tonne medizinischer Geräte beladen, auf denen ›Reisekrankenversicherung‹ steht. Die Reisenden starren mich genauso an wie du ... Willst du uns Erdnüsse zuwerfen, ja?«

»Kannst du nicht mal etwas netter sein?« erwidert Aude. »Es ist so schön hier. Weißt du was, Marion? All das habe ich Alice zu verdanken: das Glück, das ich mit Pierre-Marie und Neil erlebe, und das Glück, mich in aller Ruhe um sie kümmern zu können ... Vorher haben wir uns nur in den Ferien, an den Wochenenden oder auf Kongressen gesehen!«

»Dann hast du ja im Grunde Glück, daß Alice gestorben ist«, stößt Marion hervor.

Sie bereut ihre Worte sofort, aber es ist zu spät. Totenstille senkt sich auf die Terrasse, die nur durch das Piepen von Neils elektronischem Spiel gestört wird.

»Dir ist auch nichts heilig, was?« fragt Aude mit zitternder Stimme.

Doch. Aber gerade das trennt sie. An dem Tag, an dem Aude als Anwältin vereidigt wurde, gab es ein großes Familienfest mit Onkel Maurice, Tante Albane, Odile, Alice und der ganzen Sippschaft. Wenn Aude, die nicht mehr Grips als ein Kuskuskorn hat, den Courtepaille-Sohn heiratet, wird Onkel Maurice die ganz in Weiß gekleidete Aude an seinem Arm zum Altar führen, und dieselben Gäste, die zu der Beerdigung von Alice und Marions Vater kamen, werden dieselben Champagnergläser erheben.

Als Marion und Thomas heirateten, fand Marion den Weg zum Altar ganz allein. Und an dem Tag, als sie ihre Doktorarbeit einreichte und den Eid des Hippokrates ablegte, kam Elizabeth extra aus Louisiana, und sie gingen mit Alice in einem Bistro essen ...

»Immer wenn ich versuche, mit dir zu sprechen, bist du so schroff zu mir!« sagt Aude.

»Ich stehe außerhalb der Reichweite deiner Raketen«, erwidert Marion. »Mein Planet wird durch einen thermonuklearen Schirm abgeschirmt, der alle deine guten Absichten in eine andere Zeit-Raum-Dimension katapultiert.«

»Ich habe extra für dich Windbeutel mit Schokoladenfüllung gemacht ...«, jammert Aude, die soviel Ungerechtigkeit empört.

»Ich habe keine Lust, gemästet zu werden«, schreit Marion. »Ich habe dich nicht darum gebeten.«

Sie spürt, daß sie allmählich in Rage gerät, eine Wut, die meist mit einer riesigen Dummheit endet, einem Satz, den man nicht mehr zurücknehmen kann, einer unverzeihlichen Geste, etwas, das tötet.

»Yeeeeh«, schreit Neil in dem Moment, als alles auf der Kippe steht. »Ich habe es geschafft! Es klappt!«

Er springt in die Luft und schwenkt seinen Game-Boy, ehe er sich wieder konzentriert, um seine Partie weiterzuspielen. Marion denkt an Neils Mutter, die nie vergessen kann, daß ihr Junge, wenn er sich bewegt, stets Gefahr läuft, sich etwas zu brechen.

»Ich mache dir etwas anderes, wenn du willst«, verteidigt sich Aude verzweifelt. »Ich weiß nicht, wie ich es dir sagen soll, aber ... ich bin glücklich. Zum erstenmal in meinem Leben bin ich nützlich und werde geliebt. Ich habe einen Platz, auch wenn ich nicht deine Phantasie und Odiles Begabung habe. Als wir klein waren, habt ihr alle Leute verzaubert. Ich bin hinter euch hergetrottet, und niemand hat auf mich geachtet. Ich wurde als ›Odiles kleine Schwester‹ oder ›Marions Cousine‹ vorgestellt. In der Anwaltskanzlei geht das so weiter. Sie sind mit mir zufrieden, weil ich unkompliziert bin. Wenn ich in meinem Viertel Einkäufe mache, ähneln mir alle Frauen.«

»Du brauchst nur einen Minirock aus Leder oder Pantherfell anzuziehen, und schon fällst du auf!«

»Man wird den Minirock bemerken, aber nicht mich. Ich will ja nicht nach den Sternen greifen. Ich will nicht Kim Basinger ähneln, ich möchte nur da sein und die Blicke der anderen spüren. Seitdem ich Pierre-Marie kenne, gehen die Blicke der anderen nicht mehr durch mich hindurch, als wäre ich durchsichtig ...«

Ihr Kuskuskorn wiegt heute schwer.

»Du willst mir den Rest geben, indem du mir sagst, daß du mich gern hast?« fragt Marion.

Aude reißt die Augen auf. Mit ihrem blassen Gesicht, ihren runden Wangen und ihrem Mund, der zu einem O gespitzt ist, ähnelt sie einem Schneemann. Ihr fehlt nur noch der schwarze Hut und eine Mohrrübe als Nase.

»Selbstverständlich habe ich dich gern! Ich achte und bewundere dich ...«

»Das ist wirklich nicht nötig. Ich bin eine Null«, schreit Marion und stößt wütend den Tisch zurück. Neils Game-Boy fällt zu Boden.

»Oh, Entschuldigung ...«

Neil steht wie versteinert da und starrt auf seinen Game-Boy.

»Ich wollte gerade meinen Rekord brechen«, sagt er mit einer eigenartigen Stimme. »Ich hatte es fast geschafft.«

Er tritt mit dem Fuß gegen den Tisch.

»Neil!« schreit Aude fassungslos.

Sogar kleine Jungen mit Glasknochen bekommen Wutanfälle.

»Es ist meine Schuld ...«, sagt Marion. »Es tut mir leid, Neil!«

»Schon gut«, erwidert Neil.

»Entschuldigung ...«

»Schon gut«, wiederholt er mit zusammengepreßten Lippen.

Schloß Mervège, am Morgen des 26. Mai

Ein Glück für Romain, daß Marion den Hörer abhebt.

»Hallo! Was macht die Hauptstadt? Und was verschafft uns die Ehre? Ist Odile bei dir?«

»Das wollte ich dich auch gerade fragen.«

Romain hat eine belegte Stimme, als hätte er gestern zu tief ins Glas geschaut.

»Sie ist nicht bei dir? Habt ihr euch gestritten?«

Pierre-Marie, der langsam die Treppe hinuntersteigt, lauscht.

»Sie ist gestern ohne Vorwarnung bei mir hereingeschneit ... Ich wollte mit einem alten Freund, den seine Frau gerade verlassen hat, essen gehen. Ich konnte nicht in letzter Sekunde absagen, denn ich hatte darauf bestanden, daß wir ausgehen, und das hat Madame natürlich nicht gefallen. Ich hätte mit dem kleinen Finger an der Hosennaht zum Appell antreten müssen.«

»Und dann?«

»Ich habe sie mitgenommen ... Sie ist während des Essens gegangen.«

»Vielleicht war es nicht richtig gewürzt?« sagt Marion.

»Ich weiß nicht, ob ich das lustig finde.«

Als Odile am frühen Nachmittag überraschend in der Rue de l'Odéon auftauchte, war Romain ungewaschen und unrasiert; schmutziges Geschirr von drei Tagen stapelte sich in der Spüle, und überall lagen Kleidungsstücke herum, was nicht weiter dramatisch war, aber auch nicht besonders schmuck. Er duschte schnell, um wieder einigermaßen menschlich auszusehen. Odile machte ein Gesicht wie Dornröschen. Sie hatte offenbar erwartet, einen charmanten Prinzen anzutreffen, der die Arme voller roter Rosen hatte, doch sie traf auf einen Stallburschen, der nach Mist stank.

Die Atmosphäre war gespannt wie ein Flitzebogen. Keiner sagte zu dem anderen: »Du hast mir gefehlt«, oder: »Ich konnte allein nicht schlafen«, oder: »Ich hatte Lust auf dich« ... Sie redeten nur über Romains Arbeit, über die Bewohner des Schlosses Mervège, den Bonsai, dem Wasser fehlte, und die Yucca, die zuviel gegossen worden war. Romain wollte nichts überstürzen, weil er dachte, sie hätten die ganze Nacht Zeit, um sich auszusprechen.

Zu Beginn des Essens zeigte sich Odile Romains Freund gegenüber von ihrer besten Seite. Sie war liebenswürdig, lustig und heiter, und Romain fragte sich, ob das die gleiche Frau war, die auf der ganzen Fahrt von der Rue de l'Odéon bis zum Restaurant nicht ein einziges Wort gesprochen hatte. Romains Freund war von Odile angetan und unterhielt sich angeregt mit ihr. Romain freute sich über diesen Sinneswandel. Dann erzählte Odile von Lappland, wohin Romain und sie bald fahren würden.

»Ich will die Reise morgen buchen ... Wann hast du Zeit?« fragte sie Romain in barschem Ton.

»Wir werden später darüber sprechen. Im Moment werde ich in der Firma gebraucht. Ich kann mir nicht erlauben ...«

Odile schob ihren Stuhl zurück und stand auf. Sie zitterte fast.

»Ich brauche dich auch«, zischte sie mit zusammengepreßten Lippen.

Und dann verließ sie das Restaurant.

»Hast du nicht versucht, sie aufzuhalten oder zurückzuholen?« fragt Marion erstaunt.

»Es ging alles ganz schnell, und ich hatte nicht damit gerechnet. Als ich auf die Straße stürzte, war sie schon verschwunden.«

Seine Stimme überschlägt sich am Ende des Satzes, aber er fährt fort:

»Ich habe meinem Freund die Situation erklärt und bin dann nach Hause gerast. Odile war nicht da. Ich habe die ganze Nacht auf sie gewartet.«

»Vielleicht hat sie in einem Hotel geschlafen.«

Obwohl er eine Minute pro Stufe braucht, erreicht der neugierige Pierre-Marie schließlich das untere Ende der Treppe. Marion blickt ihn vorwurfsvoll an. Schweren Herzens läßt er sie allein.

»Hallo! Hallo!« ruft Romain aufgeregt am anderen Ende der Leitung. »Marion, hörst du mich?«

»Ich habe die Spione vertrieben. Wir werden jetzt nicht

mehr abgehört. Wo ist das Kokain? Hast du auch eine Ladung Ecstasy? Es soll Höchstleistungen bringen.«

Neil kommt mit seinem Videospiel die Treppe hinunter.

»Vielleicht taucht sie heute abend mit leuchtendroten Lippen, einem engen Mieder und Netzstrümpfen wieder auf«, sagt Marion zu Romain, um ihn aufzuheitern. »Hast du den Champagner kalt gestellt, Blumen und ein unwiderstehliches After-shave gekauft?«

»Ich bin es leid, ihr ständig hinterherzurennen. Sie interessiert sich nur für sich. Ich muß alle Verabredungen absagen, sobald Madame auftaucht und herummeckert, und meine Freunde vertrösten, wenn Madame von der Hauptstadt die Nase voll hat. Ich habe mich in ihr geirrt, Marion. Sie liebt nur Épernay ... Was kann ich dagegen tun? Einem Rivalen kann ich die Fresse polieren, aber nicht einem Ort!«

Marion ergreift Partei für Odile. Romain antwortet, daß es unmöglich sei, mit einem Luftzug zu leben. Er erkältet sich ständig, weil die Türen aufgehen, wenn Odile kommt, und zuschlagen, wenn sie geht.

»Odile bittet nur um ein vorübergehendes Asyl. Ihr Leben ist genau organisiert, und sie hat nicht die geringste Lust, etwas daran zu ändern. Wenn ich ihr eine Vollzeitbeziehung vorschlage, sagt sie, daß sie frei sein möchte. Weißt du schon das Neueste? Sie will, daß wir uns Faxgeräte kaufen, damit wir uns schreiben können, statt zu telefonieren ... Klasse, nicht wahr?«

Odile wird sicher irgendwo in Paris spazierengehen. Marion kennt sie. Sie erträgt es nicht, daß man ihre Liebe zurückweist und daß die Kraft, mit der sie diese empfindet, nicht alles andere zur Seite drängt. Dem leibhaftigen Romain mit seiner Arbeit, seinen Freunden, seinen Launen und seinen Zweifeln zieht sie den Romain ihrer Träume vor, den sie mit ihrer Liebe bombardiert.

»Ruf mich an, wenn es Neuigkeiten gibt«, sagt Marion.

Er verspricht es, legt auf und starrt einen Moment auf den Hörer.

Marion geht zu den anderen auf die Terrasse. Als sie durch die Tür geht, hört sie, wie Neil seinen Vater fragt:

»Papa, was ist ein Mieder und was sind Netzstrümpfe? Und was ist Ecstasy?«

Pierre-Marie bekommt fast eine Herzattacke.

»Es soll einen in Höchstform bringen!« fährt Neil begeistert fort.

Marion läßt das Frühstück ausfallen und steuert auf ihren geliebten Bouleplatz zu, wo sie sich wieder einmal mit der Nase in den Sand legt. Früher, vor langer Zeit, als die alten Kartographen die Grenzen der bekannten Welt aufzeichneten, schrieben sie: Hinter diesem Punkt stößt man auf Drachen.

Marion weiß nicht, was sie nach Alice finden wird. Sie weiß nicht einmal, ob sie überhaupt etwas finden wird ...

»Marion! Telefon für dich!« schreit Neil.

Marion rennt sofort los. Das wird sicher Romain sein, der zurückruft, weil Odile in die Rue de l'Odéon zurückgekehrt ist.

»Hallo, Romain?« sagt sie noch ganz außer Atem.

»Hallo?« sagt eine kühle, tonlose Frauenstimme. »Marion Darange? Sie erinnern sich sicher nicht mehr an mich. Ich heiße Justine Coudrier und bin mit Odile in Épernay zur Schule gegangen. Ich wohne jetzt in Paris, weil mein Mann hierhin versetzt wurde. Odile hat mich heute morgen in aller Herrgottsfrühe angerufen. Sie ist vollkommen durchgedreht. Ich bin beunruhigt, denn in diesem Zustand habe ich sie noch nie erlebt ...«

Marion erstarrt.

»Was ist denn passiert? Wo ist sie?«

»Ich weiß es nicht. Odile hat in einem Hotel geschlafen. Sie haben doch Einfluß auf sie. Sie müssen sie suchen.«

»Sie hat sich gestern abend mit ihrem Freund gestritten. Man darf die Sache nicht dramatisieren. Odile ist nicht hysterisch ...«

»Genau!« sagt Justine. »Darum bin ich ja auch beunruhigt ...«

»Was hat sie Ihnen denn erzählt, daß Sie sich dermaßen aufregen?«

Justine zögert einen Moment. »Sie hat gesagt, sie habe ihr Leben verpfuscht. Sie und Ihre Schwester hätten richtige Berufe, und es sei Ihnen gelungen, sich abzunabeln, unabhängig zu sein und fern von Épernay zu leben. Da sie jedoch unbedingt dortbleiben und an der Vergangenheit festhalten wolle, sei ihr Leben gescheitert und ihre Zukunft verpfuscht, und es habe keinen Zweck mehr weiterzumachen.«

»Sie war wohl ziemlich verzweifelt, aber sie wird wieder zur Vernunft kommen. Sie ist eine Kämpfernatur«, versucht Marion sich zu beruhigen.

»Wir haben unsere ganze Schulzeit zusammen verbracht. Ich weiß, was los ist. Wenn ich Sie um Hilfe bitte, ist es ernst, das können Sie mir glauben. Sie hat geweint!«

»Odile?«

»Sie hat geweint, ja, ich schwöre!«

Marion ist sprachlos.

»Wenn sie sich noch einmal bei Ihnen meldet, sagen Sie ihr, daß sie mich anrufen soll. Ich werde sie suchen, sobald ich weiß, wo sie ist.«

Schloß Mervège, 27. Mai, auf dem Speicher

Man gelangt von der ersten Etage des Hauses durch die Wäschekammer auf den Speicher. Eine wurmstichige Treppe führt auf einen ersten Dachboden, auf dem alte Fahrräder, kaputte Betten und Koffer stehen, die nicht mehr richtig schließen. Hier und da liegen kleine, rosafarbene Haufen Rattengift. Über wenige Stufen gelangt man auf eine Art vorspringenden Balkon, der Solarium getauft worden ist. Dort oben kann man bei gutem Wetter eine Ganzkörperbräunung vornehmen.

Marion schlägt Gnafron die Tür vor der Nase zu, denn ihm ist der Zutritt aufgrund des Rattengiftes verboten. Dann steigt sie mit ihrem Snoopy-Badetuch, einer Flasche Evian, einer Tube Sonnencreme mit dem höchsten Sonnenschutzfaktor und einigen Zeitschriften die Treppe hinauf. Sie nähert sich dem ersten Dachboden mit äußerster Vorsicht, bereit, bei dem ersten verdächtigen Getrippel sofort den Rückzug anzutreten. Da der Weg frei ist, geht sie etwas weiter, um sich umzuschauen. Sie trotzt den Spinnweben, streicht über die Ledersättel der Fahrräder, klopft auf eine Matratze, der sofort eine dicke Staubwolke entweicht, öffnet einen Koffer, der eine verbeulte elektrische Eisenbahn und einen Haufen verbogener Schienen birgt, und findet im hinteren Teil des Speichers noch einen Koffer mit Papieren und Dokumenten.

Sie setzt sich trotz des dreckigen Bodens auf ihr schönes Handtuch, wühlt in dem Papierberg und findet den Kaufvertrag des Hauses von Émile Mervège, Alices Großvater ...

Am 22. April des Jahres 1860 erschien vor Maître Leon Marigny, Notar aus Épernay, Lady Willow, geborene Gladys Cecil Georgina Forbes, ohne Beruf, Witwe des Lord James Willow. Der Verkauf ihres Besitzes an Monsieur Émile Mervège schließt alle gesetzlich festgelegten Garantien ein. Es wird in diesem Vertrag erklärt, daß Lady Willow mit Lord Willow verheiratet war und in britischer Gütergemeinschaft lebte, und zwar mangels einer Heiratsurkunde, die ihre Eheschließung vom 4. Mai 1855 in London (England) bestätigt; daß sie nie Vormund eines Minderjährigen war, niemals Hypotheken auf ihre Güter aufgenommen hat und daß der verkaufte Besitz frei von Belastungen und Hypotheken ist. Eine Ausfertigung dieser Akte wurde an das Katasteramt von Reims geschickt, Akte 1863, Nummer 53 ...

In einem anderen notariellen Dokument wird vertraglich vereinbart, daß Alice Darange, geborene Mervège, von ihrer Schwester Adèle die Hälfte des Hauses, das ihr gehörte, erworben hat.

Schließlich entdeckt Marion unter dem Stapel Alices Familienbücher ...

FAMILIENBÜCHER – im Plural!

Marion schlägt das erste auf. Sie findet es nicht indiskret, denn sie weiß schon im voraus, was dort steht: die Namen von Philippe, den drei Söhnen Louis, Christophe und Maurice und das Alter des Kapitäns. Sie glaubt es auf jeden Fall zu wissen ...

Auf diese Weise erfährt sie, daß zwischen Vincenzo Crocifisso Cavarani, Soldat, geboren in Bari, Italien, Sohn von Norberto und Carlotta Cavarani, und Alice Mervège (ihre Alice), die Eheschließung in Rom, Italien, im September 1929 vollzogen wurde.

In dem zweiten Familienbuch steht, daß Philippe Maurice Darange, Soldat, geboren in Épernay, die gleiche Alice Mervège, die Witwe des Vincenzo Crocifisso Cavarani, im Juni 1932 in Épernay geheiratet hat.

Die acht letzten Seiten des Familienbuches enthalten Anweisungen von der medizinischen Fakultät bezüglich der Pflege eines Säuglings, stellen die Rechte eines Kindes dar, das zu einer Amme gegeben wurde, und geben Auskünfte dieser Art: *An das Abstillen darf erst gedacht werden, nachdem der Säugling ein Jahr gestillt wurde. Dieses gilt als frühester Termin in den nördlichen Departements und sollte in den südlichen Departements viel später geschehen.* Oder: *Welches Gefäß man auch nimmt, um dem Baby die Milch zu geben, es darf nicht aus Zink oder Blei gefertigt sein, und wenn es ein Fläschchen ist, müssen Schnuller und Flasche aus natürlichem Kautschuk und nicht aus vulkanisiertem Kautschuk bestehen.*

Aus dem Buch fällt ein Bild: ein etwa zehnjähriges Kind, das sich vor dem Schloß Mervège im Gras wälzt, lacht in die Kamera. Auf der Rückseite steht Rio ...

Marion ist erschüttert. Also hat Alice zweimal geheiratet, und ihr erster Mann ist gestorben? Und Rio ist ihr Sohn?

»He, Marion! Ist es schön auf deinem Plätzchen dort oben?«

Es ist Aude, die auf der Terrasse steht und sie ruft. Marion stopft schnell die Familienbücher zwischen die Zeitschriften und läuft schnaufend zum Solarium.

»Schläfst du?« schreit Aude. Marion sieht unten einen weißen Schatten auf den roten Terrakottafliesen.

Gnafron bellt. Er ist beunruhigt, weil er Marions Stimme hört, ohne sie zu sehen.

»Ja, nein ...«

»Hast du meine Zeitschriften stibitzt?«

Marion beteuert ihre Unschuld.

Zwei Stunden später steigt sie gebräunt und von der Sonne berauscht hinunter, unfähig, zwei Gedanken miteinander zu verknüpfen. Alice hat zweimal geheiratet, und niemand hat je vor den Enkelkindern darüber gesprochen. Warum? Eine Menge verrückter Ideen schwirren Marion durch den Kopf. Hatte Alice etwas zu verbergen? War ihr erster Mann ein Deserteur, ein Verräter, ein Schurke, ein Mörder? Und wenn nicht er, dann vielleicht sein Sohn?

JUNI

Rom, 1. Juni, Rios Geburtstag

Serena geht mit Horatio spazieren, damit er sich vor der Reise noch einmal richtig austoben kann, während Rio ein letztes Mal überprüft, ob das Gepäck sicher verstaut ist.

Als er fertig ist, wartet er noch einen Moment, weil er Serena nicht rufen kann, verliert dann die Geduld und pfeift Horatio herbei. Der Hund hört ihn unten auf der Straße. Er stürzt los und zieht Serena mit, springt auf Einladung seines Herrchens in den Wagen und setzt sich auf das Gepäck, das sich hinten in dem orangefarbenen Fiat stapelt. Als Serena Rio gegenübertritt, zeigt sie ihm die rote Rose, die sie hinter ihrem Rücken versteckt hat.

»Herzlichen Glückwunsch zum Geburtstag!«

Rio küßt sie. Seit seine Mutter tot ist, oder vielmehr seitdem Carlotta es ihm mitgeteilt hat, haßt er Geburtstagsgeschenke, weil die Vergangenheit ihn einholt, wenn er Geschenkpapier sieht. Serena und er haben sich angewöhnt, sich eine Rose und eine Reise zu schenken, weil man auf diese Weise keine Pakete auspacken muß ...

»Abfahrt, Carotina!« sagt Serena.

Carotina, wie Serena den Wagen aufgrund seiner orangen Farbe nennt, setzt sich rüttelnd in Bewegung und rast wie ein Profi durch die engen Straßen der Altstadt von Rom. Rio holt seine Sonnenbrille aus dem Handschuhfach und setzt sie auf.

»Weißt du, daß du schöne Augen hast?« sagt Serena.

»Du müßtest mal deine sehen!« erwidern Rios Hände.

»Sei still und leg deine Hände aufs Lenkrad, sonst bauen wir noch einen Unfall.«

Rio nimmt eine enge Kurve, ohne die Geschwindigkeit zu drosseln.

»Hast du an die Zaubertafel gedacht?«

Serena zeigt mit dem Finger auf die Tasche.

»Sie werden wieder sagen, daß dein Französisch besser sei als meins!« brummt sie.

»Dieser gute, alte Witz ....«

»Er ist wie wir und der Wein. Er wird mit dem Alter immer besser.«

»Ich kann es kaum erwarten, dieses Boot zu sehen«, sagt Rio. »Als ich klein war, träumte ich davon, Schiffsjunge zu werden.«

»Wo übernachten wir heute abend?«

Rio macht ein nachdenkliches Gesicht.

»Wir müssen das Reich der Drachen und den Zauberwald hinter uns bringen und den Sirenen trotzen ... Bei Sonnenuntergang erreichen wir die Berge der Zyklopen und können in der Nähe von Genua übernachten, und hinter der Grenze steuern wir auf das Königreich des perlenden Weines zu!«

Épernay, Rue Eugène-Mercier, bei Moreno, am 1. Juni

Moreno folgt mit dem Blick den Falten der Gardinen, ein untrügliches Zeichen, daß er besorgt ist. Da sein Horizont von den Wänden des Zimmers begrenzt wird, hat er sich angewöhnt, seine Stimmung auszudrücken, indem er dieses oder jenes Möbelstück anschaut. An jedem 1. Juni und an jedem 2. Februar überprüft er die Gardinen.

Es tut ihm leid, daß er den Fragen von Marion Darange ausgewichen ist, als sie ihn besucht hat, aber er konnte nicht anders. Alice, seine Komplizin, seine geliebte Freundin hatte beschlossen, die Vergangenheit zu begraben, weil sie es für besser hielt, die Toten in Frieden ruhen zu lassen.

Moreno hat Vincenzo Cavarani gekannt und geschätzt und Rio sehr geliebt. Als Philippe im September 1940 zu ihm kam, um ihn um Rat zu fragen, begrüßte er seine Idee, das Kind fortzubringen, solange seine Mutter im Krankenhaus in Lebensgefahr schwebte. Er glaubte, daß Rio es bei seiner Großmutter väterlicherseits auf dem Lande gut haben würde. Als Alice ein Jahr später wieder gesund war und es sich als unmöglich erwies, Carlotta Cavarani zu erreichen, schlug er spontan vor, Alice nach Florenz zu begleiten, weil Philippe an der Front war.

Sie kamen an einem schönen Frühlingsmorgen in Carmagnola an und dachten, daß die Verbindungen aufgrund des Krieges unterbrochen seien, daß sie den kleinen Jungen und seine Großmutter aber trotzdem mühelos finden könnten. Am Dorfeingang trafen sie Kinder, die von der Schule nach Hause gingen, und Moreno fragte sie, wo Rio sei. Die Kinder wiesen auf den gegenüberliegenden Friedhof. Alice und Moreno fiel es in der Tat nicht schwer, die Stelle mit den Namen der Partisanen zu finden, die Opfer der Explosion des Zuges von Rom nach Florenz geworden waren: Buricchi, Nardi, Spinelli und am Schluß Cavarani, Carlotta und Rio mit dem Dank der Einwohner von Carmagnola.

Alice fiel nicht in Ohnmacht. Sie weinte nicht und schrie nicht, nur ihr Blick veränderte sich. Moreno sah diesen Blick drei Jahre später wieder, als Louis starb, und dann erneut viele Jahre später, als Christophe starb.

Rio, der am 1. Juni 1930 geboren wurde, starb am 2. Februar 1941, und an jedem 1. Juni und an jedem 2. Februar ließ Alice zu seinem Gedenken heimlich in der Kirche von Épernay eine Messe lesen. Anschließend ging sie zu Moreno und trank mit ihm Champagner, um ihr Leid zu lindern.

Die Marne, 2. Juni, Bootshafen

Das Boot ist grün wie in den Prospekten, und die Seiten sind weiß. Glücklicherweise, denn Rio haßt Rot. Er trägt diese Farbe nie und Serena und Horatio auch nicht. In der Wohnung in Rom gibt es nichts Rotes, in dem Haus in Passo Scuro nicht und auch nicht in Rios Videospielen. Wenn man ihn mit etwas Rotem konfrontiert, sieht Rio rot!

Diese Abneigung stammt noch aus seiner Kindheit. In den sechs Monaten, die er in Carmagnola verbrachte, verpaßte Carlotta, seine Großmutter, ihm ausschließlich rote Garderobe aus glänzender, raschelnder, glatter Seide, die aus einem riesigen Stück Fahnenstoff herausgeschnitten worden war. Sie nähte ihm Hemden, Shorts und Hosen. Der Stoff war kühl im Sommer und warm im Winter, weich auf der Haut und strapazierfähig. Aber Rio haßte ihn, weil man ihn schon von weitem sah und die Enten im Hof von Carlotta sich sofort auf ihn stürzten, um ihn in die Waden zu zwicken.

Sein Vater, Vincenzo Cavarani, Schriftsteller, machte eine Reise durch Frankreich, um für ein Buch zu recherchieren, das in der Champagne spielte, als er Alice Mervège kennenlernte. Sie verliebten sich sofort ineinander, und 1929 heirateten sie in Florenz, weil die Familie Mervège ihre Verbindung nicht billigte. Sie zogen in das Künstlerviertel. Der vierzigjährige Vincenzo Cavarani war ein populärer Schriftsteller. Alice Cavarani war gerade zwanzig Jahre alt, sprach Italienisch mit einem herrlichen französischen Akzent und hatte eine vielversprechende Karriere als Malerin vor sich. Rio wurde 1930, ein Jahr später, geboren. Sie lebten zwei Jahre glücklich zusammen, bis Vincenzo bei einem »dummen Autounfall« ums Leben kam, wie man damals sagte, wahrscheinlich, um ihn von einem »intelligenten Unfall« zu unterscheiden ...

Alice verbrachte mehrere Monate in einer Klinik. Sie war vollkommen in sich gekehrt, aß kaum etwas und akzeptierte nur, mit Carlotta, Vincenzos Mutter, zu sprechen, die sich um Rio kümmerte. Carlotta verständigte alsbald die Familie Mervège, und Adèle, Alices Schwester, kam, um sie nach Épernay zu bringen.

Eineinhalb Jahre später lernte sie Philippe Darange kennen, einen Offizier aus Épernay, der sie heiratete. Louis, ihr ältester Sohn, wurde im folgenden Jahr geboren ...

Rio erinnert sich ausgezeichnet an diese Zeit. Erst wenn sich der besagte 11. August 1940 nähert, legt sich ein Schleier über Rios Erinnerung. Er spricht nicht gerne über diesen Tag. Seine Hände werden schwer und ungeschickt, wenn es um dieses Thema geht.

Das Boot, das Serena gemietet hat, ist ein neuneinhalb Meter langer Kahn mit einer großen Kajüte, einem Doppelbett, einer Küche mit einem Zweiplattenkocher, einem Backofen, einer Spüle, einem Sechzig-Liter-Kühlschrank, einem Einzelbett auf dem Gang für Horatio, einem Badezimmer mit WC und Dusche, einem Raum mit einem weiteren Doppelbett und großen Schränken, einem Tank mit 450 Litern Wasser, einem Brenner, einem Heizlüfter und einem Tank mit 250 Litern Dieselkraftstoff. Auf dem Tisch in der Kajüte stehen ein gelber Tulpenstrauß und daneben eine Flasche Mercier Champagner. Der Bootsverleiher ist fröhlich; er hat ein rotes Gesicht und einen wiegenden Gang.

»Es heißt der Grüne Flitzer ... Gefällt es Ihnen?«

Rio lächelt. Genau so hat er es sich vorgestellt. Sie bringen ihr Gepäck an Bord. Anschließend lassen sie das Boot und Horatio als Wache zurück und gehen in den Supermarkt, um sich mit Lebensmitteln einzudecken. Serena hat aus Rom Tischdecken, Geschirrhandtücher, Bettlaken, Nudeln, Kaffee und sogar Horatios Kissen mitgebracht.

Der Bootsverleiher erklärt ihnen, wie das Boot gesteuert

wird. Sie hören zu und machen sich Notizen. Um es zu starten, muß man die Zündung betätigen, kuppeln, indem man den Knopf des rechten Hebels drückt, den Hebel nach vorn ziehen, den Schlüssel herumdrehen und die Kupplung kommen lassen, indem man den Knopf losläßt. Um den Motor auszuschalten, stellt man den Hebel in die senkrechte Position in den Leerlauf, zieht an dem linken Hebel, schaltet die Zündung aus, nimmt den Schlüssel heraus und schiebt den linken Hebel zurück ... Rio läßt sich noch einige Kleinigkeiten genauer erklären, indem er die Zaubertafel benutzt, auf die er in einem untadeligen Französisch ganz schnell seine Fragen schreibt.

»Sie sprechen wirklich sehr gut Französisch«, sagt der Bootsverleiher erstaunt. »Ich meine natürlich ...«

»Wenn Sie meinen Akzent hören würden, wären Sie platt!« schreibt Rio.

Das Boot gleitet mit fünf Kilometern pro Stunde über das Wasser. Rio hat eine Kappe auf dem Kopf und sitzt am Steuer. Serena sonnt sich auf dem Dach. Horatio steht am Heck und beobachtet den Flug der Vögel und die Fische, die im Wasser schwimmen.

Das Boot fährt dank Rio unter italienischer Flagge. Er hat den Käsehändler im Supermarkt, dessen Stand mit allen europäischen Flaggen geschmückt war, betört. Mit dem Ergebnis, daß er ihnen die Flagge ihres Heimatlandes geschenkt hat, woraufhin sie, um sich zu bedanken, sofort tonnenweise Käse gekauft haben. Heute ist ein italienischer Nationalfeiertag. Im ganzen Land sind Fahnen gehißt, überall finden Umzüge statt. In Frankreich ist außerdem Muttertag. Rio hat ein Gesicht gezogen, als er heute morgen dank der zahlreichen Plakate in den Geschäften davon erfahren hat.

Fünfhundert Meter vor der ersten Schleuse hupt Rio und bremst ab, um der Schleusenwärterin Zeit zu lassen, aus dem Haus zu kommen und die Schleusentore zu öffnen. Serena steigt vom Dach herunter und greift nach den Seilen, die von den Wänden der Schleuse herunterhängen. Rio bringt das Boot in die richtige Position, indem er ein wenig Gas gibt und kurz den Vorwärtsgang und dann den Rückwärtsgang einlegt.

»Schönes Wetter!« sagt die hübsche Schleusenwärterin, während das Wasser in die Schleuse läuft. »Brauchen Sie etwas? Ich habe frische Eier, Milch und selbstgemachte Mirabellenmarmelade mit Rum.«

Sie läßt einen Korb an der mit Algen überzogenen Mauer hinunter. Serena nimmt sich, was sie braucht, bedankt sich und legt das Geld in den Korb.

Rio macht es Spaß, das Boot zu steuern und zwei Monate lang mit seiner Frau und seinem Hund auf dem ruhigen Fluß zu verbringen. Er hat es nicht eilig, das Haus von damals wiederzusehen. Es hat für ihn zu dem Zeitpunkt, als seine Besitzerin gestorben ist, aufgehört zu existieren. Vor allem will er verstehen, was passiert ist.

Er hält Ausschau nach einem Liegeplatz für die Nacht. Einige Sportsegler bevorzugen die Häfen oder die Nähe der Schleusen, um in Ruhe zu schlafen. Rio und Serena möchten keine Nachbarn und Bequemlichkeiten, sondern Ruhe, Stille und unberührte Natur.

Sie schauen im Führer der Flußschiffahrt auf der Marne, von Paris nach Vitry-le-François nach, um mögliche Halteplätze zu finden.

»Sollen wir hier anhalten?« schlägt Rio vor und klopft mit der Hand gegen das Dach des Bootes, damit Serena sich herabbeugt und ihn anschaut.

Eine Wiese, auf der Kühe weiden, ein Fluß, Apfel- und Birnbäume, aber nicht diejenigen Ribbecks, und weit und breit kein Mensch.

»Horatio wird den Kühen hinterherlaufen. Es wird ihm gefallen.«

Rio gibt noch ein bißchen Gas und fährt jetzt acht Kilometer pro Stunde, um das Wäldchen zu erreichen.
»Alles klar zum Anlegen?«
Serena holt den Hammer und die beiden Pflöcke hervor, die Rio in die Erde schlagen wird, und nimmt den Bootshaken. Das Ufer kommt langsam näher. Serena dämpft den Aufprall des Bootes mit dem Bootshaken ab und verstaut ihn anschließend wieder. Sie nimmt Anlauf, um zu springen. Horatio bellt. Rio legt an und sichert das Boot am Halteplatz so gekonnt, als hätte er in seinem ganzen Leben nichts anderes getan.

Paris, Rue de l'Odéon, am frühen Abend des 2. Juni

Odile hat Lust auf Romain. Außerdem möchte sie gern verwackelte Fotos machen. Sie fotografiert Romains Haus, den Eingang, die Straßenecke, setzt dann das Zoomobjektiv auf und fotografiert seine Fenster. Das Licht gefällt ihr nicht. Es gibt Fotos, die man nicht machen sollte.

Eines Abends, nachdem sie ein Konzert in Bercy besucht hatten, verbrachten sie die Nacht in einem kleinen Hotel im Maraisviertel, einfach so, weil ihnen gerade der Sinn danach stand. Odile schläft seit einer Woche in genau diesem Hotel. Sie hat das Zimmer, in dem sie geschlafen haben, gemietet und fotografiert, und sie hat auf der gleichen Seite des Bettes gelegen. Je näher der Tag heranrückt, desto stärker regnet es und desto mehr wächst ihre Unruhe. Da ihre Augen feucht sind, fotografiert sie die Brunnen von Paris und die Plätze im Regen und stellt alles auf den Kopf. Sie hat ihre Hasselblad im Hotel gelassen und durchstreift diese verdrehte Welt mit ihrer alten Leica, um die Vergangenheit einzufangen, die Orte, an denen sie gewesen sind, diejenigen, von denen

Romain ihr erzählt hat, und diejenigen, die sie an ihn erinnern.

Es gibt wirklich unbezwingbare Menschen und Winkel. Odile betrachtet die Welt mit Romains Augen. Er ist ihr näher als je zuvor. So sehr sie sich auch wünscht, aufs Schloß zurückzukehren, scheint es ihr doch unmöglich zu sein, dieses Paris zu verlassen, wo die Menschen sich auf der Straße nicht grüßen. Sie schlägt sich die Nacht in Paris um die Ohren, geht unter Romains erleuchteten Fenstern vorüber und streichelt die Schlüssel seiner Wohnung in ihrer Tasche. Er war ihr neulich im Restaurant so fern, so fremd, und darum ist sie einfach während des Essens gegangen. Romain entzieht sich ihr; sie spürt, daß er ihr entgleitet. Er muß es wohl mit irgendeiner Schnepfe treiben, die gerade gut genug ist, mit dem Hintern zu wackeln und ein Familienessen mit einer Wegwerfkamera zu fotografieren!

Odile beobachtet heimlich die Leute, die ins Haus gehen und herauskommen. Es sind immer dieselben. Als Romain gestern abend in sein Auto gestiegen ist, hätte Odile fast ein Taxi gerufen, um ihm wie in einem Film zu folgen, aber sie hat es nicht gewagt ...

Vor dem Haus ist eine überdachte Bushaltestelle, wo sie sich unterstellt, um auf seine Rückkehr zu warten. Sie hat ihren Walkman, die *Libération,* ein Schinken-Sandwich und eine Flasche Coca-Cola mitgebracht. Romain kommt um Mitternacht allein zurück. Er fährt zehn Minuten um den Block, um einen Parkplatz zu suchen, geht dann hoch und zieht die Vorhänge im Schlafzimmer zu.

Solange Odile fotografiert, geht es ihr nicht schlecht. Wenn sie sich auch nichts gesagt haben, was nicht wiedergutzumachen wäre, weiß sie, daß etwas im argen liegt. Erstens haben sie nicht miteinander geschlafen, als sie angekommen ist, obwohl sie nur darauf gewartet hatte. Zweitens hat Romain das Essen mit seinem Freund nicht abgesagt, obwohl sie doch soviel zu besprechen gehabt hätten. Drittens hat er ihr zu verstehen gegeben, daß seine Arbeit wichtiger als sie und ihm Lappland vollkommen gleichgültig sei. Dabei hätte er doch wissen müssen, welche Bedeutung sie dieser romantischen Reise beigemessen hatte.

Odile klebt auf die Scheibe der Bushaltestelle ein Bild von Romain und genau gegenüber ein Selbstporträt von sich im Regen, damit sie miteinander sprechen ...

Sie kauft eine Spraydose mit schwarzer Farbe und bastelt sich eine Schablone aus Cansonpapier. Mitten in der Nacht besprüht sie die Romains Haus gegenüberliegende Mauer. Das Bild stellt einen Fotoapparat und eine Flasche Champagner dar. Er wird es verstehen.

Gegen sechs Uhr geht Odile ins Hotel zurück, um zu schlafen. Sie weiß nicht, daß die Stadtreinigung von Paris in einer Stunde die Mauer abwäscht, und zwar noch bevor Romain aufwacht.

Schloß Mervège, 10. Juni

Der Juni ist in den Weinbergen die Zeit der Blüte. Die Knospen springen auf, und die flaumigen Blätter sprießen. Die Blüte treibt neue grüngelbe Triebe. Wenn die Lilien in Blüte stehen, steht auch der Weinberg in Blüte. Und hundert Tage nachdem der Weinberg in Blüte steht, die je nach Jahr in die Zeit zwischen den 10. Juni und Ende Juni fällt, findet die Weinlese statt. In diesen hundert Tagen muß der Weinbauer hart arbeiten. Frost und Kälte können die Ernte gefährden. »Hat der Juni viele Sonnentage, protzt die Rebe im Herbst mit ihrem Ertrage«, sagt ein Sprichwort.

Der Juni ist auch die Zeit des Ferienbeginns, und die Besitzer einer Reisekrankenversicherung drängen auf die Straßen, um übermäßig viel Sport zu treiben, um in der

Sonne zu braten, die Welt zu erkunden, um alles mögliche zu essen und zu trinken oder um einfach krank zu werden. Die Versicherungsgesellschaft hat mit Marion Kontakt aufgenommen. Ihr Arbeitgeber weiß, daß sie nicht vor dem 1. August zurückkehrt, doch die Aufträge flattern ins Haus, und auch sie muß ihre Arbeit leisten. Man hat ihr einen dringenden Rücktransport Paris-Nairobi aufs Auge gedrückt.

»Triffst du Odile, wenn du morgen nach Paris fährst?« fragt Neil.

»Ich hoffe …«, antwortet Marion, die froh ist, daß er allmählich wieder mit dem Hund spielt, auch wenn er noch mißtrauisch ist.

Es kommt oft vor, daß Neil sein Gesicht verzieht, wenn er sein Ohr berührt, oder eine Grimasse schneidet, wenn er seine Kappe oder seinen Walkman aufsetzt, doch das ist nur eine Frage der Zeit.

Und als Gnafron Marion aus goldenen Augen zärtlich anschaut, streichelt sie ihn und schimpft: »Du weißt, daß du Neil weh getan hast?«, und der Hund scheint es zu verstehen …

Paris, am frühen Abend des 11. Juni

Auf der Terrasse des Cafés gegenüber der Versicherungsgesellschaft gibt es noch immer die gleichen Tassen und Untertassen aus zartem Blau mit Goldrand, aber der Kellner ist neu. Der vorherige Kellner hätte Marion erkannt, ihr ohne zu fragen einen starken Kaffee gebracht und gerufen: »Wie geht's, Frau Doktor? Mein Herz klopft, wenn ich Sie sehe. Ist das normal?«, und sie hätte sich auf dieses Spiel eingelassen, seinen Puls gefühlt und wie immer festgestellt, daß er sofort operiert werden müßte.

Der neue Kellner ist wirklich krank. Er ist mager und

hat einen graugrünen Teint – sicher zuviel Arbeit, zu viele Zigaretten und zuviel Alkohol. Als er ihr den Kaffee hinstellt, schüttet er die Hälfte auf die Untertasse, was Marion nicht ausstehen kann.

Marion hat in der Vergangenheit vor jedem Rücktransport dieses Bistro besucht, um einen Kaffee zu trinken: dreimal pro Woche, elf Monate im Jahr. Sie kannte die Stammgäste: die Angestellten aus dem Computerladen gegenüber, die Möbeltransporteure von der Straße weiter unten, die Kneipenhocker und die Gymnasiasten, die verrückt aufs Flippern waren. Seitdem sie auf Schloß Mervège wohnt, hat sich alles verändert. Der Computerladen ist geschlossen; die Möbelpacker sind umgezogen; die Kneipenhocker sind zusammengebrochen und die Gymnasiasten älter geworden ...

Marion »fliegt nicht mehr, um die Welt zu retten«, wie Alice sagte. Sie hat seit fünf Monaten nichts getan, rein gar nichts, gefaulenzt, mit den Zehen gewackelt und den Blick auf die blaue Linie des Curaçao gerichtet. Sie fühlt sich wie eine Schnecke, die ihr Schneckenhaus einem Freund geliehen hat und die, als sie es wieder zurückholen will, feststellt, daß es ihr nicht mehr paßt. Es ist schon ihres. Ihr Name steht darauf, doch weder Farbe noch Form oder Größe stimmen. Es ist so, als ob sie sich aufgrund ständigen Grübelns, selbst wenn sie im Schneckentempo denkt, so sehr verändert hat, daß sie nicht mehr in ihre Vergangenheit zurückkehren kann.

Sie geht zum Telefon und ruft Justine Coudrier an, die von Odile nichts gehört hat und vorschlägt, die Polizei zu verständigen, um eine Vermißtenanzeige aufzugeben.

Marion beruhigt sie:

»Sie ist volljährig und geimpft. Wenn sie wieder anruft, sagen Sie ihr, daß ich in Paris bin, um zu einem Rücktransport aufzubrechen. Ich fliege morgen nach Nairobi ...«

»Ich mache mir große Sorgen!« flüstert Justine.

Da ist sie nicht die einzige. Anschließend ruft Marion Romain an. Auch er hat nichts gehört. Da nach fünf Minuten ein anderer Gast das Telefon benutzen will, beschließen Marion und Romain, zusammen zu essen.

Paris, in einem Restaurant à la mode in Les Halles, 11. Juni

»Weißt du, wie spät es ist?« scherzt Romain.
»Es stimmt, daß ich mich um zehn Minuten verspätet habe ...«, sagt Marion.
»Vierzig!«
»Die letzte Metro ist entgleist ...«
»Hast du deinen Wagen nicht abgeholt?«
»Und außerdem bin ich erschöpft ...«
»Sonst nichts?«
Er hat sich schon etwas zu trinken bestellt.
»Das gleiche, bitte!« ruft Marion dem Kellner zu, ohne zu wissen, was Romain überhaupt trinkt.
Es gefällt ihr nicht, sich etwas zu bestellen oder auszusuchen, und das ist nicht neu. Als sie jünger war, hat sie im Restaurant immer die Gerichte der anderen bestellt. Das hat Thomas, der verschiedene Gerichte bestellen und alles probieren wollte, auf die Palme gebracht. Jetzt macht sie es nur noch, wenn sie sich nicht wohl in ihrer Haut fühlt.
»Ist das alles, was dir als Entschuldigung einfällt?« fragt Romain.
»Ein Heißluftballon ist am Himmel vorbeigeflogen ... Er hat einen Schornstein abgerissen, der auf die Windschutzscheibe eines Zehntonners gefallen ist, der sich quer auf die Straße gestellt hat. Dabei hat er eine Betonmischmaschine aufgerissen, der ganze Beton ist auf die Straße geflossen, und darum habe ich mich verspätet. Gefällt dir das?«

»Das glaube ich dir!« antwortet Romain.

Der Kellner stellt ein Glas vor Marion hin. Sie nimmt einen Schluck, spuckt Feuer wie ein Drache und fühlt sich gleich besser.

»Haben Sie gewählt? Beeilen Sie sich, der Laden ist brechend voll!«

Der Kellner ist blond, gebeugt, gestreßt und spricht wie ein Feldwebel. Er hat den Block aufgeschlagen, den Stift in der Hand, und der Countdown läuft.

»Ich werde schnell in die Karte sehen!« sagt Marion lachend.

»Sie belegen diesen Tisch schon seit einer halben Stunde …«

»Zehn Minuten!« widerspricht Marion.

»Vierzig Minuten!« verbessert Romain mit einem spöttischen Funkeln in den Augen. »Ein ärgerlicher Heißluftballon …«

»Ein verrückter Schornstein …«, fährt Marion fort. »Was ist denn ›Hühnchen Rosebud‹? und ›Lotte faucon Maltesischer Art‹?«

Das Lokal platzt aus allen Nähten. Ein Geheimtip unter Leuten aus der Theater- und Kinoszene.

Der Kellner ist nervös und unfreundlich.

»Da steht doch alles!« sagt er und dreht sich auf dem Absatz um. »Rufen Sie mich, wenn Sie fertig sind!«

»Hier steht doch alles, man muß es nur lesen«, sagt Marion zu Romain, der seine Serviette ordentlich zusammenfaltet.

»Zwei Bloody Mary und eine Tischblockierung«, ruft Romain, der einen Geldschein auf den Tisch legt und aufsteht. »Hast du deinen Godardmantel an der Garderobe abgegeben, oder hast du nur diese Truffautjacke an?«

Draußen ist es kalt, doch in dem marokkanischen Restaurant gegenüber ist es sehr gemütlich. Marion fühlt sich wohl und bestellt ein Gericht, das sie mag, und zwar ein anderes als Romain. Der braungebrannte Kellner gießt ihnen lächelnd *guerrouane Rosé* ein und bringt ihnen dann einen riesigen Kuskusteller und einen dampfenden Auflauf.

Marion erzählt Romain von Justine. Er berichtet, wie er Odile kennengelernt hat.

»Kuchen nach Art des Hauses? Soll ich Ihnen das Tablett bringen?« schlägt der Kellner mit einem strahlenden Lächeln vor.

»Marion? Schluß mit der Diät? Es leben die Kalorien?«

Marion nickt. Es ist ein Essen unter Freunden. Dem Freund ihrer Cousine braucht sie nichts zu beweisen und sich in aller Ruhe vollstopfen. Sie braucht nachher nicht leicht und sexy zu sein!

Es ist gemütlich bei Romain. Sein Sofa ist bequem und der Cognac gut. Im Bücherregal steht ein ausgezeichnetes Foto von Odile. Marion hat natürlich zuviel gegessen und zuviel getrunken. Sie erzählt Romain von den Büchern mit der Widmung von Vincenzo Cavarani, von Neil, dem Internet und ihrer Reise nach Rom, von Alices Familienbüchern. Kurz und gut: Sie erzählt ihm alles. Er hört aufmerksam zu, stellt ein paar Fragen und gibt zu, daß das alles recht merkwürdig ist.

Marion hätte nicht alles durcheinander trinken dürfen. Weißwein auf Rotwein, das ist fein! Rotwein auf Weißwein, das laß sein! Aber Cognac auf *guerrouane Rosé* auf Bloody Mary ...

Sie hat ein Zimmer in einem Hotel in der Nähe von Roissy gebucht, weil sie ihre Wohnung untervermietet hat. Und ihr Flugzeug startet um zehn Uhr.

»Willst du nicht hier schlafen?« fragt Romain plötzlich.

»Das Sofa im Wohnzimmer ist frei. Du brauchst doch nicht ins Hotel zu fahren, das ist lächerlich ... Das ist ein gut gemeinter Vorschlag und vollkommen uneigennützig. Ich muß morgen sehr früh zur Arbeit. Entschuldige mich bitte, aber ich bin hundemüde.«

Marion kann also zwischen zwei Betten wählen. Ein leeres Bett steht einen Meter von ihr entfernt, und um das andere zu erreichen, muß sie mehrere Kilometer und eine halbe Stunde durch die dunkle Nacht fahren. Romain gibt ihr ein weißes T-Shirt und ein Handtuch. Sie geht zuerst ins Badezimmer und kriecht dann auf dem Sofa im Wohnzimmer unter die Decke.

Kurz vor dem Einschlafen fällt ihr etwas ein: Wenn Odile wüßte, daß ich hier schlafe, würde sie mich umbringen.

Paris, Rue de l'Odéon,
in der Nacht vom 11. auf den 12. Juni,
vor Romains Haus

»Ich bringe sie um«, brummt Odile mit zusammengepreßten Lippen. »Ich werde sie alle beide abmurksen, diese Schurken!«

Am frühen Abend hat sie von ihrem Versteck an der Bushaltestelle aus Romain gesehen, der von der Arbeit nach Hause kam. Sie ging zu einem Feinkosthändler, kaufte eine Flasche Mervège-Champagner sowie herzhafte und süße Petits fours und kehrte dann auf ihren Posten zurück. Romain hatte sich nicht vom Fleck gerührt. Seine vertrauten Umrisse zeichneten sich hinter der Gardine ab.

Odile tastete in ihrer rechten Tasche nach den Flugtickets Paris-Helsinki-Rovaniemi, Hin- und Rückflug, gültig bis zum 31. Juli, die sie an diesem Morgen gekauft hatte und die ihre Versöhnung besiegeln sollten. Anschließend hatte sie sich in der Toilette des Cafés nebenan geschminkt, gekämmt und parfümiert. Sie wollte soeben die Straße überqueren, um mit der ganzen Tasche voller Überraschungen zur Wohnung hochzugehen, als Romain fröhlich aus dem Haus trat. Odile hätte ihn aufhalten können, aber sie zog es vor, auf seine Rückkehr zu warten. Doch als er spät nach Hause kam, war er nicht allein: Marion begleitete ihn!

Das Licht im Wohnzimmer ist soeben erloschen, und sie sind sicher ins Schlafzimmer gegangen. Alle beide – in das Bett von Romain und Odile!

Dort unten neben der Bushaltestelle beißt sich Odile die Lippen blutig. Sie stand noch nie so nahe davor, eine große Dummheit zu begehen. Sie hat den Schlüssel zur Wohnung. Sie könnte hochgehen, einen Skandal heraufbeschwören und sie wie in den alten Filmen mit dem Bericht des Gerichtsdieners und dem Beweisfoto in flagranti erwischen. Sie lacht unter Tränen. Sie hat Lust zu beißen, zu töten, alles zu zerschlagen. Sie hat die ganze Flasche Champagner ausgetrunken und die Petits fours gedankenlos in sich hineingestopft. Dieses ganze Zeug liegt ihr jetzt schwer im Magen, und ihr ist übel. Marion und das ganze Theater, das sie um Thomas gemacht hat. Sie soll verrecken! Romain interessiert sich für sie, weil sie Ärztin ist, weil sie in Paris wohnt und viele Leute kennt. Eine andere Erklärung gibt es nicht, sonst gerät Odiles Welt ins Wanken.

Sie geht in die Telefonzelle. Sie muß mit jemandem sprechen. Sie wählt Alices Nummer auf dem Boulevard Suchet. Eine Stimme auf Band antwortet ihr, daß es keinen Teilnehmer mehr gebe. Ihr fällt keine andere Nummer ein, also wählt sie einfach irgendwelche Nummern. Diese sind entweder nicht vergeben, oder sie weckt Leute, die sich aufregen oder sie mit verschlafenen Stimmen anschreien.

Ein Typ schlägt ihr sogar vor, mit ihr eine schnelle Nummer zu machen. Sie versteht nicht, was er sagt. Sie hat ihre Schmerzgrenze überschritten. Sie fühlt sich betrogen, abgeschoben, wie eine Waise ... Jedesmal wird die Telefonkarte mit einer Einheit belastet, bis zu dem Moment, wo nichts mehr passiert. Die Karte ist leer.

Jetzt haben sie das Licht im Schlafzimmer gelöscht. Odile stellt sich alles bildhaft vor. Sie ist erstarrt wie ihre Fotos. Sie hat Lust, hinaufzugehen und diese beiden Verräter zu geißeln und dann ins tiefste Lappland zu fliehen. Stattdessen grüßt sie eine imaginäre Menge, tut so, als würde sie ein Band zerschneiden, und wirft die leere Flasche Champagner gegen die Scheibe der Bushaltestelle, wo sie sofort zerbricht. Niemand auf der Straße bemerkt diese junge Frau mit dem zornigen Gesicht, die öffentliches Eigentum zerstört. Romain und Marion schlafen seelenruhig dort oben den Schlaf der Gerechten. Morgen früh im Morgengrauen, wenn die Champagne in weißes Licht getaucht erwacht, wird Odile sie beide ermorden.

Paris, Rue de l'Odéon, am Morgen des 12. Juni, bei Romain

Die Morgendämmerung hat die Champagne und die Stadt schon lange in weißes Licht getaucht, und die Tauben haben Marion geweckt. Sie trinkt gedankenverloren eine Tasse Kaffee, um aus ihrer Lethargie zu erwachen. Romain hat schon geduscht, ist rasiert, angezogen und strahlt.

»Wenn du dich nicht beeilst, wirst du dein Flugzeug verpassen!« warnt er sie zum drittenmal. »Kannst du mir bitte die Butter reichen?«

»Mach dir keine Sorgen. Ich habe die Situation fest im Griff ...«, sagt sie noch im Halbschlaf.

»Du hast überhaupt nichts im Griff. Du bist gerade aus

dem Ei geschlüpft. Schau, in deinen Haaren hängen noch die Schalen. Wenn du einst vierzig Jahre alt bist, wirst du feststellen, daß man im Grunde nichts entscheidet, sondern daß das Leben sich an unserer Stelle darum kümmert, und du wirst trotzdem dein Flugzeug verpassen!«

»Könntest du mir bitte die Marmelade reichen, wenn dir dein Rheuma nicht zu sehr zu schaffen macht?« erwidert Marion.

Romain wünscht ihr eine gute Reise, erinnert sie daran, die Tür richtig hinter sich zu schließen, und geht ins Büro. Gleich nachdem er gegangen ist, schleudert sie ihre Kleidungsstücke ans andere Ende des Zimmers, duscht eilig, schminkt sich, zieht sich an, benutzt Romains Eau de Toilette und ruft ein Taxi, um zum Flughafen nach Roissy zu fahren.

Paris, 12. Juni, am späten Vormittag

Odile hebt mit der köstlichen Vision von einem Dutzend Kindern mit den Köpfen von Romain und Marion den Hörer ab. Entweder sie sind gegangen, oder sie schlafen noch.

Gestern abend ist sie zu einem Taxi gewankt und hat es noch soeben geschafft, die Adresse ihres Hotels anzugeben. Sie hat sich in ihren Kleidern aufs Bett fallen lassen. Soeben ist sie aufgewacht, hat sich zur Dusche geschleppt und angezogen, um wieder ihren Posten auf der Rue de l'Odéon zu beziehen. Sie ruft sicherheitshalber noch einmal von der Telefonzelle neben der Bushaltestelle an und schaut zu den Fenstern von Romains Wohnung hoch.

Ein dicker Typ mit geplatzten Äderchen im Gesicht steht sich vor der Tür der Telefonzelle auf der anderen Seite der Glaswand die Beine in den Bauch.

»Sie wollen hier doch keine Wurzeln schlagen, oder?«

brummt er. Nicht der Typ, der sich von irgendeiner Tussi auf den Nerven herumtrampeln läßt.

Odile nimmt ihre Telefonkarte und kommt wortlos heraus. Der Typ betritt die Telefonzelle; die Tür knallt zu, als wäre eine Büffelherde dagegen gerannt. Er wählt eine Nummer, die besetzt klingt, versucht, die Telefonzelle zu verlassen, stellt fest, daß die Tür klemmt, wird nervös, fängt an zu schwitzen, atmet schwer und ruft um Hilfe. Odile beobachtet ihn von gegenüber, ohne einen einzigen Finger zu rühren. Und es gibt doch Gerechtigkeit!

Das Wetter in Paris ist herrlich. Heute hat sich Odile ihre Hasselblad um den Hals gehängt. An der roten Ampel gegenüber schlängeln sich einige Zigeunerkinder zwischen den Autos hindurch, um die Windschutzscheiben zu reinigen und einige Sous zu verdienen. Ein Wagen der Coca-Cola-Gesellschaft mit weißen Buchstaben auf den Türen hält an, und die Kinder rennen los. Der Fahrer winkt ab, denn seine Windschutzscheibe ist sauber, und die Kinder sollen verschwinden. Odile beobachtet die Szene mit ausdruckslosem Blick. Die Kinder umzingeln den Wagen, zwei putzen eifrig die Windschutzscheibe, die es nicht nötig hat, und ein anderes Kind reinigt mehr recht als schlecht, aber mit einem entwaffnenden Lächeln die Heckscheibe. Die Ampel springt auf Grün um. Sie strecken ihre Hände aus. Der Fahrer sucht verzweifelt in seinem Handschuhfach, findet jedoch kein Kleingeld. Die Kinder warten. Odile greift automatisch nach ihrem Fotoapparat und stellt, ohne zu überlegen, alles ein. Der Fahrer zögert. Gleich wird die Ampel wieder auf Rot umspringen. Er greift mit der Hand in eine bunte Kiste, die auf dem Beifahrersitz steht, und holt zehn eisgekühlte Flaschen Coca-Cola heraus, die er unter den begeisterten Kindern verteilt.

Das rote Auto fährt davon. Die Heckscheibe ist noch voller Seifenschaum. Die Kinder hüpfen über die Straße und drücken die Flaschen entzückt an ihr Herz. Der Junge mit den braunen Locken und dem entwaffnenden Lachen hat seine Flasche schon geöffnet, trinkt mit großen Schlucken und bekleckert sich dabei. Odile fotografiert, spannt, fotografiert, spannt ... Nach zehn Fotos hört sie schließlich auf. Der dicke Typ mit dem roten Gesicht trommelt noch immer von innen gegen die Tür der Telefonzelle.

Romain hätte diese Szene begeistert, denkt Odile betrübt. Eine geniale Idee für einen Werbespot und sicher ausgezeichnete Fotos. Aber das Leben ist nicht so wie in den Werbespots für die Flughäfen von Paris, in denen man einen bildschönen Typen sieht, der einen Haufen Geschenke für eine reizende, spindeldürre Tussi kauft, die am anderen Ende der Welt treu auf ihn wartet. Odile träumt schon seit einer Ewigkeit davon, nach Lappland zu reisen, aber nicht allein! Schon seit Jahren sucht sie nach einer Idee für einen originellen Werbespot, aber nicht heute. Der Polarkreis ist ihr völlig schnuppe, ebenso traumhafte Werbeverträge oder die Aussicht, in die Reihen der besten Fotografen aufgenommen zu werden. Sie will ja nicht nach den Sternen greifen, sie will nur Romain!

Sie hat den Materialkoffer der Versicherungsgesellschaft gesehen, den Marion gestern abend mitschleppte, also steht ein Rücktransport an. Odile schließt für eine Sekunde die Augen und wünscht sich mit aller Kraft, daß Marions Maschine über einem Dschungel explodiert, in dem Menschenfresser wohnen und sich Piranhas herumtreiben.

Sie kennt den Türcode von Romains Haus auswendig. Man muß noch eine zweite Tür im Eingangsbereich passieren, eine rote Tür mit einer Sprechanlage. Odile klingelt mehrmals und wartet. Entweder sind sie schon gegangen, oder sie sind wirklich beschäftigt.

An ihrem Schlüsselbund hängt auch der Briefkastenschlüssel, aber in der heutigen Post ist nichts Interessantes, nur die Telefonrechnung und Prospekte. Sie stopft alles in ihre Tasche, öffnet die rote Tür, fährt mit dem Aufzug hoch und lauscht an Romains Wohnungstür.

»Fühl dich bei mir wie zu Hause!« hat Romain zu ihr gesagt. Von wegen!

»Guten Tag«, sagt die Nachbarin, die aus ihrer Wohnungstür kommt und lacht, als machte sie Reklame für Zahncreme.

»Tag«, brummt Odile und steckt den Schlüssel in das Schlüsselloch.

Die Nachbarin verschwindet im Treppenhaus. Odile stößt die Tür auf und tritt ein. Der übliche Geruch, eine Mischung aus Romains Eau de Toilette und dem Tabak, den er mitunter raucht, hängt in der Luft. Odile geht durch alle Räume. Marion hat ihre Decken zusammengefaltet und die Kissen wieder auf ihren Platz gelegt. Nichts weist darauf hin, daß sie auf dem Sofa im Wohnzimmer geschlafen hat. Odile geht ins Schlafzimmer. Sie würde aus Kummer und Wut am liebsten heulen. Die Flugtickets in ihrer Tasche sind ganz zerknittert. Die Sonne dringt in das Zimmer, das nach Süden liegt. Romain hat gesagt, daß es Glück bringe, nach Süden zu schlafen.

Flug mit Air France Nairobi-Paris, 13. Juni

»Alles in Ordnung?« fragt Marion die Versicherte Nummer 85.678 KL, eine junge Frau mit durchscheinendem Teint und dunklen, schwarzgeränderten Augen, von Beruf Krankenschwester.

Sie versucht zu lächeln und schläft wieder ein. Es ist immer das gleiche, seit Marion sie heute morgen im Krankenhaus in Nairobi übernommen hat. Sie wird aufgrund einer schweren Anämie, die in Paris untersucht werden soll, nach Hause gebracht.

Dabei hatte alles so vielversprechend angefangen. Die

junge Krankenschwester hat Anfang des Jahres geheiratet und ist dann ihrem Mann, einem Ingenieur, nach Kenia gefolgt, der dort auf einer Baustelle mehrere Monate arbeiten sollte. Sie wohnten in einer luxuriösen Lodge in den Bergen, schwammen in Glückseligkeit, als die junge Frau plötzlich von ständiger Müdigkeit heimgesucht wurde. Man glaubte, sie sei schwanger – Fehlanzeige. Sie unterzog sich einer Routineuntersuchung, bei der festgestellt wurde, daß etwas nicht stimmte ...

»Sind Sie verheiratet, Frau Doktor?«

Marion zuckt zusammen. Die Versicherte 85.678 KL ist aufgewacht und schaut sie mit fiebrig glänzenden Augen an.

»Nein«, sagt Marion.

»Sie haben Glück ...«, seufzt die junge Frau.

Marion mißt ganz nebenbei den Blutdruck, der sich nicht verändert hat, und legt ihre Decke über die Decke der Kranken.

»Versuchen Sie zu schlafen, okay?«

Sie gehorcht wie ein Kind und schläft wieder ein.

»Ist alles in Ordnung, Frau Doktor? Brauchen Sie etwas?« fragt die Stewardeß Marion fürsorglich.

Marion stellt sich ihr Gesicht vor, wenn sie ihr die Wahrheit sagen würde: »Ich brauche einen Freund, der basteln kann und mein Herz wieder in Ordnung bringt!«

»Nein, danke!« sagt Marion lächelnd.

Nachdem sie die Kranke im Saint-Louis-Krankenhaus abgeliefert hat, ruft Marion bei Justine Coudrier an und erfährt, daß sich Odile endlich telefonisch gemeldet hat. Es sieht so aus, als wäre ihre Verzweiflung in Wut umgeschlagen.

»Wütend? Warum?«

»Ich weiß es nicht, aber sie war höllisch aufgebracht! Das ist mir lieber ...«

»Und mir erst! Haben Sie ihr gesagt, daß ich in Paris war?«

»Natürlich, aber sie hat den Hörer sofort aufgelegt, als ich ihr sagte, daß Sie ihren Anruf erwarten!«

Marion schließt daraus, daß Odiles Stolz es ihr verbietet, sich mit ihrer Schwester in Verbindung zu setzen.

Die Marne, 13. Juni, nachmittags

Rio trinkt schweigend Kaffee. Seine Wimpern schwimmen in der Kaffeeschale. Seit sie an Bord sind, haben Rio und Serena feste Gewohnheiten angenommen: Rio steht morgens früh auf, macht Serena das Frühstück, die sich danach auf dem Dach des Bootes sonnt, während er sich vor seinem tragbaren Computer an die Arbeit macht. Er ist dabei, ein neues Computerspiel zu entwickeln. Zunächst skizziert er die Figuren und die Handlung, und zum Schluß arbeitet er die Dialoge aus. Sie essen spät zu Mittag, und zwar immer auf dem Dach. Anschließend gehen sie in ihre Kabine zurück, um einen Mittagsschlaf zu halten, aber es gibt auch Ausnahmen von dieser Regel. Rio trinkt gegen vier Uhr eine Tasse Kaffee, dann fahren sie bis zum Einbruch der Dunkelheit und suchen sich ein Plätzchen zum Anlegen. Ein Spaziergang mit Horatio auf dem Treidelpfad, Grillen am Ufer oder ein Abendessen auf dem Dach bilden den Abschluß des Tages.

In der Champagne ist das Leben ein langer, ruhiger Fluß. Rio hat sich immer nach einem Zeitplan gerichtet, weil er nie in einem Büro gearbeitet hat. Er ist unabhängig, erfindet immer wieder etwas Neues, sucht und macht sich Notizen. Als er noch als Informatiker arbeitete, kleidete er sich, wie er wollte, erledigte seine Aufträge nach seinem eigenen Zeitplan zu Hause und erzielte gute Ergebnisse. Im Ruhestand hat sich an seinem Leben nichts geändert. Je nachdem, aus welchem Blickwinkel man ihn betrachtet, könnte man sagen, daß er keinen Finger krumm macht oder daß er niemals aufgehört hat zu arbeiten.

Das Radio an Bord, das auf einen Lokalsender eingestellt ist, spielt Musik aus den sechziger Jahren. Wenn Rio Serena rufen will, ohne auf das Dach zu steigen, dreht er das Radio auf volle Lautstärke. Anfangs hat er die Schiffshupe betätigt, aber Horatio hat gebellt und die Angler in der Nähe machten lange Gesichter.

»Haben wir noch genug im Kühlschrank fürs Abendessen?« fragt Serena.

Rio schaut nach und kommt zurück.

»Tomaten, Melone, Schinken, Salat und das Fleisch für Horatio. Das ist gut! Okay?«

»Dein Wunsch ist mir Befehl«, sagt Serena.

Rio löst die vorderen und hinteren Leinen, springt ins Boot, stößt es gleichzeitig ab, wirft den Motor an und steuert auf die nächste Schleuse zu. Er ist glücklich und unbeschwert und sieht mindestens zehn Jahre jünger aus, als er ist. Er hat eine hübsche Frau. In der vergangenen Nacht haben sie sich geliebt und sich an der niedrigen Kabinendecke gestoßen. Rio hat sich sogar die Stirn an der Lampe zerkratzt, die über dem Bett hängt.

Er bedauert nur, daß es ihm nicht gelungen ist, die kleine Dachluke abzuschrauben und diese verdammten Türen auszubauen, die ihn daran hindern, aus der Entfernung mit Serena zu kommunizieren. Er wollte den Bootsverleiher nicht darum bitten. Das ist eine Sache zwischen ihr und ihm.

Schloß Mervège, am Abend des 13. Juni

Draußen ist es heiß, und drinnen ist Gewitter angesagt. Neil und Pierre-Marie wollen ins Kino gehen, aber nur unter Männern, und Aude fühlt sich mehr denn je aus ihrer Welt ausgeschlossen. Die Illusion ist zerbrochen, das Bild einer einträchtigen Familie in Scherben gegangen. Seitdem Marion nach Paris gefahren ist, läuft es schlecht.

»Du hast kein Recht, mir etwas vorzuschreiben. Du bist nicht meine Mutter, und du wirst es niemals sein!« hat Neil Aude an den Kopf geworfen, als sie ihn bat, ihr Liebling möge doch zwei Sekunden mit seinem ewigen Gepiepe aufhören, seine schmutzigen Hände waschen und ein anderes Polohemd anziehen, bevor er in die Stadt geht.

Seine Stimme, die für sein Alter viel zu ernst ist, steht in eigenartigem Gegensatz zu seiner kleinen Statur. Er hat ruhig gesprochen und vernünftig argumentiert, aber sie hatte das Gefühl, angeschrien zu werden. Seitdem Pierre-Marie und sein Sohn da sind, hat Aude wirklich an die Erfüllung ihrer Träume geglaubt. Mit einem Schlag hatte sie eine komplette Familie gewonnen, Papa-Mama-Kind. Sie hatte das große Los gezogen, war die Königin der armen Ritter, der Pommes frites und der Hamburger. Sie liebte sie, kochte für sie, wusch, bügelte und dachte, einen sicheren Posten zu haben. Hatte Neils Mutter ihn nicht wie eine alte Socke fallenlassen? Aude würde sie ersetzen. Neils Krankheit machte ihr keine Angst.

»Du bist nicht meine Mutter, und du wirst es niemals sein«, hat Neil gesagt.

»Glücklicherweise!« hätte Odile geantwortet.

»Na und?« hätte Marion erwidert.

»Das hindert mich nicht daran, dich zu lieben!« hätte Alice gesagt.

Aude ist anders. Sie hat auf dem Absatz kehrtgemacht

und ist beschämt und traurig geflohen. Kindermund tut Wahrheit kund ... Es war lächerlich von Aude zu glauben, sie sei mit einer Aufgabe betraut worden. Die Poélays werden Ende Juli, wenn das Schloß verkauft werden muß, wieder nach Hause fahren. Sie haben schöne Ferien auf Kosten der Prinzessin verbracht. Sie werden Aude sicher ein hübsches Geschenk machen, um ihr zu danken – und aus der Traum.

Pierre-Marie hat Neil vor ihrem Kinobesuch gefragt, ob er im nächsten Schuljahr wieder zur Schule gehen oder ob er seinen Unterricht bei einem Privatlehrer fortsetzen wolle.

»Ich bevorzuge einen Lehrer für mich ganz allein«, hat Neil geantwortet. »In der Schule spotten die anderen über mich, weil ich so klein bin ...«

»Ich finde dich perfekt«, sagte Aude.

»Da war meine Mutter aber anderer Meinung«, stieß Neil mit zusammengepreßten Lippen hervor. »Nicht mich findest du perfekt, sondern meinen Vater!«

»Ich finde dich perfekt«, wiederholt Aude mit der gleichen Betonung wie vorhin. Wie dumm sie doch ist!

»Deine Mutter ist nicht weggegangen, weil du klein bist, sondern weil sie Angst hatte«, schreit Aude plötzlich den Nachttisch und das Bett an. Sie verliert die Kontrolle gegenüber den gleichgültigen Möbeln, tritt mit dem Fuß gegen den kleinen, runden Tisch, der umfällt und zerbricht. Dabei hat Alice immer gesagt, daß Aude diejenige ihrer drei Enkelinnen sei, die besonders sorgsam mit den Sachen umgehen würde.

Sie hat die Nase voll davon, die Klassenbeste zu sein. Sie hat schon in jungen Jahren begriffen, daß die Lehrer im Grunde die faulen Schüler lieber mögen, diejenigen, die sie zum Lachen bringen und deren Mythos vom schulischen Erfolg auf einer Lüge basiert. All diese Stunden, die sie in den Weihnachts- und Osterferien damit verbrachte, zu lernen, während Odile und Marion Schmetterlinge fingen, die sie sofort wieder freiließen. Die einsamen Sommer, als Odile und Marion für die Schule paukten, weil sie die Prüfungen nicht bestanden hatten.

Auf gewisse Weise hätte es Aude gefallen, genauso beachtet zu werden wie Marion nach dem Tod von Onkel Christophe. Die ganze Familie interessierte sich für sie, weil sie eine Waise war, während Aude mit ihren guten Noten und ihrer untadeligen Kleidung unbemerkt blieb. Schloß Mervège ist düster. Die Kindheitserinnerungen sind mildernde Umstände für unsere späteren Fehler ...

Nach zwei Stunden kommen Neil und sein Vater aus dem Kino zurück.

»Was ist denn mit dem Tischchen passiert?« ruft Pierre-Marie.

Aude zeigt unsicher auf den Schrank, ohne Neil anzusehen.

»Ich bin zu klein, um an das obere Fach zu kommen«, sagt sie in jämmerlichem Ton. »Also bin ich auf den Tisch geklettert, aber er hat nicht gehalten.«

»Du bist auf diesen kleinen Tisch geklettert?« fragt Pierre-Marie mit weit aufgerissenen Augen.

»Nicht alle sind solche Riesen wie du!« erwidert Aude.

Neils Augen funkeln verschmitzt.

Die Marne, 20. Juni

Das zweite Tor öffnet sich, und das Wasser strömt sprudelnd in die Schleuse. Die Schleusenwärterin mustert die italienischen Touristen. Sie hat die Fahne gesehen und den Akzent der attraktiven Frau erkannt, die am Steuer stand. Der Mann hat noch nichts gesagt. Er sieht gut aus mit seinen weißen Haaren und seiner schlanken Figur. Er muß sich wohl im Boot gestoßen haben, denn er hat einen Kratzer auf der Stirn. Die Leute haben keine Ahnung, mieten sich Boote und spielen den Matrosen. Die Schleusenwärterin findet das verrückt. Sie hat die Nase voll, die Schleusentore zu öffnen und zu schließen, vor allem, wenn es heiß ist. Sie hat die Nase voll von dem Fluß und den Motorbooten. Es ist zu ruhig, zu langsam, zu still ...

Wenn sie nicht gerade für diese Freizeitsportler die Schleuse öffnet, sitzt die Schleusenwärterin vor dem Fernseher. Sie hat eine Reportage über Kreuzfahrten auf Guadeloupe und Martinique gesehen, mit einem Katamaran, der mit aufgeblähten Segeln auf dem offenen Meer über das Wasser sauste. Sie träumt davon, dort hinzufahren, aber das Flugticket ist so teuer, und außerdem weiß sie nicht, wohin sie gehen, an wen sie sich wenden und wie sie es anstellen muß, wo sie doch schon hilflos ist, wenn sie nach Épernay fährt, um auf den Ämtern Formulare auszufüllen. Sie stellt sich vor, wie sie in einem geblümten Badeanzug auf dem Deck eines Schiffes zwischen zwei Cocktails Zouk tanzt. Ihre Füße stehen flach auf dem Boden, und sie tanzt beschwingt unter der strahlenden Sonne der Karibik.

»Danke schön und auf Wiedersehen«, schreit Serena und gibt Gas.

Der Traum verfliegt: Das Boot fährt davon. Der schwarzweiße Cocker bellt. Die Schleusenwärterin schließt seufzend die Schleusentore, geht zurück und hockt sich in der drückenden Hitze der Champagne wieder vor den Fernseher.

Das Boot gleitet über den Fluß; Serena sitzt am Steuer; Rio liest; Horatio schläft, und die Zeit vergeht. Das Boot gleitet über den Fluß; Rio sitzt am Steuer; Serena zeichnet; Horatio schaut ans Ufer, und die Zeit vergeht. Die in ihrer Karte angekreuzten Fotos zeigen an, unter welchen

Brückenbogen man hindurchfahren kann, wenn man flußaufwärts oder -abwärts über die Marne fährt. Neben den Bildern stehen wichtige Hinweise. An einigen Stellen muß man sich vom Ufer fernhalten, um nicht auf alte Grundmauern aufzulaufen, und an anderen Stellen steht »Gefahr! Herausragende Felsen!« Serena ist eine umsichtige Frau. Sie hat mit einem rosafarbenen Leuchtstift die wichtigsten Anmerkungen markiert. So laufen sie keine Gefahr, sie zu übersehen!

Als der Fluß einen Bogen beschreibt, hören sie plötzlich Rufe, und Horatio fängt an zu bellen.

»Aus, Horatio! Man kann ja nichts verstehen«, befiehlt Serena, die das Tempo verlangsamt. Man weiß ja nie!

Wie recht sie hatte! Hinter der Flußbiegung hat sich eine gemietete Riviera quer gestellt, weil sie auf versenkte Pfähle aufgelaufen ist, obwohl diese in der Karte verzeichnet sind.

»Hilfe!« schreit eine blonde junge Frau, die sich offensichtlich gerade mit ihrem Mann streitet, einem Tolpatsch, der sicher zuviel Champagner getrunken hat.

»Was ist passiert?« fragt Serena, die ihre Stimme erhebt, um den Lärm des Motors zu übertönen. Sie meidet die Nähe des anderen Bootes, um nicht ebenfalls aufzulaufen.

»Dieser Dummkopf hat nicht auf die Karte geschaut, und jetzt sitzen wir fest ... Könnten Sie uns nicht ein Seil herüberwerfen, um uns da herauszuziehen?«

Rio verständigt sich schnell mit Serena. Der Bootsverleiher hat ihnen ausdrücklich gesagt, daß man andere Boote aus versicherungstechnischen Gründen nicht abschleppen dürfe, aber sie können diese Leute ja wohl schlecht mitten auf der Marne im Stich lassen. Außerdem wird es rasch dunkel.

»Wir werden versuchen, Sie dort herauszuziehen!« schreit Serena und übergibt Rio das Steuer. »Werfen Sie uns Ihr Tau zu!«

Die blonde Frau ist nervös und dreht ihren Kopf in alle Richtungen. Ihr tolpatschiger Ehemann schwankt zum Heck der Riviera.

»Am Bug!« schreit Serena und zeigt auf das verheddderte Tau auf dem Deck, das unter einem Wust von Gegenständen fast verschwindet.

Die Frau verliert den Kopf, nimmt das verheddderte Tau und fällt fast ins Wasser, als sie es, ohne nachzudenken, einfach herüberwirft. Das verknotete Tau versinkt in der Marne.

»Beruhigen Sie sich! Fischen Sie das Tau heraus und rollen Sie es auf ...«, sagt Serena leicht verärgert. Rio dreht sich um und lacht. Die blonde Frau folgt Serenas Anweisungen, rollt das Tau auf und hält es an ihrem ausgestreckten Arm in die Luft.

»Was soll ich jetzt machen?«

»Ich komme so nahe wie möglich heran, und Sie werfen es meinem Mann zu!« erklärt Serena, die wieder das Steuer übernimmt. »Sie warten, bis wir es festgemacht haben, und dann gebe ich ordentlich Gas. Lassen Sie die Kupplung im Leerlauf und den Motor ausgeschaltet. Okay?«

Sie haben das Tau befestigt. Serena gibt ordentlich Gas, und dem braven Grünen Flitzer gelingt es, die Riviera zu befreien.

»Hurra! Danke!« schreit die Frau vor Freude.

»Wir werfen Ihnen Ihr Tau zurück. Passen Sie auf, daß es sich nicht in der Schiffsschraube verfängt!« warnt Serena.

Dann geht alles ganz schnell. Rio löst das Tau der Riviera und hält es mit beiden Händen fest, als sich der Ehemann der Blonden plötzlich – wer weiß warum? – für besonders schlau hält, den höchsten Gang einlegt und seinerseits beschleunigt. Unversehens schwenkt die Riviera nach Backbord, so daß sich das Tau spannt, mit rasender Geschwindigkeit durch Rios Hände saust, ihm die Haut aufreißt und auf jeder Handfläche tiefe Rillen gräbt. Rio kann ihm nicht zurufen, daß er anhalten soll. Er ist so überrascht, daß er mehrere Sekunden braucht, um die Hand zu öffnen und das Tau loszulassen. Als das Schiff schließlich seine Fahrt über den Fluß fortsetzt, läßt sich Rio auf dem Deck auf die Knie fallen, bläst in seine Hände und greift instinktiv nach dem kalten Metallgeländer, um den brennenden Schmerz zu lindern.

Serena, die das Boot steuert, hat nichts gesehen. Rio kann sich nicht mehr bewegen und klammert sich ans Geländer. Die Schmerzen zucken durch seinen Körper, ohne daß er seine Frau verständigen kann. Horatio schlägt schließlich Alarm und bellt. Serena sieht ihren Mann auf dem Deck knien. Sie läßt das Steuer los, stürzt zu ihm und braucht einen Moment, um zu verstehen, was passiert ist, weil Rio nicht in der Lage ist, sich in seiner Zeichensprache zu äußern, um es ihr zu erklären.

»Was ist passiert? Hast du Schmerzen?«

Rio nickt. Sein Gesicht ist kalkweiß.

»Dein Herz? Nein? Dein Kopf? Nein? Bekommst du keine Luft? Nein? Sag mir, was du hast!« schreit Serena.

Die Riviera verschwindet hinter der Flußbiegung, gleichgültig gegenüber dem Drama, das sie verursacht hat.

»Warum sagst du mir nicht, wo es dir weh tut? Sind es deine Hände?«

Endlich begreift Serena, was los ist. Das Boot driftet allmählich ab, aber glücklicherweise merkt sie es rechtzeitig.

»Ich komme sofort zurück!« schreit sie und rennt zum Steuerpult.

Sie übernimmt wieder das Steuer, reißt es herum, und schaut auf den Fluß. Sie sind allein. Niemand kann ihnen helfen. Ihr Blick wandert über die Uferböschung. Sie entdeckt zwei Bäume, die in ungefähr hundert Meter Entfernung nah beieinanderstehen, und fährt langsam darauf zu.

»Halt durch! Ich komme!« schreit sie Rio zu, der sich ans Geländer klammert und nickt, um ihr zu zeigen, daß er verstanden hat.

Der gute Horatio schaut sein Herrchen mit geneigtem Kopf zärtlich an. Seine weichen Ohren flattern in der Brise. Serena fährt langsam aufs Ufer zu, legt den Leerlauf ein, dann kurz den Rückwärtsgang, und der Grüne Flitzer schmiegt sich gehorsam ans Ufer. Da Rio nicht wie sonst mit den Tauen, den Pflöcken und dem Hammer hinüberspringen kann, kamen ihr die beiden Bäume ganz recht. Sie steigt über Rio hinweg, nimmt das vordere und hintere Tau, springt ans Ufer, hofft, daß der Grüne Flitzer nicht abdriftet, und schafft es irgendwie, die Taue um die Bäume zu wickeln und mit einem dreifachen Knoten zu verbinden. Sobald sie sicher ist, daß die Konstruktion hält, eilt sie zu Rio, dessen Stirn schweißüberströmt ist.

»Hast du dich geschnitten? Nein? Verbrannt? Ja?«

Sie rennt in die Kajüte, schüttet ihre Kulturtasche auf dem Tisch aus, findet die Tube Biafine und kehrt zu Rio zurück.

»Ich werde deine Hände vorsichtig vom Geländer lösen ... okay?«

Er nickt. Serena geht ganz behutsam vor, beginnt mit der rechten Hand, löst einen Finger nach dem anderen und verzieht das Gesicht, als sie sieht, daß sich über Rios Handfläche eine tiefe rote, fast schon violette Furche zieht. Sie trägt eine dicke Schicht Biafine auf die Wunde auf. Rio läßt es geschehen, unfähig, seine Finger zu rühren, die ihm zur Kommunikation dienen. Serena kümmert sich anschließend um die andere Hand, die sie ebenfalls mit Salbe bestreicht, kehrt in die Kajüte zurück, fischt zwei Schmerztabletten aus den Medikamenten, die auf dem Tisch verstreut sind, füllt ein Glas mit Wasser und gibt dem Verletzten die Tabletten.

Nach einer Weile läßt der Schmerz nach, und Rio kann

aufstehen. Serena gelingt es, das Boot ganz allein bis zum nächsten Dorf zu fahren. Sie wollen sicherheitshalber einen Arzt aufsuchen. Das Tau ist so schnell durch Rios Hände gesaust, daß die Wunde ausgebrannt ist und daher keine Gefahr einer Infektion besteht. Und glücklicherweise liegt die Wunde so günstig, daß die Mobilität der Hand nicht in Mitleidenschaft gezogen wurde. Es wird wahrscheinlich keine Verwachsungen geben, also keine Einschränkung der Beweglichkeit der Hände und Finger, wovor Rio große Angst hat.

Sie gehen langsam zum Boot zurück, das sie unter Horatios Wache zurückgelassen haben. Sie müssen drei Kilometer zu Fuß zurücklegen, doch es gab keine andere Möglichkeit, weil die Fahrräder keine Gepäckträger haben und Rio den Lenker nicht hätte halten können.

Sie spazieren an den Weinbergen entlang und genießen die Abendluft. Rio möchte seiner Frau erklären, daß die Grenzsteine, welche die Weinberge begrenzen und die Eigentümer kennzeichnen, für die Champagne charakteristisch sind, aber der Arzt hat seine Hände verbunden, und die Finger, die aus diesem Verband herausragen, hätten Schwierigkeiten, einen solch langen Satz in der Zeichensprache zu formulieren. Daher lächelt er nur und schaut zu, wie die Sonne hinter dem Reimser Berg untergeht.

Schloß Mervège, am Morgen des 26. Juni

Audes Armbanduhr zeigt neun Uhr. Sie wollte schon mehrmals mit Pierre-Marie über ihre Zukunft sprechen, aber er ist dem Gespräch jedesmal aus dem Weg gegangen. Er hat über den Kauf des Schlosses nicht mehr gesprochen; diese Idee muß wohl in Vergessenheit geraten sein.

Aude ist weder Neils Mutter noch Pierre-Maries Frau, okay, aber es hätte ihr gefallen. In einem Monat wird das

Herrenhaus mit den roten Terrakottafliesen verkauft. Pierre-Marie wird nach Belgien zurückkehren. Und Neil wird wieder in seine Phantasiewelt eintauchen und von der Schwerelosigkeit träumen, in der die Menschen mit Glasknochen sich bei einem Stoß nicht verletzen.

»Schläfst du?« fragt Aude.

Pierre-Marie liegt mit der Nase auf dem Kopfkissen und schnarcht.

Aude erhebt sich leise, steht auf, verläßt das Zimmer, geht in die Küche hinunter und kocht zwei Tassen Kaffee und einen Kakao. Neil schläft sicher noch, denn der Game-Boy schweigt.

Das Telefon klingelt. Aude eilt zu dem Apparat, damit das Klingeln die anderen nicht weckt, und hebt in der Hoffnung ab, daß es Odile ist. Ein unbekannter Gesprächspartner will Pierre-Marie sprechen.

»Er schläft«, antwortet Aude. »Ist es dringend? Kann ich etwas ausrichten?«

»Der Glückliche! Sagen Sie ihm, daß er wahnsinniges Glück mit seinem Forschungsaufenthalt hat und die Sache mit den Flugtickets bereits geregelt ist.«

»Die Flugtickets? Der Forschungsaufenthalt?«

Verkochter Kaffee ist verdorbener Kaffee, und die Milch für den Kakao läuft über, doch Aude ist das völlig egal. Aus der Küche strömt Kaffeeduft, und es riecht angebrannt.

»Sein Forschungsaufenthalt in den Vereinigten Staaten. Sie wissen doch sicher Bescheid. Es ist alles organisiert. In einem Monat geht es los.«

»Ich hatte es ganz vergessen«, sagt Aude wie betäubt.

Paris, Quartier Balard, 28. Juni

Odile besucht Agnès, eine Freundin von ihr, die als Skript-Assistentin arbeitet und gerade mit den Dreharbeiten einer Kindersendung beschäftigt ist. Betrübt steht Odile unter dem Zirkuszelt und betrachtet die Manege. Als sie klein war, vergötterte sie den Zirkus, und Alice ging an ihrem Geburtstag mit ihr dorthin. Es gab großartige Zirkusse, die viel zu bieten hatten, aber sie bevorzugte einen kleinen Familienzirkus. Dieser hatte keine Elefanten, sondern einen Esel, keine Panther, sondern Pudel, einen lustigen Clown namens Antoine-Basile, einen Zauberer und vor allem einen Trapezkünstler, der sie faszinierte. Sie wäre auch so gerne hinauf in die Kuppel geklettert, um, sich einmal an dem Trapez durch die Luft zu schwingen ...

Die Techniker laufen kreuz und quer umher, und es scheint völliges Chaos zu herrschen, aber in Wirklichkeit steht jeder genau auf seinem Posten. Odile kennt das, nur daß sie diesmal als Zuschauerin hier ist. Sie gehört nicht zu der Gruppe und fühlt sich fremd. Heute morgen hat sie mit Agnès telefoniert und eingewilligt, zu den Dreharbeiten zu kommen, um sich abzulenken ...

»Suchst du Arbeit? Ich kann dir einen interessanten Job vermitteln«, schlägt Agnès vor.

Odile dankt ihr und schüttelt den Kopf. Der Gedanke, in Paris zu sein, wo Romain und Marion ... Um das Thema zu wechseln, erzählt sie ihrer Freundin von der Szene auf der Straße – die Sache mit den Kindern und den Coca-Cola-Flaschen –, und von ihrer Idee mit dem Werbespot.

»Ist mit Romain alles in Ordnung?« fragt die Skript-Assistentin. »Wir können ja in den nächsten Tagen mal zusammen essen.«

Odile öffnet den Mund und will gerade zusagen, aber

ihr Lächeln erlischt plötzlich; sie verbirgt ihr Gesicht in ihren Händen und schluchzt herzergreifend.

»Was ist denn mit dir los?« fragt Agnès verblüfft.

Odile ist eher schüchtern und würde sich lieber die Zunge abbeißen, als sich jemandem anzuvertrauen... Aber heute sprudeln die Worte aus ihr hervor, als würde sie daran ersticken. Sie erzählt von Alices Tod, ihrem Testament, der Ankunft auf Schloß Mervège mit Romain, von Marion und dem, was folgte.

»Bist du nicht etwas voreilig? Es gibt nicht den geringsten Beweis, daß sie zusammen sind«, sagt Agnès.

Odile schüttelt den Kopf. Sie weiß es, und sie spürt es tief in ihrer Seele. Es ist vorbei. Traurig betrachtet sie ein Lama im Käfig und nähert sich dem gefangenen Tier.

»Du siehst auch nicht sehr fröhlich aus, mein Junge? Wie heißt du?«

»Haddock...«, antwortet jemand hinter ihrem Rücken. Die Stimme hat einen starken Akzent.

Odile zuckt zusammen und dreht sich um. Der blonde Mann, dessen Schultern so breit sind wie ein normannischer Schrank, erklärt:

»Es heißt Haddock nach Tintin in Tibet: Als Tintin loszieht, um seinen Freund Tchang aus den Krallen des Yeti zu befreien...«

»... spuckt ein Lama dem Kapitän Haddock ins Gesicht«, fährt Odile fort. »Ich kenne es. Ich war dort und habe sie sogar fotografiert. Gehört das Lama Ihnen?«

Der Blonde schüttelt den Kopf.

»Mein Bruder und ich sind Trapezkünstler. Wir treten gemeinsam auf. Darf ich mich vorstellen: Olaf Petersen...«

»Angenehm«, stammelt Odile. »Kommen Sie aus Skandinavien?«

»Aus Finnland!«

Odile schluckt. Ihr Mund ist ganz trocken. Noch vor

einem Monat, bevor Romain sie wie einen alten, unbrauchbaren Film weggeworfen hat, wäre sie vor Freude an die Decke gesprungen.

»Lappland liegt doch in Finnland?« fragt sie mit rauher Stimme.

»Natürlich! Im Norden!« antwortet Olaf, der mit seinen riesigen Händen, die so groß wie Dessertteller sind, durch die Luft fuchtelt, um die Umrisse seiner Heimat zu zeichnen.

Vor Odiles Augen tanzen weiße Lichter. Sie ballt ihre Fäuste. Sie hat nichts mehr zu verlieren und will nicht mehr länger jene bewundern, die etwas wagen. Auch sie kann bis zur Kuppel hinaufsteigen, das Trapez bezwingen, die Menge der Erdbewohner, der Alltagsmenschen und der Langweiler überragen.

»Ich werde bald nach Lappland fahren«, sagt sie entschlossen.

Gunaar ähnelt seinem Bruder Olaf. Er hat lockiges Haar, und seine Hände sind so groß wie Suppenteller.

»Wir haben Seen, Wälder, weniger als fünf Millionen Einwohner in ganz Finnland und den Weihnachtsmann natürlich!«

»Natürlich!« sagt Odile, der das ziemlich schnuppe ist.

Wenn sie nicht bald nach Lappland fährt, wird sie verrecken – soviel ist sicher.

»Rovaniemi, die Hauptstadt von Lappland, liegt in der arktischen Zone, in der Nähe des Polarkreises am Ounasjoki ... Haben Sie schon Ren gegessen? Man kann ein köstliches Ragout daraus zubereiten.«

»Das will ich Ihnen gerne glauben«, sagt Odile diplomatisch.

Sie wird nicht fliehen, sondern hocherhobenen Kopfes ihres Weges gehn. Odile Darange braucht niemanden.

»In den sommerlichen Polarnächten bieten wir Boots-

oder Anglerausflüge an. Im Winter organisieren wir Safaris im Motorschlitten. Die Touristen sind ganz verrückt danach. Sie bekommen Thermoanzüge, die unbedingt erforderlich sind, denn manchmal herrschen Temperaturen von minus vierzig Grad. Als Andenken erhalten sie ein Zertifikat, daß sie den Polarkreis bereist haben, und die Erlaubnis, Rentierschlitten zu lenken.«

»Das hört sich verlockend an, aber ich bin kein Tourist. Ich werde nach Lappland fahren, um einen Bildband vorzubereiten«, sagt Odile großspurig.

Als sie später allein in ihrem Hotelzimmer sitzt, lacht sie hysterisch und unterdrückt ihr Schluchzen. Sie wird in jedem Fall nach Lappland fahren. Ihre Ersparnisse reichen aus, um sich ein neues Objektiv für ihre Hasselblad sowie verschiedene Sonnenfilter zu kaufen und sich eine gemütliche Bleibe in Rovaniemi zu suchen.

Wenn Odile ein Computer wäre, würde sie das Wort »Romain« in allen Dateien suchen, um es zu löschen. Dann würde sie aus ihrem Speicher alles tilgen, was ihn betrifft.

JULI

Schloß Mervège, 2. Juli

B rauchst du irgend etwas?« fragt Pierre-Marie. »Ich fahre schnell in die Stadt, um mir neue Batterien für mein Diktiergerät zu kaufen.«

Aude schüttelt den Kopf. Die Atmosphäre ist seit einigen Tagen gespannt. Aude verkriecht sich mürrisch hinter einer Mauer des Schweigens, hinter der sie nur hervortritt, um die perfekte Hausfrau zu spielen oder eine Migräne vorzuschützen, wenn sie schlafen gehen.

»Du bist komisch«, sagt er. »Kannst du mir sagen, was los ist?«

»Nichts, gar nichts. Alles ist bestens.«

Er streckt den Arm aus, um sie zu sich heranzuziehen, aber sie entzieht sich ihm.

»Geh du nur deine Batterien kaufen, und amüsiere dich gut in Épernay ... Die Ratten verlassen das sinkende Schiff«, brummt Aude.

Pierre-Marie schaut sie verblüfft an.

»Du hast sicher vergessen, daß das Haus in einem Monat verkauft wird und die Möbel in der nächsten Woche aufgeteilt werden?« fährt Aude fort. »Aber Neil und du, ihr habt ja einen Ort, an den ihr euch zurückziehen könnt, nicht wahr?«

Sie geht weg und ist stolz, ihm das an den Kopf geworfen zu haben.

Neil blickt von seinem Comicheft auf.

»Warum sagst du es ihr nicht, Papa?«

»Weil es eine Überraschung ist.«

Aude geht in Alices Zimmer hoch, wo sie niemand suchen wird. Sie hat Pierre-Marie die Nachricht bezüglich seiner Reise in die Vereinigten Staaten natürlich nicht ausgerichtet. Pech gehabt! Seitdem sie Bescheid weiß, ist sie besonders aufmerksam. Neil äußert beispielsweise: »Es gibt einen neuen Game-Boy. Wir können ihn drüben kaufen, nicht wahr, Papa?«, oder: »Glaubst du, daß ich schnell Freunde finden werde?«, aber Pierre-Marie gibt vor, als hörte er nichts, und Aude tut so, als hörte sie nicht hin.

Sie will diese letzten Tage im Schoße ihrer Familie auf Zeit auskosten, aber es gelingt ihr nicht. Sie hat felsenfest damit gerechnet, daß es so weitergehen würde. Sie gibt sie unbeschädigt zurück. Neil hat sogar drei Kilo zugenommen, und Pierre-Marie, der jede Personenwaage meidet, mußte seinen Gürtel um ein Loch verstellen.

Schloß Mervège ist schöner denn je. Die roten Terrakottafliesen auf der Terrasse verleihen dem Haus einen karminroten Schimmer. Die alte Schaukel, von der die Farbe abblätterte und die Aude neu gestrichen hat, schwingt in der Abendbrise; die Glocke liegt unter der Kiefer, und die Liegen aus blauem, verwaschenem Stoff laden zum Verweilen ein. Aber das Traumbild hat Risse. Die Terrakottafliesen haben sich teilweise gelöst. Alice klingelt nicht mehr mit der Glocke, um anzukündigen, daß das Essen fertig ist. Die alte Schaukel knarrt, und in einem Monat werden Unbekannte auf der blutroten Terrasse ihre dicken Hintern auf nagelneue Liegen legen ...

Paris, Rue de l'Odéon, 4. Juli

Odile wird morgen mit Finnair fliegen. Sie ist nicht mehr so angespannt, seitdem sie weiß, daß sie an den Polarkreis reisen wird.

An diesem Morgen dringt sie noch einmal in Romains

Wohnung ein. Sie reißt Kühlschrank und Gefriertruhe auf – schade um die Vorräte! –, legt alle Eiswürfelkästen auf den Wohnzimmertisch und stellt die Flasche Mervège-Champagner Brut de Brut ohne Jahrgang, die sie mitgebracht hat, in die Mitte. Egal, wenn alles naß wird! Sie entkorkt die Flasche, füllt zwei Schalen, trinkt auf ihre Gesundheit, läßt die andere Champagnerschale für Romain stehen und legt eine Fotokopie der beiden Flugtickets nach Lappland daneben. Anschließend geht sie durch die Wohnung und reißt systematisch alle Schubladen auf. Sie macht nichts kaputt, sondern wühlt nur herum, hebt die Wäsche hoch, untersucht die Kommode, schaut in die Fotoalben, findet Bilder aus Romains Kindheit, liest gierig seine Post und sogar die Briefe, die er als Jugendlicher bekommen hat, vertieft sich in die Briefe, die seine Mutter ihm geschickt hat, nimmt die Postkarten unter die Lupe, wühlt in den Erinnerungen, schändet die Vergangenheit, schnüffelt überall herum, steckt überall ihre Nase hinein und interessiert sich sogar für die Schecks, die er ausgestellt hat. Sie sucht vergebens nach Spuren von Marions Kleidungsstücken und nach Geschenken, die er ihr sicher gemacht hat.

Als sie hinuntergeht, öffnet sie den Briefkasten und findet eine Karte und zwei Briefe. Der erste Brief enthält Romains Gehaltsabrechnung, der zweite einen Steuerbescheid. Auf der Karte sind Kokospalmen und irgendein Strand abgebildet. Sie berichtet von den uninteressanten Ferien irgendwelcher Freunde. Odile zögert und zerreißt dann alles.

Unten auf der Straße schlängeln sich die Kinder, die die Windschutzscheiben putzen, wieder zwischen den Autos hindurch, die an der roten Ampel stehen. Der Blumenverkäufer an der Ecke hat seine bunten Gefäße auf den Bürgersteig gestellt. Eine Frau in einem grünen Kleid geht tänzelnden Schrittes vorüber. Ein Mann in einer hellen Jacke, der in einem Straßencafé sitzt, schaut ihr nach.

Odile geht zum Jardin du Luxembourg und sagt sich, daß es noch Hoffnung gibt. Vielleicht ist es noch nicht zu spät. Sie lächelt der Sonne zu, die sich in der Glasfassade eines modernen Gebäudes spiegelt, als ein Liebespaar – aneinandergeschmiegt wie siamesische Zwillinge und potthäßlich – an ihr vorübergeht. Plötzlich bekommt sie Lust, Romain und Marion zu töten und sich anschließend eine Kugel in den Kopf zu jagen.

Paris, Rue de l'Odéon, am Abend des 4. Juli

Romain kommt pfeifend nach Hause. Die amerikanischen Kollegen seiner Firma haben aus Anlaß ihres Nationalfeiertages kalifornischen Wein und Popcorn spendiert, und Romain ist beschwingt. Er hat lange auf ein Zeichen von Odile gewartet, doch er weiß, daß sie zu stolz ist, um sich zu melden, und vielleicht ist es auch besser so. Sie sind beide zu alt, um sich zu ändern, und die Art, wie sie ihr Leben leben, steht in diametralem Gegensatz zueinander ...

Wütend schaut Odile ihm von der Bushaltestelle aus nach.
Romain tippt den Türcode ein und steuert im Hauseingang auf die Briefkästen zu.
»Was ist denn hier ...«
Ein Fetzen des Steuerbescheides, ein Stück Gehaltsabrechnung und die Hälfte einer Ansichtskarte, auf der keine Unterschrift steht ...
Er springt die Treppe zu seiner Wohnung hinauf, ohne an den Aufzug zu denken. Die Eiswürfel sind geschmolzen und haben auf dem Wohnzimmertisch und dem Teppich Flecke hinterlassen. Das Fleisch ist aufgetaut, und das Blut rinnt an den Seiten der Tiefkühltruhe und des Kühlschranks hinunter. Es ist fast wie in einem Gruselroman.

Romain schaut sich die beiden aufgeweichten, nassen Kopien der Flugtickets an, knüllt sie zusammen und wirft sie in den Papierkorb. Er würde sich wünschen, Odile stünde jetzt vor ihm ...

Er kriecht unter die Spüle, um einen Lappen zu suchen, und fängt an, Odiles Abschiedsgeschenk aufzuwischen. Er muß dabei an einen Werbespot für Jeans denken, in dem die junge Frau alle Sachen von ihrem Freund aus dem Fenster wirft, zuerst die Platten, dann die Kleidungsstücke und zu guter Letzt die Hose.

Er holt einen Müllsack und wirft alles hinein: die Flasche Champagner, die er in der Spüle ausgießt, die weiche Pute nach Pächterart, die aufgeweichte Rehkeule, den geronnenen Weihnachtspudding und den ganzen Stapel Fertiggerichte, der in seiner Tiefkühltruhe lag. Er wirft die Fetzen seiner Post hinterher und ruft dann einen Schlosser aus der Nachbarschaft an, um alle Schlösser auswechseln zu lassen.

Odile beobachtet Romain, der sich eifrig in seiner Wohnung zu schaffen macht, durch die Scheiben der Telefonzelle. Sie sieht den Lieferwagen des Schlossers, der vor dem Haus parkt, und den Mann im blauen Arbeitsanzug, der aussteigt ...

Sie hat plötzlich das merkwürdige Gefühl, ihre Hände wären eingeschlafen. Sie schüttelt ihre tauben Arme, bewegt die Füße und hebt den Kopf zum Fenster hoch. Die Telefonzelle ist eng, und es riecht unangenehm. Odile ringt nach Luft; ihr Herz klopft schneller; alles dreht sich; sie sieht die Dinge nur noch verschwommen, und der Boden kommt auf sie zu. Odile hat das Gefühl, in Ohnmacht zu fallen. Sie öffnet den Mund wie ein Fisch und rutscht dann an den durchsichtigen Wänden ihres Aquariums hinunter ... Sie sitzt inmitten der Kippen und der verbrauchten Telefonkarten. Es ist, als würde ein schwerer Autobus über ihre Brust fahren. Leute gehen vorüber, sehen sie in der Telefonzelle, kommen aber nicht näher. In Paris hat niemand das Recht, einen Schwächeanfall zu erleiden. Man gilt sofort als, betrunken oder drogensüchtig.

Odile beruhigt sich allmählich. Sie bekommt wieder Luft. Ihr Herz schlägt langsamer, und sie spürt ihre Glieder wieder. Sie kriecht langsam an der Wand hoch und steht auf. Alles wird wieder normal. In Romains Wohnung sind soeben die Lichter eingeschaltet worden.

Marion hat Odile schon tausendmal von Zuckungen und Krämpfen ihrer Patienten erzählt. Aber das, was sie eben erlebt hat, war etwas anderes. Romain hatte ihr die Sauerstoffzufuhr abgeschnitten.

Schloß Mervège, 6. Juli,
Aufteilung der Möbel

Marion bricht unbemerkt zum Friedhof auf. Sie kann Gnafron unmöglich mitnehmen. Die beiden weißen Kreuze von Philippe und Louis stechen aus der Masse der grauen Metallkreuze hervor. Da sie vergessen hat, eine neue Gießkanne zu kaufen, macht sie sich ihre Schuhe mit der alten Gießkanne naß, die so schwer wie ein Amboß ist. Außerdem geht der Strahl immer in die falsche Richtung so wie Pierre-Maries Blick. Sie schlendert die Zypressenallee wieder hinunter und reißt am Ende der Baumreihe einen kleinen Zweig ab. Das hat sie schon getan, als sie noch mit Alice zum Friedhof ging ...

Maurice und seine Frau Albane sind wie immer pünktlich. Sie haben körbeweise Lebensmittel mitgebracht, um die Mannschaft zu verköstigen. Aude ist beschäftigt. Sie hat die Arme voller Tabletts, Tassen, Untertassen und trockenem Kuchen. Marion ist blaß, zwingt sich aber zu einem

Lächeln. Odile hat ihre Mutter angerufen. Sie ist aus beruflichen Gründen verhindert. Albane wird sie vertreten. Alle bemühen sich, den Tag von zwei Seiten zu betrachten: einerseits ist es eine gute Gelegenheit, sich zu treffen, andererseits eine heilige Pflicht. Dadurch entsteht eine eigenartige Atmosphäre. Man hat den Eindruck, daß Alice gleich die Tür aufstoßen wird, um einen noch dampfenden Kuchen zu servieren.

Alles ist für das Mittagessen und das Kaffeetrinken vorbereitet. Es gibt genug zu essen, Wein, Kaffee und Schnaps. Da sollte man besser gleich mit dem schwierigsten beginnen, mit der Aufteilung.

Alices Haus ist ein offener Sarg. Alice war ihr Eckstein, und ohne sie ist die Familie zerstört. Jeder von ihnen behauptet ernsthaft, sie mehr als jeder andere der hier Versammelten geliebt zu haben. Das ist der ewige Betrug des Todes. Der Tag verläuft mit dem stillschweigenden Einverständnis, Großzügigkeit walten zu lassen. Es werden farbige Klebeschildchen wie damals in der Schule verteilt. Marion wählt die goldgelben, Maurice und Albane die grünen, Aude die blauen, und für Odile bleiben die roten Schildchen.

Es beginnt damit, daß sie alle an Höflichkeit zu übertreffen versuchen. »Wer hat Interesse an diesem Möbelstück?« – »Ich, aber nur, wenn sich kein anderer dafür interessiert!«, »Ich bitte dich, es paßt hervorragend in deine Wohnung!« Sie streiten sich nicht. Sie sprechen nicht über den Wert der Dinge. Sie sprechen nicht über Geld oder Politik. Alice hat sie gut erzogen. Sie hat ihnen nicht beigebracht, zu schluchzen, etwas zu zerschlagen, zu zerreißen oder zu schreien; alles geht ruhig und friedlich über die Bühne, und sie leiden im stillen. Sie wollen die Familie wieder zusammenbringen, so wie die Möbel restauriert werden. Keine Gefühlsausbrüche, nur Klebeschildchen, eine Liste für die Möbelpacker, Traurigkeit und Mervège-

Champagner. Jeder bekommt, was er möchte, was ihn berührt. Alte Möbel, die sich im Laufe der Jahre in einem Familienhaus angesammelt haben, und Dummheiten, welche die Vergangenheit berühren, kleine Fahnen, Keramik-Aschenbecher, Weltkarten, ein Haufen russischer Puppen, Tintenfässer. Zunächst wagt keiner, zuviel zu verlangen, und plötzlich wollen sie nichts mehr diesem Trödler überlassen, der das, was niemand will, mitnehmen wird. Also fangen sie an, ihre Schildchen wie die Besessenen überall aufzukleben; überall prangen die bunten Etiketten. Maurice klebt für sich, Albane für Odile, und Aude hat die Arme beladen wie die Göttin Kali. Sie schmücken das Haus für das allerletzte Fest. Kleine Schildchen kleben auf jedem Möbelstück, Konfetti eines langsam zu Ende gehenden Festes. Smarties weisen auf jedes Familienmitglied hin wie die Kärtchen, die Alice zu Weihnachten auf den Tisch stellte, um die Plätze zu kennzeichnen.

Marion läßt sich in einen Sessel mit rotem Aufkleber fallen und lacht wie eine Verrückte. Es ist sicher üblich, diese Schildchen aufzukleben, aber es hat den Charakter einer Posse, eines Wohltätigkeitsverkaufs. Die Nummer 5, Monsieur Maurice, hat einen Glasschrank gewonnen.

Sie muß an das vornehme Hotel denken, in dem sie als Sechsjährige übernachtete, als sie mit ihren Eltern in die Berge gefahren war. Damals hatte sie die Abende damit verbracht, die Schuhe, welche die Gäste vor ihren Zimmertüren zum Putzen hingestellt hatten, zu vertauschen. Heute verspürt sie den Wunsch, die roten Schildchen durch blaue zu ersetzen und drei verschiedene Farben auf dasselbe Möbelstück zu kleben ...

Einmal brachte sie eine in Tränen aufgelöste Versicherte nach Hause. Es war der Geburtstag ihres Sohnes, der vor einem Jahr während einer Reise spurlos verschwunden war. Sie dachte, daß er Unannehmlichkeiten mit der Polizei oder dem Militär gehabt hatte. Ihre ganzen Taschen waren voller Fotos ihres Sohnes, und sie hatte schreckliche Angstzustände. Wenn es einigermaßen ging, stellte sie in der Kirche Kerzen auf. Sie bombardierte die Minister mit Briefen, damit sie ihn suchten. Sie versammelte ihre Kinder um sich und schickte sie auf die Suche nach dem verlorenen Sohn durch die ganze Welt. Als die älteste Tochter der Versicherten sich von Marion verabschiedete, flüsterte sie ihr zu: »Sie haben es sicher verstanden, Frau Doktor. Mein Bruder ist bei einem Unfall ums Leben gekommen. Meine Mutter würde das nicht ertragen, also spielen wir ihr etwas vor. Ein solcher Schlag würde sie töten!« Marion fand, daß dieses Theater schlimmer war, als der alten Dame schonend die Wahrheit beizubringen. Es war so, als würde ihr Sohn jeden Tag sterben.

Alice ist heute auf Schloß Mervège zum letztenmal gestorben. Und die goldgelben Schildchen werden Marion ihr ganzes Leben lang Magenschmerzen bereiten.

Wer wird sich um die Bäume kümmern, die Louis, Christophe und Maurice gepflanzt haben? Wer wird die Blumen im Park pflücken?

»Telefooon!« schreit Aude, die unter den Einmachgläsern fast zusammenbricht.

Pierre-Marie und Neil sind aus Diskretion an diesem Tag nach Épernay gefahren. Aude und ihre Mutter machen den Abwasch; Maurice sortiert Bücher; Marion hebt ab. Es ist Odile.

Marion ist sprachlos. Sie weiß gar nicht, wie ihr geschieht. Eine Schimpfkanonade saust auf sie nieder. Das Gespräch verläuft etwa so:

»Odile, wir haben uns Sorgen um dich gemacht. Wo warst du?« fragt Marion.

»Miststück, Nutte, elende Verräterin. Ich will nie mehr etwas von dir hören, und Romain ist ein Nichts, ein Niemand. Ich überlasse ihn dir, und ich hasse euch!« entgegnet Odile.

Nach einem kurzen Wortwechsel gleichen Schlages begreift Marion schließlich: Odile ist davon überzeugt, daß sie und Romain im siebten Himmel schweben. Zuerst kann sie sich vor Lachen kaum halten, doch als sie schließlich versucht, mit Odile zu sprechen, läßt diese sie nicht zu Wort kommen. Als ihre Cousine endlich verstummt, läßt Marion ihrem Ärger freien Lauf und erklärt ihr, daß sie ihr niemals ins Gehege gekommen sei.

»Du hast bei ihm geschlafen. Ich habe dich gesehen!«

»Auf dem Sofa im Wohnzimmer, weil meine Wohnung vermietet ist und ich keine Lust hatte, bis zum Hotel zu fahren.«

»Romain hat mich noch nicht einmal gesucht.«

»Aber wie sollte er denn? Wir wußten ja noch nicht einmal, wo du steckst.«

»Du hast dich verraten! Du hast gesagt, wir wußten nicht!« frohlockt Odile.

»Aber wir, das sind alle: ich, Aude und deine Freundin Justine!«

Marion schwört, daß zwischen ihr und Romain nichts gelaufen sei, aber Odile glaubt ihr nicht.

»Du hast seit deiner Ankunft auf Schloß Mervège versucht, ihn mir abspenstig zu machen, und er hat ein Auge auf dich geworfen, weil du Ärztin bist.«

»Das ist ja lächerlich. Ich habe nur an Thomas gedacht, und Romain hat sich nur für dich interessiert ...«

»Du sprichst ja selbst in der Vergangenheit.«

»Weil ich mich jetzt um mich kümmere und er seine eigenen Wege geht!«

»Er ist der Mann meines Lebens!« brummt Odile.

»Du hast gesagt, daß du frei sein, niemandem Rechenschaft ablegen und unabhängig sein wolltest ...«

»Das ist meine Art zu lieben, und es hat ihm sehr gut gefallen.«

»Bist du dir da so sicher, Odile? Hör mir gut zu: Zwischen uns ist nichts. Du bist vollkommen übergeschnappt. Eure Beziehung steht auf dem Spiel, deine Unabhängigkeit, deine Weigerung, mit ihm zu leben und nach Paris zu gehen ...«

Sie reden aneinander vorbei. Odile verteidigt sich, so gut sie kann, ohne jedoch ihr Verhalten in Frage zu stellen. Weil sie traurig ist, wird sie zu einem bedauernswerten Opfer und alle anderen zu bösen Schurken. Sie reiht irrsinnige Anklagen, paranoide Schlußfolgerungen und falsche Beweise aneinander.

»Wer war das?«
»Odile ...«
»Kann sie doch noch kommen?«
Aude und ihre Eltern lächeln schon.
»Sie läßt euch alle grüßen. Sie fährt nach Lappland«, sagt Marion.

Aude, die nun ein wenig beruhigt ist, fängt an, die Gläser in Stoffreste einzuwickeln, die Alice sorgfältig aufbewahrt hat, weil sie dann und wann von Nutzen sein könnten.

»Hast du dich mit Odile gestritten?« fragt Albane Marion.

»Sie hat sich ganz allein gestritten. Ich habe nichts damit zu tun«, antwortet Marion.

Albane will gerade nach Einzelheiten fragen, als der Wagen von Pierre-Marie an der Straßenecke auftaucht. Er parkt ihn direkt vor dem Haus. Neil und sein Vater steigen aus. Marion hatte es so verstanden, daß sie erst am Abend zurückkommen wollten, nachdem die anderen wieder gegangen sein würden. Aude hat offensichtlich das gleiche gedacht. Sie eilt auf die beiden zu und schaut sie fragend an.

»Pierre-Marie?«
»Ich habe nachgedacht«, sagt er.

Marion beschließt, ihn mit heißem Tee zu verbrühen, falls er erneut vorschlagen wird, das Haus zu kaufen. Neil hat seine Hände in seinen Hosentaschen vergraben und springt von einem Bein aufs andere.

»Darf ich euch Pierre-Marie de Poélay und seinen Sohn Neil vorstellen!« sagt Aude zu ihren Eltern.

Neil tritt vor, um ihnen die Hand zu geben.

»Pierre-Marie und Neil wohnen hier«, stottert Aude. »Ich habe sie eingeladen. Sie fahren bald in die Vereinigten Staaten ...«

Pierre-Marie macht ein fassungsloses Gesicht. Neil ist erstaunt, und Aude wirkt verlegen. Maurice und Albane sehen interessiert aus.

»Findest du nicht, daß er dem Sohn der Courtepailles ähnelt?« flüstert Marion Maurice zu, der sich umdreht und laut loslacht.

»Eine Tasse Tee?« schlägt Albane vor, die ihrer Tochter zu Hilfe eilt. »Der junge Mann zieht sicher eine Cola vor?«

»Ja!« sagt Neil dankbar. Er streicht über die feine Narbe auf seinem Ohr, die bald nicht mehr zu sehen sein wird.

»Woher weißt du, daß wir in die USA gehen, Aude? Es sollte eine Überraschung werden!« wundert sich Pierre-Marie.

»Sie haben neulich hier angerufen. Es sieht so aus, als hättest du verdammtes Glück mit deinem Forschungsaufenthalt. Mit dem Flug ist übrigens alles paletti ...«

»Aber warum hast du mir denn nichts gesagt?«

»Es sollte doch eine Überraschung werden, nicht?« sagt Aude verbittert. »Ich wollte sehen, bis wann du so tust, als ob nichts wäre ...«

»Bis zum Schluß!« antwortet Pierre-Marie mit einem entwaffnenden Lächeln.

»Du bist wirklich ganz schön dreist!« empört sich Aude mit feuerroten Wangen.

Auf der Terrasse mit den roten Terrakottafliesen rührt

sich niemand. Neil, der erstarrt ist, ähnelt mit seinem Walkman, der um seinen Hals hängt, einem Game-Boy ohne Batterien. Pierre-Marie steht stocksteif und mit zitternden Ohren da. Er schwankt zwischen dem Gebot der Höflichkeit, das ihm aufträgt, allen die Hand zu geben, und dem Wunsch, Aude wie einen Pflaumenbaum zu rütteln, damit alle Früchte hinunterfallen.

Alice hätte diese Szene gefallen. Und daß ausgerechnet Odile so etwas verpaßt ...

Albane kommt mit Neils Cola zurück, und alle werden zur gleichen Zeit wieder lebendig. Neil nimmt das Glas und bedankt sich; Pierre-Marie küßt Albane würdevoll die Hand; Maurice steht von der blauen Schaukel auf und geht um den Tisch herum, um sich Tee nachzuschenken; Pierre-Marie gibt ihm im Vorübergehen die Hand; Neil geht auf Marion zu; eine Eidechse kriecht auf einen sonnenbeschienenen Platz, und eine Spinne nutzt die Gelegenheit, um sich neben der Schaukel ihr Netz zu weben.

»Erfreut, Sie kennenzulernen!« sagt Pierre-Marie zu Albane.

Dann sprudeln die Worte aus seinem Mund:

»Aude, ich nehme dieses Treffen zum Anlaß, um dich in Anwesenheit deiner Familie zu fragen, ob du meine Frau werden möchtest? Wir fahren tatsächlich in die Vereinigten Staaten, aber alle drei: du, Neil und ich. Ich wollte auf den heutigen Tag warten, um es dir mitzuteilen.«

Aude wird puterrot, stottert ja, natürlich, mit Freude, dann erstarrt sie. Wieder verharren alle reglos wie auf einem Foto: Aude steht mit offenem Mund und aufgerissenen Augen da. Neil steckt die Nase in sein Glas, als ob sein Vater vor seinen Augen einem Dutzend Frauen einen Heiratsantrag gemacht hätte. Maurices Augenbrauen sind gerunzelt. Albane kichert. Pierre-Marie ist blaß und angespannt. Die Eidechse liegt in der Sonne. Die Spinne ist von Maurices Sohlen zertreten worden.

Als ihnen schließlich alle gratuliert und auf den Rücken geklopft haben, holt Maurice eine Flasche Champagner aus dem Keller. Diese Neuigkeit muß begossen werden, selbst wenn der heutige Tag dafür ein wenig unpassend erscheint. Albane will Odile benachrichtigen, aber niemand weiß, wie man sie erreichen kann. Aude geht zu Marion, die in der Küche den Sektkübel vorbereitet.

»Ich gratuliere dir, Aude!«
»Du bist nicht aufrichtig ... «, erwidert Aude.
»Soll ich zugeben, daß ich nicht verstehe, warum du ihn heiratest?«

Aude trägt ein rotes Stirnband und eine rotweiß karierte Vichybluse. Die Vögel zwitschern. Die Eidechse schläft wie ein Murmeltier. Die Ameisen haben sich an den Resten der Spinne gelabt.

Alice hatte also recht damit, diesen Brief zu schreiben, zumindest soweit es Aude betrifft. Das Haus wird verkauft und die Familie vergrößert. Die Daranges haben stets das Happy-End bevorzugt. Sie haben jahrelang das Spiel mit den sieben Familien gespielt, und jetzt haben sie den Courtepaille-Sohn gezogen.

»Ich heirate ihn, weil ich ihn liebe.«

Aude bekommt rote Flecken am Hals, als wollte sie sich ihrer karierten Vichybluse anpassen.

Eine Woge der Traurigkeit überschwemmt Marion. Ihr fehlt Alices Zärtlichkeit, Christophes Humor, Elizabeths Phantasie und sogar Odiles Zynismus. Ihre Familie ist ein Puzzle, dem die wichtigsten Teile fehlen, und das Ganze hat mit nichts mehr eine Ähnlichkeit.

Marion geht in den Park hinunter, in dem jeder Winkel eine Geschichte birgt. Einmal versteckte ihr Vater einen Schatz unter dieser Baumgruppe und sagte zu den Kindern, sie sollten graben. Odile fand eine kleine Lederbörse, in der ein Goldstück steckte, das echt und nicht aus Schokolade war. Eines Tages sahen sie eine Schlange auf den trockenen Steinen dieser Mauer liegen. Marion kletterte immer auf diesen Baum, um zu lesen. Sie bewahrte die Melonenrinde für die Kaninchen auf, welche die Frau des Gärtners züchtete. Einmal drang der Fuchs in den Hühnerstall ein. Die Vögel sangen den ganzen Tag um die Wette, um den Preis des besten Sängers davonzutragen, und anschließend stellte sich heraus, daß sie alle gleichrangig waren wie am Sonntag in *L'École des fans* (Die Schule der Fans) mit Jacques Martin.

Nur das Fernsehen macht uns glauben, daß jede Anstrengung eine Belohnung verdient und daß wir alle gleich sind. Wenn Alice ihre zerrüttete Familie von oben beobachtet – Odile, die mit Vergnügen Marion abknallen würde, Aude, die in Kürze einen Dummkopf heiraten wird, und Marion, die durch einen Garten schlendert, der bald verkauft werden wird – welche Note würde sie wem geben?

»Bist du traurig?« fragt Neil, der am Ende eines Weges auftaucht.

»Ach ...«

»Soll ich dir meinen Game-Boy leihen?«

Marion weiß den Wert dieses Angebots zu schätzen.

»Gefällt es dir, daß dein Vater Aude heiratet?«

»Ja«, brummt er, nachdem er nachgedacht hat. »Anfangs lief es nicht besonders gut, aber jetzt hört sie mir zu, wenn ich mit ihr rede. Eigentlich ist sie nett.«

»Dann ist ja alles in Butter!«

Neil schaut Marion mit ernster Miene an.

»Es gefällt mir«, wiederholt er. »Du wärest mir lieber gewesen, aber du liebst meinen Vater nicht. Doch, ja, es ist okay. Es ist cool. Sie ist cool.«

Maurice hat sein Schildchen auf Alices Klavier geklebt, und Marion klimpert mit Bedauern auf den gelben Elfenbeintasten herum. Auf jeden Fall hätte dieser Stutzflügel niemals in ihre kleine Pariser Wohnung gepaßt. Sie hat bekommen, was sie haben wollte: die Noten, Geschirr, verschiedene Silberstücke und den Schatzschrank. Der Tag neigt sich dem Ende zu. Es gab Widersprüche und gemischte Gefühle, das Familientreffen, Alices Geist, die Neuigkeit von Audes baldiger Hochzeit und die Gewißheit, daß das Haus bald verkauft werden wird ...

Marion nimmt das alte, schimmelige, eingerissene Buch, aus dem Alice ihren Enkelinnen vor dem Einschlafen Geschichten vorlas (Neil hat die Schultern gezuckt, als er die Geschichten überflog: keine Turtles, keine Raketen, keine Roboter und keine Dinosaurier). Sie schlägt es unter den Bäumen im Park auf und blättert es langsam durch, bis jede dieser Seiten den Duft und die Luft des Schlosses Mervège aufgesogen hat wie ein Wein, der den Geruch des Fasses angenommen hat. Dann schlägt sie das Buch schnell zu, um den Duft einzuschließen, und wickelt sogar ein Gummiband herum, um zu vermeiden, daß er entschwindet. Damit sie ihn zur Hand hat, wenn sie ihn braucht, »falls etwas passiert«, wie Alice sagte. Im Notfall ist keine Scheibe einzuschlagen, sondern ein Buch aufzuschlagen, und sie hat einen Schuß Schloß Mervège, ein kleines Stück der Terrasse mit den roten Terrakottafliesen, einen Hauch von damals.

Schloß Mervège, am Abend des 6. Juli

Maurice und Albane sind wieder gegangen, um die Nacht in Épernay zu verbringen. Sie haben die Bewohner des Schlosses in einem mit Klebeetiketten übersäten Haus zurückgelassen.

Genau um acht Uhr, als die Fernsehnachrichten beginnen, parkt Romain seinen Wagen vor dem Schloß. Gnafron und Neil hüpfen ihm entgegen, und die anderen folgen ihnen träge.

»Ich dachte, es könnte nicht schaden, euch etwas aufzupäppeln ...«, erklärt Romain. »Da an Champagner ja kein Mangel herrscht, habe ich Brioche und Leberpastete mitgebracht.«

»Du wirst unseren Cholesterinspiegel aufpäppeln«, gibt Aude zu bedenken.

Marion folgt Romain in die Küche.

»Na, ist alles gut verlaufen?«

»Untadelig! Sie waren großartig. Ich bekomme den Schrank mit den Schätzen; Maurice hat sich das Klavier ausgesucht, und Odile spielt vollkommen verrückt!« sagt Marion und faßt anschließend ihr Gespräch mit Odile zusammen.

»Aber wie kommt sie denn darauf ...?«

»Sie hat deine Wohnung beobachtet. Sie weiß, daß ich an dem Abend vor meinem letzten Rücktransport bei dir übernachtet habe ... Ich habe ihr erklärt warum, aber es war unmöglich, sie zur Vernunft zu bringen.«

Romain seufzt und starrt in die Luft.

»Pierre-Marie und Aude werden heiraten und in die Vereinigten Staaten fliegen«, fährt Marion fort.

»Zusammen?« fragt Romain etwas begriffsstutzig.

»Nein, natürlich nicht. Sie heiraten getrennt wie alle Menschen. Und außerdem habe ich vergessen, dir zu sagen, daß Odile nach Lappland fährt.«

»Ich weiß. Sie spinnt!« sagt Romain. »Sie ist mit ihren Schlüsseln in meine Wohnung eingedrungen, als ich im Büro war, und hat einen Schweinestall hinterlassen, den Kühlschrank und die Tiefkühltruhe geöffnet, überall herumgewühlt, meine Post zerrissen und die Kopie zweier Flugtickets nach Lappland auf den Tisch gelegt ...«

Romain gratuliert dem Brautpaar. Alle setzen sich auf die Stühle mit den blauen Aufklebern und an den Tisch mit dem grünen Schildchen, um die Leberpastete auf getoastetem Brioche zu kosten. Dazu trinken sie einen halbtrockenen Mervège.

»Ich dachte, Odile würde zur Aufteilung der Möbel kommen. Ich hatte gehofft, sie heute abend hier zu treffen. Wir müssen mal ein Wörtchen miteinander reden«, sagt Romain zwischen zwei Bissen.

»Warum sagst du, du hättest gehofft, Odile zu treffen, wo du doch in Marion verliebt bist?« fragt Neil plötzlich Romain, der wie vom Donner gerührt ist.

Die Anwesenden starren reglos auf ihre Teller.

»Mir gefällt es auch, über Banalitäten zu sprechen«, erwidert Romain verlegen. »Und du, alles mit deinem Elektronikpark in Ordnung, Atari, Nintendo, Sega, alles paletti?«

»Du bist nicht mehr in Odile verliebt. Du interessierst dich jetzt für Marion, und du gefällst ihr viel besser als mein Vater«, erklärt Neil geduldig und glaubt, das Richtige zu tun.

»Ich glaube nicht, daß dich das etwas angeht, mein Junge!« unterbricht ihn Romain in einem Ton, der keinen Widerspruch duldet, und Neil schweigt endlich.

Marion kaut stumpfsinnig auf ihrem Bissen herum. Aude schaut sie neugierig an. Pierre-Marie nutzt die Gelegenheit, um das letzte Stück Leberpastete von der Platte zu nehmen. Neil wendet sich beleidigt Gnafron zu.

Als sie mit dem Essen fertig sind, schützt die zukünftige Braut Müdigkeit vor, was mit dem anstrengenden Tag zu tun haben muß, und geht in ihr Zimmer. Ihr Zukünftiger folgt ihr. Neil geht ihm schleppenden Schrittes hinterher. Marion und Romain blicken sich an und räumen den Tisch ab.

»Wenn ich gewußt hätte, in welch fröhlicher Atmosphäre wir speisen, hätte ich eine Fleischkonserve mitgebracht«, sagt Romain, um die Stimmung aufzulockern.

Sie setzen sich ins Wohnzimmer und sehen sich Fort

Boyard an. Romain löst das erste Rätsel des weisen Greises Fourras, Marion das zweite, und sie irren sich beide bei dem dritten. Der Tag war hart. Die Aufteilung von Alices Möbeln, Odiles Vorwürfe, Neils Bemerkung, das ist zuviel für Marion. Die Sendung endet mit dem Sieg der Mannschaft, die ihren Gewinn für einen guten Zweck spendet. Die Moral hat gesiegt. Sie gehen hoch, um zu schlafen, als Romain unten am Treppengeländer stehenbleibt.

»Warte! Hör mal ...!«

Marion spitzt die Ohren und hört das Piepen von Neils Game-Boy.

»Nein, da ist noch etwas anderes ...«

Sie konzentriert sich und hört in der Tat ein anderes Geräusch, nämlich die Bettfedern von Audes und Pierre-Maries Bett, die rhythmisch quietschen. Sie schaut Romain an, um sich zu vergewissern, daß er dasselbe Geräusch hört, und sie fangen beide an zu lachen. So hat auch dieser Tag seinen Sinn gehabt.

Paris, Avenue Henri-Martin, am Abend des 6. Juli

Odile ist ohne Voranmeldung bei Justine aufgekreuzt. Ihr Mann ist Tennisspielen gegangen, und die Kinder sind übers Wochenende mit den Pfadfindern unterwegs.

»Was möchtest du trinken? Whisky? Portwein?« bietet Justine an.

Sie hat ihre ganze Schulzeit in Épernay verbracht, bevor sie diesen Dummkopf Henri Coudrier geheiratet hat, der nach Paris gegangen ist. Sie hat Romain nur einmal gesehen.

»Was hat er für einen Eindruck auf dich gemacht?« fragt Odile, die begierig darauf wartet, eine negative Meinung zu hören, um ihr Leid zu lindern.

Justine zögert.

»Er machte einen äußerst menschlichen Eindruck.«

Odile brummt unzufrieden. Sie ist den ganzen Tag durch die Straßen gelaufen und hat sich dann eine Weile über die Seine gebeugt, um die mit Touristen vollgestopften Ausflugsdampfer zu beobachten, aus denen Musik drang. Sie hat das Gefühl, betrogen worden zu sein. Sie fühlt sich beschmutzt und erniedrigt und ist davon überzeugt, daß Marion schon lange Romains Geliebte ist. Es gibt untrügliche Zeichen. Diese Abende am Klavier oder beim Billard waren reine Maskerade. Sie haben sie für dumm verkauft. Eines Tages sagte Odile in einem Gespräch: »Es sind immer die Verliebten, die verlieren, weil sie schwach sind ...«, und Romain widersprach: »Ganz im Gegenteil, wenn man liebt, ist man stark!« Odile lacht höhnisch. Sie hat noch nie so sehr geliebt, und noch nie hat jemand ihre Gefühle derart verletzt. Sie fühlt sich so platt wie die gestampfte Erde eines Tennisplatzes, nachdem die Walze darübergefahren ist.

»Ich hatte Marion mehrmals am Telefon ...«, beginnt Justine zögernd. »Sie schien sich Sorgen zu machen und wollte mit dir sprechen. Ich bin ganz sicher, daß da nichts läuft!«

Odile macht ein mürrisches Gesicht. »Ich wünschte, sie würde verrecken ...«

»Willst du sie nicht anrufen, damit ihr euch aussprechen könnt?«

»Schon passiert! Ich habe heute morgen mit ihr telefoniert, und sie hat mir einen Berg Lügen aufgetischt, genau wie dir ...«

»Ich weiß, es klingt vielleicht abgedroschen, aber du wirst einen anderen kennenlernen und dich wieder verlieben. So ist das Leben ...«, sagt Justine. »Vielleicht war Romain nicht für dich bestimmt. Sicher gibt es irgendwo einen netten Jungen, der auf dich wartet!«

Je mehr offene Türen Justine einrennt, indem sie Odile

diese Platitüden auftischt, desto heftiger wird Odiles Verlangen, in Tränen auszubrechen. Justine zündet sich eine Zigarette an und schaut auf die Uhr. Odile, die wieder zur Besinnung kommt, versteht ihren Blick falsch.

»Ich gehe dir auf die Nerven, stimmt's?« stößt sie hervor. »Meine Geschichten interessieren dich nicht. Wie geht es dem guten Henri?«

Justine erblaßt. Odile, die nur an Romain denkt, bemerkt es nicht. Anstatt Marions kleine, dreckige Fresse zu polieren oder Romain einen Faustschlag zu versetzen, hat Odile Lust, Justine zu ohrfeigen, diese mustergültige Ehefrau: fünfunddreißig Jahre alt, sanftmütig, mit runden, rosigen Wangen, Hosenröcken und flachen Mokassins, einem Ehemann, der eine gute Position bei einer Bank innehat, einer Wohnung in der Avenue Henri-Martin wie beim Monopoly, einem Appartement in La Plagne und zwei Söhnen, die Ski fahren, reiten, Klavier spielen, Mitglieder bei den Pfadfindern sind und die Hälfte ihrer Ferien in einem Ferienlager am Michigansee verbringen.

»Du kannst das nicht verstehen ...«, regt sich Odile auf. »Ich spreche mit dir über Liebe und Leidenschaft, und du weißt noch nicht einmal, was das ist. Dein Leben ist immer geradlinig verlaufen, perfekt, wie bei meiner kleinen Schwester, und du hast einen Typen geheiratet, der genauso ist. Ich habe von niemandem etwas verlangt. Ich habe mit meinen Fotos, meinen Freunden und meiner Alice ruhig in Épernay in der Rue Émile-Mervège gewohnt. Ich hatte Abenteuer, die mich nicht leiden ließen, Beziehungen mit Typen, die sich nicht wie Mollusken an mich geklammert und die mir Sicherheit vermittelt haben. Und dann ist dieser Dummkopf von Romain aufgetaucht, hat all diesen Dingen einen Fußtritt versetzt und ist verduftet. Und wie soll ich jetzt weiterleben? Kannst du mir das mal sagen?«

Odile sitzt mit erhobenem Kopf und starrem Blick da

und vergießt heiße Tränen. Justine, die diese Worte verletzt haben, Odiles Verzweiflung jedoch rührt, schweigt.

»Ich hätte Romain sofort durchschauen und erkennen müssen, wer er ist«, fährt Odile haßerfüllt fort.

»Niemand kann dir nehmen, was ihr erlebt habt, und es ist nicht nötig, alles zu zerstören.«

»Wie kann er meine Liebe mit Füßen treten?« brummt Odile.

»Ist es Romain, den du geliebt hast oder eher deine Erinnerungen, eure Umarmungen und dein Theater, das du um ihn machst? Ich sage dir, daß ein glücklicher und normal veranlagter Mann die Schönheit einer Estelle Halliday bewundert und zusammenbricht, wenn er Sharon Stone sieht, aber darum nicht seine Frau verläßt. Wenn sich jemand in eine Beziehung hineindrängt, dann ist der Platz frei ...«

»Weißt du eigentlich, was für ein dummes Zeug du da redest? Du sitzt in deinem Elfenbeinturm und begreifst nichts!« sagt Odile wütend. Dann steht sie auf.

Justine starrt auf die gegenüberliegende Wand. Das Licht der Lampe fällt auf ihre rechte Gesichtshälfte, und die linke Seite liegt im Schatten, was ihr einen tragischen Gesichtsausdruck verleiht.

»Henri wird mich wegen einer Zwanzigjährigen mit einem flachen Bauch und festen Brüsten verlassen. Er sucht eine Wohnung. Ich hasse ihn dafür, aber niemals würde ich etwas Schlechtes über ihn sagen, weil ich ihn liebe!«

»Und?« flüstert Odile, die wie gerädert ist.

Das Wohnzimmer, das mit seinen geblümten Cretonnen eben noch voller Leben war, ähnelt in der untergehenden Sonne einem Mausoleum, das mit altem, mottenzerfressenem Stoff bespannt ist. Justines Wangen, die soeben noch rund und rosig waren, sind nun durchscheinend und bleich. Odile muß unwillkürlich daran denken, wie sie diesen Moment fotografisch festhalten würde.

Marion hat keine Talente. Sie hat nur studiert und Medikamentelisten auswendig gelernt. Was ist schon dabei! Mit einem solchen Dummkopf zu leben wird Romain sicher schaden und seine Arbeit negativ beeinflussen. Aude erwartet vom Leben nur Geld und gesellschaftlichen Erfolg. Odile hingegen erwartet nichts, auf sie wartet das Leben. Sie wird größer und stärker sein als all diese jämmerlichen Wichte, und sie wird es mit ihren Fotos zu etwas bringen. Sie hat Talent, und kein Mensch auf der Welt kann es ihr nehmen ...

Die Tür fällt ins Schloß. Henri kommt herein. Sein Haar lichtet sich bereits, er trägt die kleine runde Brille eines Intellektuellen und einen Jogginganzug von Lacoste. Justine richtet sich unwillkürlich auf. Ihre Wangen werden wieder rosig, und sogar die Cretonne der Gardinen und des Sofas nimmt ein festliches Aussehen an, um das Familienoberhaupt zu begrüßen.

»Ich esse heute abend nicht zu Hause ... Geschäftsessen!« sagt er und legt seinen Tennisschläger in der Diele ab, ohne den Mut zu haben, seiner Frau ins Gesicht zu sehen.

Er geht weg, um sich umzuziehen. Justines Wangen und die Blumen auf den Stoffen verblassen. Auf dem Klavier, der Kommode und dem Bücherregal stehen Silberrahmen mit Fotos von den lachenden Kindern: Brice und Nicolas am Meer, in den Bergen und auf dem Land, umringt von Justine und Henri, die sich zärtlich umarmen.

»Bitte geh jetzt!« flüstert Justine Odile zu.

Paris, 13. Juli

Odile hat sich zu ihrem letzten Mittagessen in Paris mit Justine in der Nähe von Beaubourg verabredet. Henri ist zu seiner Sekretärin gezogen, und Brice und Nicolas sind unerträglich geworden.

»Du hast wenigstens Talent und bist eine Künstlerin!« sagt Justine zu Odile.

»Wenn mein Fotoapparat grüne Augen und breite Schultern hätte, bräuchte ich keinen Freund ...«, erwidert Odile. »Was machst du in den Ferien mit den Kindern?«

Justine zuckt die Schultern. Das ist wirklich ihre geringste Sorge. Die Wohnung in La Plagne ist im Sommer untervermietet, und Henri hat vergessen, im Ferienlager am Michigansee Plätze zu reservieren, die nun bis September ausgebucht sind.

»Ich kann dir meine Wohnung in Épernay leihen, wenn du willst. Du hast deine Familie und deine Freunde dort und könntest Brice und Nicolas im Schwimmverein anmelden.«

»Ich müßte Koffer packen und das Haus verschließen, und dazu fühle ich mich im Moment nicht in der Lage.«

»Du mußt irgend etwas tun, verdammter Mist!«

Odile beharrt so sehr darauf, daß Justine das Angebot schließlich dankbar annimmt. Nach dem Essen ruft Odile ihre Mutter an, um ihr die Ankunft der drei Coudriers anzukündigen und sich von ihr zu verabschieden, bevor sie ins Land der Iglos fliegt.

»Achte auf die Ernährung, mein Liebling!« sagt Albane. »Sei vorsichtig, schreib uns, wir werden dich besuchen kommen ... Paß genausogut auf dich wie auf deine Kamera auf, dann sind wir beruhigt.«

Der Flughafen ist schwarz vor Menschen. Odile hat die beiden Tickets nach Lappland in der Tasche. Sie würde sich eher in Stücke reißen lassen, als zuzugeben, daß sie noch immer hofft, Romain würde kommen. Aus diesem Grunde hat sie die beiden Fotokopien der Flugtickets bei ihm zurückgelassen. Tag, Uhrzeit und Ort stimmen. Er muß nur auftauchen, lächeln und dem Zollbeamten seinen Reisepaß vorlegen ...

Sie bummelt eine Weile durch die Läden, in denen man

zollfrei einkaufen kann, besorgt sich Fotomaterial und einen Stapel französische Romane, weil es diese in Lappland wohl nicht geben wird. Sie schaut auf die Uhr. Romain könnte noch kommen. Es wird noch zwanzig Minuten lang eingecheckt. Sie hat Magenkrämpfe. Sie war immer davon überzeugt, daß er kommen und diese blöde Marion fallenlassen würde ...

Sie bringt ihr Haar auf der Toilette in Ordnung und schaut sich im Spiegel an. Nur noch zehn Minuten. Fünf Minuten. Vorbei! Die Menschen, die auf der Warteliste erfaßt sind, stehen Schlange, um ein Ticket zu kaufen. Odile schaut sich die Leute an, sieht zwei junge Männer mit netten Gesichtern und bietet ihnen ihr Ticket an, das sie nun nicht mehr braucht.

»Ich schenke es Ihnen. Mein ... Freund konnte nicht kommen, und da es ein Charterflug ist, bekomme ich es nicht erstattet. Nehmen Sie es.«

Die beiden jungen Männer halten sie für verrückt und rücken weiter in der Schlange vor. Odile zuckt die Schultern. Es ist absurd. Dieses Ticket, das sie in der Hand hält, kostet einen Haufen Geld und ist in wenigen Minuten nichts mehr wert. Sie kann es noch nicht einmal einem Obdachlosen schenken, der außerdem nicht wüßte, was er damit anfangen sollte. Sie schaut sich um und bietet es einem anderen Unbekannten an, der ihr noch nicht einmal zuhört. Schließlich legt sie es gut sichtbar auf den Nachbarschalter und überläßt es seinem Schicksal. Sie geht zum Flugzeug. Drei Meter von ihr entfernt haben soeben die letzten Finnland-Reisenden ihr Flugticket mit ihrer VISA-Card bezahlt, während eine Frau mit mattem Teint, die einen Besen und einen Scheuerlappen in der Hand hält, das Flugticket im Vorübergehen wegnimmt und in die Mülltüte ihres Putzwagens wirft.

»Die Passagiere des Fluges Finnair mit Ziel Helsinki können jetzt an Bord gehen. Sie werden gebeten ...«

Odile hält noch ein letztes Mal in der Menge nach Romain Ausschau und setzt dann ihren Walkman auf, um sich gegen die Geräusche der anderen abzuschirmen. Ihre Kamera hängt über ihrer Schulter. Wenigstens etwas, an das sie ihr Herz noch hängen kann.

Schloß Mervège, am Sonntagmorgen des 14. Juli

Da sie in zehn Tagen in die Vereinigen Staaten reisen werden, wollen Pierre-Marie und Aude zwei Tage nach Belgien und anschließend nach Neuilly fahren, um ihre Angelegenheiten zu regeln. Neil wird mit Gnafron und Marion in der Champagne bleiben.

Als Aude sieht, daß Romain seinen Wagen vor dem Haus parkt, macht sie sofort ein langes Gesicht und nimmt Marion zur Seite:

»Obwohl wir bald wegfahren, läßt du ihn aufs Schloß kommen? Hast du schon vergessen, was Neil neulich gesagt hat? Ehrlich, du bist verrückt!«

»Erstens lasse ich ihn nicht herkommen, sondern ich habe ihn eingeladen. Der 14. Juli ist ein Feiertag, und er ist allein und im Moment ein wenig bedrückt. Außerdem brauchen weder er noch ich eine Anstandsdame. Eure Anwesenheit hat uns nicht daran gehindert, es miteinander zu treiben, wenn es das ist, was du denkst.«

Aude dreht sich wütend auf dem Absatz um. Aber sie lacht Romain an, der zwei Blumensträuße mitgebracht hat, für jede Frau des Hauses einen. Pierre-Marie lädt die Reisetaschen in den Renault Espace.

»Ich werde aufmerksam die Gerüchte verfolgen«, flüstert Marion Aude zu. »Würdest du dich besser fühlen, wenn ich mit Neil schliefe?«

Neil spielt gerade eine Partie Schach mit einem jungen Brüsseler im Internet, und Romain liest in seinem Zimmer, als eine Stunde nach der Abfahrt des Brautpaares die Versicherungsgesellschaft anruft, um Marion einen Rücktransport Reims-Nancy, Hin- und Rückfahrt im Krankenwagen, vorzuschlagen. Marion lehnt zunächst ab, da sie es haßt, an Tagen, an denen alle Welt unterwegs ist, im Wagen zu sitzen. Außerdem hat sie versprochen, auf Neil aufzupassen, und sie will sich das Feuerwerk auf dem Reimser Berg ansehen. Doch der Einsatzleiter besteht darauf. Sie sind überlastet. Der Versicherte hatte vor zehn Tagen einen Infarkt, aber nun geht es ihm wieder besser. Marion ist in der Nähe; das ist sie ihm schuldig; er schwört ihr, daß sie rechtzeitig zum Feuerwerk zurück sein wird, und schließlich gibt sie nach, weil Romain einwilligt, sich um das Kind zu kümmern.

Die Marne, am Morgen des 14. Juli, in der Nähe von Damery

In jedem Dorf, an den Straßenkreuzungen und sogar an den Schleusen kündigen Plakate die Festveranstaltungen zum 14. Juli an: Tanz, Feuerwerk, Fackelzug, Aufmarsch der Trachtengruppe. Serena liebt Feuerwerke, aber sie weiß, daß Rio sie haßt. Der Krach der pfeifenden Raketen erinnert ihn an den Bombenangriff. An jedem 25. April, dem Gründungstag der Stadt Rom, fährt er mit ihr aufs Land, um das Feuerwerk in der Hauptstadt nicht miterleben zu müssen.

Seine Hände sind fast geheilt, wenn auch noch ein wenig steif. Rio ist so geschwätzig, daß er die Etappen der Heilgymnastik übersprungen und den Mediziner überrascht hat.

»Meine Mutter liebte den 14. Juli«, erklärt er Serena plötzlich.

Sie schaut ihn neugierig an. Sie sind am 2. Juni an Bord des Grünen Flitzers gegangen; am 20. Juni hat er sich verletzt, wodurch sie eine ganze Weile gezwungen waren, an Ort und Stelle zu bleiben, da sie die Schleusen nicht mit einem Besatzungsmitglied passieren konnten, das unfähig war, eine Leine zu halten, und während dieser Zeit hat Rio weder seine Familie noch ihr Haus erwähnt. Serena hat sich gesagt, daß er sich psychologisch darauf vorbereite, seiner Vergangenheit zu begegnen, und daß sie ihn nicht drängen dürfe. Dann hat sie gemerkt, daß Rio sich immer mehr zurückzog, je näher sie ihrem Ziel kamen. Angst, eine unangenehme Wahrheit aufzudecken, Furcht, zu erfahren, daß seine Mutter ihn im Stich gelassen hatte, und Scham, mit einer anderen Sprache als früher an diesen Ort zurückzukehren?

Während eines Einkaufsbummels fragte Serena einen Händler, wo der Sitz des Champagnerhauses Mervège sei.

»Alle großen Häuser sind in der Avenue de Champagne, die früher Rue du Commerce hieß: Mervège, Mercier, Moët et Chandon, Pol Roger, Perrier-Jouet, de Venoge, Castellane ...«

»Aber haben sie nicht auch ein Landhaus außerhalb der Stadt?« beharrte Serena.

»Doch, das Schloß Mervège in der Nähe von Damery, das bald verkauft werden wird ...«

»Gibt es denn keine Nachkommen?« fragte Serena erstaunt.

Der Händler sah sie genauso mißtrauisch an wie Franca Poggio-Malva auf dem kleinen Bahnhofsvorplatz in Carmagnola.

»Wollen Sie es kaufen? Sicher gibt es Nachkommen, aber das ist gerade das Problem. Es gibt zu viele. Aus der ersten Generation ist nur noch Monsieur Maurice da, aber in der zweiten Generation gibt es mehrere Enkel, alles Mädchen ...«

Rio hat gelacht, als Serena ihm von diesem Gespräch berichtete und ihm die Miene des Händlers beschrieb, als er in einem abwertenden Ton sagte: »Alles Mädchen!«

»Meine Mutter liebte den 14. Juli«, wiederholt Rio. »Die Fahnen, die Marseillaise, das Dröhnen der Festkapelle und die Champagnerperlen ...«

Es ist das erstemal, daß er solche Einzelheiten erwähnt, daß er über seine Mutter spricht wie über ein menschliches Wesen, das seine Vorlieben hat und das man sich bildhaft vorstellen kann.

Er beugt seinen großen Körper vor und schaut auf die Wasserstraßenkarte. Dort vor der Schleuse und dem Seitenkanal bei Cumières hat Serena vor eineinhalb Monaten ein kleines Kreuz eingezeichnet, und Rio hat seitdem so getan, als hätte er es nicht gesehen.

»Fahren wir hin?«

Serena schluckt. Es ist 14 Uhr am 14. Juli, und sie wartet schon seit einer Ewigkeit auf diesen Moment.

»Gerne«, sagt sie.

Der Grüne Flitzer entfernt sich von der Pont de Reuil, fährt ein Stück, passiert die Schleuse von Damery, fährt unter der Brücke Port aux Vins hindurch, dann unter der Brücke, die nach Damery führt, schließlich unter der Pont de Damery und nähert sich dem kleinen Kreuz, das in der Karte eingezeichnet ist. Serena steuert; Horatio schläft auf seinem Platz; Rio sitzt auf dem Dach und beobachtet mit klopfendem Herzen den Horizont. Das Boot gleitet über das grüne Wasser ...

Plötzlich sieht Rio die Türme des Schlosses Mervège und klopft augenblicklich auf das Dach, um Serena zu informieren. Er springt sofort auf die Beine und reckt den Hals, um alles besser erkennen zu können. Das Herrenhaus mit den roten Terrakottafliesen, der Schaukel, den Liegen und dem grünen Gras wird sichtbar. Die Lorbeerhecke ist seit dem 11. August 1940 gewachsen, aber Rio ist schneller gewachsen als sie, und heute erscheint ihm dieses seinerzeit unüberwindbare Hindernis fast bedeutungslos.

Ein Kind mit einer Baseballkappe, die es verkehrt herum auf seinem Kopf trägt, sitzt auf der Schaukel und ist in ein Comicheft vertieft.

Ein schwarzweißer Cockerspaniel, ein Zwilling von Horatio, schläft zu seinen Füßen.

»He, du!« schreit Serena, weil Rio es nicht kann. »He, du!«

Das Kind hebt den Kopf, legt seine Hände über die Augen, um sich vor der Sonne zu schützen und sieht das Boot.

»Hallo!« ruft es und springt von der Schaukel.

Der Hund wacht auf, richtet sich auf, bellt der Form halber und folgt dem Kind, das auf den Park zusteuert, um die Lorbeerhecke herumgeht, aufs Ufer zugeht und sich fragt, was diese Leute wohl von ihm wollen.

»Guten Tag«, schreit Serena. »Ich möchte mit dir sprechen. Dürfen wir anlegen?«

»Kein Problem!« sagt Neil, der die unbekannte Frau sehr hübsch findet, wenn sie auch nicht mehr ganz jung ist.

Er bemerkt, daß der Mann mit den weißen Haaren, der auf dem Dach steht, ihn mit seinen Blicken verschlingt, ohne ein Wort zu sagen.

»Kannst du ihm die Taue zuwerfen?« fragt Serena Rio. »Würdest du sie bitte um diese Bäume binden und uns zurückwerfen?«

»Ich heiße Neil de Poélay«, erklärt Neil höflich. Er tut, worum man ihn gebeten hat, ohne Fragen zu stellen.

Er weiß genau, daß sein Vater und Aude zuerst mit diesen Leuten gesprochen hätten, um zu erfahren, was sie wollen, ehe sie ihnen erlaubt hätten, anzulegen.

Rio fängt die Taue auf und befestigt sie am Boot. Serena legt den Leerlauf ein und schaltet den Motor aus.

»Dürfen wir an Land kommen?« fragt sie lächelnd.

Neil nickt. Sie sehen nicht aus wie Einbrecher oder Terroristen. Romain schläft oben. Es gibt nichts, was man stehlen oder im Park in die Luft sprengen könnte, und es ist sowieso zu spät, denn sie sind schon da. Ein schwarzweißer Cocker, ein Zwilling von Gnafron, springt plötzlich aus der Kajüte und bellt wie ein Verrückter. Rio bringt ihn mit einer Geste zum Schweigen und stellt dann, da er abergläubisch ist, seinen rechten Fuß zuerst auf das Gras seiner Kindheit. Er schweigt; seine Arme hängen an seinem Körper herunter, und er fragt sich, wer dieses Kind wohl sein mag ... ein Urenkel von Alice?

»Ist es hier?« fragt Serena.

Er nickt, unfähig, in seiner Zeichensprache zu antworten.

»Wir heißen Serena und Rio Cavarani. Wir kommen aus Rom«, beginnt Serena.

Sie verstummt, als sie das ungläubige Gesicht des Kindes sieht.

»Diejenigen, die am Telefon nichts sagen?« ruft Neil. Er ist fassungslos. Und Marion ist in Nancy. Scheiße!

Nancy, Städtisches Krankenhaus, am Nachmittag des 14. Juli

Marion entfernt soeben die selbsthaftenden Elektroden von der Brust des Patienten auf der Herzstation, Zimmer 14. Die Fahrt ist dank der Klimaanlage des Krankenwagens angenehm verlaufen, aber es war schweißtreibend genug, den Koffer des Versicherten bis zum Fahrstuhl zu schleppen. Ihre Haare kleben auf ihrer Stirn, ihre Bluse auf ihrem Rücken, und sie träumt von einer Dusche. Sie hebt noch nicht einmal den Kopf, als das Telefon im Stationsbüro klingelt.

»Sie sind doch Frau Doktor Darange?« fragt die Schwester, die ins Zimmer kommt.

»Die Versicherungsgesellschaft?« fragt Marion.

»Ich glaube nicht ... Es sei denn, Sie beschäftigen dort auch ganz junge Leute. Eine Kinderstimme verlangt ›Frau Doktor Darange zu sprechen, die einen Herzkranken nach Hause begleitet‹, und für den Fall, daß Sie eine Namensvetterin haben sollten, hat der Junge noch hinzugefügt, daß Sie ›eine hübsche Blonde‹ seien!«

Beunruhigt und atemlos greift Marion nach dem Hörer. »Ist alles in Ordnung, Neil?«

»Ja, sicher, reg dich nicht auf. Ich wollte dir nur schnell etwas sagen ...«

»Du Idiot!« schreit Marion. »Ich dachte schon, du hättest dich verletzt.«

»Man kann stumm sein, aber nicht taub, nicht wahr?« schreit Neil in den Hörer. »Nicht sprechen, aber hören?«

»Man kann keine Beine haben, aber geschwätzig sein! Was ist in dich gefahren?«

»Jemand, der stumm ist, aber nicht taub, okay? Er kann das Telefon abheben, das klingelt; er versteht, was man sagt, kann aber nicht antworten. Taube Menschen telefonieren nicht!«

»Entweder du bist verrückt, oder ich bin verrückt, aber ich kann das Telefon hier nicht blockieren. Kannst du mir das erklären?«

»Wir haben Besuch!« stößt Neil triumphierend hervor. »Rate mal wer? Rio und Serena Cavarani. Sie spricht, und er ist stumm, aber nicht taub. Verstehst du jetzt? Er hat verstanden, was du am Telefon gesagt hast, aber er konnte nicht antworten.«

Verschiedene Bilder ziehen an Marions Augen vorüber. Ein Mann mit weißem, lockigem Haar, der seine langen Beine einzieht, um sich aus einem orangefarbenen Fiat 500 zu quälen, bewegt rasch seine Hände und schaut dabei eine blonde Frau an. Sie hat dieses Gestikulieren auf seine südländische Herkunft geschoben! Ein schwarzweißer Cocker springt auf die Straße; sein Herrchen hat ihn gerufen, aber ohne ein Wort zu sagen. Er hat einfach mit den Fingern geschnippt ... Sie hatte geglaubt, das Tier wäre ungewöhnlich gut dressiert.

»Aber warum hebt er denn das Telefon ab, wenn er nichts sagen kann? Das ist doch verrückt«, stellt Marion fest.

»Stumme Menschen telefonieren auch!« erklärt Neil mit ernster Stimme. »Sie antworten ihrem Gesprächspartner mittels eines T-online-Programms wie zwei Personen, die über das Internet miteinander kommunizieren, verstehst du?«

Marion versucht, ruhig zu bleiben. Darauf wäre sie niemals gekommen.

»Und ich dachte, er wollte mich nicht kennenlernen!«

»Tja, sie sind hier und warten auf dich. Also spute dich.«

Marion lächelt. Sie hätte Neil fast gebeten, Rio an den Apparat zu holen.

»Ich beeile mich«, sagt sie. »Kümmere dich um sie, bis ich zurückkomme. Lade sie ein, bei uns zu essen und zu schlafen!«

»Aber sie sind in einem Boot gekommen ...«

Marion legt auf, kümmert sich um die Übergabe des Kranken und verabschiedet sich von ihm. Als sie wieder in dem kühlen Krankenwagen sitzt, schaut sie sich im Rückspiegel an und schneidet eine Grimasse. Schon seit zwei Wochen wollte sie zum Friseur gehen. Rio ist stumm, aber nicht blind.

Schloß Mervège, 14. Juli

Am Abend taucht der Krankenwagen, dessen Windschutzscheibe mit toten Insekten übersät ist, am Ende der Allee auf und parkt hupend vor dem Schloß. Als Marion aussteigt, öffnet Romain sein Fenster und steckt seinen zerzausten Kopf heraus.

»Puh, schon da! Wir haben dich nicht so früh zurückerwartet. Die Italiener fahren mit Neil über die Marne. Ich bin hiergeblieben, um auf dich zu warten. Ich bin eingeschlafen«, sagt er in jämmerlichem Ton.

»Weißt du, wohin sie gefahren sind?«

Romain nickt.

»Wenn wir über den Treidelpfad hinter der Brücke nach Damery fahren, treffen wir sie mit Sicherheit.«

»Hast du sie gesehen? Habt ihr miteinander gesprochen?« fragt Marion mit gehetzter Stimme.

»Wir haben sie zum Essen eingeladen. Ich habe ihnen Omeletts gemacht, und natürlich haben wir miteinander gesprochen. Sie werden dir noch alles genauer erklären. Ich sage dir nur das Wichtigste: Rio ist der Sohn aus der ersten Ehe deiner Großmutter mit Vincenzo Cavarani, einem italienischen Schriftsteller, der gestorben ist, als sein Sohn ein Jahr alt war. Alice und das Baby sind nach Épernay zurückgekehrt; Alice hat später deinen Großvater geheiratet, dann wurden deine beiden Onkel und dein Vater geboren ...«

»Das weiß ich schon aus den Familienbüchern!« sagt Marion langsam. »Aber wie kommt es, daß Alice uns nie etwas von Vincenzo erzählt hat, und warum kennen wir Rio nicht?«

»Das macht die Sache kompliziert. Rio glaubte, Alice sei tot ...«

»Er hat recht: Das ist sie!« erwidert Marion mit mürrischer Miene.

»Nein, ich meine schon lange. Sie wurde 1940 bei einem Bombenangriff verletzt, und Rio, der zehn Jahre alt war, ist nach Italien zu seiner Großmutter väterlicherseits zurückgekehrt. Später hat man ihm gesagt, daß seine Mutter tot sei, und aus diesem Grunde ist er nie nach Frankreich zurückgekehrt.«

Marion runzelt die Stirn, schweigt einen Moment und versucht das, was ihr Romain soeben mitgeteilt hat, einzuordnen.

»Aber ich verstehe nicht, warum Alice kein Lebenszeichen von sich gegeben hat. Gut, er glaubte, seine Mutter sei tot, aber sie wußte doch genau, daß sie noch lebte. Wenn er in Italien war, hätte sie ihn doch suchen müssen. Sie kann doch nicht einfach ihren Sohn im Stich gelassen haben.«

»Das ist der Haken an der Sache. Da Rio seit 1940 glaubte, ein Waisenkind zu sein, ist er ganz schön stutzig geworden, als er im Januar 1996 auf die Todesanzeige seiner Mutter im Figaro stieß. Und anschließend hat er recherchiert. 1941 explodierte in der Nähe des Hauses, in dem er gewohnt hat, ein italienischer Zug, und man war in dem Glauben, daß er und seine Großmutter unter den Opfern gewesen seien. Daher war Alice überzeugt, daß er tot war.«

Marion reißt die Augen auf.

»Er glaubte, seine Mutter sei tot, und sie glaubte, ihr Sohn sei tot ... Und das seit über fünfzig Jahren?«

Romain macht ein nachdenkliches Gesicht und nickt.

Der Fiat Punto folgt dem Treidelpfad und trifft auf einige Boote mit Touristen, aber jedesmal schüttelt Romain den Kopf. Nach einer scharfen Kurve sehen sie endlich den Grünen Flitzer. Marion renkt sich den Hals aus und erkennt einen großen, schlanken Mann, der am Geländer steht, und eine Frau mit langen, blonden Haaren, die mit Neil plaudert.

Sie fahren eine Weile neben dem Boot her – wie in diesen Filmen, in denen das Mädchen mit dem Zug wegfährt, und ein Mann, der seine Entscheidung bereut, auf sein Allerweltsmotorrad springt, meistens eine Harley Davidson, um wie ein Verrückter die Straße entlangzurasen (ohne je zerzauste Haare zu haben), die glücklicherweise genau parallel zu den Schienen verläuft. Er überholt den Zug genau vor dem Bahnhof, läßt seine herrliche Maschine mitten auf einer düsteren Straße stehen, wo sie ihm natürlich niemand klaut, und fällt seiner Angebeteten in die Arme, die sich zufällig gerade frisch geschminkt hat.

Marion schaut also beim Fahren in den Rückspiegel, um sich zu kämmen. Dann gibt sie Gas, fährt an dem Boot vorbei, läßt ihren Wagen mitten auf dem Treidelpfad stehen, rennt ans Ufer, schreit: »Hallo!« und winkt wie ein Semaphor.

Rio reißt das Steuer herum und winkt zurück. Das Boot gleitet mit nachlassender Fahrgeschwindigkeit weiter, bis es nach einem untadeligen Manöver am Ufer anlegt.

Serena Cavarani wirft das vordere Tau mit vollendeter Eleganz hinüber. Es hätte Marion beinahe mitten im Gesicht getroffen. Rio hat schon einen Kratzer auf der Stirn, sicher aus dem gleichen Grunde. Er ähnelt weder Alice noch Christophe Darange, selbst wenn er viel älter ist, als Marions Vater es je werden konnte. Als er lacht, sieht man seine strahlend weißen Zähne, und er hat ausdrucksvolle, dunkle Augen. Er sieht aus, als wäre er stumm, aber dennoch nicht auf den Mund gefallen.

»Scheiße!« schreit Marion, statt guten Tag zu sagen, als ihr das Tau ins Wasser fällt.

Rios Hände tanzen durch die Luft, und sein Körper tanzt mit. Sein Mund und seine Augenbrauen bewegen sich im Einklang.

»Mein Mann freut sich sehr, Sie endlich kennenzulernen!« sagt Serena, die das Tau aus dem Wasser fischt.

»Ich auch«, stammelt Marion. »Aber ich habe so viele Fragen, daß ich gar nicht weiß, wo ich anfangen soll.«

»Machen Sie sich keine Sorgen. Rio ist sehr geschwätzig ... nur nicht am Telefon«, sagt Serena lächelnd.

Fünf Minuten später stecken die Pflöcke im Hang, und das Boot ist festgemacht. Romain und Marion gehen an Bord und setzen sich in die Kajüte. Wie es sich für eine gute Italienerin gehört, kocht Serena für alle Kaffee.

»Ich habe noch nie etwas von Ihnen gehört, bevor ich in Alices Schatzschrank auf die Bücher Ihres Vaters gestoßen bin«, beginnt Marion.

»Schatzschrank?«

Marion erklärt den Ursprung dieses Namens.

»Ich habe nicht verstanden, wer dieser Vincenzo und dieser Rio sind«, fährt sie fort. »Ich dachte, daß Vincenzo vielleicht Alices Liebhaber gewesen sei, aber das paßte alles nicht zusammen, denn sie hätte niemals ihren Sohn im Stich gelassen, auch nicht unter diesen Umständen.«

Rio hebt die Augenbrauen und gestikuliert aufgeregt mit seinen Händen.

»Rio hat es auch nicht verstanden ...«, übersetzt Serena. »Von dem Moment an, als er im Figaro gelesen hat, daß seine Mutter 1940 nicht gestorben ist, bis zu dem Moment, als wir in dem Dorf seiner Großmutter recherchiert haben, glaubte er, daß seine Mutter ihn im Stich gelassen hatte, weil sie ihr Leben nun mit seinem Stiefvater und seinen Halbbrüdern verbringen wollte.«

Die Espresso-Maschine dampft wie eine Lokomotive. Serena eilt zum Herd, um sie von der Platte zu nehmen. Während sie den Kaffee in die vier Tassen gießt und diese verteilt, schweigen die Erwachsenen. Neil schließt mit Horatio Bekanntschaft und streichelt ihn hinter den Ohren.

Was Marion soeben alles erfahren hat, erschüttert sie.

Sie ist es nicht gewohnt, mit dem Zweiergespann Serena-Rio zu reden. Ihre Augen wandern von einem zum anderen wie bei einem Zuschauer, der sich ein Tennisspiel ansieht.

»An welchem Tag ist Ihre Großmutter gestorben?« fragt Serena, nachdem sie einen Schluck Kaffee getrunken hat.

»Am 18. Januar, genau um zwanzig Uhr!« sagt Marion. »Ich erinnere mich daran, weil ich exakt zu diesem Zeitpunkt von ihr geträumt habe ...«

Auf ihre Antwort folgt bedrückende Stille.

»Rio hat auch an diesem Tag und zu dieser Zeit von ihr geträumt«, sagt Serena schließlich.

Marion und Rio schauen sich schweigend an. Sie sind sich sofort sehr nahe, beide etwas erschrocken und beide Waisen.

»Alice hat mich großgezogen«, erklärt Marion. »Mein Vater starb, als ich sieben Jahre alt war.«

»Christophes Baby?« läßt der betrübte Rio über Serena fragen. »Und was ist aus dem kleinen Louis geworden? Er muß jetzt um die sechzig sein. Er ist sicher ein großer Louis geworden?«

»Er war im Widerstand und ist 1944 ums Leben gekommen«, sagt Marion leise.

Rios Blick trübt sich. Er hat geglaubt, eine Familie wiederzufinden, aber sie sind alle tot.

»Ihre Großmutter wurde bei dem Bombenangriff am 11. August 1940 schwer verwundet, und Rio hat die Champagne im September verlassen ...«

»Alice wurde bei einem Bombenangriff verwundet?« fragt Marion erstaunt. Sie fällt aus allen Wolken.

Das Wort, durch welches dieses Boot am treffendsten charakterisiert wird, ist »Ruhe«: keine Sirenen von Krankenwagen, kein Flugzeug, das startet oder landet, kein Hupen, kein Stau, keine hysterischen Schreie, kein Fernsehen, kein Kassettenrecorder, keine Mikrowelle und vor allem kein Telefon.

Serena reicht Rio, der auf dem Deck steht, die Gläser aus der Küche an. Rio reicht sie an Romain weiter, der am Ufer steht und sie Marion gibt, die sie auf die Erde stellt. Die gleiche Prozedur folgt mit den Würstchen, dem Brot, der Butter, der Melone, dem Schinken, dem Tomatensalat und den drei Flaschen Mervège-Champagner, die Romain mit verschmitztem Blick aus seinem Rucksack fischt. Neil und Horatio erforschen das Feld, an dem der Grüne Flitzer festgemacht hat.

Der Tisch ist gedeckt für ein Essen in bester ländlicher Tradition: auf einer karierten Decke, die Serena aus Rom mitgebracht hat. Sie führen angeregte Gespräche; Rios Hände sind immer in Bewegung; Serena übersetzt simultan, und Horatio gibt fröhlich bellend seinen Senf dazu. Sie reichen sich das Brot und die Butter und diskutieren über den Unterschied von Parma-Schinken, Aosta-Schinken und Bayonne-Schinken. Sie vermischen das Französische und Italienische, die Hände, die Wörter, die Melone und den Schinken.

»Leben Sie schon lange zusammen?« fragt Serena und schaut Romain und Marion an.

»Romain ist der Freund von meiner Cousine Odile und nicht meiner!« sagt Marion schnell.

»Sie sind kein Paar?« wundert sich Serena.

Romain und Marion schütteln verlegen den Kopf. Serena ist überrascht. Rios Hände malen Schnörkel in die schwüle Luft. Eine Biberratte springt am anderen Ufer ins Wasser und überquert genau vor dem Boot den Fluß.

»Sie glauben also, daß Ihre Großmutter Carlotta alles erfunden hat, um Sie zu behalten?« fragt Marion ungläubig.

Die Biberratte ändert plötzlich ihren Plan und schwimmt in entgegengesetzter Richtung davon.

Über einem Teil der Champagne schwebt ein dunkler Schatten, der einer alten Dame, die bereit war, zu lügen und den anderen Leid zuzufügen, um ein Kind in ihrer Obhut behalten zu dürfen, das sie abgöttisch liebte.

»Vincenzo Cavarani war ein sehr bekannter Schriftsteller, und Ihre Großmutter war Malerin. Sie wohnten im Künstlerviertel in Florenz ...«, beginnt Serena. »Carlotta, Vincenzos Mutter, verlor ihren Mann, als sie noch sehr jung war. Nach dem Tod ihres einzigen Sohnes hatte sie nur noch Rio!«

»Alice, Malerin?« wiederholt Marion verdutzt.

Sie hat den Eindruck, als spräche Serena über jemand anderes. Doch als Alice eines Tages zu Moreno sagte, daß sie seit dem Tod von Louis nicht mehr gesungen habe, schüttelte Moreno den Kopf und flüsterte: »Du könntest wieder anfangen zu malen!« Damals hat Marion es nicht verstanden ...

»Warum hat Alice nie über Vincenzo und Rio gesprochen?« fragt Neil, der gerade einen großen Schluck von Marions Champagner trinkt.

»Soviel Rio weiß, litt seine Mutter nach dem Tod ihres ersten Mannes unter schweren Depressionen und lag mehr als sechs Monate in Florenz im Krankenhaus. In dieser Zeit wurde Rio von seiner Großmutter betreut«, antwortet Serena. »Dann kam ihre Schwester und brachte sie in ihr Vaterhaus in die Champagne zurück ...«

Serena erzählt, und Marion läßt ihrer Phantasie freien Lauf. Alice Cavarani, geborene Mervège, kehrt wie ein Wunderkind in ihre Heimat zurück. Die Mervèges fühlen sich benachteiligt und ausgeschlossen. Die Tatsache, daß Alice ihr Heimatland verläßt, in Florenz einen Italiener heiratet, der nichts vom Wein und der Tradition der Champagne versteht, erscheint ihnen als Verrat. Als sie ein Jahr später Philippe Darange heiratet, den Soldaten, der aus einer angesehenen Familie in der Champagne stammt, gibt es auf Schloß Mervège ein Fest, und Philippe kümmert sich um Rio wie um seinen eigenen Sohn. Er macht zwischen ihm und Louis keinen Unterschied.

»Sie haben gesagt, daß Sie Christophe, meinen Vater, gekannt haben«, fährt Marion fort, wobei sie abwechselnd Rio und Serena ansieht.

»Er war noch ein Baby, als Rio Frankreich verließ.«

Marion rechnet und überlegt. Rio soll 1941 gestorben sein; Philippe und Louis Darange sind 1944 gefallen, und Alice zog es vor, die Vergangenheit zu begraben, den Schmerz zu vergessen. Christophe war zu klein, um sich an Rio erinnern zu können; Maurice wurde viel später geboren, und es gab keinen Zeugen mehr aus jener Zeit.

Plötzlich hören sie lautes Pfeifen in der Luft. Horatio kläfft beunruhigt. Eine blaue Rakete fliegt über die Bäume hinweg, die das Feld säumen, steigt in die sommerliche Luft, platzt und versprüht ihren Funkenregen über den Weinbergen.

»Das ist das Feuerwerk!« schreit Neil fasziniert.

Alle heben den Kopf, um zu sehen, wie die Steuergelder der Region in Raketen verrauschen. Rio krümmt unwillkürlich den Rücken. Serena legt ihre Hand auf seinen Arm, um ihn zu beruhigen. Horatio versteckt sich zwischen den Beinen seines Herrchens. Neil ist entzückt.

»Oh! Seht nur die grünen Raketen! Sie sehen aus wie Spargel. Und die roten dort. Das ist ja total geil, diese Pyro ... Pyra ....«

»Pyrotechnik«, sagt Marion. »Man kann aber auch einfach Feuerwerk sagen, das ist einfacher.«

»Geil?« fragt Serena irritiert.

»Dieses Feuerwerk gefällt Neil. Er findet es geil, klasse, super, cool. Das sagt man heute«, erklärt Marion.

»Genauso wie: ›ich gucke in die Röhre‹«, fügt Neil lachend hinzu.

Serena schaut sie fragend an, aber aufgrund des Lärms

ist keine Unterhaltung mehr möglich. Die Raketen sausen kreuz und quer durch die Lüfte; die bunten Raketen begrüßen würdig den Sturm auf die Bastille.

Neil bedauert, daß sein Vater nicht da ist. In Belgien wird heute nichts gefeiert. Marion bedauert, daß Alice nicht da ist. Sie hat Feuerwerke so geliebt. Rio und Serena sitzen wie Komplizen Schulter an Schulter nebeneinander. Schließlich sieht man die letzte Rakete als krönenden Abschluß wie einen Blumenstrauß am Himmel stehen. Marion leert ihr Glas Mervège-Champagner ohne Jahrgang. Romain hat die Flaschen zufällig aus dem Keller ausgesucht. Ein Gedanke quält sie, als ob sie eine Kleinigkeit vergessen oder etwas Wichtiges übersehen hätte ... Als der Funkenregen langsam am Himmel der Champagne erlischt, fällt es ihr plötzlich ein. Champagner ohne Jahrgangsangabe, das erinnert sie an jemanden ...

»Moreno!« sagt sie laut.

Die anderen drehen sich überrascht zu ihr um. Marion hat sich soeben an die Existenz eines der wichtigsten Zeitzeugen erinnert.

»Moreno, der Tennisspieler?« schreibt Rio nervös in die Luft. Es herrscht wieder Stille. Er erinnert sich daran, daß er sich mit seiner Mutter die Spiele des Italieners angesehen hat.

Marion nickt. Alice hat ihr erzählt, daß Moreno damals ein großer Sportler gewesen sei.

»Er wurde 1944 verwundet, an dem Tag, als mein Großvater fiel. Seitdem ist er gelähmt und lebt in einem Himmelbett in der Rue Eugène-Mercier in Épernay mit Gesellschafterinnen, die er ausschließlich Fiorella nennt.«

Rios Blick trübt sich. Philippe und Alice, Louis und Christophe, die er gesund und kräftig vor sich sieht, sind tot. Und Moreno, der Sportler, lebt seitdem in einem Raum, der kleiner als ein Tennisplatz ist ...

»Sollen wir ihn morgen vormittag besuchen?« schlägt Marion vor.

Rios und Horatios Augen leuchten in der Dunkelheit.

»Haben Sie sich einen Cocker gekauft, weil Alice diese Rasse so geliebt hat?« fragt Marion.

Rio schüttelt den Kopf. Die Mondsichel steht am Firmament.

»Sein Vater, Vincenzo, hatte immer Cocker. Deshalb hat sich Ihre Großmutter sicher auch für diese Rasse entschieden ...«, erklärt Serena. »Ich bin heute gut in Form. Soll ich Ihnen die Karten legen?«

Marion stimmt erfreut zu. Neil klatscht in die Hände. Romain zögert. Serena öffnet eine Schublade, holt ein Tarotspiel hervor, das schon bessere Tage gesehen hat, und verteilt die Karten auf dem Tisch.

»Wer will anfangen? Marion? Gut. Konzentrieren Sie sich auf eine Frage, ohne sie mir zu sagen. Wir beginnen mit dem Hufeisen, und dann folgt die keltische Ziehung. Derjenige, der die Karten befragt, zieht sieben Karten!«

Die Tarotkarten, die sie zieht, sind so bunt wie das Feuerwerk, das sie soeben gesehen haben. Der Kaiser, der Wagen, der Stern, die Enthaltsamkeit, die Kaiserin, die Welt, die Sonne. Marion wiederholt im Geiste ihre Frage. Serena beginnt mehrmals von neuem. Die Karten sagen jedesmal das gleiche. Dann ist Romain an der Reihe, und die Antwort der Karten ist genauso eindeutig.

Romain starrt nachdenklich aufs Wasser. Neil meckert, weil sich Serena weigert, einem Minderjährigen die Karten zu legen. Um ihn auf andere Gedanken zu bringen, schaltet Rio seinen Computer ein und zeigt ihm seine Spiele.

»Was hast du die Karten gefragt, Marion?« fragt Romain.

»Das ist ein Geheimnis!« erwidert Marion.

Sie hat an Alices Brief gedacht und gefragt, ob sich ihr

Leben nach dem Verkauf des Schlosses Mervège ändern wird. Die Karten haben jedesmal mit ja geantwortet.

»Und was für eine Frage hast du gestellt?«

Romain hat gefragt, ob er Odile noch liebt, und die Karten haben eindeutig mit nein geantwortet.

Der Fiat fährt ruckelnd über den Treidelpfad. Neil liegt auf dem Rücksitz und schläft.

»Die beiden sind sympathisch«, sagt Romain.

Marion nickt. Sie ist ganz durcheinander und hat keine Lust zu schlafen. Schließlich fährt sie den Wagen auf den Hof des Schlosses und parkt vor dem Eingang. Romain versucht vergebens, Neil zu wecken. Er nimmt ihn daher in seine Arme, um ihn in sein Zimmer zu tragen. Marion geht ihnen voraus, öffnet die Türen und hält Gnafron zurück, der versucht, die Ankommenden anzuspringen, als er Horatios Geruch wittert.

»Trinken wir noch ein Glas?« schlägt Marion vor, nachdem sie Neil ausgezogen und ins Bett gebracht hat. »Ich kann dir einen alten Rum Trois Rivières von 1979 anbieten, den ich letzten Winter von einem Rücktransport aus Martinique mitgebracht habe ... Das ist zwar nicht Odiles Armagnac, aber man kann es trinken!«

Odiles Namen löst Kälte und Verlegenheit aus, die sie nicht vertreiben können. Alle würden gern noch einen Schluck Rum zu sich nehmen, doch plötzlich ist etwas faul im Staate der Alice Darange.

»Ich bin kaputt«, sagt Romain in sanftem Ton. »Schlaf gut!«

Es ist für den Monat Juli sehr kalt, und die Laken sind rauh und eisig. Außerdem sind keine Decken in den Schränken. Aude hat alles mit Mottenschutzpulver bestreut. Rio und Serena werden es auf ihrem Boot, das sie wie ein Schneckenhaus auf ihrem Rücken tragen, bestimmt angenehm warm haben. Marion muß niesen und hört, daß sich Romain im Zimmer nebenan die Nase putzt. Sie kann ja wohl schlecht in aller Freundschaft unter seine Decke kriechen, und das mit der Begründung, daß ihr kalt sei.

Für den Monat Juli sind die Laken entsetzlich kalt. Romain fragt sich, was er hier macht. Warum ist er gekommen? Und wo ist Odile geblieben? Einfach verschwunden, davongeflogen, auf und davon? Es ist schon verrückt, daß die Frauen fähig sind, einfach eine Geschichte zu beenden, ohne sich um den anderen zu scheren, als ob man die Eisengitter eines Geschäftes herunterließe ...

Es ist feucht auf dem Boot, und die mit Molton gefütterten Unterlaken, die sie aus Rom mitgebracht haben, sind höchst willkommen.
»Die beiden gefallen mir ...«, sagt Serena zu Rio, als sie ins Bett gehen. »Paß auf die Lampe auf, sonst verletzt du dich wieder!«
»Die gleichen Ursachen haben die gleichen Wirkungen!« erwidern Rios Hände. »Träume ich, oder ist das ein Angebot?«
Horatio jault unruhig im Schlaf, und seine Pfoten kratzen über den Boden.
»Er ist auf ein hübsches bretonisches Cockerweibchen aus«, überlegt Rio.
»Sei nicht eifersüchtig«, sagt Serena. »Du hast eine charmante Italienerin.«
Rio stößt sich den Kopf an der Lampe und brummt – seine Art zu fluchen. Mit den Händen sagt man nicht »Scheiße«, ohne es sich vorher überlegt zu haben.
»Morgen bitte ich Romain, mir zu helfen, das Dach abzumontieren«, sagt er.
So geschickt Rio ist, wenn es ums Sprechen und ums Schreiben auf dem Computer geht, so ungeschickt ist er als

Handwerker. Die Glühbirnen zerbrechen zwischen seinen Fingern; er verfehlt selten seinen Daumen, wenn er einen Nagel einschlägt, und er hat sich schon tausendmal die Finger in Türangeln geklemmt.

»Er macht einen netten Eindruck«, sagt Serena. »Ich finde, sie passen gut zusammen.«

»Warum sind Frauen immer bestrebt, die Kupplerin zu spielen? Du hast sie mit deinen Fragen in Verlegenheit gebracht.«

»Wenn man ein großes, schwarzgelbes Tier mit einem kilometerlangen Hals sieht, darf man wohl die Behauptung aufstellen, daß es sich um eine Giraffe handelt!« verteidigt sich Serena, die sich nun ihrerseits die Stirn an der Lampe stößt.

Schloß Mervège, 15. Juli

Marion wacht auf, schaut aus dem Fenster und sieht hinter der Lorbeerhecke den Grünen Flitzer, der am Rande des Parks angelegt hat. Sie geht schnell unter die Dusche, zieht sich an, nimmt sich mehr Zeit als gewöhnlich, um sich zu kämmen und zu schminken, und rennt die Treppe hinunter.

Romain trinkt Kaffee. Seine Gesichtszüge sind etwas verzerrt wie an einem Morgen nach einem Trinkgelage. Sie haben immerhin zu viert drei Flaschen Champagner geleert. Neil, der vor seinem Monitor hockt, hat sich eben Zugang zum Internet verschafft.

»Grüß deinen Freund Alessio von mir«, sagt Marion.

Neil lacht los.

»Ich spreche mit Papa. Er läßt euch grüßen.«

Marion schaut ihn wütend an.

»Wenn du ihm alles erzählt hast, bringe ich dich um«, flüstert sie.

»Du brauchst nicht zu flüstern. Wenn ich die Wörter nicht eintippe, wird die Botschaft auch nicht übermittelt«, erwidert Neil. »Natürlich habe ich nichts gesagt. Hältst du mich etwa für einen Verräter?«

Rio taucht plötzlich unten auf der Terrasse auf. Er begrüßt Marion, küßt wie ein Kavalier alter Schule ihre Hand und reicht Romain seine Zaubertafel, auf der steht: »Sollten Sie handwerkliches Geschick besitzen, würde ich Sie gern um einen Gefallen bitten.«

Romain versteift sich und macht keinerlei Anstalten, die Tafel in die Hand zu nehmen. Serena steht auf dem Deck des Bootes und winkt. Rio schaut Romain erstaunt an und fragt sich, was hier wohl vor sich gehen mag. Romain zwingt sich, ruhig zu bleiben, aber er ist ziemlich blaß geworden. Also reicht Rio die Tafel Marion, die die Botschaft liest und sagt, daß sie den Werkzeugkasten holt. Als sie einen Moment später zurückkehrt, hat sich Serena zu der Gruppe gesellt, und Romain benimmt sich wieder normal.

»Rio hätte gern, daß Romain ihm hilft, die Türen des Bootes auszubauen. Wenn wir uns nicht sehen, können wir nicht miteinander sprechen«, erklärt Serena. »Wir müssen auch die Dachluke abschrauben und eine Lampe abnehmen, an der Rio sich verletzt hat.«

Bei ihrer letzten Bemerkung lacht Serena verschmitzt.

Nachdem sie Rios Wünsche erfüllt haben, quetschen sie sich alle wie geplant in Marions Fiat, um in die Rue Eugène-Mercier zu fahren.

Fiorella öffnet die Tür und weicht zurück. Die Anzahl der Gäste überrascht sie.

»Wir kennen den Weg!« sagt Marion entschlossen und steuert auf das Schlafzimmer zu.

Moreno thront wie immer in seinem Bett. Er lehnt sich gegen die Kissen, trägt einen Pyjama aus weißer Seide und sitzt neben seinen Büchern, seiner Post und seinem Telefon aus Elfenbein. Mißtrauisch mustert er die Unbekannten, die Marion mitgebracht hat.

»Ist das ein Überfall?« fragt er unfreundlich.

Der Mann mit den weißen Haaren schaut ihn aufmerksam an und fuchtelt sogleich mit den Händen durch die Luft.

»Was ist denn das für ein Theater?« dröhnt Moreno, bevor er begreift, was es bedeutet.

»Er ist stumm, aber nicht taub, und er drückt sich in der Zeichensprache aus«, erwidert Marion. »Außerdem kennen Sie ihn gut. Es ist Rio, Alices Sohn, und er lebt.«

Der verdutzte Moreno starrt abwechselnd den Mann mit den weißen Haaren und Marion an.

»Ich bin mit deiner Großmutter nach der Explosion des Zuges Rom-Florenz nach Carmagnola gefahren ...«, sagt er langsam. »Wir haben die Stelle auf dem Friedhof und die Gedenktafel am Straßenrand gesehen, und dort stand auch der Name Rio. Ich weiß nicht, was Sie wollen, Monsieur, aber Sie sind ein Betrüger, und wenn Sie es wagen, Anspruch auf irgendein Erbe zu erheben, dann garantiere ich Ihnen, daß Sie schnell entlarvt werden!«

Marion, die nicht eine Sekunde an Rios Identität zweifelt, widerspricht.

»Hören Sie sich seine Geschichte an, Moreno. Er glaubte, daß Alice tot sei, und sie glaubte, daß er tot sei. Das hört sich verrückt an, stimmt aber.«

»Du bist ganz schön naiv, mein Kind. Dieser Mann ist ein Gauner.«

Rio schaut ihn unbeirrt an und formuliert hastig seine Sätze.

»Mein Mann bittet Sie, sich an den 11. August 1940 zu erinnern, Monsieur ...«, beginnt Serena.

»Jeder kann Ihnen diese Geschichte erzählt haben«, erwidert Moreno, während er eine Gesichtshälfte verzieht.

»Er kann sich ausweisen!«

»Heutzutage bekommt man ausgezeichnete Fälschungen ...«

Plötzlich verändert sich Rios Gesichtsausdruck, und er lächelt.

»Mein Mann erinnert sich daran, daß er Sie einmal mit dem kleinen Louis besucht hat ... Sie wollten Fallschirmspringer nachahmen und standen auf dem Balkon der ersten Etage. Rio nahm einen Regenschirm von Ihnen und Louis den Sonnenschirm seiner Mutter. Glücklicherweise fing ein Sturzbogen ihren Fall auf.«

Moreno ist erschüttert. Niemand außer Alice, Rio und Louis kennt diese Geschichte.

»Er läßt auch fragen, ob Sie noch den mit Blei beschwerten Aschenbecher haben, mit dem er spielte, wenn er Sie besuchte«, fährt Serena fort, der Morenos Verwirrung nicht entgangen ist.

»Das ist unmöglich«, flüstert der erblaßte Italiener. »Ich habe die Stelle und die Gedenktafel gesehen, und der Bürgermeister des Ortes hat uns versichert, daß das Kind und seine Großmutter bei der Explosion ums Leben gekommen sind.«

»Er war ein Jugendfreund von Rios Großmutter und hat eingewilligt, ihr zu helfen, damit sie ihren Enkel bei sich behalten kann. Da er wußte, daß sie eines Tages zurückkehren könnte, hat er ihr Haus gehütet. Er hat seinem Sohn auf dem Totenbett den Schwur abgenommen, jede Transaktion, die Carlottas Güter betrifft, zu verhindern. Sie haben ihre Leichen nicht gesehen, nicht wahr? Es gibt kein Grab, oder?«

Moreno schüttelt den Kopf.

»Mein Mann sagt auch, daß er Sie oft im Country-Club in Épernay hat spielen sehen. Sie sind immer mit einem grauen Hut auf den Tennisplatz gegangen. Der Hut hat Ihnen stets Glück gebracht.«

Jetzt ist Moreno überzeugt. Nur wenige erinnern sich an den jungen Moreno jener Zeit. Das Bild des Gelähmten hat das Bild des reizenden jungen Mannes, der diesen hellgrauen Filzhut trug, verdrängt. Alice hatte ihm diesen Hut, nach dem Tod von Vincenzo geschenkt, als Moreno gehofft hatte, sie zu betören. Moreno selbst hatte seinem Freund Philippe Darange Alice vorgestellt. Er war sogar Trauzeuge und später der beste Freund des Paares – wenigstens das ...

»Es tut mir leid, daß ich an Ihnen gezweifelt habe«, sagt er zu Rio. »Verzeihen Sie mir. Ich war so sicher, daß Sie tot sind.«

»Ich weiß, wie das ist«, sagt Rio in seiner gewohnten Art. »Man hat mir das gleiche Theater mit meiner Mutter vorgespielt.«

Die ganze Tragweite dieser Enthüllungen erschüttert Moreno. Alice hat fünfzig Jahre lang um ein Kind getrauert, das glaubte, Waise zu sein ...

Marion erklärt ihm schnell die Geschichte, während Fiorella ihm hilft, sich aufzurichten. Plötzlich erstarrt er.

»Aber Rio konnte doch sprechen. Du hast gesprochen! Was ist denn passiert?«

Serena erzählt mit Blick auf Rios Hände alles, was sich am 11. August 1940 zugetragen hat bis zu dem Moment, als er den Mund öffnete, um mit dem Kellermeister Emmanuel zu sprechen, aber kein Laut aus seiner Kehle drang. Seitdem geht Rio nicht mehr auf die Kirmes, und er haßt Lärm, weil er ihn an das Drama seiner Kindheit erinnert. Aber komischerweise liebt er Computerspiele, in denen es nur so von Flugzeugen wimmelt. In einem amerikanischen Spielfilm hätte er seine Sprache wiedergefunden, wenn er zum erstenmal zu einer Frau »Ich liebe dich!« gesagt hätte oder einem Kind, das vor ein Auto läuft, zugeschrien hätte: »Paß auf!« Im richtigen Leben hat Serena die Zeichensprache erlernt, und sie sind so zurechtgekommen ...

Serena verstummt. Sie räuspert sich, und Rio massiert seine Finger.

»Warum haben Sie mir nichts gesagt, als ich mit Ihnen über Vincenzos Bücher gesprochen habe?« fragt Marion Moreno.

»Alice hatte sich ihr Leben mit Philippe Darange neu eingerichtet und eine Familie gegründet. Alle glaubten, Rio sei tot. Was hätte es geändert, wenn ihr es gewußt hättet?«

Marion zuckt die Schultern und lächelt Rio an, das letzte Band, das sie mit ihrem Vater verbindet. Rio hat Christophe als Baby gesehen, aber Marion erinnert sich an einen vierzig Jahre alten Mann, den sie mit den Augen eines siebenjährigen Kindes betrachtet hat. Sie ist fast gezwungen, ihre Erinnerungen aufzufrischen, indem sie sich die Bilder ihres Vaters in den Fotorahmen auf Schloß Mervège ansieht. Die Gesichtszüge von Christophe Darange sind seit langer Zeit verblaßt und haben der Erinnerung an kurze Augenblicke, Sätze, Episoden, einige wenige Streitereien und viele glückliche Momente Platz gemacht. Die Erinnerungen an diesen Vater gehören Marion ganz allein. Aus diesem Grunde haßt sie es, wenn die Leute ihr von dem Mann, an den sie sich erinnern, erzählen wollen. Sätze wie: »Ich habe Ihren Vater sehr gut gekannt«, oder: »Ihr Vater hätte dies oder das gedacht«, lassen ihr die Haare zu Berge stehen, selbst wenn sie gut gemeint sind. Man soll ihr das wenige, was ihr geblieben ist, nicht nehmen.

Onkel Maurice ist Marion gegenüber immer freundlich gesinnt gewesen, aber das ist nicht das gleiche. Sie ist nicht seine Tochter, und er ist ständig auf Geschäftsreisen. Rio ist leibhaftig da, selbst wenn er nicht direkt mit Marion spricht. Er ist wie ein Zeichen von Alice und Christophe, ein allerletztes Geschenk ...

»Alice hatte nichts zu verbergen«, fährt Moreno mit

fester Stimme fort, »aber wenn sie es nicht für richtig gehalten hat, mit euch über ihre Vergangenheit zu sprechen, dann ist es nicht an mir, es zu tun. Deine Großmutter hatte zwei Leben. Sie war in ihrem ersten Leben Malerin und in Florenz verliebt und in ihrem zweiten Mutter und in Épernay verliebt. Und aus diesem Grunde wollte sie, daß ihre Enkelinnen sich die Zeit für eine Verschnaufpause gönnen, um sich auf diese Weise vielleicht ihre Träume zu erfüllen.«

Er hält inne und dreht sich zur Tür um, hinter der Fiorella steht und lauscht.

»Fiorella! Champagner!« stöhnt er mit der Geste eines vornehmen Herrn.

Die Erwachsenen erhalten wie immer jeweils eine halbe Flasche, und Neil trink einen Schluck von Marion.

»Auf Alice!« sagt Moreno, wobei er Rio anschaut.

Rio neigt seinen Kopf. Sie trinken. Moreno winkt Fiorella herbei und flüstert ihr etwas ins Ohr, dann hebt er erneut das Glas.

»Auf Rio Cavarani!« sagt er. »Jedes Jahr am 1. Juni, an deinem Geburtstag, und am 2. Februar, dem Jahrestag der Explosion des Zuges Rom-Florenz, ließ Alice in Épernay eine Messe lesen, und anschließend kam sie zu mir, um mit mir auf Vincenzo und Rio anzustoßen.«

Rio hat feuchte Augen, und er ist wütend. Es macht ihn krank, wenn er daran denkt, daß er nach der Genesung seiner Mutter aufs Schloß hätte zurückkehren und Alice, Philippe, Louis, das Baby Christophe und seine ganze Kinderwelt wiederfinden können ... Aber wenn er nach Frankreich zurückgekehrt wäre, hätte er niemals Serena kennengelernt!

»Alice wollte die anderen nicht mit ihren persönlichen Schicksalsschlägen belasten«, fährt Moreno fort. »Wozu soll es gut sein, seine Kinder und Enkelkinder mit Toten vertraut zu machen, die sie nie gekannt haben? Philippe und Louis sind gestorben und haben die Geheimnisse der Vergangenheit mit ins Grab genommen, aber Alice hat das Andenken an Vincenzo und Rio immer in Ehren gehalten.«

Rio verzieht das Gesicht bei dem Gedanken an all die Messen, die ihm gewidmet waren, und sein Kopf tut ihm weh. Alice ist tot; er ist zu spät gekommen.

»Wir werden wiederkommen. Danke, daß Sie uns empfangen haben«, sagt Serena.

»Hatte ich eine andere Wahl?« erwidert Moreno, der Marion mit seinem gesunden Auge zublinzelt.

Sie verabschieden sich und gehen zur Tür. Auf der Schwelle reicht Fiorella Rio ein kleines, in Packpapier eingewickeltes Paket.

»Von Moreno. Öffnen Sie es erst draußen. Er haßt Gefühlsausbrüche!« sagt sie und schlägt ihm fast die Tür vor der Nase zu.

Rio öffnet das Paket auf der Straße. Seine Kehle ist wie zugeschnürt. Moreno hat ihm den mit Blei beschwerten Aschenbecher seiner Kindheit geschenkt.

Schloß Mervège, 15. Juli

Aude ruft am frühen Abend an, um mitzuteilen, daß Pierre-Marie und sie erst am nächsten Tag zurückkommen.

»Ist alles in Ordnung? Ist Neil artig?« fragt sie Marion.

»Er benimmt sich wie ein Musterknabe!« antwortet Marion. »Laßt euch Zeit ...«

Marion, Romain und Neil, eine zusammengewürfelte Familie auf Zeit, empfangen Rio und Serena inmitten der mit den Klebeschildchen verzierten Möbel zum Essen. Als Vorspeise reicht Marion den berühmten Reimser Schinken, der aufgrund des Paniermehls, mit dem er bestreut ist, eine gewisse Ähnlichkeit mit Eisbein aufweist, aber viel feiner im Geschmack ist. Anschließend serviert sie verlorene Eier in Champagner, dann einen Salat, Käse, eine Schokoladentorte und Reimser Biskuits. Sie hat den Tisch besonders sorgfältig gedeckt und das gute Geschirr aus dem Schrank geholt. Neil hat den Salat geputzt. Romain hat in Alices Weinbuch nachgeschlagen und daraufhin einen Mervège-Champagner Blanc de Blancs 1985 ausgewählt.

Rio und Serena kommen genau um acht Uhr. Er trägt eine Krawatte und sie ein Kleid aus schwarzer Seide. Romain geht nach oben, um sein T-Shirt gegen ein Hemd zu wechseln. Neil zieht eine andere Baseballkappe auf, und Marion streift eine flauschige Jacke über ihre Bluse. Sie geht mit Rio durch das Haus. Er ist sehr gerührt, als er das Zimmer seiner Mutter betritt, das sich nur wenig verändert hat. Nach dem Rundgang setzen sie sich etwas verlegen an den Tisch im Eßzimmer. Rio wird von seiner eigenen Familie zum Essen eingeladen, dabei ist er hier zu Hause, und Marion bringt das Gespräch absichtlich auf dieses heikle Thema.

»Sie müßten in Alices Testament erwähnt werden!« sagt sie. »Wir müssen den Notar informieren und Ihr Erbrecht geltend machen ...«

Rio schüttelt den Kopf.

»Wir haben keine Kinder. Ich habe immer gearbeitet und gut verdient. Wir brauchen kein Geld ... Ich habe einen besseren Vorschlag: Ich möchte, daß wir uns duzen. In Italien drückt das ›Du‹ Vertrautheit, Freundschaft und Ebenbürtigkeit aus. Wir benutzen das ›Sie‹ nur im Plural oder in Geschäftsbriefen, älteren Menschen gegenüber oder in bestimmten Hierarchien.«

»Einverstanden!« sagt Marion. »Ich habe dir auch einen Vorschlag zu machen. Mir gehören die Dinge mit den gelben Schildchen. Ich würde mich freuen, wenn du dir ein Andenken unter den Sachen, die für mich bestimmt sind, aussuchen würdest. Einverstanden?«

Rio nickt.

»Sollen wir anstoßen?« schlägt Neil vor und setzt damit der nostalgischen Stimmung ein Ende.

Alle stimmen zu und heben ihre Gläser zum Gedenken an Alice. Dann machen sie sich über den Reimser Schinken her.

»Er wurde zu Zeiten de Gaulles bei Empfängen im Élysée serviert!« erklärt Marion und wendet sich nun Rio zu. »Du warst noch sehr jung, als du fortgegangen bist ... Erinnerst du dich, wie man das Etikett einer Champagnerflasche liest?«

Rio schüttelt den Kopf und Marion erklärt ...

»›Champagner gibt es nur in der Champagne!‹ sagt man hier. Das Wort ›Champagner‹ oder ›Champagnewein‹ muß unbedingt aufgeführt werden. Außerdem der Alkoholgehalt (12% vol.) und die Menge (75 cl in einer normalen Flasche), dann der Zuckergehalt (angegeben durch die Begriffe Brut, Extra-dry, trocken oder halbtrocken), der Name der Marke oder des Expediteurs sowie die durch den CIVC (den Weinbauernverband der Champagne) ausgegebene Registriernummer. Vor dieser Nummer stehen zwei Buchstaben: ›NM‹ weist darauf hin, daß es sich um die Hauptmarke einer Weinkellerei handelt, eines Champagnerhauses, das selbst Champagner herstellt, aber alle oder einen Teil der Trauben, die es verarbeitet, kauft ... MA hingegen bezeichnet eine Marke, die durch eine Person oder eine große Ladenkette vermarktet wird, die diesen Champagner von einem Erzeuger gekauft haben ... außerdem CR oder CM, was bedeutet, daß es sich um eine Ernte- oder Erzeugergenossenschaft handelt ... und schließlich noch RM, wodurch die Erzeugerabfüllungen kleiner Weinbauern, die den Wein ihres Besitzes selbst herstellen und verkaufen, gekennzeichnet werden.«

»Dann steht also auf jeder Flasche Mervège-Champagner ›NM‹?« fragt Serena, die sich das Etikett anschaut.

»Hundert Punkte!«

»Und 1985 ist der Jahrgang des Weins?« fragt Neil interessiert.

Marion erklärt ihm, daß die Cuvées mit Jahrgangsangaben die Quintessenz der Produktion eines Hauses sind. Jahrgangschampagner werden nur in den besten Jahren erzeugt und vertragen im Gegensatz zu dem Brut ohne Jahrgang die Alterung. Die Jahrgangsangabe wird einem Wein, der mindestens 11° Alkohol hat, zuerkannt. Er enthält nur Weine des angegebenen Jahres und kann erst drei Jahre nach der Flaschenabfüllung verkauft werden.

»Ich bin ebenfalls 1985 geboren, also bin ich ein sehr guter Jahrgang und vertrage die Alterung, auch wenn ich etwas zerbrechlich bin!« ruft Neil mit strahlenden Augen und trinkt einen dritten Schluck.

Marion nimmt ihm schweren Herzens das Glas weg. Sie hängt von Tag zu Tag mehr an ihm. Er wird ihr fehlen.

Sie pochiert in der Küche zwei Eier pro Person in Champagner, kocht etwas Sahne in einer Bratpfanne auf, würzt, gibt Champagner zu, bringt alles zum Kochen, überzieht die Eier mit der Sauce und kehrt triumphierend ins Eßzimmer zurück. Die Gäste lassen es sich schmecken; Romain öffnet eine zweite Flasche; sie essen den Salat und den Käse, fallen über die Torte her und stippen ihre Reimser Biskuits in den Champagner. Anschließend gehen sie mit Schnapsgläsern und einer Flasche Ratafia beladen ins Wohnzimmer.

»Wer spielt denn hier Klavier?« fragt Serena, als sie die aufgeschlagenen Noten sieht.

»Sie!« sagt Romain und zeigt auf Marion, die im gleichen Moment »Er!« antwortet und mit dem Finger auf ihn zeigt.

Die anderen fangen an zu lachen.

»Sie spielen auch zusammen. Ich habe es gesehen!« verrät Neil.

»Würdet ihr für uns etwas spielen?« fragt Serena sofort.
»Warum nicht?« sagt Romain in genau dem Moment, als Marion antwortet: »Ganz sicher nicht!«

Die Rhapsody in blue von Gershwin erfüllt sogleich Alices Salon. Die Kerzen in den Leuchtern werfen geisterhafte Schatten auf die alten Mauern, die schon viele Generationen der Mervèges haben vorübergehen sehen. Romain spielt konzentriert, mit einem sehr zarten Anschlag. Marion ist nervöser, doch die Jahre am Klavier neben Alice haben ihr eine tadellose musikalische Technik verliehen, und ihre Sensibilität sorgt für das übrige.

Die anderen hören schweigend zu.

Serena sagt sich, daß sie von Anfang an recht hatte.

Rio denkt, daß er fünfundsechzig ist und Marion seine Tochter sein könnte. Er hat sich immer Kinder gewünscht, selbst wenn ihm dieser Gedanke oft den Schlaf geraubt hat. Sicher, seine Stummheit lief keine Gefahr vererbbar zu sein, aber er war entsetzt bei dem Gedanken, nicht schreien zu können, wenn sich sein Baby einer Treppe näherte, nicht um Hilfe rufen zu können, wenn es nötig wäre, nicht schreien zu können, wenn das Kind über die Straße liefe, weil es einen Ball fangen wollte, es nicht beschützen zu können wie ein Vater mit seinen Worten und seiner Sprache.

Neil nutzt die Gelegenheit, um Marions Champagnerglas zu leeren.

Horatio und Gnafron schlafen. Ihre verschlungenen Pfoten ragen aus dem Korb heraus, der nur für einen Cocker bestimmt ist.

Als Marion aufhört zu spielen, nimmt sie Serena zur Seite:

»Du hast Rio angeboten, sich zur Erinnerung an seine Mutter etwas auszusuchen ...«

»Alles, was er will, unter der Bedingung, daß ein gelbes Schildchen darauf klebt!«

»Es klebt kein Schildchen darauf, aber der Gegenstand ist in deinem Zimmer. Das dürfte kein Problem sein. Es ist ein kleines Wildschwein aus Bronze auf einem Marmorsockel mit dem Motto des Bataillons seines Stiefvaters ...«

»›Nicht zurückweichen und nicht die Richtung ändern‹«, sagt Marion langsam. »Du hast recht. Das ist kein Problem.«

*Schloß Mervège,
in der Nacht vom 15. auf den 16. Juli*

Rio, Serena und Horatio sind auf ihren Grünen Flitzer zurückgekehrt. Neil steuert erschöpft sein Zimmer an. Marion zwingt ihn, sich im Badezimmer die Zähne zu putzen, und wartet, bis er im Bett liegt.

»Kommst du uns in Amerika besuchen?« murmelt das Kind, das schon halb eingeschlafen ist, als sie die Tür schließen will.

»Großes Indianerehrenwort! Schlaf jetzt, lieber Kollege, sonst bist du morgen hundemüde.«

»Und falls mich jemand, der mich lange nicht mehr gesehen hat, dort sucht ... Glaubst du, daß sie demjenigen dann sagen, wo ich bin?«

»Sicher«, sagt Marion, die versteht, daß er von seiner Mutter spricht. »Du kennst doch die Amerikaner. Die CIA und das FBI sind sehr mächtig!«

Sie geht den Flur auf Zehenspitzen hinunter. Gnafron folgt ihr auf den Fersen. Dann klopft sie an Romains Zimmertür. Er sitzt mit nacktem Oberkörper und blauen Boxershorts auf seinem Bett und liest in einem Buch, das die Geschichte des Champagners behandelt.

»Na, schläft er?«

Sie nickt und setzt sich in den ausgebeulten Sessel, der neben dem Kamin steht. Dieser Raum war das Kinderzimmer von Maurice, das Brautzimmer von Maurice und Albane, das Kinderzimmer von Odile und Aude, später das Zimmer von Odile und Romain. Genauso war das Zimmer, in dem Marion jetzt schläft, das Zimmer ihres Vaters, dann das ihrer Eltern, später erneut das des jungen Mädchens, der verheirateten und der geschiedenen Frau.

»Möchtest du etwas?« fragt Romain.

Gnafron springt entschlossen aufs Bett und streckt sich auf dem Rücken aus, den Kopf auf Romains Beinen.

»Aber du möchtest sicher etwas?« fragt Romain den Hund.

Marion ist sich nicht sicher, ob es richtig war, in Romains Zimmer zu gehen. Der Abend war außergewöhnlich schön: der Champagner, die Gefühlsäußerungen von Rio und Serena, Neils Begeisterung, die Abwesenheit von Aude und Pierre-Marie, ihre und Romains gemeinsame Liebe zur Musik ... Marion hat Odile vergessen, Alices Tod aus ihrem Gedächtnis gestrichen, den schicksalhaften Tag des 31. Juli verdrängt, den Tag, an dem sie endgültig das Schloß verlassen und allein nach Paris zurückkehren muß ...

»Ist etwas nicht in Ordnung?« fragt Romain.

Marion faßt sich und stellt endlich die Frage, die ihr den ganzen Tag durch den Kopf geschwirrt ist.

»Ich wollte dich fragen, was heute morgen in dich gefahren ist?«

»Heute morgen?«

»Als Rio dich gebeten hat, ihm zur Hand zu gehen, warst du wie erstarrt. Warum?« beharrt Marion.

Romain richtet sich abrupt auf und weckt Gnafron.

»Ich hasse Zaubertafeln. Das ist mein gutes Recht«, stößt er hervor. »Reicht dir das?«

Marion schaut ihn so verletzt an, daß es ihm sofort leid tut und er einwilligt, es zu erklären. Seine Mutter ist an Kehlkopfkrebs gestorben, der unglücklicherweise zu spät entdeckt worden war. Sie wurde mehrere Monate behandelt, mit Strahlentherapie bombardiert und mit Medikamenten vollgepumpt. Da sie nicht mehr sprechen konnte, schenkte Romain ihr eine Zaubertafel, auf der sie schrieb, um mit ihrer Umgebung zu kommunizieren. An den Tagen, an denen sie besonders erschöpft war, hatte sie sogar Schwierigkeiten, die Buchstaben zu schreiben.

»Ich habe seitdem keine Zaubertafel mehr gesehen«, fügt Romain hinzu. »Es ist verrückt. Es war wie ein Schock!«

»Es tut mir leid …«, sagt Marion.

Bedrückende Stille erfüllt den Raum. Am frühen Abend ist Wind aufgekommen. Man hört die Bäume rascheln und die Fluten der Marne plätschern.

»Im Grünen Flitzer wird es ziemlich unruhig sein!« sagt Marion. Sie steht auf. »Gut, ich lasse dich mit deiner lehrreichen Lektüre allein.«

»Ich erfahre interessante Dinge. Bevor die Korken benutzt wurden, um die Flaschen zu verschließen, nahm man mit Hanf umwickelte Holzbolzen. Der heutige Champagnerkorken, der exakt die Form eines Zylinders hat, bevor er in die Flaschen kommt, nimmt nach mehreren Monaten die Form eines großen Champignons mit einem verbreiterten Fuß an. Nach mehreren Jahren wird der untere Teil gerade und immer schmaler … Man kann also anhand des Aussehens des Korkens feststellen, ob das Verkorken kürzlich erfolgte oder nicht.«

»Das ist ja aufregend«, spottet Marion.

»In diesem Buch steht auch, daß die traditionelle Flasche von 75 Zentilitern und die Magnum, die zwei Flaschen entspricht, diejenigen Flaschen sind, in denen der Champagner sich voll entwickeln kann …«

Romain hat heute abend einen herausfordernden Blick. Marion sagt sich, daß es ein böses Ende nehmen wird oder ein gutes, je nachdem, von welcher Seite man es betrachtet, wenn sie in diesem Zimmer bleibt.

»Es steht auch etwas von Flaschen mit unterschiedlichem Inhalt in dem Buch«, fährt Roman fort, der sich wieder in das Buch vertieft hat. »Nach der Magnum kommen in aufsteigender Reihenfolge die Jeroboam (vier Flaschen), die man auf dem Siegerpodest bei Autorennen sieht, die Rehoboam (sechs Flaschen), die Methusalem (acht Flaschen), die Salmanazar (zwölf Flaschen), die Balthazar (sechzehn Flaschen) und schließlich die Nebukadnezar (zwanzig Flaschen). Letztere wiegt ungefähr dreißig Kilo, muß von zwei Personen serviert werden und kann bis zu hundertsechzig Champagnerkelche füllen.«

»Ach, mehr nicht?« sagt Marion und geht zur Tür.

Romain springt mit einem Satz vom Bett, eilt zur Tür und versperrt ihr den Weg.

»Geh nicht, Marion ...«

Sie schaut ihn an und blickt dann zur Seite, weil sie Angst hat, daß er das Verlangen in ihren Augen lesen könnte.

»Es ist besser, wenn ich gehe«, sagt sie. »Ich würde gerne bleiben, aber was passiert, wenn wir morgen früh aufwachen? Tun wir dann so, als ob nichts geschehen wäre?«

»Das würde mich doch sehr wundern«, flüstert Romain, während er sich ihrem Mund nähert. »Es sei denn, du möchtest es so.«

Marion schüttelt den Kopf und vergißt alles andere. Sie küssen sich eine Ewigkeit und trennen sich um das Jahr 2096 herum.

»Nicht in diesem Zimmer ...«, flüstert Marion.

Romain versteht, was sie meint, und überlegt in Windeseile. Sein Zimmer erinnert an Odile, und auch Marions hat schon eine Geschichte; Alices wäre noch schlimmer, und Neil schläft in dem einzigen Raum, der mit keinerlei Erinnerung verbunden ist. Er erinnert sich plötzlich an ihr Gespräch, das sie führten, als sie an Neils Geburtstag Billard spielten.

»Glaubst du, daß es im Keller große Champagnerflaschen gibt?« fragt er hastig.

Marion nickt, ohne zu verstehen. Er nimmt sie an die Hand und zieht sie auf den Flur. Sie gehen schweigend die Treppe hinunter, um Neil nicht zu wecken. Romain trägt nur seine Shorts, und Marion hat völlig zerzaustes Haar. Gnafron ist ihnen auf den Fersen. Sie gehen in den Keller, trotzen den Spinnweben, die den hinteren Teil der ehemaligen Kelterei überziehen, untersuchen einige Kisten und finden zwei Salmanazar (neun Liter, also zwölf Flaschen).

»Ich kaufe sie euch ab«, sagt Romain.

»Ich schenke sie dir«, sagt Marion, der langsam ein Licht aufgeht.

Sie gehen mit den Flaschen wieder nach oben. Gnafron legt sich vor Neils Tür und schläft ein.

»Ein neutraler Ort, für eine Geschichte, die es sicher nicht ist!« verkündet Romain, öffnet die Tür zum Badezimmer und verriegelt sie von innen, falls Neil aufwachen sollte.

»Wir werden bestimmt die ersten sein, die diesen Ort einweihen. Ich kann mir Maurice und Albane schlecht vorstellen, wie sie es zwischen Bidet und Waschbecken miteinander treiben, oder Aude und Pierre-Marie im Adamskostüm auf den eiskalten Fliesen.«

Romain stöpselt die alte weiße Badewanne zu, die auf Löwenpranken steht, und läßt ein warmes Bad ein. Nach mehreren Versuchen gelingt es ihm, die Salmanazar zu entkorken.

»Könntest du bitte die Zahnputzgläser ausspülen?«

Er neigt die große Flasche, füllt die beiden Gläser, reicht eines Marion und legt die ganze Zärtlichkeit der Welt in seinen Blick, als er sie anschaut.

»Wir haben lange genug gewartet, findest du nicht?« sagt er. »Wenn Odile nicht so herumgesponnen hätte, wären wir niemals darauf gekommen ...«

Marion trinkt langsam ihren Champagner und schaut ihm dabei tief in die Augen. Die Gläser schmecken selbst ausgespült nach Zahncreme. Und Romains Mund schmeckt nach einer Mischung aus Champagner und Zahncreme, als er sich ihr nähert und sie ganz langsam und zärtlich auszieht. Anschließend befreit sie ihn von seinen Shorts. Sie steigen in die Wanne.

»Erinnerst du dich daran, was du am Abend von Neils Geburtstag gesagt hast?« fragt Romain, als er die erste Flasche Salmanazar schwenkt. »Du träumtest von der Liebe in einer mit Champagner gefüllten Brunnenschale ...«

Er dreht die Flasche um und läßt den Champagner über ihren Körper rinnen. Marion unterdrückt einen Schrei, denn der Champagner ist eiskalt. Sie fängt mit dem Mund einen Schluck auf, küßt den Champagner von Romains Oberkörper, der es ihr gleichtut, dann die erste Flasche wegstellt und die zweite in die Wanne gießt. Sie gleiten auf den Grund der Wanne, in welcher sich der perlende Champagner mit dem warmen Wasser vermischt, und küssen und streicheln sich inmitten der Perlen.

»Darauf müssen wir trinken!« flüstert Marion. Sie ist froh, endlich im Hafen angekommen zu sein. Es ist, als wäre ihr bisheriges Leben nur ein langer Weg gewesen, der genau in dieser Badewanne endet, um mit diesem Mann in dem weichen, warmen Wasser zu liegen, das mit vierundzwanzig Flaschen Mervège-Champagner veredelt wurde.

»Das ist eine ziemlich prickelnde Situation«, sagt Romain mit rauher Stimme.

»Eine feine Mischung aus getrockneten Früchten und einem Hauch gelöster Lindenblüten ...«, sagt Marion und trinkt einen Schluck.

Sie gleiten aneinandergeschmiegt auf den Grund der Badewanne. Unzählige Bläschen zerplatzen an der Wasseroberfläche.

»Es ist traumhaft!« flüstert Marion.

Sie haben keine Angst vor dem nächsten Morgen. Sie hätten schon seit langer Zeit hier landen können. Das haben sie zwar spät bemerkt, aber der Schaden ist behoben.

»Juli 1996 ist ein außergewöhnlicher Jahrgang ... Du wirst sehen, daß diese Geschichte die Alterung sehr gut verträgt!« flüstert Romain.

Flughafen Roissy, 24. Juli, 21 Uhr

In acht Tagen wird Schloß Mervège aufgeteilt, aber die Möbel, die Aude zugesprochen wurden, werden geduldig in einem Möbellager auf ihre Rückkehr aus den USA warten.

Aude, Pierre-Marie und Neil fliegen heute abend von Paris ab. Ihr Gepäck, das Aude sorgfältig gepackt hat, wurde per Container verschickt und ist ihnen schon vorausgeflogen. Morgen, wenn sie in Florida landen, wird ein Wagen vom Kennedy Space Center auf sie warten und sie nach Cap Canaveral fahren.

»Es wird phantastisch sein!« träumt Pierre-Marie. »Ich sehe dich schon in Shorts und Joggingschuhen mit Luftkissen am Swimmingpool neben dem Holzkohlengrill liegen oder in der ultramodernen Küche mit dem Kühlschrank, in dem die Eiswürfel liegen, und dem riesigen Mikrowellenherd, der Neils Kakao in 47 Sekunden kocht ...«

»Ich hoffe, du siehst mich nicht nur, wie ich meine Beine zur Schau stelle oder dein Essen zubereite«, erwidert Aude.

»Es ist unglaublich, daß du mich erträgst, obwohl ich so ein ausgemachter Macho bin.«

»Solange du die Zahncremetube zumachst, ich nicht mit Lockenwicklern schlafe und wir die Toilettentür schließen, ist es ein gutes Zeichen. Wir werden heiraten, um in guten wie in schlechten Zeiten zusammenzuhalten, hast du das vergessen? Um uns zu lieben, zärtlich und treu zu sein vor Gott und den Menschen, bis daß der Tod uns scheidet?«

»Irène, Neils Mutter, hat das auch zu mir gesagt ...«, sagt Pierre-Marie in schroffem Ton.

»Du wirst dich wundern, aber du wirst nicht sie, sondern mich heiraten, und ich heiße Aude, und ich werde deine Frau, okay?«

Neil, der auf einem unbequemen, orangen Plastikstuhl sitzt, schaut in die Ferne und hört ihnen nicht zu. Er denkt daran, wie froh er vor einer Woche war, als er aufwachte und zur Toilette mußte und die Tür des Badezimmers verschlossen war. Er trommelte gegen die Tür, und Romain und Marion kamen nach einigen Minuten mit verlegenen Gesichtern heraus. Er denkt auch an ihre gemeinsame Entscheidung, Aude nichts über die wahre Identität Rios zu sagen. Aude ist mit ihrer bevorstehenden Abreise beschäftigt, und Rio verwirrt die Situation. Sie werden sich ein anderes Mal in aller Ruhe kennenlernen. Neil hat also geschworen, seinem Vater und Aude nichts zu verraten, was seit Rios Ankunft passiert ist.

»Und wenn ich sage ›nichts‹, dann schließt das alles ein«, hat Marion mit einem verschmitzten Lächeln zu Neil gesagt.

Neil neigt den Kopf. Ein kleiner Junge, der verloren auf dem riesigen Flughafen sitzt und sich auf die Zunge beißt. Heute hat er sich für lange Zeit von Marion verabschiedet.

»Mach sie bloß glücklich!« hat Marion mit Blick auf Aude zu Pierre-Marie gesagt.

»Mach ihn bloß glücklich!« hat Marion mit Blick auf Neil zu Aude gesagt.

»Sag mir Bescheid, wenn sie dir auf die Nerven gehen, dann hole ich dich ab und adoptiere dich!« hat Marion zu Neil gesagt.

»Ich kann sie doch nicht im Stich lassen. Ohne mich wären sie vollkommen aufgeschmissen.«

»Die Passagiere des Fluges United Airlines mit Ziel Miami können jetzt an Bord gehen. Sie werden gebeten ...«

»Warum kann ich während des Starts nicht mit meinem Game-Boy spielen?« fragt Neil dickköpfig. »Du wirst doch nicht behaupten, daß ein so kleines Spiel ein so großes Flugzeug kaputtmachen könnte.«

Ein greller Ton, der aus dem elektronischen Organizer von Pierre-Marie dringt, läßt die anderen Passagiere plötzlich zusammenfahren.

»Neil!« schimpft Pierre-Marie.

»Ich wollte wissen, ob der Wecker richtig funktioniert. Was glaubst du, was für einen Film wir wohl sehen werden? Kann ich die Stewardeß fragen? Wird er in englischer oder französischer Sprache gezeigt?«

»Ich werde dir morgen einen neuen Game-Boy kaufen, wenn du jetzt den Mund hältst!« sagt Pierre-Marie, der sich nicht mehr zu helfen weiß.

Aude schluckt und drückt ganz fest seine Hand. Für sie beginnt ein neues Leben.

Flug Paris-Las Vegas, 26. Juli

Marion sieht sich den ersten Film an, einen professionell gedrehten, typisch amerikanischen Streifen mit vielen Spezialeffekten. Sie trinkt eine Piccoloflasche Champagner, die ihr die Stewardeß serviert hat. Sie denkt an Alice, die diese »Viertelportionen« verärgerten ... Da sie im Zuge der Flugwelle geboren wurden, haben sie zwei große Nachteile: Erstens haben sie Plastikverschlüsse und keine Korken, weil die Stewardessen zuviel Zeit verlieren würden, um sie zu entkorken, und außerdem ist der Wein in diesen wie auch in den halben Flaschen nicht in der Flasche gealtert, sondern umgefüllt worden.

Marion schließt die Augen und gleitet langsam in das Niemandsland zwischen Schlafen und Wachen. In den letzten Tagen ging alles ziemlich schnell, und die Nacht im Badezimmer mit Romain blieb nicht ohne Folgen. Erstens hatte Marion zwei Tage lang einen steifen Hals und Romain leichte Schmerzen am Ischias, was beweist, daß Badewannen nicht dafür geeignet sind, um darin zu schlafen. Wie es Romain vorausgesagt hatte, war es für sie völlig normal, selbstverständlich und logisch und, um es genau zu sagen, unerläßlich, sich nicht mehr zu trennen. Sie haben seitdem in einem Bett geschlafen, ohne es an die große Glocke zu hängen, und selbst wenn Aude und Pierre-Marie es sicher ahnten, waren sie so klug, es nicht zu zeigen.

Romain hat ein paar Tage Urlaub genommen. Das war kein Problem, da die Verlagshäuser im Sommer weniger Aufträge haben. Marion hat Aude Rio und Serena als alte Freunde vorgestellt. Sie haben ihr Boot am Ufer der Marne geankert, praktisch im Schloß gewohnt, stundenlang mit Marion und Romain geplaudert und Neil neue Einblicke ins Internet verschafft.

Nach Neils Abreise hat Gnafron ihn zwei Tage lang überall jaulend gesucht wie nach Alices Tod. Auch Marion war traurig und wehmütig. Als die Einsatzleitung der Versicherungsgesellschaft anrief und bat, einen Kranken aus Las Vegas abzuholen, bestärkte Romain sie zu fahren, und Marion sagte zu ...

Die Stimme der Stewardeß dringt durch den Lautsprecher und bittet die Passagiere, ihre Zigaretten auszumachen und ihre Sitze in die senkrechte Position zu bringen, weil das Flugzeug jetzt zum Landeanflug ansetzt. Marion hat das Gefühl, kaum zehn Minuten geschlafen zu haben, obwohl es fast fünf Stunden waren.

Las Vegas, Kalifornien, 27. Juli

Marion steigt mit Rändern unter den Augen und mit einem steifen Nacken aus dem Flugzeug. Sie schaut sich mit weit aufgerissenen Augen in Las Vegas um, Luftschlösser in der Weite der Mojave-Wüste. Diese Münzautomaten, die sogenannten »einarmigen Banditen«, stehen sogar im Flughafen, und die Menschen stürzen sich darauf, sobald sie von Bord gegangen sind. Die Stewardeß erklärt ihr, daß die nationalen Fluggesellschaften jeden Freitag ihre Fracht an »Rotaugen« ausspucken, Amerikaner, die ihr Glück versuchen und sich achtundvierzig Stunden hintereinander vor diesen Automaten niederlassen, bis sie dann am Sonntag abend Augen wie russische Kaninchen haben und zurückfliegen ...

Der von der Versicherung georderte Krankenwagen bringt sie zum Krankenhaus, wo der Versicherte 3.457 TG wartet, ein Mann von siebzig Jahren, der eine Lungenembolie hatte und beim Rücktransport an ein Herzkontrollgerät angeschlossen werden wird. Sie stellt sich vor, untersucht ihn, nimmt Einsicht in seine Krankenakte, beruhigt ihn, bringt ihn zum Lachen und sagt ihm, daß sie ihn um 21 Uhr abholen wird.

Für Marion wurde für diesen Tag ein prächtiges Zimmer in dem berühmten Hotel-Kasino Caesar's Palace reserviert. Dieses Hotel ist wochentags nicht teuer, um Spieler anzulocken. Sie geht hinein, steigt eine Rampe hinauf, die an Türen und Brunnen, an Zenturionen und Vestalinnen entlangführt, ehe sie eine römische Prachtstraße überquert. Über ihr spannt sich ein Himmel, der sich je nach Uhrzeit verändert und nachts mit Sternen übersät ist. Und ganz in der Nähe liegt das schwimmende Restaurant, Das Boot der Kleopatra, in dem die Kellnerinnen in kurzen, römischen Tuniken servieren.

Sie duscht sich, zieht sich um, rechnet die Zeitverschiebung nach und versucht vergebens, Romain anzurufen. Sie verläßt ihr Zimmer, geht in die Hotelhalle hinunter, die einem riesigen Kasino gleicht, wechselt einen zwanzig Dollarschein in Automatenchips und verliert hundert französische Francs in zwanzig amerikanischen Minuten. Da sie nach Las Vegas gekommen ist, um Geld zu verdienen, und nicht, um es zu verlieren, hört sie auf zu spielen.

Als die ersten Automaten Anfang des Jahrhunderts von einem bayerischen Emigranten erfunden wurden, konnte man dort Kaugummi ziehen. Die Symbole zeigten die verschiedenen Geschmacksrichtungen: Kirsche, Zitrone, Orange. Das Wort BAR stand auf dem Papier, in das der Kaugummi eingewickelt war. Als das Spiel – damals illegal – aufkam, behielten die Automaten ihre Fruchtsymbole, um die Polizei zu täuschen. Später ist es dabei geblieben ...

»Marion?«

Sie glaubt, Romains Stimme zu hören und erstarrt. Sie ist viele Stunden gereist und hinzu kommt die Zeitverschiebung, aber das ist noch lange kein Grund, Stimmen zu hören.

»Marion?«

Sie muß wohl verrückt geworden sein und auditive Halluzinationen haben. Sie verwechselt die Stimme eines unbekannten Amerikaners mit der Romains.

»Marion?«

Sie ist weder verrückt, noch hat sie Halluzinationen. Ihre Nase erkennt einen vertrauten Geruch, und ihr Körper identifiziert die Hände, die ihre Schultern massieren. Oberhalb der Fruchtsymbole auf der Vorderseite des Automaten, der mit »Megabucks« gefüttert wird und an dem sie eben gespielt hat, um den Jackpot zu knacken, spiegelt sich Romains verformtes Gesicht.

»Was machst du denn hier?« fragt sie verdutzt.

Romain lacht sie mit seinen strahlenden Zähnen an. Er hat gestern abend beschlossen, diese Reise zu machen. Es kam ihm einfach so in den Sinn, als Marion ihm mitteilte, daß sie nach Las Vegas fliegen würde. Er hat telefoniert, um ein Ticket für den gleichen Flug in der zweiten Klasse zu reservieren, während Marion ein Ticket erster Klasse besaß. Er hat sich ganz klein gemacht, um ihr auf dem Flughafen und im Flugzeug nicht zu begegnen, hat noch etwas erledigt, während sie den Kranken in der Klinik untersucht hat, und anschließend hat er im Caesar's Palace auf sie gewartet. Sie hatte ihm gesagt, daß sie dort absteigen würde.

Marion kann keinen klaren Gedanken fassen.

»Du mußt ja total kaputt sein. Du bist verrückt. Du weißt, daß ich heute abend zurückfliege?«

»Ich auch!« versichert er fröhlich.

»Aber was hast du denn davon?«

Sie stehen im Kasino und schauen sich an. Überall auf dem Boden liegt Papier, in das die Münzen eingerollt werden. Es wimmelt hier von Menschen, und die Aufregung steigt beständig. Eine Flut von Münzen kullert lautstark in die Schlitze der Metallautomaten, die mit Münzen betrieben werden und in welche die Spieler mit unveränderlicher Miene mechanisch die Quarters werfen. Cocktails werden großzügig serviert. Man kann so viel trinken, wie man will, und das für den läppischen Preis eines Trinkgeldes, und an diesem späten Vormittag sind die ersten Spieler schon betrunken.

»Komm! Gehen wir!« sagt Romain. »Ich muß dir etwas zeigen.«

Nach der klimatisierten Luft im Kasino empfinden sie die heiße Luft draußen wie einen Schock. Marion bricht der Schweiß aus, als sie Romain folgt, der sie eilig über den Las Vegas Boulevard in Richtung Norden geleitet.

»Sag mir doch wenigstens, wohin wir gehen«, stammelt sie.

Auf der anderen Straßenseite parken vier schwarze Limousinen vor einem winzigen Gebäude. Romain bleibt stehen und reicht ihr ein Blatt Papier, das sie sofort liest.

»Bist du übergeschnappt?« sagt sie atemlos.

»Ich habe mit einer romantischeren Reaktion gerechnet ... Hast du nichts anderes auf Lager!«

»Du bist total verrückt!« sagt sie, während sie die Heiratserlaubnis liest, die er eben im Rathaus von Las Vegas, 200 South Third Street, gekauft hat. Das Rathaus ist von acht Uhr bis Mitternacht und an Wochenenden 24 Stunden am Tag geöffnet, wie die Kopfzeile erläutert.

»Marion Darange, wollen Sie Romain Saintony zum Ehemann nehmen, um ihm pochierte Eier in Champagner zuzubereiten und ihn in mit Mervège-Champagner gefüllten Badewannen zu lieben, bis daß der Tod euch scheidet?«

Eine Gruppe Amerikaner tritt aus der Traukapelle und quält sich in eine Limousine. Die Braut trägt ein unglaubliches, fuchsienrotes, mit Spitzenrüschen besetztes Kleid und der Bräutigam einen blauen Smoking, dessen Kragen mit Pailletten besetzt ist.

»Ich habe nur eine Jeans«, antwortet Marion.

Romain lacht.

»Die Frauen verwundern mich immer wieder. Ich hatte erwartet, daß du mir um den Hals fällst und schreist, daß du mich auch liebst. Ich war sogar auf die Mitteilung gefaßt, daß du mit einem anderen Typen abhaust, aber mit diesem ›Ich habe nichts anzuziehen‹ habe ich wirklich nicht gerechnet.«

»Ich habe nicht gesagt, daß ich nichts anzuziehen habe, sondern daß ich nur eine Jeans habe«, stellt Marion richtig.

»Das ist mir schnuppe«, sagt Romain. »Ob du nun einen Badeanzug oder einen ausgefransten Pyjama trägst, Reizwäsche oder einen Skianzug, das ist mir gleichgültig. Ich interessiere mich für dich und nicht für deine Klamotten.

Übrigens bin ich auch in Jeans, aber ich habe eine Fliege mitgebracht.«

Er zieht aus seiner Tasche eine klassische schwarze Fliege und eine zweite aus gelber Seide mit kleinen, roten Segelschiffchen.

»Such dir eine aus ...«, sagt er gönnerhaft.

1939 machte Clark Gable das Heiraten in Las Vegas populär, als er, kaum geschieden, Carole Lombard heiratete. Heute werden hier ungefähr 80 000 Eheschließungen pro Jahr vollzogen. Um in Nevada zu heiraten, reicht es aus, über achtzehn Jahre alt zu sein, seinen Ausweis oder Reisepaß vorzulegen und fünfunddreißig Dollar für die Ehelizenz zu bezahlen. Es muß kein Aufgebot ausgehängt und kein Bluttest gemacht werden. Man braucht keinen Termin und noch nicht einmal eine Bestätigung, falls man geschieden ist.

Romain ist gestern nach Épernay geeilt, hat sich den *Straßenführer der Westküste der USA* gekauft und einige Telefonate getätigt, um sich über die Abflugzeiten und die Modalitäten der Eheschließungen vor Ort zu erkundigen. Er war hin und her gerissen zwischen der Little Church of the West, einer Holzkapelle, die inmitten eines kleinen Wäldchens liegt, und der Little White Chapel, einer winzigen, weißen Kapelle, in der Joan Collins, der Star des Denverclans geheiratet hat.

»Ich habe diese hier ausgesucht, weil es dort schneller geht und wir heute abend wieder zurück fliegen!« erklärt er Marion. »Wenn du einverstanden bist, heiraten wir in zehn Minuten ... keine Einwände?«

Marion schüttelt den Kopf. Sie ist zu gerührt, um zu antworten.

Es ist soweit. Der Bräutigam mit der schwarzen Fliege, dem weißen Hemd und der hellblauen Jeans steigt in die Limousine und setzt sich neben die Braut, die eine rotweiß karierte Bluse und eine weiße Jeans trägt und sich die gelbe Fliege mit den roten Segelschiffchen angesteckt hat. Der blonde Fahrer mit der Schirmmütze lächelt ihnen zu und reicht der Braut einen Strauß rote Rosen (zwanzig Dollar). Der Wagen, ein weißer Cadillac (fünfzig Dollar), der viermal so lang ist wie Marions Punto, rollt über den heißen Asphalt und steuert auf die Little White Chapel zu.

»Guten Tag, ich heiße Marion Saintony ... Madame Romain Saintony ... Mein Mann, Romain ...«, erprobt Marion die verschiedenen Varianten.

Ein rothaariger Priester, dessen Nase zahlreiche Sommersprossen zieren, schließt ihre Ehe durch ein geöffnetes Fenster auf der linken Seite der Kapelle, ohne daß sie aus der Limousine aussteigen müssen. Die ganze Prozedur dauert zehn Minuten (35 Dollar) und wird von Musik aus einem Kassettenrekorder untermalt (8 Dollar). Ein Fotograf schießt ein Erinnerungsfoto (40 Dollar). Der Bräutigam küßt die Braut kostenlos.

»Ich liebe dich, Marion ...« quakt Romain.

»Ich liebe dich, Romain!« blökt Marion mit rauher Stimme.

Wenn sie in Louisiana anruft, um ihrer Mutter mitzuteilen, daß sie soeben in Las Vegas geheiratet hat, wird diese sie gewiß für verrückt erklären.

Damit die Eheschließung in Frankreich anerkannt wird, reicht es aus, bei der Rückkehr eine beglaubigte Kopie der Heiratsurkunde vorzulegen, die sie mit ihrer Geburtsurkunde und dem Nachweis ihrer französischen Staatsangehörigkeit zum Standesamt der Ausländerbehörde in Nantes schicken müssen.

Sie steigen, begleitet von den Glückwünschen des Fahrers, aus der Limousine und nehmen einen Bus, um den Las Vegas Boulevard bis Louxor hinaufzufahren. Die originalgetreue Nachbildung einer Sphinx wacht vor einer Pyramide. Sie ist so groß wie die von Gizeh und schillert am Tage wie ein Goldbarren. Am Abend schimmert sie bläulich. Das Atrium des Louxor kann neun Boeings 747 bergen. Die Gäste fahren mit einer Barke über den Nil zu ihren Zimmern.

»Möchtest du, daß wir ein Zimmer mieten?« schlägt Romain mit unergründlichem Blick vor.

»Du bist ein Besessener!« erwidert Marion und schüttelt den Kopf. »Wir sind nur bis heute abend hier und haben unser ganzes Leben Zeit, um uns zu lieben.«

Sie besichtigen anschließend das *Excalibur,* ein mittelalterliches Phantasiegebäude, an dessen Seiten zwei bunte Türme stehen, die mit Wappen, Lanzen und Rüstungen verziert sind. Die Angestellten tragen ein Wams; man kann die Darbietungen der Jongleure, Akrobaten und König Artus' Tafelrunde bewundern. Sie gehen sogar bis zur *Canterbury Wedding Chapel* hoch, wo die Brautpaare in Kostümen jener Zeit heiraten, ehe sie ins Kasino zurückkehren, um dort neben den Rittern in den Rüstungen weiterzuspielen.

»Würde es dich reizen, es mit einem Mann in einer Rüstung zu treiben?« fragt Romain. «Ich habe den Schlüssel meines Keuschheitsgürtels verloren, als du auf dem Kreuzzug warst ...tut mir leid«, erwidert Marion kopfschüttelnd.

Sie bewundern das MGM, das größte Hotel der Welt, ein bläulich schimmerndes Stahl- und Glasmonster, das man durch einen 22 Meter hohen Löwen betritt. Alles ist grandios, verrückt, lustig und etwas erdrückend. Sie wandeln inmitten eines Zeichentrickfilms, der Wirklichkeit geworden ist. Marion spürt an ihrem Finger den goldenen Ehering, den Romain vorhin aus seiner Tasche geholt hat. Er hatte sich einen ihrer Ringe ausgeliehen, um einen in der passenden Größe kaufen zu können.

Als sie am Hotel-Kasino Mirage vorbeigehen, spürt Marion plötzlich, daß die Erde bebt. Sie hört ein dumpfes

Grollen und klammert sich an Romains Arm. Die Menge um sie herum klatscht. Der künstliche Krater des Palastes bricht, sobald die Dämmerung naht, alle fünfzehn Minuten aus, und über den Wasserfällen leuchtet ein riesiges Feuer- und Flammenmeer.

Sie kehren zum Caesar's Palace zurück. Marion will die Rechnung bezahlen, und sie gehen ins Zimmer hoch, um ihre Tasche und ihre Geräte zu holen. Romain schaut durch das Fenster auf das Mirage. Stündlich laufen die Schiffe des Sir Francis Drake aus, um ein Piraten- und Bukanierschiff zu rammen. Die Kanonen dröhnen; die Schauspieler kämpfen und fallen laut schreiend ins Meer.

Jemand klopft an die Tür. Es ist ein Kellner in einer weißen Jacke, der einen Champagnerkübel bringt, aus dem ein goldener Flaschenhals herausragt.

»Ich bin also ein Besessener?« stößt Romain hervor, als der Kellner gegangen ist, nimmt Marion in seine Arme und tanzt mit ihr durchs Zimmer. »Du hast ihn bestellt, als du bezahlt hast, stimmt's? Und ich dachte, du würdest dich nur für geistige Dinge interessieren.«

»Wir können uns auch auf geistigem Niveau lieben ...«, erwidert Marion. »Diese Dummköpfe. Ich habe extra betont, man möge uns einen wohltemperierten Champagner bringen. Wir werden erfrieren.«

»Meinst du?« fragt Romain und zieht sie zu der Badewanne mit den Wasserkränen in Form von goldenen Delphinen.

Als der von der Versicherungsgesellschaft georderte Krankenwagen sie vor dem Hotel abholt, fragt Marion den Fahrer, ob sie ihren frischgebackenen Ehemann mitnehmen könnten. Der Fahrer stimmt zu und schlägt Romain freundschaftlich auf die Schulter. Marion untersucht den Versicherten 3.457 TG noch einmal, setzt die selbsthaftenden Elektroden auf seine Brust, hilft ihm in den Rollstuhl und befestigt das Herzkontrollgerät so, daß sie es nie aus den Augen verliert.

Als sie an Bord gehen, ist die erste Klasse fast leer. Romain fragt nach dem Aufpreis, um während der Rückreise an Marions Seite sitzen zu können. Als er den Grund nennt, fummelt der kahlköpfige Angestellte mit Schnurrbart, der Taras Bulba, dem Oberhaupt der Kosaken ähnelt, an dem Ticket herum.

»Man sollte in der Hochzeitsnacht bei seiner Frau sein!« sagt er zu Romain und zwingt ihn, seine Frau zu küssen. »Die Fluggesellschaft schenkt Ihnen die Differenz ... mit herzlichen Glückwünschen.«

»Erinnerst du dich an unser Gespräch am Abend von Neils Geburtstag ... und wovon ich träume?« flüstert Romain Marion zu.

»Ich bin im Dienst, das sage ich dir. Ich kann das Herzkontrollgerät zwei Minuten aus den Augen lassen, um zur Toilette zu gehen, mehr nicht ... beim nächstenmal vielleicht?«

»Da kannst du sicher sein!« flüstert Romain.

Das Flugzeug schießt in den Himmel, und Marion denkt an die junge Braut aus Nairobi, deren Krankenhausbericht sie vor ihrer Abreise erhalten hat: »Ferjol-Asthenie-Syndrom« lautete das Untersuchungsergebnis des Arztes. Marion erklärt Romain, was es mit diesem Syndrom auf sich hat. Charakteristisch ist eine durch »selbst vorgenommene Blutungen hervorgerufene Anämie«. Es handelt sich also um eine vom Kranken vorsätzlich verursachte Krankheit.

»Willst du damit sagen, daß sie es absichtlich machen?«
»Ich hatte ihre blauen Flecken bemerkt. In der Tat nimmt sie sich selbst Blut ab. Das fällt ihr nicht schwer, da sie Krankenschwester ist. Es gibt sogar Leute, die ihre Abszesse schüren. Sie werden oft lange behandelt, ehe man darauf kommt ...«

Die Marne, 27. Juli, zur gleichen Zeit

Der Grüne Flitzer liegt nicht weit von der Anlegestelle entfernt vor Anker. Das Boot glitzert wie ein neuer Taler. Rio und Serena haben es von oben bis unten gereinigt, damit es sauber ist, wenn sie es zurückgeben. Horatio liegt angebunden unter dem Tisch. Er muß warten, bis das Deck trocken ist.

Serena hat die Eierbecher aus der Schiffsküche zu Kerzenständern umfunktioniert und blaue Kerzen angezündet. Rios Hände werfen beim Sprechen chinesische Zeichen an die Bootswände.

»Wir müssen daran denken, die Kaution zurückzufordern!« sagt er. »Sie stellen auch den bewachten Parkplatz und einen Aufpreis für Horatio in Rechnung ...«

Serena läßt unter dem Tisch ein kleines Stück Pastete verschwinden.

»Ich muß dir etwas gestehen. Ich bin eifersüchtig auf ihn«, sagt Rio.

»Ich auch«, antwortet Serena, die den Kopf des Hundes streichelt. »Diese ganzen Lebensmittel, die wie durch ein Wunder auf seinem Teller landen, ohne daß er je einkaufen gehen, das Essen zubereiten oder das Geschirr spülen muß. Welch ein Luxus!«

Serena zieht ihren rechten Schuh aus und streichelt Horatio mit dem Fuß. Der Hund schaut sie zufrieden an.

»Kannst du mir bitte das Salz reichen?« fragt Rio.

Serena ist abergläubisch. Sie reicht niemals jemandem direkt den Salzstreuer von Hand zu Hand. Sie geht auch um Leitern herum, stößt nicht mit Wasser an, stellt das Brot nicht verkehrt herum auf den Tisch und legt keinen Hut aufs Bett.

Ein kleines Flugzeug fliegt plötzlich ziemlich tief über den Fluß hinweg. Rio verkrampft sich und zuckt zusammen. Serena legt ihre Hand auf die seine, um ihn zu beruhigen, und denkt an das Gespräch, das sie mit Professor Letani über die Katharsis geführt hat. Sie erinnert sich an Letanis Worte: »Die Menschen der Situation oder dem Ort des Traumas aussetzen, um die Affekte zu befreien.« Rio könnte seine Sprache zurückgewinnen, wenn er wieder mit dem Ort des Dramas konfrontiert und sich einer unterstützenden Psychotherapie mit der dazugehörigen Chemotherapie unterziehen würde ...

»Ich weiß, woran du denkst«, sagt Rio. »Weil du dann immer das gleiche Gesicht machst. Nein danke, ich bin nicht interessiert.«

»Aber dein ganzes Leben würde sich ändern. Die Sprache ist wichtig.«

Rio erklärt seiner Frau, daß er ihr voll und ganz beipflichte. Außerdem sei er sehr geschwätzig, nur daß er eine andere Sprache habe und Zeichen statt Laute verwende. Serena, die zweisprachig ist, wechselt von einer Sprache zur anderen und kann den reichen Sprachschatz ihrer Gespräche bestätigen. Rio ist kein Ölgötze. Er bewegt sich, um zu sprechen. Jede Augenbraue ist eine syntaktische Übung, jede Geste eine Rede. Die Zeichen, die er in die Luft malt, drücken seine Wahrheit aus, seinen Stil, sein innerstes Ich, seine Persönlichkeit. Er vermischt seine drei Kulturen miteinander: Italien, Frankreich und das Land derer, die auf der ganzen Welt mit den Händen sprechen. Er möchte heute für nichts auf der Welt die Sprache von damals wiederfinden. Er kann nicht mehr anders denken; sein Bezugssystem hat sich verändert, und seine Logik hat sich diesem angepaßt. Er lebt in Harmonie mit seiner eigenen Welt. Wozu würde ihm diese Sprache dienen: Um sich auf der Straße anzuschreien?

»Sollen wir spazierengehen?« schlägt Serena vor, als der Fluglärm in der Ferne verhallt.

Das Boot sieht vom Ufer aus wie ein Phantom. Die Kerzenflammen flackern und werfen Schatten auf die undurchsichtigen Scheiben. Horatio bleibt sofort stehen und knurrt beunruhigt.

»Das ist unser Haus, Cretino!« sagt Serena zu ihm.

Rio läuft ein Stück den Treidelpfad entlang, um den Hund zum Laufen zu animieren. Sie verschwinden in der Dunkelheit und kehren einen Moment später atemlos und fröhlich zurück.

Rio versteht sich mit Hunden und Kindern besser als mit den Erwachsenen, die glauben, er sei eingebildet und ein Snob, weil er nicht mit ihnen spricht. Es steht ihm ja nicht im Gesicht geschrieben, daß er stumm ist. Wenn Serena nicht bei ihm ist, er allein durch die Straßen geht und man ihn um eine Auskunft bittet, halten die Leute ihn für einen Schwachsinnigen oder einen Betrunkenen, wenn er anfängt zu gestikulieren. Hunde und Kinder nie.

Sie gehen wieder auf das Boot und sehen, wie die Flammen der Kerzen erlöschen.

»Ich möchte Marion ein Hochzeitsgeschenk machen ...«, sagt Rio, den Romain ins Vertrauen gezogen hat. »Sie ist die einzige, die mir von meiner Familie geblieben ist, und ich habe mich mit meinen Weihnachts- und Geburtstagsgeschenken um dreißig Jahre verspätet!«

»Was denn für ein Geschenk?«

»Was könnte sie in diesem Moment gebrauchen?« fragen seine vom Mond beleuchteten, gebräunten Hände. »Schau dich um!«

Serena sucht, mustert die Möbel, schaut in die Dunkelheit, und ihr Blick fällt auf Horatio.

»Du willst ihnen einen Hund schenken?«

Rio schüttelt den Kopf.

»Sie haben doch schon Gnafron! Überleg mal! Du hast doch gesehen, wie glücklich sie mit uns auf dem Grünen Flitzer waren ...«

Rio lächelt.

»Ich habe in der Nähe der Brücke ein Boot gesehen, als wir unser Boot an der Anlegestelle gemietet haben. Es wird für 10 000 Francs zum Verkauf angeboten. Sie könnten in den Ferien in die Champagne kommen. Sollen wir es uns morgen mal ansehen? Und in der Zwischenzeit ... Ich habe mir schon mehrere Tage nicht mehr die Stirn an der Lampe gestoßen: Das fehlt mir.«

»Du machst immer das gleiche Gesicht, wenn es darum geht ... Nein danke, ich bin nicht interessiert«, sagt Serena, die ihren Mann nachäfft.

Sie umfaßt plötzlich Rios Gesicht mit ihren Händen, starrt ihn eine Weile an und fährt fort:

»Du hast recht mit dem Boot, aber wir müssen ernsthaft über ein wichtigeres Thema sprechen. Ich kenne dich wie meine Westentasche. Seit wir hier sind, denkst du nur noch daran ...«

»Ich weiß nicht, was du meinst ...«

Serena zieht ihre Hände zurück und lächelt.

»Ich will nur, daß du weißt, daß ich einverstanden bin. Wenn du es gerne so möchtest, ist es gut für mich!«

»Sprechen wir denn über das gleiche?«

Serena nickt schweigend.

Horatio legt sich hin, bettet seinen Kopf auf den Schuhen seines Herrchens und schläft ein. Draußen herrscht vollkommene Ruhe.

»Meine Arbeit hat uns immer davon abgehalten zu reisen, und du hast immer davon geträumt«, seufzt Rio. »Jetzt, da ich im Ruhestand bin, hätten wir endlich die Möglichkeit, die Welt zu entdecken, und außerdem wird es sicher unsere finanziellen Möglichkeiten übersteigen ...«

Serena zerstreut mit einer Handbewegung seine Bedenken.

»Um es zu erfahren, brauchen wir nur zu fragen. Seitdem

wir das Thema angeschnitten haben, leuchten deine Augen, du lächelst und siehst aus wie ein verliebter Junge ...«

»Genau das bin ich auch«, sagt Rio und beugt sich zu ihr hinunter.

Schloß Mervège, 28. Juli

Marion und Romain wachen am frühen Abend auf, nachdem sie den ganzen Tag aufgrund der Zeitverschiebung im Bett lagen. Wie verabredet, holen sie Rio und Serena an der Anlegestelle ab, um mit ihnen im Royal Champagne zu essen, einer alten Poststation aus dem 18. Jahrhundert, die in ein erstklassiges Restaurant verwandelt worden ist. Es liegt in Champillon, einige Kilometer von Épernay entfernt, an den Ausläufern des Reimser Berges gegenüber dem Kloster Hautvillers und gewährt einen einzigartigen Blick auf das Marnetal und seine Weinberge.

Der Fiat Punto nähert sich dem Restaurant. Marion sitzt entspannt am Steuer und schaut auf ihre linke Hand, genauer gesagt auf den nagelneuen Ehering, der an ihrem Ringfinger glänzt.

»Wenn ihr dort gewesen wäret, hätten wir euch gebeten, unsere Trauzeugen zu sein!« sagt sie leise.

Sie sieht im Rückspiegel Rio, der den Kopf neigt, um ihr zu danken, und im Hintergrund die Weinberge ...

Das Befestigen und die Behandlung der Reben werden noch fortgesetzt, aber nach dem 15. August gibt es bis zur Weinlese fast nichts mehr zu tun. Die Weinreben sind das ganze Jahr gehegt und gepflegt worden. Der Schnitt, der festen Regeln folgt, begrenzt den Ertrag, um die beste Qualität zu erzielen. Wenn der Chardonnay und der Pinot reif sind, erfolgt die amtliche Bekanntgabe des Weinlesebeginns und die Horde der Erntehelfer schreitet des Morgens mit Schere und Korb durch die Weinberge und wartet auf die Brotzeit, um anschließend mit schmerzendem Rücken und schmerzenden Händen zur Arbeit zurückzukehren. Am Ende der Weinlese erwartet sie ein großes Fest. Der Weinbauer schmückt seinen Lieferwagen mit Blumen oder Zweigen und hupt zufrieden, wenn er zur Kelter fährt. Die Menschen sind fröhlich; es bilden sich Pärchen; sie heben ihr Glas nach einem Jahr harter Arbeit; die berühmte Champagneplatte mit sechs Sorten Fleisch, sechs Sorten Gemüse und der köstliche Traubenkuchen erfreuen die Herzen und Mägen (1911 haben die Reblaus und der Hagel im Sommer die Weinberge so stark zerstört, daß auf jedem Hektar der Weinberge gerade noch genug Trauben blieben, um einen Kuchen zu backen!), und der zarte Wein aus den Keltern fließt in jedem Dorf in Strömen ...

Sie sitzen an dem großen Glasfenster und halten ihre Champagnerkelche in der Hand. Wieder einmal erklärt Serena der Kellnerin, die Rios Gestikulieren bemerkt, dessen Sprache.

»Du hast gesagt: ›Mein Mann ist stumm, aber nicht taub‹ ...«, sagt Marion. »Ich dachte, man würde ›schlecht hören‹ sagen.«

Rio lächelt, was auch in seiner Sprache am schnellsten geht.

»Die Tauben sagen, daß sie taub sind. Sie benutzen nicht diese komplizierten Ausdrücke wie ›schlecht hören‹ oder ›hörbehindert‹. Sie hören nicht mit ihren Ohren, sicher, aber sie tun nichts ›Schlechtes‹. Sie sprechen in der Zeichensprache miteinander, aber auch mit den Augen, ihrer Intelligenz, ihrer Sensibilität, den Schwingungen, Gerüchen und Geschmäckern. Die Zeichensprache ist im 19. Jahrhundert in den Schulen verboten worden; wenn man auch glaubte, daß die Blinden ein tiefes, achtungswürdiges Innenleben hätten, so hielt man die Taubstummen für Schwachsinnige ... Kannst du dir vorstellen, daß man auf den Erlaß vom Januar 1991 warten mußte, damit das Verbot aufgehoben wurde?«

Marion zeigt ihr, daß sie es verstanden hat. Außerdem hat Rio ihr kürzlich erklärt, daß die Tauben entgegen dem, was sie meisten Menschen glauben, in der Regel nicht stumm sind. Sie sprechen mit ihren Händen, ihren Mündern, schreien, lachen, weinen; ihre Kehlen senden Laute aus; sie haben eine Zunge und Stimmbänder, aber ihre Stimme ist eine besondere, weil sie diese nicht hören, und sie haben sich mehr Vokabular in ihrer Zeichensprache angeeignet, die ihr eigentliches Kommunikationsmittel ist. Ihre Stille wird mit Bildern, Gefühlen, Gerüchen und einer Musik belebt, die ihnen eigen ist, während die Stille derjenigen, die hören können, oft von Angst und Warten erfüllt ist.

Rio hingegen hört mit seinen Ohren wie die meisten Menschen, aber sein Mund spricht nicht die Wörter und Sätze, die er in seinem Kopf bildet, als ob es einen vollkommenen Bruch zwischen seinem Gehirn und seinen Lippen gäbe ...

Rio bestellt eine Suppe aus Trockenerbsen zu Weinbergschnecken der Champagne, Serena geschmortes Rebhuhn mit Weinlaub, Romain Kalbslendchen mit Trüffeln und Marion einseitig gegarten Lachsrücken mit einer Champagnersauce.

»Ich erhebe mein Glas auf das Glück der frisch Vermählten«, sagt Serena, nachdem sie Rio einen Blick zugeworfen hat.

»Ich erhebe mein Glas auf das Glück unserer Familie, denn nun gehören wir alle zusammen«, erwidert Marion.

»Wir haben ein kleines Geschenk für euch ... Wir haben es an der Anlegestelle gelassen, denn es wäre unpraktisch gewesen, es mit ins Restaurant zu bringen«, sagt Serena lächelnd.

»Das ist wirklich nett, aber das wäre doch nicht nötig ...«, sagt Marion, die an Tafelsilber oder Geschirr denkt.

»Wenn du dich hören könntest! Ich habe den Eindruck, Aude geheiratet zu haben«, sagt Romain lachend.

Sie erzählen von Las Vegas. Rio kostet anschließend Gebäck mit Melonenmousse und Johannisbeersaft, während sich Romain auf ein warmes Café-Schokoladen-Soufflé stürzt. Die Frauen begnügen sich mit einem Kaffee.

»Wir haben im Flugzeug eine wichtige Entscheidung getroffen. Wir werden in die Champagne ziehen«, verkündet Marion plötzlich. »Ich arbeite weiterhin für die Versicherungsgesellschaft, denn Épernay ist nur 140 Kilometer von Paris entfernt. Und Romain hat schon seit langem vor, halbtags zu arbeiten. Sie sind zu zweit und leiten das Studio abwechselnd.«

Serena und Rio schauen sich an.

»Jetzt, da ich ein verheirateter Mann bin, möchte ich die meiste Zeit mit meiner Frau verbringen«, fügt Romain freudestrahlend hinzu. »Wir werden uns morgen einige Wohnungen ansehen ... Wenn ihr Lust habt, bleibt doch noch ein paar Tage und begleitet uns.«

»Das ist leider unmöglich. Wir müssen abreisen. Wir werden morgen mittag aufbrechen«, erklärt Serena.

»Schade ...«, sagt Marion enttäuscht.

Rio und Romain kämpfen einfallsreich um die Rechnung. Rio bittet mit einer Geste, und Serena übertrumpft ihn mit lauter Stimme. Aber Romain trickst sie beide aus, indem er so tut, als ginge er zur Toilette.

Der Fiat Punto fährt vier gefüllte Bäuche den Berg hinunter. Die Fahrgäste sind still, gesättigt und leicht angeheitert. Sie fahren schweigend durch die Weinberge, ohne ein Wort und ohne eine Geste.

»Ich habe auch ein Geschenk für euch«, sagt Marion plötzlich. »Hat vielleicht jemand einen Schraubenzieher?«

Rio, der zwei linke Hände hat, schüttelt lachend den

Kopf. Romain muß ebenfalls passen. Doch Serena überrascht alle, als sie ein Schweizer Messer aus ihrer Tasche zieht.

»Ausgezeichnet«, sagt Marion mit leuchtenden Augen. »Jetzt müssen wir absolut ruhig sein.«

Sie parkt in der Rue de l'Arquebuse, läßt alle aussteigen und bittet Rio, am Anfang der Rue Émile-Mervège Posten zu beziehen. Serena soll das Ende der Straße im Auge behalten. Wenn jemand kommt, sollen sie Alarm schlagen.

»Wollen wir jetzt in Odiles Wohnung einbrechen?« erkundigt sich Romain, der allmählich glaubt, Marion habe zuviel getrunken.

»Noch schlimmer: Wir werden öffentliches Eigentum beschädigen!«

Einige Meter von Odiles Wohnung entfernt heben sich die weißen Buchstaben des Schildes »Rue Émile-Mervège« gegen die Dunkelheit ab.

»Gib mir Serenas Messer ... und bau mir eine Räuberleiter!« flüstert Marion.

Zwanzig Minuten später parkt der Wagen an der Schiffsanlegestelle. Alle steigen aus und umringen Rio, der das Straßenschild trägt. Die Wellen schlagen leise gegen den Ponton. Serena steigt auf den Grünen Flitzer, um Horatio zu befreien, und kehrt dann zu den anderen zurück.

»Ich habe wirklich gedacht, ich würde dich fallenlassen, weil ich einen Krampf hatte!« beginnt Romain lachend.

»Und als Serena gehustet hat, dachte ich, es wäre das Signal, daß jemand käme«, sagt Marion fröhlich.

»Ich habe gehustet, weil ich mich verschluckt hatte!« protestiert Serena.

Rio schaut Marion und Romain an und formuliert dann einen Satz. Serena schweigt. Rio lächelt und schreibt den gleichen Satz mit seinen Händen noch einmal. Der Mondschein umrahmt sein weißes Haar.

»Ich werde die Zeichensprache lernen, aber laß mir etwas Zeit«, sagt Marion in ernstem Ton und schaut ihn an.

»Rio bildet einen Satz auf eine andere Art und Weise«, erklärt Serena. »Wenn ich euch in Worten sagen will: ›Wir sind hier hergekommen, weil euer Hochzeitsgeschenk hier ist‹, beginne ich meinen Satz mit dem Subjekt, dann folgen das Verb und das Attribut, und am Ende steht der wichtigste Gedanke. In der Zeichensprache drückt man zuerst den Hauptgedanken aus, den man mit genaueren Angaben und Hintergrundinformationen ausschmückt. Das wichtigste in diesem Satz ist ›Hochzeitsgeschenk‹, also ist dieses das erste Zeichen. Jeder hat seine persönliche Art, sich in der Zeichensprache auszudrücken, und seinen eigenen Stil. Es ist genauso wie beim Schreiben und beim Sprechen. Rio hat einige taube Freunde, welche die Sätze stark abkürzen, und wieder andere, die einen ganzen Rattenschwanz von Erklärungen hinzufügen. Man sollte nicht glauben, die Sprache wäre aus einem Guß.«

»Aber man sollte glauben, daß unser Hochzeitsgeschenk hier irgendwo ist, wenn ich richtig verstanden habe?« fragt Marion.

Serena und Rio nicken. Marion und Romain schauen auf das dunkle Wasser, das Hafenamt, Horatio, den Grünen Flitzer, die kleine Schenke, die am Ufer vor Anker liegenden Boote, das kleine Boot in der Nähe der Brücke, das zum Verkauf angeboten wird, das Schild »Parken verboten«, den öffentlichen Papierkorb, die Duschen und Toiletten, die Schiffahrtsgesellschaft und die beiden Italiener, die fest entschlossen sind, sie schmoren zu lassen.

»Ich gebe auf«, sagt Marion. »Ich bin aufgrund der Zeitumstellung völlig erledigt ... Erbarmen, ich sehe nur die Straße, die asphaltiert ist, und den Fluß, der plätschert.«

»Gebt uns wenigstens einen Tip«, verlangt Romain.

»Man kann es kaufen, und es schwimmt«, sagt Serena.

Romain und Marion drehen sich verblüfft zu dem kleinen Boot um.

»Das ist es?« schreit Marion.

»Man kann es nicht mehr kaufen«, sagt Serena. »Es ist verkauft. Ihr habt es heute morgen gekauft. Wir hoffen, es gefällt euch.«

Marion schaut verwirrt auf das Boot. Der ehemalige Besitzer hat Blumentöpfe und Kupferlampen an Bord zurückgelassen.

»Können wir es uns ansehen?« fragt sie.

»Es gehört euch!« sagt Serena. Sie holt eine Taschenlampe aus ihrer Tasche und einen großen Schlüssel, den sie Marion gibt.

Das Boot ist elf Meter dreißig lang und drei Meter sechzig breit, also ungefähr 40 Quadratmeter groß und hat drei abgetrennte Kabinen: eine große Kajüte, ein Zimmer mit Doppelbett, ein Arbeitszimmer mit zwei Einzelbetten, außerdem ein kleines Badezimmer, eine Küche mit Herd und Kühlschrank, das Steuerhaus, ein aufklappbares Dach und ein Solarium.

Rio und Serena erklären ihnen alles: Motor, Schiffsschraube, Öl- und Wasserstand, Anker, Batterie, Heizung, Gas, Küche und Dusche. Rio schaltet die Zündung ein, und das Schiff fährt surrend los. »Es wurde in den letzten Jahren nicht gefahren. Ihr müßt es überholen lassen. Wir übernehmen die Kosten«, sagt er. Der Schiffer überläßt ihnen die Schwimmwesten, den Bootshaken, die Schläuche und Anlegepflöcke.

»Du hast aber das beste noch nicht gesehen!« sagt Serena und gibt Marion ein Zeichen, ihr zu folgen.

Sie gehen über die Holzplanken, die als Passerelle dienen. Serena zeigt auf den Bug und strahlt ihn mit ihrer Taschenlampe an. Die gelben Worte Schloß Mervège II heben sich von dem blauen Schiffsrumpf ab.

»Habe ich es gut gemacht?« fragt Rio, der ungeduldig

auf Marions Reaktion wartet. »Es ist auf diesen Namen beim Hafenamt eingetragen.«

Marion nickt. Sie ist zu bewegt, um zu antworten.

Die Marne, Bootsanlegestelle, am Morgen des 29. Juli

Marion und Romain legen ihre mit Reinigungsmitteln vollgepackten Taschen ab, krempeln ihre Ärmel hoch und machen sich an die Arbeit. Sie schrubben und scheuern mit ihren Zauberschwämmen und den Putzmitteln, die so superkraftvoll sind wie in der Fernsehwerbung, nur daß sie hier nicht die gleiche Wirkung damit erzielen.

»Das ist ja die reinste Sklavenarbeit«, seufzt Marion mit funkelnden Augen.

»Ich beleidige dich doch nicht, wenn ich dir sage, daß du keine Sklavin, sondern meine Frau und stolze Bootsbesitzerin bist ...«

»Du beleidigst mich nicht«, erwidert Marion. »Du mußt stärker scheuern. In der Werbung glänzt es viel schöner, und die Typen tragen dort untadelige, weiße Anzüge, während du abscheulich aussiehst.«

Sie trägt Arbeitskleidung: durchsichtige Plastikhandschuhe und einen türkisfarbenen, einteiligen Schlafanzug, der noch aus der Zeit stammt, da sie während ihres Studiums bei chirurgischen Eingriffen assistierte. Sie beginnt die Operation, indem sie ihr Scheuertuch von Backbord nach Steuerbord gleiten läßt. Sie tanzt auf dem Deck mit ihrem Besen Walzer, Rock and Roll und Twist, bis es überall gut riecht. Sie hätte sich fast in einem Loch den Knöchel gebrochen, als eine erstaunte Planke sich erhob, um zu sehen, was es mit diesem unbekannten Geruch auf sich hatte. Romain hat der vorwitzigen Planke ihre Neugierde mit Hammer und Nägeln ausgetrieben, während Brassens im Radio singt: Nein, das war nicht das Floß der Medusa, dieses Boot, auf daß es jeder im Hafen erfahren soll!

Serena und Rio kommen mit Krevetten, gekochten Gambas, Butter, Brot, Weißwein, Schokolade, Obst, Papptellern und Papierservietten pünktlich zum Essen. Die Arbeiter sind schmutzig und erschöpft, aber das Boot erstrahlt in neuem Glanz.

Marion erzählt, daß sie sich eines Tages, kurz nachdem Sally in Thomas' Leben aufgetaucht war, so traurig und allein fühlte wie die kleine Sirene aus dem Märchen, nur pummeliger, und sie hatte beschlossen, zu trinken und zu essen, um zu vergessen. Sie kaufte sich kurzentschlossen einen kleinen Hummer, fast noch ein Baby. Sicher suchten die Hummer-Eltern ihren Kleinen, der bestimmt aus dem Meer gefischt worden war, als er aus der Schule kam. Sie erhob ihr Glas Entre-deux-mers und sagte zu dem Hummer: »Beobachten wir uns eine Minute schweigend, um uns selbst zu bemitleiden!« Dann versuchte sie, ihn in kochendes Wasser zu werfen, in dem eine Kochmischung für Krebstiere auf ihn wartete. Der Hummer starrte sie mit seinen kleinen runden Augen an, in denen ein Funke Hoffnung schimmerte. Es war unerträglich. Thomas war der König der Hummer, und normalerweise hatte er sie zubereitet. Schließlich trank Marion ihren Wein und aß ihre Butterbrote dazu. Anschließend warf sie den Hummer in die Seine und wies ihm den Weg zum Meer ...

Sie picknicken in fröhlicher Runde, und dann umarmen sich alle mit feuchten Augen. Die Hunde jaulen; sie schauen sich an; drücken sich die Hände, und der orangefarbene Fiat, der unter dem ganzen Gepäck fast zusammenbricht, entfernt sich auf dem Treidelpfad; der schwarzweiße Cocker sitzt hoch oben auf dem obersten Koffer.

Marion und Romain machen sich wieder an die Arbeit. Am späten Nachmittag geht Romain für angeblich zwanzig Minuten weg. Zwei Stunden später kehrt er als Mitfahrer eines zerbeulten Lieferwagens, der über den Treidelpfad scheppert, wieder zurück. Romain steigt leicht beschwipst aus. Er erklärt Marion, daß er etwas bei einem Trödler entdeckt, es gekauft und der Händler eingewilligt habe, es ihnen zu liefern, daß sie »das Ding« gemeinsam auf den Lieferwagen geladen und dann an dem Bistro an der Ecke angehalten haben, weil sie durstig geworden seien. Romain hat die erste Runde bezahlt, der Trödler die zweite und Romain die dritte.

»Ich verstehe«, sagt Marion. »Und was ist das für ein ›Ding‹?«

»Ein Geschenk für dich ...«, sagt Romain und hebt die Plane hoch.

Es ist ein altes Klavier. Romain hat gestern heimlich den Platz ausgemessen, und es paßt genau zwischen die Fenster der Kajüte. Marions Blick ist vielsagend. Die beiden Männer tragen das Klavier an Bord. Romain setzt sich hin und spielt Jazz.

Wenn man einem Sänger zuhört, einem Läufer zusieht oder einen Bestseller verschlingt, sagt man gerne: »Ich hätte können ... Ich hätte sollen ... Ich hätte müssen ... Ich hatte eine hübsche Stimme, war gut in Form oder besaß einen guten Stil!« Man hätte gekonnt, aber man wollte kein Risiko eingehen, keinen Weg in die falsche Richtung gehen, nicht vom einmal gewählten Weg abweichen. Und wenn man am Sonntag mit der Familie am Ufer entlangbummelt, sieht man die Segler, die auf dem Deck ihrer Boote Kaffee trinken, und beneidet sie.

Als Marion Romain beim Spielen zuhört, versteht sie plötzlich, daß Alice ihren Enkelinnen durch ihr Testament die Möglichkeit geboten hat, den Planeten der »Ich hätte können« zu verlassen, um den des »Ich kann und ich werde« zu erreichen. Odile hat die Weinberge verlassen, um in die Arktis zu fahren und Schwarzweißfotos im

Polarlicht zu machen. Aude hat Pierre-Marie, Neil mitsamt seinen zerbrechlichen Knochen und den amerikanischen Traum gewählt. Marion hat Romain, die Marne und die Champagne gewonnen.

Paris, Boulevard Malesherbes,
am Vormittag des 30. Juli

In der Kanzlei des Notars riecht es stark nach dem Leder der tiefen Clubsessel und nach Pfeifentabak. Der Notar empfängt sie in Hemdsärmeln und schiebt seinen Sessel zurück, um die Klienten zu begrüßen. Seine Augen leuchten hinter der Brille mit dem Stahlgestell.

»Ich habe Sie gestern angerufen. Ich heiße Serena Cavarani. Mein Mann Rio ist stumm, aber nicht taub ...«, beginnt sie ihre Erklärung.

Der Notar hebt erstaunt eine Augenbraue.

Unten auf dem Boulevard heben die sommerlich gekleideten Passanten ihre Gesichter zu der Sonne der Hauptstadt empor.

Die Marne, Anlegestelle,
am Nachmittag des 30. Juli

Das Boot Schloß Mervège II strahlt in seinem neuen blauen Übergangsmantel. Ein Hibiskus und ein Jasmin stehen neben der Yucca und dem Bonsai auf dem Deck. Romain hat seine Blumen aus Paris mitgebracht.

»Sollen wir weitermachen mit den Sachen, die wir am liebsten mögen?« schlägt er vor. »Ich war gerade bei dem Geruch eines nagelneuen Autos ... und dem warmen Toast zum Frühstück im Bett!«

»Ich habe etwas Besseres!« sagt Marion. »Ich schlage dir

ein Bad um Mitternacht bei Vollmond und dazu ein Präludium von Bach vor.«

»Der Blick eines Hundes, dessen Herrchen nach langer Zeit zurückkehrt ... ein Feld mit Sonnenblumen ... einen alten Whisky am Kamin ...«

»Das Aroma heißen Kaffees ... einen Irish coffee ...«

»Eine Frau im Regen küssen!« fügt Romain hinzu.

»Stop! Wir sprechen über Situationen und nicht über Menschen!«

»Das ist eine Situation ...«

»Aber bei der ein Dritter im Spiel ist!«

»Also dann ein drittes weibliches Wesen im Regen küssen ...« fährt Romain unbeirrt fort.

»Die Zündung einschalten und das Motorengeräusch hören«, wirft der Mechaniker in dem blauen Overall ein. Er hat den Motor repariert und wischt sich über die Stirn. »Und ich liebe es, wenn ich fertig bin. Dieser Motor brummt wie ein zufriedener Panther. Er wird länger halten als ich. Sie können die Taue einholen.«

»Ist das ein Witz?« ruft Marion. »Der Mechaniker, den ich gestern gesprochen habe, hat mir gesagt, daß er drei Wochen brauchen würde, bis alles fertig sei.«

»In diesem Gewerbe sagt man, was man will. Das ist das gute daran. Ich finde Sie sympathisch; Sie haben mich kostenlos gegen Tetanus geimpft, und Ihre Großmutter hat meinem Vater geholfen, also ist es bei mir nicht so teuer.«

Eine alte Yacht aus Holz fährt die Marne hoch, und Marion hebt automatisch die Hand, um zu grüßen, wie es die Motorradfahrer und Schiffer unter sich machen. Die Autofahrer können einpacken! Wenn sie miteinander sprechen, dann nur, um sich anzuschreien.

»Sollen wir ein Stückchen fahren?« schlägt Romain vor, als der Mechaniker gegangen ist. »Okay? Achtung ... Motor!«

Der Motor hustet einmal, knattert ein bißchen und schnurrt dann wie ein Kätzchen, das in einer Fischfabrik zu Besuch ist.

»Machen Sie die Taue looos!« schreit Romain.

»Jawooohl, Herr Kapitän!« antwortet Marion.

»Stoß das Boot vom Ufer ab!«

Marion stößt das Boot mit dem Bootshaken ab, der im Schlamm steckenbleibt. Gnafron schaut sie beunruhigt an. Das Schloß Mervège II fährt mit der wahnsinnigen Geschwindigkeit von sechs Kilometern pro Stunde schaukelnd davon. Das Klavier thront stolz in der Kajüte.

Romain winkt Marion zu sich.

»Ein drittes weibliches Wesen küssen, selbst wenn es nicht regnet«, verkündet er und läßt sofort die Tat auf das Wort folgen.

Marion weiß nicht, wer Schloß Mervège kaufen wird. Wenn es ein Baulöwe ist, der es abreißen will, dann soll seine Familie für die nächsten zehn Generationen verdammt sein. Seitdem sie Alices Vergangenheit kennt, fühlt sich Marion merkwürdigerweise besser. Ihr neues Schneckenhaus gefällt ihr. Als ihr Vater starb, war sie zu jung und zu hilflos, und er fehlte ihr. Sie war ihm fast böse, daß er nicht mehr da war, um ihre Mutter und sie zu beschützen. Als Alice starb, begriff Marion, daß Christophe nichts verlangt und nichts entschieden hatte, sondern daß er einfach aufgehört hatte zu atmen ... Und sie konnte sie endlich zusammen beweinen.

Sie hat auch das wichtigste verstanden: Solange man über Christophe Darange und Alice Darange, geborene Mervège, spricht, solange man die Erinnerung an sie wachruft, man über ihr Leben, ihre Vorlieben, ihre Leidenschaften und ihre Hoffnungen redet, solange werden die Erinnerungen glanzvoll und lebendig bleiben.

Gnafron legt sich, ohne zu zögern, auf Marions Beine. Über der Marne steigt Nebel auf; am Ufer schwingt sich ein Bussard in die Lüfte und kreist dreimal über ihren Köpfen, bevor er nach Süden fliegt.

»Das ist das Paradies auf Erden ...«, flüstert Marion.

»Nein, das ist ein Fluß!« erwidert Romain. »Das Paradies ist das Land, wo die Träume Wirklichkeit werden ... Die Marne liefert die Möglichkeit, sie zu transportieren!«

Florida, USA, 30. Juli

Die Sonne Floridas versucht verzweifelt, die Sonnencreme mit dem Schutzfaktor 25, mit der Aude Neil eingerieben hat, zu durchdringen. Es ist dreizehn Uhr Ortszeit. Der Zeitunterschied zu Frankreich beträgt sieben Stunden. Sie haben soeben am Swimmingpool gegrillt.

»Wohin fahren wir heute nachmittag, Aude? In die Schweiz?«

Aude nickt. Neil vertieft sich wieder einen Moment in sein Buch.

»Und am Wochenende? In den Libanon, ja?«

Aude zögert. Sie weiß es nicht mehr. Sie reisen so oft.

»Der Libanon steht in zehn Tagen auf dem Programm ... Am Wochenende geht es nach Griechenland.«

»Wenn du es sagst«, erwidert Neil und zuckt mit den Schultern.

Er trägt Joggingschuhe und seine unvermeidliche Baseballkappe mit dem Schirm im Nacken.

»Muß ich meinen Reisepaß mitnehmen?«

»Ja, aber den Impfpaß kannst du hierlassen«, antwortet Aude.

»Den ich vergessen hatte, als wir nach Thailand geflogen sind? Ich hatte mich geirrt, weil ich an die Medikamente gegen Malaria denken mußte!«

»Wer's glaubt, wird selig!« sagt Aude lachend. »Die Wahrheit ist, daß du immer träumst.«

Das Telefon klingelt. Pierre-Marie ruft von unterwegs aus an, um ihnen mitzuteilen, daß er gleich kommt. Sie sind seit einer Woche hier und haben schon feste Gewohnheiten. Aude hat immer geglaubt, daß sie eines Tages in der Kirche Saint-Pierre in Neuilly heiraten würde, mit doppelseitigen Einladungskarten auf Papier mit Prägedruck, einer Geschenkliste und gut hundert Gästen, die in einem geliehenen Zelt in dem Park eines Familienbesitzes untergebracht würden ... Aber sie wird Ende August Madame Pierre-Marie de Poélay in Gegenwart von ihren und Pierre-Maries Eltern, die zu diesem Anlaß aus Europa kommen. Neil wird ihr Trauzeuge, und sie feiern die Hochzeit mit den neuen Kollegen ihres Mannes am Swimmingpool.

»Es ist soweit, Aude! Wir werden das Flugzeug nach Genf verpassen«, sagt Neil.

»Ich komme!« antwortet Aude, die Arme mit Atlanten und Reiseführern beladen.

Sie hat dieses Spiel erfunden, um Neils Interesse zu wecken und zu seiner Allgemeinbildung beizutragen, bis die Schule wieder beginnt. Sie reisen im Geiste jeden dritten Tag in verschiedene Länder, erkundigen sich nach den Abflugzeiten, der Dauer des Fluges, den erforderlichen Impfungen, den Landeswährungen, Wechselkursen, essen typische Landesgerichte, lesen die Führer, in denen erklärt wird, was »guten Tag«, »auf Wiedersehen«, »bitte«, »danke«, »wie teuer ist das?« heißt, hören sich traditionelle Musik an und sprechen über die Geschichte, Geographie, Wirtschaft und Kultur des Landes.

An diesem Abend werden sie savoyisches Fondue essen, und Neil wird den Fendant probieren, wenn er die Berge der Konföderation hinaufklettert. In drei Tagen gibt es Weinblätter und Ouzo in der Nähe der Akropolis. In der nächsten Woche Homos und Kebab im Schatten der Zedern des Libanon.

Aude liebt die Sonne Floridas, den blauschimmernden Swimmingpool, die verschwommenen Farben der Kleider und die fünfunddreißig verschiedenen Eissorten von Baskin Robbins, dem Eismann an der Ecke. Sie hat sich noch nie so stark und so glücklich gefühlt ... Wenn ihr jemand etwas vom Single-Dasein, von Kilts, staubigen Akten, aufdringlichen Kollegen oder Staus auf dem West-Ring erzählen würde, hielte sie ihn für verrückt.

Rovaniemi, Finnland, 30. Juli

Das Klima ist dank des gnädigen Einflusses des Golf-Stromes gemäßigt. Der Sommer, der plötzlich im Juni begann, ist warm, hell und belebend. Die Temperatur kann an einigen Tagen 32° erreichen, und die Natur entwickelt sich in einem rasanten Tempo.

Es ist zwölf Uhr in Frankreich, also dreizehn Uhr in Lappland.

Als Odile hier angekommen ist, hat sie einen Freund von Gunaar und Olaf Petersen besucht, den Jongleuren aus dem Zirkus auf der Place Balard. Dieser Mann lud alle diejenigen aus der Gegend, die Französisch sprechen, zu einem Essen ein. Odile fand bei dieser Gelegenheit eine Mietwohnung und außerdem einen Teilzeitjob als Reiseleiterin.

An diesem Morgen hat sie ein französisches Touristenpaar durch das Land geführt. Sie haben geangelt und eine Wanderung gemacht. Von Zeit zu Zeit hielten sie an, damit der Mann seine Eindrücke mit einer Videokamera festhalten konnte. Anschließend kehrten sie zur Basis zurück, wo Odile sich an baltischen Heringen und Renragout labte. Das Paar beeinträchtigte Odiles Stimmung ein wenig, aber es war nicht mehr so schlimm wie noch vor kurzem. Die Tage, an denen sie keinen einzigen Gedanken an Romain verschwendet, werden immer häufiger. Ihr Leben ist so ausgefüllt, daß es keine Zeit gibt, um böse Geister zu beschwören.

Odile hat auch einen Brief von Justine Coudrier erhalten. Henri ist kleinlaut in den Schoß der Familie zurückgekehrt und hat seine Filzpantoffeln angezogen. Alles ist vergessen. Ist das vielleicht die Liebe? Nicht die leidenschaftliche, glühende Liebe, die Odile empfindet, sondern eine andere, die zwei Menschen unzertrennlich verbindet?

In Odiles Augen ist Justine ein Dummkopf. Sie hat schon einen riesigen Stapel Fotos gesammelt, und natürlich gibt es zwischen ihren professionellen Fotos und denen der Amateure diesen kleinen Unterschied: Ein bestimmtes Merkmal, ein Schatten oder eine andere Kleinigkeit machen eben das gewisse Etwas aus. Sie sortiert die Fotos, versieht sie mit Erklärungen und heftet sie an die Wand, wie ein Kind, das Schmetterlinge sammelt. Sie lebt in einem Appartement, dessen Wände sie mit Weinbergen, einem Sonnenaufgang und einer Terrasse mit roten Terrakottafliesen verziert hat. Sie hat einen Freund. Er heißt Sven und züchtet Rentiere. Er ist nur ein Freund, denn sie hat noch keine Lust, ihr Herz neu zu verschenken oder sich auszuziehen.

»Telefon für die französische Reiseleiterin!« schreit Niels, der Restaurantbesitzer.

»Deine Touristen, die du heute morgen begleitet hast, haben Lust auf eine lappländische Taufe. Willst du sie nicht mit zu Sven nehmen?«

Odile sagt zu und trinkt ihr Bier aus. Im nächsten Winter wird sie mit den Touristen im Motorschlitten über das gefrorene Flußbett des Ounasjoki fahren und sie über die verschneiten Berge und Wälder führen. Man wird ihr einen eigenen Thermoanzug aushändigen, den sie über ihre Kleidung streifen wird, und sie bekommt sogar einen Motorschlitten mit ihrem Namen.

Als sie in Rovaniemi ankam, waren Romain und Marion in ihren Augen schuldig, sogar kriminell. Seitdem sie hier inmitten der Natur lebt, ist sie nicht mehr ganz so sicher. Am Polarkreis ist alles relativ. An gewissen Tagen glaubt sie sogar, daß sie in einigen Jahrhunderten wieder jemanden lieben kann ...

Am Morgen des 31. Juli, die Zeitungen kommen gerade aus der Rotationspresse

Zu verkaufen, ein Besitz in der Champagne, genannt »Schloß Mervège«, in einem mit Bäumen bestandenen Park, mit einem Wohnhaus, einem einstöckigen Herrenhaus mit Türmchen, das Anfang des 18. Jahrhunderts erbaut wurde, mit Garage, zwei Wasserspeichern, einem kleinen Schuppen, in dem eine elektrische Pumpe untergebracht ist; das Grundstück beträgt insgesamt 19 000 Quadratmeter und liegt auf dem Gebiet der Gemeinde Damery in der Nähe von Épernay. Das Wohnhaus hat eine Wohnfläche von 300 Quadratmetern auf zwei Etagen; im Erdgeschoß: Flur, Küche, Anrichtezimmer, Büro, Salon mit Kamin, Eßzimmer mit Kamin und eine Toilette. Im ersten Stock liegen fünf Schlafzimmer und zwei Badezimmer mit Toilette. Große Terrasse vor dem Haus, Solarium auf dem Dach, Charme und Tradition. Außergewöhnlich. Schreiben Sie an die Zeitung ...

Wenn Marion den Text der Anzeige hätte aussuchen dürfen, hätte sie geschrieben:

Das Wohnhaus ist ein mit Türmchen verziertes Herrenhaus mit starker Persönlichkeit; frische Luft, herrliche Sonnenuntergänge, prämierte Spatzen; bietet 300 Quadratmeter Wohnfläche auf zwei Etagen; im Erdgeschoß: ein Flur, der zu herrlichen Rutschpartien einlädt, Küche und Anrichtezimmer, in denen gut gelebt wurde, ein Salon, der ideal für das Kartenspiel der sieben Familien ist, ein für Weihnachtsessen hervorragend geeignetes Eßzimmer mit Kamin, ein Arbeitszimmer, das sich wunderbar dazu eignet, in alten Fotoalben zu blättern, eine Heizung, die ständig kaputt ist, und eine Toilette, die für das Lesen von Comics ideal ist; im ersten Stock: fünf Schlafzimmer voller Erinnerungen und zwei Badezimmer, in denen es fast nie heißes Wasser gibt. Eine riesige Terrasse mit wunderschönen Terrakottafliesen vor dem Haus, Solarium auf dem Dach, voller Reiz und Tradition. Außergewöhnlich. Schreiben Sie an die Zeitung. Baulöwen, Dummköpfe und Menschen ohne Gefühl mögen es bitte unterlassen!

Schloß Mervège,
31. Juli, acht Uhr morgens

Der Fahrer parkt den Lastwagen vor dem Herrenhaus mit den Türmchen, das man ihm beschrieben hat. Man kann sich unmöglich irren. Er steigt aus und ist schon jetzt ganz steif. Sein schmerzender Rücken läßt die Frage mit den Möbeln in einem trüben Licht erscheinen. Neben dem Eingangstor stehen ein kleines Mädchen mit roten Haaren und eine schwarze Katze, die ihn aufmerksam betrachten.

Der Beifahrer steigt aus und schaut sich um. Er sieht die Bäume, die Lorbeerhecke und die Blumen. Er liebt die Natur, weil diese nicht umzieht; sie wächst ganz von allein, wo sie will, und immer zu ebener Erde.

Marion hat eine schlaflose Nacht hinter sich und kommt mit Rändern unter den Augen, einem aufgeregten Gnafron und einem schlecht rasierten Romain aus dem Haus. Aude hat eine tadellose Aufstellung hinterlassen. Sie hat die verschiedenen Farben der Klebeschildchen auf je einer Seite aufgelistet. Es sind verschiedene Ziele angegeben: Épernay für Odile, Paris für Maurice und Albane, ein Möbellager in Neuilly für Aude und das Boot für Marion und Romain.

»Sie haben alles gut vorbereitet!« lobt der Fahrer, der die Möbel mustert und den Moment hinauszögert, da er sie wegschleppen muß.

Marion und Romain teilen ihre Thermoskanne mit Kaffee und ihre Buttercroissants mit den Möbelpackern. Während diese arbeiten, machen sie einen ausgedehnten Spaziergang durch den Park. Romain hat seinen Arm um Marions Schulter geschlungen, und Gnafron springt um sie herum.

»Ich habe das Gefühl, als würde hier ein Toter abgeholt«, seufzt Marion.

»Alles, was ich sagen kann, ist, daß ich dich liebe«, sagt Romain, der nicht in der Lage ist, ihren Kummer zu lindern.

»Ich liebe dich auch ...«, entgegnet Marion.

»Ich liebe Sie auch«, sagt der Lastwagenfahrer, den sie nicht haben kommen hören. »Weil wir mit der Arbeit fertig sind. Wenn Sie den Transport bestätigen würden, könnten wir endlich eine Kleinigkeit essen.«

Die Sonne ist trostlos. Das Haus ist leer und traurig, als traue es den Fenstern nicht. Auf dem Boden zeichnen sich die Abdrücke der schweren Möbel ab. Die Wände von Alices Zimmer sind aufgrund der umfangreichen Fotosammlung, die dort hing, mit unzähligen hellen Flecken übersät. Rechts ihre Kinder in jedem Alter: Louis, Christophe und Maurice als Babys, als kleine Jungen, Louis' Grab, die Hochzeit von Christophe und Maurice. Links die nächste Generation: Odile und Aude als kleine Kinder, Marion in ihrer Wiege, alle drei in langen Kleidern an einem feierlichen Abend, Odile, zu der Zeit, da sie noch Pressefotografin war, Aude, die ihren Eid vor der Anwaltskammer ablegt, und das Hochzeitsfoto von Marion und Thomas.

»Glücklicherweise sieht Alice ihr leeres Haus nicht«, flüstert Marion.

»Wenn das Paradies wirklich mit Glücklichen bevölkert ist, die Lieder zu Ehren Gottes singen, garantiere ich dir, daß die glückliche Alice um eine besondere Ausnahme gebeten hat, den Chor verlassen zu dürfen, damit sie die Aufteilung der Möbel und ihren Abtransport überwachen kann ... und das Gesicht, das ich mache«, sagt Romain, um sie aufzuheitern.

Sie setzen sich in dem nackten Salon auf den Boden. Gnafron läuft jaulend und orientierungslos durch alle Zimmer, kehrt dann zurück und legt sich neben Marion, um ihren Schutz zu suchen. Romain öffnet die Kühltasche, die sie mitgebracht haben, holt zwei Champagnerkelche aus Kristall hervor und eine Flasche Champagner aus der Cuvée Émile, nach dem Namen des Begründers, einem der Letztgeborenen des Hauses Mervège. Er entkorkt die Flasche, wirft Gnafron den Korken zu, der ihn im Flug auffängt und eifrig zerfetzt, schleudert das Drahtgestell und die Metallkapsel in die andere Ecke des Zimmers und füllt die Champagnerkelche.

»Auf das Schloß Mervège«, sagt er in ernstem Ton.

»Charaktervolle Cuvée, strohgelbe Farbe, kräftiges Bouquet, höchste Entfaltung, intensiver, anhaltender Nachgeschmack, bei dem reife Birnen und geröstete Mandeln miteinander verschmelzen, frischer Abgang, überrascht durch seine Komplexität und seine Reife im Mund ... ein ausgewogener Wein, vollmundig, reif, rund, körperreich, aber auch fröhlich und verschmitzt!« trägt Marion unwillkürlich vor. Durch ihren Tränenschleier hindurch wiederholt sie Alices Worte.

Sie würde gerne einen Toast zum Gedenken an ihren Vater und ihre Großmutter sprechen, auch auf Émile Mervège, Philippe Darange und Louis Darange und selbst auf Vincenzo Cavarani. Rio und Serena sind in Rom, und Elizabeth Dolly ist auf ihrer Plantage. Sie vereint sie alle in diesem ganz besonderen Augenblick. Sie sucht nach Worten, um Romain zu danken, daß er bei ihr ist, um ihm zu sagen, wie glücklich es sie macht, zusammen mit ihm auf Schloß Mervège II über die Flüsse zu fahren, aber in ihrem Kopf gehen alle Gedanken durcheinander, und sie findet nicht die richtigen Worte. Sie ist zu erschüttert.

»Auf Schloß Mervège«, wiederholt Romain und hebt seinen Kelch.

»Darauf trinken wir und auf die Nachkommenschaft«, stammelt die Ururenkelin des Émile Mervège.

»Du hast wirklich Glück, Marion«, fügt Romain hinzu.

»Ich weiß nicht, ob eine derartige Bemerkung heute angebracht ist!«

»Du hast unrecht: Schau dich um!« sagt Romain, der mit der Hand auf das Haus zeigt. »Was siehst du? Ein nacktes Haus. Die Möbel sind fort, deine Großmutter ist gestorben, Unbekannte werden hier wohnen, und es wird nicht mehr das gleiche Haus sein. Wenn du mitten auf dem Teller eine Gräte siehst, denkst du nicht an den Petersfisch mit Sauerampfer, der eben noch dort lag und den du dir hast schmecken lassen.«

»Habe ich Glück, hier gelebt zu haben?« fragt Marion, die langsam versteht, was er meint.

»Das kannst du wohl sagen! Ein Kapitel deines Leben geht seinem Ende zu, Marion. In allen Häusern, die du fortan bewohnst, wird ein Stück von diesem sein ...«

»In allen Häusern, die wir fortan bewohnen«, verbessert ihn Marion.

Plötzlich springt Gnafron auf und rennt bellend zum Fenster. Romain schaut neugierig nach.

»Es sind Rio und Serena!« sagt er erstaunt.

Der orangefarbene Fiat, der noch immer unter dem

Gepäck fast zusammenbricht, hat sich soeben neben den Möbelwagen gestellt, in dem die Möbelpacker die letzten Möbel befestigen. Horatio springt aus dem Auto, saust blitzschnell los und hätte Romain und Marion, die gemeinsam die Haustreppe hinunterkommen, beinahe umgerannt.

»Was ist passiert? Hattet ihr Probleme auf der Straße?« fragt Marion beunruhigt.

»Wir waren gezwungen, unterwegs anzuhalten«, sagt Serena lächelnd.

»Hattet ihr Probleme mit dem Wagen?« fragt Marion weiter.

Rio schüttelt den Kopf und reicht ihr dann ein Schreiben:

Der Unterzeichner, Maître Antoni, Notar in Paris, Boulevard Malesherbes, bestätigt und beglaubigt nach der ihm vorliegenden Originalurkunde vom 30. Juli 1996, daß Monsieur Maurice Darange, wohnhaft Paris, Boulevard Saint-Germain, an Monsieur Rio Cavarani, wohnhaft Rom, Italien, Via della Purificazione, einen Besitz in der Champagne, das sogenannte »Schloß Mervège«, in einem mit Bäumen bestandenen Park, verkauft hat ...

Marion traut ihren Augen nicht. Sie hat Schwierigkeiten, den Schluß zu lesen, weil sie so stark zittert.

»Rio wollte es dir persönlich sagen«, erklärt Serena.

Rio strahlt, Romain ist verwirrt. Marion weiß nicht, ob sie weinen oder lachen soll.

»Wir werden uns in Zukunft zeitweise in Rom und zeitweise in der Champagne aufhalten«, fährt Serena fort. »Wir brauchen daher jemanden, der das Haus hütet, wenn wir nicht hier sind. Kennt ihr nicht zufällig Leute, die sich dafür interessieren würden? Es müßten auch die Trödler abgeklappert werden, um das Haus neu zu möblieren ...«

Marion entscheidet sich schließlich. Zur großen Überraschung der Möbelpacker, die soeben in ihren Wagen gestiegen sind, bricht sie in lautes Lachen aus. In ihren Augen schimmern Freudentränen.

Der Möbelwagen verschwindet hinter der Straßenbiegung.
Joanna winkt ihnen nach und beugt sich dann zu ihrer schwarzen Katze hinunter.
»Die Dame, die hier gewohnt hat, ist tot, weißt du?«, sagt sie in vertraulichem Ton zu der Katze.

Saint-Germain-en-Laye, Épernay, Rom, 1997.

Für meine Großmutter, die sicher gerade dabei ist, unseren Schatzschrank neu zu bestücken und dort oben den Champagner kalt zu stellen ...

Frankreich, Ende der dreißiger Jahre: Auf dem bei Bordeaux gelegenen Weingut Saint-Esperit schwören Maddy, die Tochter des Kellermeisters, und Jean, der Sohn der Gutsherrin, sich ewige Treue. Doch die Liebe der beiden stößt auf Hindernisse. Ihre Eltern sind gegen die unstandesgemäße Verbindung und Jean scheint dem Druck nicht standzuhalten – zumal Maddys attraktive Schwester Juliette ihn umschwärmt.

Die enttäuschte Maddy verdrängt ihre Gefühle und widmet sich fortan ganz der zweiten Leidenschaft ihres Lebens: dem Wein von Saint-Esperit. Sie will in die Fußstapfen ihres Vaters treten und Kellermeisterin werden, obwohl die Konventionen und Regeln ihrer Zeit gegen sie sind – eine Frau als Kellermeisterin ist undenkbar, und so stößt sie überall auf Ablehnung. Bis der Krieg das Leben auf dem stillen Weingut völlig verändert und die gesamte alte Ordnung zusammenbrechen läßt ...

ISBN 3-404-12951-2

336 Seiten, ISBN 3-7766-2020-X

Leonhard Reinirkens
André Bohnefaß

Ein historischer Schelmenroman vom Feinsten

In den Nachwirren der Französischen Revolution, als auch die Amouren immer turbulenter werden, wächst ein einfacher, vom Glück verfolgter und von klugen Frauen umschwärmter Soldat über sich hinaus.

„Bohnefaß könnte auch Pappenheimer heißen. Faulheit, Chuzpe, Schlauheit, Lebenslust und Gelassenheit sind seine Charaktereigenschaften..." General-Anzeiger Bonn

Herbig